"广西一流学科·中国语言文学"经费资助成果

"广西高校人文社科重点研究基地·桂学研究院"经费资助成果

独秀学术文库

音乐·媒介·诗体

汉魏六朝乐府论稿

吴大顺 ｜ 著

GUANGXI NORMAL UNIVERSITY PRESS
广西师范大学出版社
·桂林·

图书在版编目（CIP）数据

音乐·媒介·诗体：汉魏六朝乐府论稿 / 吴大顺著. —
桂林：广西师范大学出版社，2019.12
（独秀学术文库）
ISBN 978-7-5598-2505-6

Ⅰ. ①音… Ⅱ. ①吴… Ⅲ. ①乐府诗－诗歌研究－中
国－汉代－文集②乐府诗－诗歌研究－中国－魏晋南北朝时
代－文集 Ⅳ. ①I207.226-53

中国版本图书馆 CIP 数据核字（2019）第 296203 号

广西师范大学出版社出版发行

（广西桂林市五里店路 9 号　邮政编码：541004）
（网址：http://www.bbtpress.com　　　　　　　　　　）
出版人：黄轩庄
全国新华书店经销
广西广大印务有限责任公司印刷

（桂林市临桂区秧塘工业园西城大道北侧广西师范大学出版社
集团有限公司创意产业园内　邮政编码：541199）
开本：880 mm ×1 240 mm　　1/32
印张：11.5　　　字数：250 千字
2019 年 12 月第 1 版　　　2019 年 12 月第 1 次印刷
定价：58.00 元

如发现印装质量问题，影响阅读，请与出版社发行部门联系调换。

目　录

上编：音乐文化篇

从相和歌到清商三调

——魏晋娱乐音乐的发展变迁

　　相和歌与清商三调问题,一直是魏晋音乐文化研究的重点和难点,其分歧主要集中在相和歌与清商三调的关系上。此问题的提出则因《宋书·乐志》对相和歌、清商三调的著录、分类与《通志》《乐府诗集》的出入。据此,梁启超、朱自清、曹道衡等认为相和歌与清商三调不是一种乐类;而黄节、逯钦立、王运熙等认为相和歌与清商三调就是一类。① 据郑樵《通志》和郭茂倩《乐府诗集》的提示,相和歌与清商三调的材料主要来源于智匠《古今乐录》所保留的刘宋时期张永《元嘉正声技录》和王僧虔《大明三年宴乐技录》的相关记载。可见,相和歌与清商三调的关系,在刘宋时期就有不同的认识了。王僧虔与沈约为同时人,王僧虔《大明三年宴乐技录》在沈约《宋书·乐志》前完成。二人著录的部分出入,一方面是由于分目的角度不同所致,另一方面也是因为相和歌与清商三调在当时确实存在着某些差异。虽然相和歌与清商

---

① 关于相和歌与清商三调关系的分歧可参梁启超《中国之美文及其历史·古歌谣及乐府》,黄节、朱自清《乐府清商三调讨论》(《朱自清古典文学论文集》,上海古籍出版社,1981 年,第 171—182 页),曹道衡《相和歌与清商三调》(《中古文学史论文集》,中华书局,1986 年,第 122 页),逯钦立《相和歌曲调考》(《文史》第十四辑),王运熙《相和歌、清商三调、清商曲》(《乐府诗述论》,上海古籍出版社,1996 年,第 370 页)等相关论述。

三调在演唱中都采用"相和"这一基本演唱方式,但是清商三调又在继承"相和"的演唱方式上有所改造和发展。因此,可以说清商三调是相和歌的变体,清商三调是在相和歌发展中产生的更高级的歌唱艺术形式。① 魏晋时期民间音乐从相和歌到清商三调的发展,比较清晰地展示了魏晋娱乐音乐的发展历史。

一、相和歌与清商曲

汉代对以"相和而歌"的方式表演的歌曲,并未称相和歌。汉代文献中的相和,只就其演唱方式言,不就其音乐属类言。对这类歌曲,汉代皆称"清商"或"清商曲"。将相和歌由演唱方式变为音乐属类,当从刘宋的张永、王僧虔始。他们将清商三调及以前的"十三曲"旧歌章称相和歌,以别于"清商曲"。"清商"是乐类之名。张永、王僧虔、沈约后来所说的"相和歌"乐曲是包含在清商乐中的。

以清商指称乐类,通常是从其声调来说的。早在先秦时期就开始以"清商"指称音乐风格了。《韩非子·十过》载:"平公问师旷曰:此所谓何声也?师旷曰:此所谓清商也。公曰:清商固最悲乎?师旷曰:不如清徵。"② 又蔡邕《释诲》曰:"宁子有清商之歌。"③《文选》成公绥《啸赋》李善注:"《淮南子·道应》曰:戚饭牛车下,望桓公而悲,击牛角,而疾商歌曲。宁戚卫人,商金声清,

---

① 逯钦立:《相和歌曲调考》,《文史》第十四辑,中华书局,1982 年。
② 韩非:《韩非子》卷三,《诸子集成》本,上海书店,1986 年,第 43 页。
③ 范晔:《后汉书》,中华书局,1965 年,第 1980 页。

故以为曲。"①

　　至于何以称为清商,陈思苓《楚声考》曰:"楚声自灵王创为巫音以来,曲调以凄清为主,此是其显著特色。其音清之调,系采用清声之律。《乐记》郑玄注:'清谓蕤宾至应钟,浊谓黄钟至仲吕。'……按《礼记·月令》自蕤宾至应钟,含有商徵羽三声,其中又以商声居首。此三声既同属清音,且能因变化而产生:《淮南子·坠形训》:'变徵生商,变商生羽。'"②所以用清商指称汉魏时期声调清越的民间俗乐。蔡邕云:"清商曲,又有《出郭西门》《陆地行车》《夹钟》《朱堂寝》《奉法》等五曲,其词不足采著。"③阴法鲁认为:"清商即高的商调。宫、商、角、徵、羽五调,一般是指中部音高说的,即相当于今天的 C、D、E、G、A 五调。比它们的本调高半个音的调子,就加一个'清'字表示。如'清宫''清商'。清商比商调高半个音。"④相和歌或以歌和歌,或以丝竹和歌,其伴奏乐器皆为弦管,弦管乐器因声调较高,风格凄清哀怨。《古今乐录》曰:"凡相和,其器有笙、笛、节歌、琴、瑟、琵琶、筝七种。"⑤所以相和歌亦在清商乐之中。

　　汉魏文献对清商乐凄清哀怨的风格已有所描述。张衡《西京赋》:"嚼清商而却转,增婵娟以此豸。"薛综注曰:"清商,郑音。"⑥

---

① 李善注:《文选》,中华书局,1986 年,第 870 页。
② 陈思苓:《楚声考》,《文学杂志》1948 年第 2 期。
③ 郭茂倩:《乐府诗集》,中华书局,1979 年,第 639 页。
④ 阴法鲁:《汉乐府与清商乐》,《文史哲》1962 年第 2 期。
⑤ 郭茂倩:《乐府诗集》,中华书局,1979 年,第 377 页。
⑥ 《六臣注文选》,浙江古籍出版社据《四部丛刊》本缩印,1999 年,第 42 页。

《后汉书·仲长统传》:"弹《南风》之雅操,发清商之妙曲"①;《古诗十九首·西北有高楼》:"上有弦歌声","清商随风发";《李苏诗》:"幸有弦歌曲,可以喻中怀","丝竹厉清声,慷慨有余哀","欲展清商曲,念子不得归";曹丕《燕歌行》:"援琴鸣弦发清商,短歌微吟不能长。"这些诗句以清商称曲,显然指音乐属类,同时又与"弦歌""丝竹"对举,可知这些曲子又是用丝竹伴奏,以弦歌相和的相和歌曲。

　　清商曲是中国传统的音乐品类,因其凄清哀怨的曲调风格而得名。其源头大致以楚声为主,是江南民间音乐的主要部分,后来的吴歌西曲实际上是汉魏清商曲在民间自足发展的形态。汉代统治者乐楚声,因之清商曲得以在中原广泛流传,其音乐风格和相和而歌的演唱方式被中原其他音乐品类所吸收。相和歌当是清商曲与中原音乐交融结合的产物。但是,在汉代,相和歌并未从清商曲中独立出来,它只是清商曲的一部分,所以,汉代没有相和歌的称名。曹魏统治者尤好清商曲,使得清商乐在魏晋得到极大的复兴,于是,另建清商署专门掌管包括相和歌在内的清商乐曲。魏明帝时期,将清商署中由十七曲乐曲组成的一部乐分为二部。此时是否称这部乐为"相和歌",没有文献记载。刘宋元嘉、大明年间,张永、王僧虔的两次正乐,为了区分江南的清商曲吴歌,于是将汉代中原流行于宫廷的这部清商乐明确称为"相和歌",这才有沈约《宋书·乐志》对"相和歌"的解释。

　　在清商曲与相和歌的历史演进中,有三点值得注意:一是"相和歌"称名与"相和歌"这部音乐曲调不是同时出现的。二者的对

---

① 范晔:《后汉书》,中华书局,1965 年,第 1644 页。

应经历了很长的历史过程,直到刘宋时期,"相和歌"与从汉代流传下来的这组十三曲"清商曲"才完全对应。这也许是造成研究者对清商曲与相和歌认识分歧的主要原因之一。二是"相和歌"到张永《元嘉技录》和沈约《宋志》中才出现,而且是特指魏晋时期"丝竹更相和"的"十三曲"①。《南齐书·萧惠基传》载:"惠基解音律,尤好魏三祖曲及相和歌。"②这里,萧子显是将魏三祖曲与相和歌分开的。可见,"相和而歌"的乐曲并非全为"相和歌"。因此,现在一般认为相和歌指汉代流传下来的所有民间旧歌,其实是不妥的。致错的根源在吴兢、郑樵等人对《宋书》的误读。《通志》载录"相和歌三十曲",并曰:"右汉旧歌也。曰相和歌者,并汉世街陌讴谣之辞,丝竹更相和,令执节者歌之。"③而沈约所云"相和,汉旧歌"是介绍其所录的这"十三曲"相和歌的来源,并非指所有汉代旧歌都是相和歌。所以梁启超说:"本来仅有十三曲的《相和》,无端增出几十曲来。"④三是相和歌是清商曲的一部分,魏晋时期的清商三调是在相和歌的基础上进一步发展的结果,在音乐渊源上二者皆出于清商曲。

二、相和歌与"相和"而歌的演唱方式

今所见对"相和"最早进行解释的是沈约,其《宋书·乐志》

---

① 据《古今乐录》载,张永《元嘉技录》所录"相和"有十五曲,其中十三曲有辞,《觊歌》《东门》二曲无辞。详见《乐府诗集》卷二六。
② 萧子显:《南齐书》,中华书局,1972年,第811页。
③ 郑樵:《通志》,中华书局,1987年,第628页。
④ 梁启超:《中国之美文及其历史》,东方出版社,1996年,第56页。

曰:"相和,汉旧歌也。丝竹更相和,执节者歌。本一部,魏明帝分为二,更递夜宿。本十七曲,朱生、宋识、列和等复合之为十三曲。"①此解释要义有二:一是相和乃乐类概念,不是指演唱方式;二是"相和"之名来源于"丝竹更相和,执节者歌"的演唱方式。

《宋书·乐志》著录的"相和歌辞"共十七首,相和曲十三曲。其中《陌上桑》"今有人"辞来源于《楚辞钞》,其内容与《楚辞·九歌·山鬼》完全相同,只是对句式稍作调整,去掉中间的"兮"字。又有《薤露》曲"唯汉二十二世"一首,宋玉《对楚王问》曰:"其为阳阿、薤露,国中属而和者数百人。"可知,《薤露》为楚声曲调。《鸡鸣》为《诗三百》中齐风的旧曲。更重要的是相和歌中"相和"而歌的演唱方式具有悠久的传统,并且在长期的发展中形成不同的相和方式。《宋书·乐志》曰:"但歌四曲,出自汉世。无弦节,作伎,最先一人倡(唱),三人和。魏武帝尤好之。……自晋以来,不复传,遂绝。"②在汉代,相和而歌的演唱方式风靡朝野,并作为最基本的演唱方式渗透于各种音乐品类中。逯钦立对此有详细论述③,于此略举数例。

1.以歌和歌。《汉书·曹参传》:

> 相舍后园近吏舍,吏舍日饮歌呼,从吏患之,无如何,乃请参游后园。闻吏醉歌呼,从吏幸相国召按之。乃反取酒张坐饮,大歌呼与相和。④

---

① 沈约:《宋书》,中华书局,1974年,第603页。
② 沈约:《宋书》,中华书局,1974年,第603页。
③ 逯钦立:《相和歌曲调考》,《文史》第十四辑,中华书局,1982年。
④ 班固:《汉书》,中华书局,1962年,第2019—2020页。

《汉书·景十三王传》：

> 后与昭信等饮，诸姬皆侍，去为望卿作歌曰："背尊章，嫖以忽，谋屈奇，起自绝。行周流，自生患，谅非望，今谁怨！"使美人相和歌之。①

司马相如《上林赋》有"千人唱，万人和"。张衡《西京赋》"发引和，校鸣葭，奏淮南，度阳阿"。薛综注曰："发引和，言一人唱余人和也。"②

2.以击打乐器相和。《史记·刺客列传》：

> 荆轲嗜酒，日与狗屠及高渐离饮于燕市，酒酣以往，高渐离击筑，荆轲和而歌于市中，相乐也。③

3.以管乐器相和。《汉书·礼乐志》：

> 至孝惠时，以沛宫为原庙，皆令歌儿习吹以相和。④

马融《长笛赋》序：

---

① 班固：《汉书》，中华书局，1962 年，第 2429 页。
② 《六臣注文选》，浙江古籍出版社据《四部丛刊》本缩印，1999 年，第 39 页。
③ 司马迁：《史记》，中华书局，1959 年，第 2528 页。
④ 班固：《汉书》，中华书局，1962 年，第 1045 页。

有洛客舍逆旅,吹笛为《气出》《精列》相和。①

《魏书·礼志四》载北魏领军元珍言曰:

是以徒歌谓之谣,徒吹谓之和。②

郝懿行《尔雅义疏》释"徒吹谓之和"云:"吹者,《释文》云:'竹曰吹,吹推也,以气推发其声也。'按吹有吹管、吹埙,要以竹为主。……谓之和者,吹竹,其声繁会,取相应和为义也。"③

此外,还有以弦乐器相和的,如:蔡邕《琴赋》"一弹三欹,凄有余哀";蔡琰骚体《悲愤诗》"乐人兴兮弹琴筝,音相和兮悲且清";等等。

从上文对相和而歌的演唱方式的总结归纳可见,相和而歌的演唱方式大致经历了人声相和、单乐器相和、丝竹复乐器相和等几个阶段。"丝竹更相和"就是把徒吹的"和"与一弹三叹的"弹"结合起来,形成了一种更高级的"和"。④ 但是,从"更相和"看,依然还是丝竹与乐歌间作,歌的部分仍为清唱。这反映了相和歌在魏时的演唱情况。魏晋时期"相和歌"十三曲当皆是"丝竹更相和"的。

---

① 严可均:《全后汉文》,中华书局,1958年,第565页。
② 魏收:《魏书》,中华书局,1974年,第2796页。
③ 郝懿行:《尔雅义疏》,上海古籍出版社,1983年,第728页。
④ 逯钦立:《相和歌曲调考》,《文史》第十四辑,中华书局,1982年。

三、从相和歌到清商三调

汉魏的清商乐从相和歌到清商三调,发展了近三百年时间。其间涉及清商乐表演方式与技巧的变化,也涉及朝廷音乐文化构建的政策导向、宫廷音乐机关建制的调整与职能转移等诸多问题。如果厘清了相和歌到清商三调的发展脉络,魏晋时期音乐文化构建的一些根本性问题也就清楚了。

就演唱方式与技巧言,从相和歌到清商三调的过程是乐曲与歌辞配合日益加强的过程。在三种基本的相和方式中,就歌辞部分言皆为徒歌清唱,没有辞与乐曲的配合。所谓"丝竹更相和",是指乐奏与辞唱的更迭相和。而清商三调的演唱方式和技巧则进一步复杂化。从《古今乐录》所载刘宋张永《元嘉正声技录》、王僧虔《大明三年宴乐技录》有关清商三调的表演型态可见其一斑。

《古今乐录》曰:

> 王僧虔《大明三年宴乐技录》,平调有七曲:……其器有笙、笛、筑、瑟、琴、筝、琵琶七种,歌弦六部。张永《录》曰:未歌之前,有八部弦、四器,俱作在高下游弄之后。凡三调,歌弦一部,竟辄作送,歌弦今用器。又有《大歌弦》一曲,歌"大妇织绮罗",不在歌数,唯平调有之,即清调"相逢狭路间,道隘不容车"篇。后章有"大妇织绮罗,中妇织流黄"是也。张《录》云:"非管弦音声所寄,似是命笛理弦之余。"王《录》所

无也,亦谓之《三妇艳》诗。①

　　王僧虔《技录》,清调有六曲:……其器有笙、笛(下声弄、高弄、游弄)、篪、节、琴、瑟、筝、琵琶八种,歌弦四弦。张永录云:未歌之前,有五部弦,又在弄后。晋、宋、齐止四器也。②

　　王僧虔《技录》,瑟调曲有……,其器有笙、笛、节、琴、瑟、筝、琵琶七种,歌弦六部。张永录云:未歌之前,有七部弦,又在弄后。晋、宋、齐止四器也。③

　　逯钦立根据这些文献记载,对清商三调的演奏形式用图表示为:

平调:⊞〰〰〰〰〰◎—◎—◎—◎—◎—◎—◎—

清调:⊞〰〰〰〰〰◎—◎—◎—◎—

瑟调:⊞〰〰〰〰〰◎—◎—◎——◎—◎—④

　　可见,在音乐表演结构上,清商三调均由弄、弦、歌弦、送歌弦四部分构成。刘明澜在此基础上又从现存《梅花三弄》曲谱和民间音乐技术层面作出进一步解释。她从以晋代桓伊笛曲"三调之弄"移植成琴曲的"梅花三弄"曲谱由同一泛音曲调在琴的不同徽位上弄三次的情形,认为:"弄又分为高声弄、下声弄、游弄,指的

---

① 　郭茂倩:《乐府诗集》,中华书局,1979年,第441页。

② 　郭茂倩:《乐府诗集》,中华书局,1979年,第495页。

③ 　郭茂倩:《乐府诗集》,中华书局,1979年,第535页。

④ 　"⊞""〰""◎""—"四个符号分别代表"弄""弦""歌弦""送歌弦"。见逯钦立《相和歌曲调考》,《文史》第十四辑,1982年。

是用笛吹弄同一曲调,使其在高、低、中三个不同音区反复再现。"在解释"歌弦"与"送歌弦"时也以《梅花三弄》段尾相同的尾句来说明,认为:"每段歌弦的结尾都有一个相同的尾句以相送。这种共同的段尾曲调,在民间音乐中称为合尾。"①其中的弄、弦两部分只有乐器表演,相当于相和歌歌段前的"引和",即所谓"丝竹更相和"。歌弦、送歌弦两部分则是乐器与人声配合,由四段或者六段歌曲组成。歌唱时以笙、笛、筑、瑟、琴、筝、琵琶等乐器伴奏,并加节鼓。每段歌曲表演结束时就加入"送歌弦"。

　　从清商三调音乐表演的结构可见,清商三调既保留了相和歌"相和"的部分,同时又有了新的变化。概言之其变有四:

　　其一,出现了"歌弦"。所谓"歌弦",是指歌辞配上弦乐。即歌辞开始配乐歌唱,而不像相和歌那样对歌辞部分进行清唱。可以说,"歌弦"的出现是清商三调与相和歌的最大区别。

　　其二,清商三调中"调"的作用被强化了。相和歌也有调,因其歌曲音调较高,出入于商羽之间,声调凄清哀怨,所以才称为清商曲。但清商三调将各种不同曲调规范成三调,对"调"的要求更严格。哪首歌曲演奏什么调,自魏晋定下三调后,基本不变,同时能入几调的歌辞仅有较少的几首。"调"在清商三调中已成为重要的内容。三调曲对调的要求取决于"歌弦",因为歌辞演唱要配以弦管乐器,所以是否入调成了首要条件和关键问题。

　　其三,歌辞语面形式的变化。相和歌辞语言句式以杂言为主,如《宋书·乐志》录相和歌辞十七首,仅《江南》《十五》《薤露》

---

① 刘明澜:《魏氏三祖的音乐观与魏晋清商乐的艺术形式》,《中国音乐学》1999年第 4 期。

《蒿里》《鸡鸣》五首为齐言,余皆杂言。清商三调中绝大部分为齐言,仅有偶尔一两首杂言,尤其是《陌上桑》,相和歌辞三首皆杂言,而大曲中的《艳歌罗敷行》则为完整的五言。语面形式的变化,反映了三调歌辞入乐演奏的要求。另外,凡相和歌,曲调皆不称"行",而三调皆称"行"。《宋志》中的相和歌曲只有《蒿里行》称"行",在《乐府诗集》相和歌中称《蒿里》,无"行"字,而在三调中皆称《蒿里行》。又如相和歌《东门》,瑟调曲称《东门行》,相和歌《陌上桑》,瑟调曲称《艳歌罗敷行》。凡此种种,不一而足。歌辞曲调称呼上的这种变化,暗示了相和歌与清商三调在音乐上的区别。具体言,是因为清商三调歌辞的配乐带来的变化。清商三调在音乐结构上,从开头的弄、弦到中间的歌弦,再到结尾的送歌弦,皆有弦乐。虽然在表演形态上还保留着相和而歌的方式,但全曲皆已配上弦乐。从这一意义上,清商三调可称为弦曲。《尔雅·释乐》曰"徒鼓瑟谓之步",郝懿行疏曰:"步犹行也。《文选·乐府诗》注引《歌录》有'齐瑟行','行'即步之意也。"①《文选》录曹子建《名都篇》《美女篇》《白马篇》三篇皆曰"齐瑟行"。②可见,行乃步之意。步既然是"徒鼓瑟"之徒弦方式,那么,行当也是"徒鼓瑟"之徒弦方式。由此知,"三调"称"行",则意味着徒弦在其音乐结构中占据了主体地位。

其四,清商三调开始分"解"。《乐府诗集》"相和歌辞"解题曰:"凡诸调歌词,并以一章为一解。《古今乐录》曰:'伧歌以一句为一解,中国以一章为一解。'王僧虔启云:'古曰章,今曰解,解

---

① 郝懿行:《尔雅义疏》,上海古籍出版社,1983年,第728页。
② 李善注:《文选》,中华书局,1986年,第1287—1289页。

有多少。当时先诗而后声,诗叙事,声成文,必使志尽于诗,音尽于曲。是以作诗有丰约,制解有多少,犹诗《君子阳阳》两解,《南山有台》五解之类也。'"①可见"解"等于"章"。显然,郭茂倩仅就歌辞而言的。解在歌辞上就相当于章,表示一个段落单位。如果从曲调的演唱角度言,"解"当还有音乐内涵。

南卓《羯鼓录》记载了一名知音者李琬指教一位太常乐工的故事:

> "夫曲有不尽者,须以他曲解之,方可尽其声也。夫《耶婆色鸡》当用《掘柘急遍》解之。"工如所教,果相谐协,声意皆尽。②

《新唐书·礼乐志》:

> 初,隋有《法曲》,其音清而近雅。……其声金、石、丝、竹以次作,隋炀帝厌其声淡,曲终复加解音。③

《太平御览》引《乐志》曰:

> 凡乐,以声徐者为本,声疾者为解。④

---

① 郭茂倩:《乐府诗集》,中华书局,1979 年,第 376 页。
② 南卓:《羯鼓录》,《丛书集成初编》本,第 16 页。
③ 欧阳修等:《新唐书》,中华书局,1975 年,第 476 页。
④ 李昉:《太平御览》,中华书局,1960 年,第 2566 页。

陈旸《乐书》曰：

　　凡乐，以声徐者为本，疾者为解。自古奏乐，曲终更无他变。①

　　杨荫浏根据以上材料认为汉大曲已为舞曲，有歌唱部分，所以有歌词，又有只需用乐器演奏或用乐器伴奏着进行跳舞的部分，那就是"解"。一解是第一次奏乐或跳舞，二解是第二次奏乐或跳舞，余类推。② 若如杨氏所言，则一曲中标示几解，就有几次奏乐跳舞。但据王僧虔《技录》、张永《元嘉技录》的记载，清、平、瑟三调中，对"弦"与"歌弦"的次数都有统一规定，而检《宋志》歌辞，在每调中"解"的多少各不相同。可见，也未必如此。其实，对于"解"，王僧虔的解释有一定道理，首先可以肯定，它是一个音乐上的概念。但汉魏晋时期，具体怎么在乐曲中运用，刘宋时期的王僧虔、张永也不是很清楚了。杨氏所据皆唐宋的材料，可能在唐宋时期，"解"如其言，汉魏的情况就难说了。但有一点基本事实是可以肯定的，即三调中已有了作为音乐概念的"解"，其始因则为三调歌辞开始配乐。

　　据以上分析可知，相和歌的歌辞部分为清唱，所以歌辞称章，而清商三调歌辞部分开始和乐演唱，所以皆称"解"。王氏所谓"古曰章，今曰解"即此义。因为古时歌辞皆徒歌，所以称章，今歌

---

① 　陈旸：《乐书》，《四库全书》本，第 755 页。
② 　杨荫浏：《中国古代音乐史稿》，人民音乐出版社，1981 年，第 116 页。

曲皆和乐,故称"解"。在表演形态上,清商三调以上四方面发展变化中,最根本的一点是歌辞的配乐歌唱,其他的变化皆由此而生。

论东晋民间俗乐的发展变迁

东晋时期的民间音乐主要是江左的吴歌,具有鲜明的地方特色。东晋在建国以后的较长时间里,都存在着与江左各种政治集团的冲突与磨合,朝廷无暇顾及音乐文化的构建。东晋的民间音乐在建国后近五十多年中,基本上是处于民间自足发展的状态,以徒歌民谣的方式流传着,直到东晋中后期,随着中原士族与江东土族在政治、文化等方面开始趋于融合,江南民歌才逐渐为上层文人接受,进而被改造加工,成为配乐歌唱的乐曲,并逐渐进入宫廷音乐机构。

一、《乐志》所载的吴歌

东晋的民间音乐主要是指产生于建业周围的吴歌。沈约《宋书·乐志》曰:"吴歌杂曲,并出江东,晋、宋以来,稍有增广。"①还著录了《子夜歌》《凤将雏歌》《前溪歌》《阿子》《欢闻歌》《团扇歌》《懊侬歌》《长史变》等八个曲调的产生时代、作者或本事,并总括这些歌曲的发展情形说:"凡此诸曲,始皆徒歌,既而被之弦

---

① 沈约:《宋书》,中华书局,1974 年,第 549 页。

管。又有因弦管金石,造歌以被之,魏世三调歌词之类是也。"①王运熙《吴声西曲杂考》《吴声西曲的产生时代》《论吴声和西曲》等论文已对之有详细的考证。② 本文拟在王先生考证的基础上对每个曲名产生发展的脉络进行梳理,以更清晰地展示各曲名产生、发展的历程。

1.《子夜歌》

关于《子夜歌》,《宋书·乐志》《古今乐录》《晋书·乐志》《旧唐书·音乐志》等文献均有记载。其文字大致相同,可能皆本于《宋书·乐志》。

《宋书·乐志》载:"《子夜歌》者,有女子名子夜,造此声。晋孝武太元中,琅邪王轲之家有鬼歌《子夜》。殷允为豫章时,豫章侨人庾僧度(虔)家亦有鬼歌《子夜》。殷允为豫章,亦是太元中,则子夜是此时以前人也。"③可见,《子夜歌》是东晋孝武帝太元年间(376—396)一位名叫子夜的女子所创制。当时琅邪王轲之家、侨人庾僧度家都有鬼歌子夜歌,说明该曲调当时在民间很流行。

《南史·王俭传》载:"帝幸乐游宴集,谓俭曰:'卿好音乐,孰与朕同?'俭曰:'沐浴唐风,事兼比屋,亦既在齐,不知肉味。'帝称善。后幸华林宴集,使各效伎艺。褚彦回弹琵琶,王僧虔、柳世隆弹琴,沈文季歌《子夜来》,张敬儿舞。俭曰:'臣无所解,唯知诵书。'因跪上前诵相如封禅书。"④王俭为齐高帝幸臣,齐高帝与褚

---

① 沈约:《宋书》,中华书局,1974 年,第 550 页。
② 王运熙:《乐府诗述论》,上海古籍出版社,1996 年。
③ 沈约:《宋书》,中华书局,1974 年,第 549 页。
④ 李延寿:《南史》,中华书局,1975 年,第 593 页。

彦回、王僧虔、柳世隆、王俭、沈文季等重臣的华林宴集之事当在齐高帝建元年间。由"沈文季歌《子夜来》，张敬儿舞"可知，《子夜歌》又名《子夜来》，齐初已经成为贵族喜爱的曲调，并且已经进入宫廷宴会的娱乐节目中。

　　2.《凤将雏歌》

　　《宋书·乐志》曰："《凤将雏歌》者，旧曲也。应璩《百一诗》云：'为作《陌上桑》，反言《凤将雏》。'然则《凤将雏》其来久矣，将由讹变以至于此乎？"①《乐府诗集·吴声歌曲》解题引《古今乐录》曰："吴声十曲：一曰《子夜》，二曰《上柱》，三曰《凤将雏》，四曰《上声》，五曰《欢闻》，六曰《欢闻变》，七曰《前溪》，八曰《阿子》，九曰《丁督护》，十曰《团扇郎》，并梁所用曲。《凤将雏》以上三曲，古有歌，自汉至梁不改，今不传。"②吴兢《乐府古题要解》载："《凤将雏》，右旧说汉世乐曲名也。若晋应璩《百一诗》云'言是《凤将雏》'，非魏晋曲明矣。"③苏轼《寄刘孝叔诗》云："平生学问只流俗，众里笙竽谁比数。忽令独奏《凤将雏》，仓卒欲吹那得谱。"④(明)《琴书大全》卷十三有"泉鸣调"曲谱的曲名记载："调子三首——《泉鸣调品》《夷齐吟》《凤将雏》。"⑤

　　可知，《凤将雏》是汉代流传下来的旧曲。本可歌，后来其辞不传，当与《凤将雏》逐渐成为琴曲有关。到陈以后则仅为琴曲了。

---

① 　沈约：《宋书》，中华书局，1974 年，第 549 页。

② 　郭茂倩：《乐府诗集》，中华书局，1979 年，第 640 页。

③ 　吴兢：《乐府古题要解》，《历代诗话续编》本，中华书局，1983 年，第 50 页。

④ 　孔凡礼点校：《苏轼诗集》，中华书局，1982 年，第 635 页。

⑤ 　蒋克谦：《琴书大全》卷一三，《续修四库全书》本，第 151 页。

3.《前溪歌》

《宋书·乐志》载:"《前溪歌》者,晋车骑将军沈充所制。"①曹毗《箜篌赋》云:"发愁吟,引吴妃,湖上飒沓以平雅,《前溪》摧藏而怀归。"②(唐)郗昂《乐府解题》曰:"《前溪》,舞曲也。"③(宋)乐史《太平寰宇记》载:"前溪在县西一百步。前溪者,古永安县前之溪也。今德清县有后溪也。邑人晋充家于此溪,乐府有《前溪曲》,则充之所制。其词云:'当曙与未曙,百鸟啼忿忿。'后宋少帝续为七曲。其一曲曰:'忧思出门户,逢郎前溪渡,莫作流水心,引新都舍故。'"④

由上可知:其一,《前溪歌》为东晋初期车骑将军沈充所制。沈充为东晋初人,应王敦起兵,官居车骑将军,领吴国内史。王敦举兵反晋事在晋元帝永昌元年(322),因其所居之处为前溪,故称沈充所制舞曲为《前溪歌》。其二,据曹毗《箜篌赋》描述,《前溪歌》在当时十分流行,而曹毗为晋孝武帝时期人,曾在孝武太元年间造宗庙歌辞。可见,《前溪歌》在太元年间(376—396)便开始在社会上广为流传了。其三,据《太平寰宇记》可知,宋少帝曾作过七曲《前溪歌》歌辞。说明《前溪歌》在宋初就已经进入刘宋朝王室、宫廷成为皇帝、王室宴饮娱乐的乐曲了。

4—5.《阿子》及《欢闻歌》

《宋书·乐志》载:"《阿子》及《欢闻歌》者,晋穆帝升平初,歌

---

① 沈约:《宋书》,中华书局,1974年,第549页。
② 严可均:《全晋文》,中华书局,1958年,第2075页。
③ 郭茂倩:《乐府诗集》,中华书局,1979年,第657页。
④ 乐史:《太平寰宇记》,《四库全书》本,第50页。

毕辄呼'阿子！汝闻不？'语在《五行志》。后人演其声，以为二曲。"①《宋书·五行志》曰："晋穆帝升平中，童子辈忽歌于道曰'阿子闻'，曲终辄云'阿子汝闻不？'无几而穆帝崩，太后哭曰：'阿子汝闻不？'"②《古今乐录》载："《欢闻歌》者，晋穆帝升平初歌，毕辄呼'欢闻不？'以为送声，后因此为曲名。今世用莎持乙子代之，语稍讹异也。"③《古今乐录》中对《欢闻变歌》也有类似记载。又《乐苑》曰："嘉兴人养鸭儿，鸭儿既死，因有此歌。未知孰是。"④并录歌辞四首如下：

> 阿子复阿子，念汝好颜容。风流世希有，窈窕无人双。
> 春月故鸭啼，独雄颠倒落。工知悦弦死，故来相寻博。
> 野田草欲尽，东流水又暴。念我双飞凫，饥渴常不饱。
> 可怜双飞凫，飞集野田头。饥食野田草，渴饮清河流。
>
> （王金珠）

从以上史料我们可以肯定以下几点：其一，《阿子》及《欢闻歌》在东晋穆帝以前是民谣，"阿子汝闻不"为民谣的送声。升平(361)以后被人演制成了《阿子》《欢闻歌》二曲调。其二，"阿子"为六朝口语中的怜称，男女皆可。如上引褚太后哭晋穆帝，又《世说新语·贤媛》注引《妒记》中桓温夫人南郡主对温妾李氏亦有

---

① 沈约：《宋书》，中华书局，1974 年，第 549 页。
② 沈约：《宋书》，中华书局，1974 年，第 917 页。
③ 郭茂倩：《乐府诗集》，中华书局，1979 年，第 656 页。
④ 郭茂倩：《乐府诗集》，中华书局，1979 年，第 658 页。

"阿子,我见汝亦怜,何况老奴"之语。① 由于阿子与鸭子音近,所以《乐苑》误以为《阿子》歌的"阿子"来源于嘉兴养鸭歌中的"鸭子",其实不然。其三,《乐苑》所载嘉兴人养鸭歌当与"阿子汝闻不"演制出的《阿子》《欢闻歌》曲调不是一回事。但从现存《乐府诗集》中《阿子歌》歌辞看,可能杂有嘉兴人的养鸭曲,如"春月故鸭啼""野田草欲尽"等二曲。所以,智匠对两种说法及所存歌辞无法判定,只好一并收入。《乐府诗集》歌辞是从《古今乐录》中移录过来的,所以在今存《乐府诗集》中也一并收入。

6.《团扇歌》

《宋书·乐志》载:"《团扇歌》者,晋中书令王珉与嫂婢有情,爱好甚笃,嫂捶挞婢过苦,婢素善歌,而珉好捉白团扇,故制此歌。"②《古今乐录》曰:"《团扇郎歌》者,晋中书令王珉,捉白团扇与嫂婢谢芳姿有爱,情好甚笃。嫂捶挞婢过苦,王东亭闻而止之。芳姿素善歌,嫂令歌一曲当赦之。应声歌曰:'白团扇,辛苦五流连,是郎眼所见。'珉闻,更问之:'汝歌何遗?'芳姿即改云:'白团扇,憔悴非昔容,羞与郎相见。'后人因而歌之。"③《晋书》本传载:"后历著作、散骑郎、国子博士、黄门侍郎、侍中,代王献之为长兼中书令。二人素齐名,世谓献之为'大令',珉为'小令'。"④现存歌辞《乐府诗集》中收录八首,其作者有称王金珠的,有称沈约的,有称梁武帝的,也有称王献之爱姬桃叶的,很难确知每首作品的

① 余嘉锡:《世说新语笺疏》,上海古籍出版社,1993年,第693页。
② 沈约:《宋书》,中华书局,1974年,第550页。
③ 郭茂倩:《乐府诗集》,中华书局,1979年,第660页。
④ 房玄龄等:《晋书》,中华书局,1974年,第1758页。

作者。

由上可见,《团扇歌》产生于东晋孝武帝时代,为女子情歌。齐、梁时代广为流传,文人开始为之作歌辞。

7.《懊侬歌》

《宋书·乐志》载:"《懊侬歌》者,晋隆安初,民间讹谣之曲。语在《五行志》。宋少帝更制新歌,太祖常谓之《中朝曲》。"①《宋书·五行志》载:"晋安帝隆安中,民忽作《懊恼歌》,其曲中有'草生可揽结,女儿可揽抱'之言。桓玄既篡居天位,义旗以三月二日扫定京都,玄之宫女及逆党之家子女伎妾,悉为军赏。东及瓯越,北流淮泗,皆人有所获焉。时则草可结,事则女可抱,信矣。"②《古今乐录》曰:"《懊侬歌》者,晋石崇绿珠所作,唯'丝布涩难缝'一曲而已。后皆隆安初民间讹谣之曲。宋少帝更制新歌三十六曲。齐太祖常谓之《中朝曲》,梁天监十一年,武帝敕法云改为《相思曲》。"③

据《古今乐录》知,西晋石崇曾为其爱伎绿珠作过《懊侬歌》辞。江左往往称西晋"中朝",宋太祖刘裕称之为"中朝旧曲",可见此曲确曾流传到中原。据《晋书·石崇传》知,石崇曾为荆州刺史、征虏将军、假节、监徐州诸军事。可能荆、徐之地有江南吴歌的传入。以上三则材料都说到东晋隆安初民间《懊恼歌》,可见,《懊恼歌》虽产生很早、流传较广,但多是徒歌谣曲,在民间流传。直到东晋末、刘宋初才进入宫廷,天监十一年,梁武帝整理宫廷音

---

① 沈约:《宋书》,中华书局,1974 年,第 550 页。
② 沈约:《宋书》,中华书局,1974 年,第 918—919 页。
③ 郭茂倩:《乐府诗集》,中华书局,1979 年,第 667 页。

乐,将之改成《相思曲》。

8.《长史变》

《宋书·乐志》载:"《长史变》者,司徒左长史王廞临败所制。"①此处"司徒",当为"晋司徒",因为王廞乃东晋安帝时期人。《晋书·王导传》王廞附传载:"子廞,历太子中庶子、司徒左长史。以母丧,居于吴。王恭举兵,假廞建武将军、吴国内史,令起军,助为声援。廞即墨经合众,诛杀异己,仍遣前吴国内史虞啸父等入吴兴、义兴聚兵,轻侠赴者万计。廞自谓义兵一动,势必未宁,可乘间而取富贵。而曾不旬日,国宝赐死,恭罢兵符,廞去职。廞大怒,回众讨恭。恭遣司马刘牢之距战于曲阿,廞众溃奔走,遂不知所在。"②《世说新语·任诞》:"王长史登茅山,大恸哭曰:'琅邪王伯舆,终当为情死。'"刘孝标注引《王氏谱》曰:"廞字伯舆,琅邪人,父荟,卫将军。廞历司徒长史。"③从现存三首歌辞内容看,也与王廞事迹相符。王运熙先生以为"琅琊王伯舆,终当为情死"二句亦当是《长史变》同时之作,或《长史变》逸曲。④ 可谓的论。

《长史变》乃王廞兵败而作,其兵败事在东晋安帝隆安二年(398),可知,此曲当产生流传于隆安二年以后。

以上8曲的产生、流传情况可见下表:

---

① 沈约:《宋书》,中华书局,1974年,第550页。
② 房玄龄等:《晋书》,中华书局,1974年,第1760页。
③ 余嘉锡:《世说新语笺疏》,上海古籍出版社,1993年,第763页。
④ 王运熙:《乐府诗述论》,上海古籍出版社,1996年,第73页。

序号	曲名	作者	身份	产生时间	流传记载	进入宫廷
1	子夜歌	子夜	民女	东晋太元年间（376—396）	沈文季皇帝赐宴演奏	齐初
2	凤将雏歌			汉		
3	前溪歌	沈充	武将	东晋永昌前（322）	曹毗《箜篌赋》（太元）	晋末宋初
4—5	阿子欢闻歌			东晋升平年间（361）		齐梁
6	团扇歌	谢芳姿	婢女	东晋太元初（376）		齐梁
7	懊恼歌	民谣		中朝旧曲	隆安初	宋初
8	长史变			东晋隆安二年（398）后		宋以后

从上表可知，东晋吴歌诸曲，除《凤将雏》一曲为西晋传入外，余皆东晋永和年间以后产生的。《前溪歌》虽为东晋初公元322年前所制，但其广为流传却在太元年间。孝武帝太元至安帝隆安年间是东晋民歌发展的一个高峰期。作者有婢女、民女、将军，但没有文人。绝大多数曲调都是刘宋以后进入宫廷音乐机关的。

二、《乐志》未载的吴歌

1.《碧玉歌》

《碧玉歌》是东晋时期就产生了的一首情歌，但不载于沈约《宋书·乐志》。《乐府诗集》现存《碧玉歌》五首，皆题无名氏。

《乐苑》载："《碧玉歌》者，宋汝南王所作也。碧玉，汝南王妾

名,以宠爱之甚,所以歌之。"(宋无汝南王,"宋"当为"晋"之
误)①《通典·乐典》曰:"《碧玉歌》者,晋汝南王妾名。宠好,故作
歌之。"②戴祚《甄异传》载:"金吾司马义妾碧玉,善弦歌。义以太
元中病笃,谓碧玉曰:'吾死,汝不当别嫁,当杀汝。'曰:'谨奉
命。'葬后,其邻家欲取之,碧玉当去,见义乘马入门,引弓射之,
正中其喉。喉便痛哑,姿态失常,奄忽便绝。十余日乃苏,不能
语,四肢如被挝损。周岁始能言,犹不分明。碧玉色甚不美,本以
声见取,既被患,遂不得嫁。"③《玉台新咏》卷十录"碧玉小家女"
"碧玉破瓜时"二首,并名曰"孙绰情人碧玉歌"。《建康实录》简
文帝咸安元年载:"是岁散骑常侍、领著作孙绰卒,……时年五十
八。"④《晋书·穆帝纪》曰:"(永和)十一年春正月甲辰,侍中、汝
南王统薨。"⑤《晋书·孝武帝纪》曰:"(太元十四年)八月,丁亥,
汝南王羲(义)薨。"⑥可见,司马义继汝南王之位在晋穆帝永和十
一年(355)春正月,距晋简文帝咸安元年(371)孙绰去世有十六年
之久。孙绰完全有可能为司马义爱妾作《碧玉歌》。

　　由上可知:其一,《碧玉歌》乃东晋汝南王司马义为其妾碧玉
所造的歌曲。其二,孙绰与司马义基本同时,且二人均做过散骑
常侍之职,有作《碧玉歌》歌辞的可能。其三,梁代《碧玉歌》已经
广为流传,并进入宫廷音乐机构,梁武帝曾作过《碧玉歌》歌辞。

① 郭茂倩:《乐府诗集》,中华书局,1979 年,第 663 页。
② 杜佑:《通典》,中华书局,1988 年,第 3702 页。
③ 李昉:《太平广记》,中华书局,1961 年,第 2545 页。
④ 许嵩:《建康实录》,上海古籍出版社,1987 年,第 183 页。
⑤ 房玄龄等:《晋书》,中华书局,1974 年,第 200 页。
⑥ 房玄龄等:《晋书》,中华书局,1974 年,第 237 页。

2.《桃叶歌》

《古今乐录》载："《桃叶歌》者,晋王子敬之所作也。桃叶,子敬妾名,缘于笃爱,所以歌之。"①《隋书·五行志》载："陈时,江南盛歌王献之《桃叶》之词曰:'桃叶复桃叶,渡江不用楫。但度无所苦,我自迎接汝。'晋王伐陈之始,置营桃叶山下,及韩擒渡江,大将任蛮奴至新林以导北军之应。"②

现存歌辞四首,《玉台新咏》录二首,并题名为王献之《情人桃叶歌》。王献之为东晋孝武帝时人,《桃叶歌》当与《团扇歌》大致同时,但《桃叶歌》不载于《宋书·乐志》。又据《隋书·五行志》知,《桃叶歌》在陈还曾流行于江南。

《宋书·乐志》不载《碧玉歌》《桃叶歌》大概是此二曲在宋齐年间一直未进入音乐机关的缘故吧。

上述曲调只是广大而丰富的民歌之代表,它们因为被文人改造、加工,其艺术水平得到提升。也因文人的参与,其流传面更广,影响更大,乃至进入宫廷音乐机构,成为宫廷音乐文化的一部分。其实,还有大量的民歌仍以自足的方式在民间生存发展着。如《世说新语·排调》载:"晋武帝问孙皓:'闻南人好作《尔汝歌》,颇能为不?'皓正饮酒,因举觞劝帝而言曰:'昔与汝为邻,今与汝为臣。上汝一杯酒,令汝寿万春。'帝悔之。"③《晋书·五行志》载,庾亮初镇武昌,到石头城,百姓在岸上歌曰:"庾公上武昌,翩翩如飞鸟。庾公还扬州,白马牵旒旐。"④庾亮为成帝时重臣,咸

---

① 郭茂倩:《乐府诗集》,中华书局,1979 年,第 664 页。
② 魏征等:《隋书》,中华书局,1973 年,第 637 页。
③ 余嘉锡:《世说新语笺疏》,上海古籍出版社,1993 年,第 781 页。
④ 房玄龄等:《晋书》,中华书局,1974 年,第 846 页。

和二年平苏峻之乱,为豫州刺史,咸和九年陶侃卒,领江、荆、豫三州刺史,进号征西将军,迁镇武昌。可见,此歌当为咸和九年(334)以后的事。《宋书》《晋书》"五行志"中诸多谶言、妖诗就是当时的民歌,这些民歌是上述民间乐曲的基石。

从以上分析可见,吴歌在东晋中后期才在社会上广泛流行:穆帝升平年间开始在文人或贵族中流行,孝武帝太元年间、安帝隆安、元兴年间最为活跃,进入宫廷的时间大多在刘宋以后。从司马睿建武元年建国到穆帝升平年间(357—361)近半个世纪以来,东晋的民间音乐一直在民间以自足的方式发展流传,很少有文人、贵族、皇室成员接受吴歌的记载。其中原因,当与东晋建国初期特殊的政治、文化环境以及东晋音乐文化政策紧密相关。

论"北狄乐"的发展与变迁

"北狄乐"是对北方汉魏晋南北朝时期少数民族音乐的总称，最早见于杜佑《通典》。《通典》曰："北狄三国：鲜卑、吐谷浑、部落稽。'北狄乐'，皆为马上乐也。"①《旧唐书·音乐志》曰："北狄乐，其可知者鲜卑、吐谷浑、部落稽三国，皆马上乐也。鼓吹本军旅之音，马上奏之，故自汉以来，北狄乐总归鼓吹署。"②

从《通典》《旧唐书》所载梁鼓角横吹曲中人名、地名及《古今乐录》的注解可知，"北狄乐"之名是一个涵盖极广的概念，时间上涵盖了自汉魏晋南北朝到唐代，空间上涵盖北方的各民族所在地，是鲜卑、匈奴、羌、氐、羯等各民族的音乐总称。《旧唐书》所列曲名《慕容可汗》，《乐府诗集》载梁鼓角横吹曲《慕容垂歌辞》《慕容家自鲁企由谷歌》等当为慕容氏歌曲。《北史·吐谷浑传》载："吐谷浑，本辽东鲜卑徒河涉归子也。涉归一名弈洛韩，有二子，庶长曰吐谷浑，少曰若洛廆。涉归死，若洛廆代统部落，是为慕容氏。涉归之在也，分户七百以给吐谷浑，与若洛廆二部。……于是遂西附阴山，后假道上陇。若洛廆追思吐谷浑，作《阿于歌》，徒河以兄为阿于也。子孙僭号，以此歌为辇后鼓吹大曲。"③可见，

---

① 杜佑：《通典》，中华书局，1988年，第3725页。
② 刘昫等：《旧唐书》，中华书局，1974年，第1071页。
③ 李延寿：《北史》，中华书局，1974年，第3178—3179页。

《阿于之歌》为前燕慕容鲜卑的歌曲，与《慕容可汗》当是一个部落的歌曲。《钜鹿公主》当为羌族歌曲。《旧唐书·音乐志》云："梁有《钜鹿公主歌辞》，似是姚苌时歌，其辞华音，与北歌不同。"①《部落稽》当为南部匈奴歌曲。因其国名北周才见于史籍，此歌有可能是北周后产生的。此外，梁鼓角横吹曲中尚有《企喻歌辞》《琅琊王歌辞》《高阳乐人歌》三首可考知其族别。《古今乐录》曰："《企喻歌》四曲，或云后又有二句'头毛堕落魄，飞扬百草头'。最后'男儿可怜虫'一曲是苻融诗，本云'深山解谷口，把骨无人收。'"②苻融乃前秦苻坚之弟，则此曲为氐族歌曲。《琅琊王歌辞》有"谁能骑此马，唯有广平公"之句，《乐府诗集》引《晋书·姚兴载记》曰："广平公姚弼，兴之子，泓之弟也。"③姚弼是南安赤亭羌人姚弋仲之后。可见，此歌为羌族歌曲。《乐府诗集》引《古今乐录》曰："魏高阳王乐人所作也。"④高阳王即元雍，其事迹《魏书·高阳王传》有载。由此可知，《高阳乐人歌》产生于元魏太和、永安年间，属拓跋鲜卑歌曲。其他尚无可考定的曲调中可能亦有羯族歌曲，因为石勒灭前赵，建立后赵，到冉魏灭赵达三十年之久。

　　由上可知，《北狄乐》是对汉魏南北朝时期北方鲜卑、匈奴、羌、氐、羯等诸少数民族歌曲的通称，因为中国古代中原汉人多以北狄、西戎、东夷、南蛮蔑称四方少数民族，《唐书·音乐志》因其旧。自唐代始，便以"北狄乐"总称两汉魏晋南北朝时期北方少数

---

① 刘昫等：《旧唐书》，中华书局，1974年，第1072页。
② 郭茂倩：《乐府诗集》，中华书局，1979年，第362—363页。
③ 郭茂倩：《乐府诗集》，中华书局，1979年，第364页。
④ 郭茂倩：《乐府诗集》，中华书局，1979年，第371页。

民族的民间音乐。(陈)智匠《古今乐录》著录的"梁鼓角横吹曲"六十六首歌辞是"北狄乐"歌辞的主要文献,现存于《乐府诗集·横吹曲辞》中。"北狄乐"的发展变迁,大致经历了以下三个历史阶段。

一、使用母语歌唱时期

东晋十六国前期,亦即北魏代都时期的北方民歌多用自己本民族语言歌唱,以描写本民族生活、歌颂本民族部落首领和英雄为主要内容,在某种程度上具有民族史诗的性质。"魏氏来自云、朔,肇有诸华,乐操土风,未移其俗。"①其间,慕容鲜卑发展较快,其音乐文化亦最发达。

从《旧唐书》所引曲目看,《土谷浑》《慕容可汗》二曲,都是歌颂部落首领的歌曲。《阿于歌》则有记载慕容鲜卑历史的史诗性歌曲,所以"子孙僭号,以此歌为辇后鼓吹大曲"。崔鸿《十六国春秋·前燕录》也记载慕容廆"以孔怀之思,作《吐谷浑阿干歌》(干当为于之讹),……及俊、垂僭号,以为辇后大曲"②。《旧唐书·音乐二》云:"知此歌是燕、魏之际鲜卑歌,歌辞虏音,竟不可晓。"③关于《于干歌》产生的具体时间,黎虎《魏晋南北朝史论·慕容鲜卑音乐论略》认为在西晋太康十年(289)之后。④《土谷

---

① 魏征等:《隋书》,中华书局,1973年,第313页。
② 李昉:《太平御览》,中华书局,1960年,第2579页。
③ 刘昫等:《旧唐书》,中华书局,1974年,第1072页。
④ 黎虎:《魏晋南北朝史论·慕容鲜卑音乐论略》,学苑出版社,1999年,第588页。

浑》《慕容可汗》大概也是前燕初期的歌曲。

拓跋鲜卑代国时期的歌曲称为《簸逻回歌》和《真人代歌》。

《簸逻回歌》隋唐时称之为"大角"。《隋书·音乐志》对大角有详细描述。《新唐书·礼乐志》云："金吾所掌有大角,即魏之'簸逻回'。工人谓之角手,以备鼓吹。"①可见《簸逻回歌》乃鲜卑军阵之乐。

《魏书·乐志》：

> 太祖初,……正月上日,飨群臣,宣布政教,备列宫悬正乐,兼奏燕、赵、秦、吴之音,五方殊俗之曲。四时飨会亦用焉。凡乐者乐其所自生,礼不忘其本,披庭中歌《真人代歌》,上叙祖宗开基所由,下及君臣废兴之迹,凡一百五十章,昏晨歌之,时与丝竹合奏。郊庙宴飨亦用之。②

《隋书·音乐志》：

> 天兴初,吏部郎邓彦海,奏上庙乐,创制宫悬,而钟管不备。乐章既阙,杂以《簸逻回歌》。③

天兴元年(398),北魏迁都平城,开始着手礼乐建设。从邓彦海奏"杂以《簸逻回歌》"可见,《簸逻回歌》《真人代歌》是拓跋鲜

---

① 欧阳修等：《新唐书》,中华书局,1975年,第479页。
② 魏收：《魏书》,中华书局,1974年,第2827—2828页。
③ 魏征等：《隋书》,中华书局,1973年,第313页。

卑族早期歌曲,歌辞为鲜卑语,产生于代都及以前,在代都时期的宫廷雅乐建设中被引入宫廷音乐机关。

《旧唐书·音乐志》:

> 后魏乐府始有北歌,即《魏史》所谓《真人代歌》是也。代都时,命挍庭宫女晨夕歌之。①

《南齐书·魏虏传》:

> 国中呼内左右为"直真",外左右为"乌矮真",曹局文书吏为"比德真",檐衣人为"朴大真",带仗人为"胡洛真",通事人为"乞万真",守门人为"可薄真",伪台乘驿贱人为"拂竹真",诸州乘驿人为"咸真",杀人者为"契害真",为主出受辞人为"折溃真",贵人作食人为"附真",三公贵人,通谓之"羊真"。②

可见,"真"是北魏拓跋鲜卑族常用的鲜卑语,至于具体是什么意思则不得而知。

二、汉胡杂糅时期

从淝水之战到北魏孝文帝迁都洛阳(383—493),即北魏的平

---

① 刘昫等:《旧唐书》,中华书局,1974 年,第 1071—1072 页。
② 萧子显:《南齐书》,中华书局,1972 年,第 985 页。

城时期。北方经过前秦短暂的统一，淝水之战后，又陷入分裂。公元384—386年间，先后有后秦（羌）、西秦（鲜卑）、后燕（鲜卑）、北魏（鲜卑）、西燕（鲜卑）、后凉（氏）建国，又经东晋刘裕北伐灭后秦、南燕，北魏灭北燕，夏（匈奴）灭西秦，吐谷浑灭夏（匈奴），到北魏太武帝太延五年（439）灭北凉（匈奴），北方再度统一于北魏拓跋鲜卑族手中。这期间，鲜卑族得到空前发展。北方少数民族政权通过吸纳"坞壁"头人入朝为官等措施，达到了学习借鉴汉族先进文化之目的，因此，在北方长期的动乱中，汉胡民族的交流与渗透则进一步加强。北魏统治层在国家制度、文化建构等方面大量借鉴吸收汉人的政治制度和文化制度，还在各行政部门设置翻译官员。从此，北魏鲜卑文化与汉文化开始进入深层的交流与渗透时期。

就音乐言，此期间，开始出现了汉虏杂糅的倾向。一方面，北魏对北方的再度统一，使原来各民族的歌曲都归于北魏，并与北魏的《真人代歌》相融合，统称之为"北歌"。公元397年，拓跋珪定中山，获得后燕乐器，使慕容燕音乐移到北魏。《魏书·乐志》曰："逮太祖定中山，获其乐悬，既初拨乱，未遑创改，因时所行而用之。"①并于次年"诏尚书吏部郎邓渊定律吕，协音乐"，初步建立起北魏的宫廷音乐。正月上日，飨群臣，宣布政教，合奏"燕、赵、秦、吴之音，五方殊俗之曲"与《真人代歌》。所谓"燕、赵、秦、吴之音"，即慕容燕、石勒赵、苻坚秦与江南的音乐。而在这些音乐的基本构成中，就包括西晋流散中原的宫廷雅乐。另一方面，歌辞传唱中，开始有汉语与胡语杂歌的情形。这一点从现存汉胡

---

① 魏收：《魏书》，中华书局，1974年，第2827页。

杂写的歌辞中可探得些许信息。

《古今乐录》：

> 是时乐府胡吹旧曲有《大白净皇太子》《小白净皇太子》
> 《雍台》《揄台》《胡遵》《利茄女》《淳于王》《捉搦》《东平刘
> 生》《单迪历》《鲁爽》《半和企喻》《比敦》《胡度来》十四曲。
> 三曲有歌，十一曲亡。①

就曲目看，《鲁爽》以人命名。据《宋书》《南史》记载，鲁爽是
一名武将，其祖父鲁宗之东晋末年为雍州刺史，后入北仕北魏荆
州刺史。其父鲁轨，还有他自己，都先后任过荆州刺史。他"幼染
殊俗，无复华风。粗中使酒，数有过失"②。得罪魏太武帝，元嘉二
十八年（451）南奔宋，为司州刺史。其在北魏生活的时期刚好是
平城时期，他"幼染殊俗，无复华风"，所以此曲当为平城时期的歌
曲。《大白净皇太子》《小白净皇太子》二曲，其曲名当是汉胡杂
写的。

《古今乐录》引《琅琊王歌辞》最后云："谁能骑此马，唯有广
平公。"郭茂倩按语引《晋书·姚兴载记》曰："广平公姚弼，兴之
子，泓之弟也。"③

《乐府诗集·慕容垂歌辞》解题引《晋书·载记》：

---

① 　郭茂倩：《乐府诗集》，中华书局，1979 年，第 362 页。
② 　沈约：《宋书》，中华书局，1974 年，第 1922 页。
③ 　郭茂倩：《乐府诗集》，中华书局，1979 年，第 364 页。

慕容本名廆，寻以谶记乃去夬，以垂为名。慕容隽僭号，封垂为吴王，徙镇信都，太元八年自称燕王。①

《折杨柳》解题引《唐书·乐志》：

梁乐府有《胡吹歌》云："上马不捉鞭，反拗杨柳枝。下马吹横笛，愁杀行客儿。"此歌辞元出北国，即鼓角横吹曲《折杨柳枝》是也。②

《宋书·五行志》：

太康末，京、洛始为《折杨柳》之歌，其曲始有兵革苦辛之词。③

可知，以上歌曲皆产生于燕、魏时期。

三、汉胡同化时期

北魏孝文帝即位后，全面推行汉化政策，大量起用汉族文人进入北魏统治阶层，其官制修定、礼仪建立等重大的仪礼文化活动都是在汉族文人的帮助下完成的。在孝文帝全面汉化的过程

---

① 郭茂倩：《乐府诗集》，中华书局，1979 年，第 367 页。
② 郭茂倩：《乐府诗集》，中华书局，1979 年，第 328 页。
③ 沈约：《宋书》，中华书局，1974 年，第 914 页。

中,鲜卑族上层人物已经有很深的汉族文化修养,具备用汉族音乐表达其情志的能力。

在音乐上,孝文帝努力追求汉民族音乐的传统:一是收集整理尚存的汉魏古乐;二是改造本民族的民歌,使之进入雅乐系统。

《魏书·高祖纪》:

十有一年春正月丁亥朔,诏定乐章,非雅者除之。①

《魏书·乐志》:

太和初,高祖垂心雅古,务正音声。时司乐上书,典章有阙,求集中秘群官议定其事,并访吏民,有能体解古乐者,与之修广器数,甄立名品,以谐八音。……五年,文明太后、高祖并为歌章,戒劝上下,皆宣之管弦。②

孝文帝太和十五年(491)《简置乐官诏》曰:

乐者所以动天地,感神祇,调阴阳,通人鬼。故能关山川之风,以播德于无外。由此言之,治用大矣。逮乎末俗陵迟,正声顿废,多好郑卫之音以悦耳目,故使乐章散缺,伶官失守。今方鳌革时弊,稽古复礼,庶令乐正雅颂,各得其宜。今

---

① 魏收:《魏书》,中华书局,1974 年,第 162 页。
② 魏收:《魏书》,中华书局,1974 年,第 2828—2829 页。

置乐官,实须任职,不得仍令滥吹也。①

《隋书·音乐上》:

> 晋氏不纲,魏图将霸,道武克中山,太武平统万,或得其宫悬,或收其古乐,于时经营是迫,雅器斯寝。孝文颇为诗歌,以勖在位,谣俗流传,布诸音律。大臣驰骋汉魏,旁罗宋齐,功成奋豫,代有制作。莫不各扬庙舞,自造郊歌,宣畅功德,辉光当世,而移风易俗,浸以凌夷。②

《洛阳伽蓝记》载:"河间王琛有婢朝云,善吹篪,能为《团扇歌》《陇上声》。"③并能使羌人闻之流泪。

《陇上声》本事见于《晋书·载记》:

> (陈)安善于抚接,吉凶夷险与众同之,及其死,陇上歌之曰:"陇上壮士有陈安,躯干虽小腹中宽,爱养将士同心肝。骊骢父马铁瑕鞍,七尺大刀奋如湍,丈八蛇矛左右盘,十荡十决无当前。战始三交失蛇矛,弃我骊骢窜岩幽,为我外援而悬头。西流之水东流河,一去不还奈子何!"曜闻而嘉伤,命乐府歌之。④

---

① 魏收:《魏书》,中华书局,1974年,第2829页。
② 魏征等:《隋书》,中华书局,1973年,第286—287页。
③ 杨衒之撰,周祖谟校释:《洛阳伽蓝记校释》,上海书店出版社,2000年,第163页。
④ 房玄龄等:《晋书》,中华书局,1974年,第2694页。

朝云可能是一名汉人歌女,她唱的《团扇歌》《陇上声》歌辞应该是汉语的。

《乐府诗集》"梁鼓角横吹曲"《黄淡思歌辞》《高阳王乐人歌辞》等就是此期歌曲。高阳王为孝文帝之弟元雍,《魏书》有传。

《洛阳伽蓝记》:

> 美人徐月华,善弹箜篌,能为《明妃出塞》之歌,闻者莫不动容。……徐常语士康曰:"王有二美姬,一名修容,一名艳姿,并娥眉皓齿,洁貌倾城。修容亦能为《绿水歌》,艳姿善为《火凤舞》。"……士康闻此,遂常令徐鼓《绿水》《火凤》之曲焉。①

在此要说明的是,用汉语改造胡语民歌,使之进入宫廷音乐系统,只是事物的一个方面;另一方面,在民间用鲜卑语歌唱自己本民族的歌曲是很正常的,也是很普遍的。北魏代都及代都以北广大鲜卑族聚居地区尤其如此。那些没有被汉化的、没有进入宫廷音乐系统的民歌,仍当是用鲜卑语歌唱的,只是文献没有记载而已。这种格局当从北魏末延续到北齐、北周。

除"梁鼓角横吹曲"以外,《乐府诗集》"杂歌谣辞"中还保留了几首北朝的歌曲。如《咸阳王歌》《北军歌》《郑公歌》《裴公歌》《长白山歌》《敕勒歌》等。《敕勒歌》据《乐府广题》所引是北齐神武攻周玉璧时用于军中的,郭茂倩补充曰:"其歌本鲜卑语,易为

---

① 杨衒之撰,周祖谟校释:《洛阳伽蓝记校释》,上海书店出版社,2000年,第138—139页。

齐言,故其句长短不齐。"①可知,此歌是一首很早的鲜卑族民歌,流传到南方前用北齐语言歌唱,所以长短不齐。《乐府诗集》中存录的歌辞亦长短不齐,由此可以断定这首歌曲传入南方当在北齐或以后。

"北狄乐"分化后,一部分歌曲传到梁代,成为军乐,陈继梁制,未有多大变化,在陈当还有北歌传唱。《古今乐录·地驱歌乐辞》解题曰:

> "恻恻力力"以下八句,是今歌有此曲。最后云"不可与力",或云"各自努力"。②

"今歌"当指陈地歌。《陇头流水歌辞》《隔谷歌》也为陈乐工所提供。

《隋书·音乐志》:

> 及后主嗣位,耽荒于酒,视朝之外,多在宴筵。尤重声乐,遣宫女习北方箫鼓,谓之《代北》,酒酣则奏之。③

隋统一后,与清商乐一并入隋太乐署,成为鼓吹四部之一,唐因隋制,将四部改成五部。"自隋已后,始以横吹用之卤簿,与鼓

① 郭茂倩:《乐府诗集》,中华书局,1979年,第1212页。
② 郭茂倩:《乐府诗集》,中华书局,1979年,第366页。
③ 魏征等:《隋书》,中华书局,1973年,第309页。

吹列为四部,总谓之鼓吹,并以供大驾及皇太子、王公等。"①

在北方,"北歌"继续在上层与下层两个空间流传。

《隋书·音乐志》:

> 周太祖发迹关、陇,躬安戎狄,群臣请功成之乐,式遵周旧,依三材而命管,承六典而挥文,而《下武》之声,岂姬人之唱,登歌之奏,协鲜卑之音。②

《旧唐书·音乐志》:

> 元魏、宇文,代雄朔漠,地不传于清乐,人各习其旧风。③

以上北齐、北周宫廷音乐中有关北歌的记载说明北歌在北方上层尚一直流传。在民间,特别是鲜卑族聚居区,歌唱北歌也是相当普遍的。

《北史·尔朱荣传》:

> (尔朱荣)及酒酣耳热,必自匡坐唱虏歌,为《树梨普梨》之曲。见临淮王彧从容闲雅,爱尚风素,固令为敕勒舞。日

---

① 郭茂倩:《乐府诗集》,中华书局,1979 年,第 310 页。

② 魏征等:《隋书》,中华书局,1973 年,第 287 页。

③ 刘昫等:《旧唐书》,中华书局,1974 年,第 1040 页。

暮罢归,便与左右连手蹋地,唱《回波乐》而出。①

《北齐书·徐之才传》:

太宁二年(562)春,武明太后又病。之才弟之范为尚药典御,勒令诊候。内史皆令呼太后为"石婆"。盖有俗忌,故改名以厌制之。之范出告之才曰:"童谣云:'周里跂求伽,豹祠嫁石婆,斩冢做媒人,唯得一量紫纮靴。'今太后忽改名,私所致怪!"之才曰:"跂求伽,胡言去已。豹祠嫁石婆,岂有好事?斩冢做媒人,但令合葬自斩冢。唯得紫纮靴者,得至四月,何者?紫之为字'此'下'系','纮'者熟,当在四月之中。"之范问靴是何义?之才曰:"靴者革旁化,宁是久物?"至四月一日,后果崩。②

可见,北方民间的虏语歌曲是一直存在的。虽然,在东魏、西魏及北齐、北周时期鲜卑化政治思潮与文化思潮十分明显,但是,并不能以此否定北魏全面汉化与北歌汉语化之历史事实。南北统一后,上层汉语的北歌与民间鲜卑语北歌都进入隋太乐署,但认识鲜卑语歌曲的人已很少了。

从原始的部落歌曲到与汉民族歌曲交融、北魏朝廷制礼作乐过程中的提升改造,再到南朝、北朝的广泛流传,"北狄乐"的发展

① 李延寿:《北史》,中华书局,1974年,第1762页。
② 李百药:《北齐书》,中华书局,1972年,第445页。

经历了原创、交融、同化的过程。在这一漫长的历史过程中，其中一部分歌曲被改造提升，开始汉化，进入北魏音乐机关，与从西凉所得的汉魏古乐一起成为祭祀、郊庙和朝会享宴音乐的一部分，其歌辞是华语系统；一部分未进入音乐机关，继续在民间流传的歌曲，其歌辞仍为鲜卑语。华化的这部分歌曲因为可以与江南交流，所以在这期间通过战争、外交、民间等各种方式流传到了南方，因此，《乐府诗集》在梁鼓角横吹曲和杂曲歌辞中得以存录北歌歌辞。因为北魏时期传统的鲜卑语歌辞系统在民间一直未断其血脉，所以唐代音乐机关还能见到辞曲均不可晓的鲜卑语歌曲。

《明君曲》考述

　　《明君曲》是魏晋南北朝时期最为活跃、流传最广的几首曲调之一，也是在隋唐清乐部类中历史最久远的几个曲调之一。厘清其产生、流传、变迁的历史，对我们认识整个魏晋南北朝音乐流传、变迁能起窥斑见豹的作用。

一、《明君曲》本事及产生时间

　　关于《明君曲》本事，很多文献皆有记载。
　　(汉)刘歆《西京杂记·画工弃市》载：

　　　　元帝后宫既多，不得常见，乃使画工图形，案图召幸之。诸宫人皆赂画工，多者十万，少者亦不减五万，独王嫱不肯，遂不得见。匈奴入朝求美人为阏氏，于是上案图以昭君行。及去，召见，貌为后宫第一，善应对，举止娴雅。帝悔之，而名籍已定，帝重信于外国，故不复更人。乃穷案其事，画工皆弃市。籍其家，资皆巨万。①

---

① 刘歆撰，葛洪集，向新阳、刘克任校注：《西京杂记校注》，上海古籍出版社，1991年，第67页。

(汉)蔡邕《琴操》有"怨旷思维歌"。《琴操》载：

　　昭君,齐国王穰女,端正闲丽,未尝窥门户。穰以其有异于人,求之者皆不与。年十七,献之元帝。元帝以地远不之幸,以备后宫,积五六年,帝每游后宫,常怨不出。后单于遣使朝贡,帝宴之,尽召后宫。昭君盛饰而至,帝问欲以一女赐单于,能者往。昭君乃越席请行。时单于使在旁,(帝)惊恨不及。昭君至匈奴,单于大悦,以为汉与我厚,纵酒作乐。遣使报汉,白璧一双,骏马十匹,胡地珍宝之物。昭君恨帝始不见遇,乃作怨思之歌。单于死,子世达立,昭君谓之曰："为胡者妻母,为秦者更娶。"世达曰："欲作胡礼。"昭君乃吞药而死。①

《汉书·元帝纪》载：

　　竟宁元年,……赐单于待诏掖庭王樯为阏氏。应劭注曰："王樯,王氏女,名樯,字昭君。"文颖注曰："本南郡秭归人也。"②

《汉书·匈奴传》载：

　　竟宁元年,单于(呼韩邪)复入朝。……自言愿婿汉氏以

---

① 郭茂倩:《乐府诗集》卷五九,中华书局,1979年,第853页。
② 班固:《汉书》卷九,中华书局,1962年,第297页。

自亲。元帝以后宫良家子王墙字昭君赐单于,单于欢喜。……王昭君号宁胡阏氏,生一男伊屠智牙师,为右日逐王。……呼韩邪死,雕陶莫皋立,为复株絫若鞮单于。……复株絫单于复妻王昭君,生二女,长女云为须卜居次,小女为当于居次。①

《后汉书·南匈奴传》载:

初,单于弟右谷蠡王伊屠知牙师以次当为左贤王。左贤王即是单于储副。单于欲传其子,遂杀知牙师。知牙师者,王昭君之子也。昭君字嫱,南郡人也。初,元帝时,以良家子选入掖庭。时呼韩邪来朝,帝敕以宫女五人赐之。昭君入宫数岁,不得见御,积悲怨,乃请掖庭令求行。呼韩邪临辞大会,帝召五女以示之。昭君丰容靓饰,光明汉宫,顾景裴回,竦动左右。帝见大惊,意欲留之,而难于失信,遂与匈奴。生二子。及呼韩邪死,其前阏氏子代立,欲妻之。昭君上书求归,成帝敕令从胡俗,遂复为后单于阏氏焉。②

《世说新语·贤媛》载:

汉元帝宫人既多,乃令画工图之,欲有呼者,辄披图召之。其中常者,皆行货赂。王明君姿容甚丽,志不苟求,工遂

---

① 班固:《汉书》卷九四,中华书局,1962 年,第 3803—3808 页。
② 范晔:《后汉书·南匈奴传》卷八九,中华书局,1965 年,第 2941 页。

毁为其状。后匈奴来和,求美女于汉帝,帝以明君充行。既召见而惜之。但名字已去,不欲中改,于是遂行。①

杜佑《通典·乐五》:

《明君》,汉曲也。汉元帝时,匈奴单于入朝,诏以待诏王嫱配之,即昭君也。及将去,入辞,光彩射人,悚动左右,天子悔焉。汉人怜其远嫁,为作此歌。晋石崇妓绿珠善舞,以此曲教之,而制新歌曰:"我本汉家子,将适单于庭。昔为匣中玉,今为粪土英。"晋文王讳昭,故晋人谓之《明君》。②

郑樵《通志》载:

元帝之时,后宫掖庭员数多,帝不及遍识。令毛延寿画图。延寿取金于后宫,而昭君不与,故陋其姿。及昭君既出宫,帝为愕然,杀延寿。其时公主嫁乌孙,为马上弹琵琶作乐,以慰其道路之思,其事多见载籍。……此则是也;若以为延寿画图之说,则委巷之谈,流入风骚人口中,故供其赋咏,至今不绝。③

(宋)韩驹《昭君图序》云:

---

① 余嘉锡:《世说新语笺疏》,上海古籍出版社,1993年,第665页。
② 杜佑:《通典·乐五》卷一四五,中华书局,1988年,第3701页。
③ 郑樵:《通志》卷四九,中华书局,1987年,第629页。

　　《汉书》：竟宁元年，呼韩邪来朝，言愿婿汉氏，元帝以后宫良家子王昭君字嫱者配之。生一子。株累立，复妻之，生二女。至范《书》始言入宫久不见御积怨，掖庭因请行，单于临辞大会，昭君丰容靓饰，顾影徘徊，竦动左右，帝惊悔，欲复留，而重失信夷狄。然晔不言呼韩邪愿婿，而言赐五宫女，又言字昭君，生二子。与前书皆不合。其言不愿妻其子，而诏使从其俗，此自乌孙公主，非昭君也。《西京杂记》又言元帝使画工图宫人，宫人皆赂画工，而昭君独不行赂，乃恶图之。既行，遂按诛毛延寿。《琴操》又言本齐国王穰女，……年十七，进之帝，以地远不幸，欲赐单于美人，嫱对使者越席请往。后不愿妻其子，吞药而卒。盖其事杂出，无所考正。自信史尚不同，况传记乎！要之，《琴操》最抵牾矣。①

　　（宋）王楙《野客丛书》认为"此事《前汉》既略，当以《后汉》为正，其他纷纷，不足深据"②。

　　以上材料对王昭君记载的抵牾之处集中为以下三点：一是王昭君的身份和远嫁匈奴的时间；二是画工弃市的情节；三是到匈奴后是否从胡俗。对以上三个问题，本文于此作简要辨证：

　　关于昭君身份和远嫁匈奴的时间，当以《后汉书》为准。即昭君，名王嫱，南郡人。关于昭君为何地人，有二说，《汉书》注、《后汉书》主南郡。《汉书》应劭注曰："郡国献女未御见，须命于掖庭，故曰待诏。王樯，王氏女，名樯，字昭君。"文颖注曰："本南郡

---

① 韩驹：《昭君图序》，《四库全书》本，第 768 页。

② 王楙：《野客丛书》，《四库全书》本，第 615 页。

秭归人也。"颜师古《汉书·叙例》曰："应劭字仲瑗,汝南南顿人,后汉萧令,御史营令,泰山太守。……文颖字叔良,南阳人,后汉末荆州从事,魏建安中为甘陵府丞。"①蔡邕《琴操》主齐国。《琴操》曰："昭君,齐国王穰女也,端正闲丽,未尝窥门户。"检《史记·齐世家》知,齐国初封于高祖六年(前 200),历六王,共七十余年。汉武帝元朔年间齐厉王死,无后,国入于汉。汉武帝元狩六年(前 116)夏四月乙巳,庙立皇子闳为齐王。元封元年(前 110)薨,无子,国除。此后西汉再未立齐王。《汉书·地理志》未有齐国,而有南郡,曰："秦置,高帝元年更为临江郡,五年复故。景帝二年复为临江,中二年复故。"②所辖十八县中有秭归县。不知蔡邕主齐国的依据何在。再者,蔡邕《琴操》为琴曲集。他收集了当时社会上流传的琴曲歌辞,对其中的本事未必一一考索。故当依《汉书》注,其远嫁匈奴的时间当为汉元帝竟宁元年(前 33)。

关于画工毛延寿的情节,唐前典籍有《西京杂记》和《世说新语》两书记载。《西京杂记》为汉刘歆撰晋葛洪辑录。葛氏《西京杂记·跋》云："刘歆欲撰《汉书》,编录汉事,未得缔构而亡。……试以此记考校班固所作,殆是全取刘氏,有小异同耳。并固所不取,不过二万许言,今抄出为二卷,名曰《西京杂记》,以裨《汉书》之阙。"③关于《西京杂记》的成书,有两点值得注意:其一,就如葛氏言为刘歆所编。他是广收博取,包括当时社会上的奇闻异事、街谈巷语。而且是班固《汉书》中所未取的材料。其

---

① 班固:《汉书·叙例》,中华书局,1962 年,第 4 页。

② 班固:《汉书》卷二八,中华书局,1962 年,第 1566 页。

③ 刘歆撰,葛洪集,向新阳、刘克任校注:《西京杂记校注》,上海古籍出版社,1991 年,第 279 页。

二,葛氏之言,仅是对自己所作的标榜,可能就是葛洪根据当时尚流传的汉代故事辑录的。葛氏刘歆所编之说,有两处疑点:一是最早著录此书的《隋书·经籍志》不署撰者;二是书中不避刘向的讳。不管是刘歆编还是葛洪辑录,《西京杂记》中的故事都是广为流传于民间的,具有小说家言的性质。《世说新语》是刘义庆根据当时流传的故事辑录的,与《西京杂记》有相同的性质,二书在昭君故事的记载中都有画工行贿之事,应该有一定的渊源。从二书所记昭君故事看,《西京杂记》重在批评画工行贿的社会弊端,《世说新语》重在歌颂明君的贤媛,可见《世说新语》不是直接摘录于《西京杂记》。而《汉书》《后汉书》等正史中均无此情节,显然是昭君故事在民间流传过程中逐渐叠加上去的。

关于昭君入匈奴后是否从胡俗再嫁的问题,也有两种说法:一是《汉书》《后汉书》载昭君从胡俗,丈夫死后再嫁其子。二是蔡邕《琴操》载昭君吞药而死。这两种说法的是非已无法案断,两种说法都在历史上流传着。在历史学家眼中可能信其从俗再嫁,因为这样既符合匈奴族的传统习俗,又符合当时汉胡和亲的历史背景。在他们的描述框架里,当时的历史就是这样的。在文学家、艺术家看来,可能更相信昭君吞药而死的结局。这种结局一方面加强了昭君故事的悲剧色彩,一方面强化了昭君的民族气节。其一,为了大汉帝国和汉民族的安定,昭君牺牲个人爱情远嫁匈奴。在昭君的身上,中国文人"置民族利益于个人幸福之上"的民族英雄主义精神得以体现。其二,为了捍卫汉族的婚姻习惯,宁死不屈。吞药而死的结局使中国文人内心怀揣的民族精神和英雄悲剧人格在昭君形象中得以体现。所以历史上历代文人对昭君故事吟咏不绝,表现出浓厚的兴趣。从艺术角度说,昭君故事多种版本的流传,使得昭君形象具有了多面性、不确定性,增加了故事的阐释空间,从而增强了昭君题材的艺术张力。这也是历代文人乐此不疲的重要原因。

根据以上《明君曲》本事及产生时间的考述,我们可以得出这样的结论:其一,昭君故事发生于汉元帝竟宁元年(前33),其后一直通过两条线在历史上流传:一是以《汉书》《后汉书》为主的正史文本流传;一是在民间以口头的形式或小说家言的文本流传。民间流传的故事影响更大更广,《明君曲》音乐能以琴曲、歌曲、舞曲各种形式在多种文化空间流传,以昭君故事为题材的各种文学样式长盛不衰,与昭君故事的两种传播方式并存的格局有极大关系。其二,各种典籍对昭君故事记载的抵牾之处,已很难考知其真实情况。事实上对昭君故事的各种记载,已经成为记录的历史影响着不同的接受者,有些细节虽然是昭君故事在不同的流传时间和空间中后人叠加的,但是,她仍然是昭君故事的一部分,而且在历史上已经被当作信史流传着。作为一种客观存在的文化现象,其在历史上已经产生了作用。对此,强用非此即彼的事实判断作取舍应是不合适的。其实,宋人韩驹《昭君图序》、王楙《野客丛书》、王观国《学林》都看到了这一点,但是,他们囿于对历史本来真实的追求,对其中附会的小说家言在历史上已经被当成事实的历史及其意义认识不清,故其结论是不可取的。

二、《明君曲》的流传变化

在考述《明君曲》流传之前,先得弄清《明君曲》最早的表演形式,即最早的《明君曲》是歌曲,琴曲,还是舞曲。因为《明君曲》在以后的流传变迁中这三种形式在历史上都出现过,只有弄清最早的形式,才能厘清其发展与变迁的历史轨迹。

关于这个问题,有各种说法。杜佑《通典》和《旧唐书·音乐志》以为是歌曲,而蔡邕《琴操》和《文选》中"石季伦《王明君辞序》"以为是琵琶曲,任半塘先生《唐声诗》格调考中对此亦未明确:"王昭君,本汉曲,晋以后为舞曲及琴曲,入唐为吴声歌曲,玄宗开元间入法曲。"①"汉曲"究竟为何种具体形式,不明。因此,有必要对相关资料的记载做些辨析。

最早记载《明君曲》的是蔡邕《琴操》,名为《怨旷思维歌》,放在"河间杂弄"中,显然为琴曲。

晋石崇《王明君词并序》云:

> 昔公主嫁乌孙,令琵琶马上作乐,以慰其道路之思。其送明君亦必尔也,其造新之曲,多哀怨之声,故叙之于纸云尔。②

以上记载显然为琵琶曲,即琴曲。《太平御览》卷五八三称"琵琶引"(序文与上引同)。从歌辞文本看,在《乐府诗集》"琴曲歌辞三"中与署名"王嫱"的《昭君怨》和《琴操》为同一歌辞。《乐府诗集》"相和歌辞四"有"相和吟叹曲"《王明君》,晋石崇之辞最早。又引《古今乐录》曰:"张永《元嘉技录》有吟叹四曲,……《王明君》一曲,今有歌。《大雅吟》《楚妃叹》二曲,今无能歌者。"《王

---

① 任半塘:《唐声诗》下编,上海古籍出版社,1982 年,第 187 页。

② 李善注:《文选》,上海古籍出版社,1986 年,第 1291 页。

明君》解题引《古今乐录》曰:"《明君》歌舞者,晋太康中季伦所作
也。王明君本名昭君,以触文帝讳,故晋人谓之明君。……初,武
帝以江都王建女细君为公主,嫁乌孙王昆莫,令琵琶马上作乐,以
慰其道路之思,送明君亦然也。其造新之曲,多哀怨之声。"①在智
匠看来,《明君曲》的歌与舞,是石崇所作。他也同意石崇说的初
从细君之旧,作琵琶曲,当然同意最初为琵琶琴曲了。另外,沈约
《宋书·乐志三》曰:"相和,汉旧歌也。丝竹更相和,执节者
歌。"②可见,相和曲是以歌为主,丝竹伴奏的。杜佑《通典》中的
内容是结合《后汉书》和石崇《序》而成,其"汉人怜其远嫁,为作
此歌",不知何据。《旧唐书》文字来源于《通典》,可不论。从以
上对材料的比勘辨析中可知,《明君曲》最早的表演形式当为琵琶
曲,属琴曲类。

程大昌《演繁露》"明妃琵琶"条云:

> 琵琶所作,为乌孙公主所出塞也。文人或通《明妃》用
> 之。姚令威辨以为误,是矣。然《玉台新咏》载石崇《明妃词
> 序》,……则崇之《明妃》诗,尝以写诸琵琶矣。郭茂倩著为乐
> 书,遂载崇此词,入之楚调中。楚调之器凡七,琵琶其一也,
> 则谓《明妃》为琵琶辞,亦无不可。③

他感觉到《明妃》当为琵琶曲,但混淆了两种音乐系统及其关

① 郭茂倩:《乐府诗集》卷二九,中华书局,1979 年,第 425 页。
② 沈约:《宋书·乐志》卷二一,中华书局,1974 年,第 603 页。
③ 程大昌:《演繁露》卷一三,《四库全书》本,第 179 页。

系,认为郭氏编入楚调中的石崇《明君辞》为琵琶辞,是不确的。

《明君曲》是当时流传十分广远的一个乐曲,其流传的情况十分复杂,现在只能根据一些零星的材料考知其大概。

《明君曲》的流传变迁可以分为几个阶段考查:

第一阶段:西汉到西晋太康年间。主要以琵琶曲的表演形式流传。蔡邕《琴操》"河间杂弄"二十一曲中,有署名王嫱的《怨旷思维歌》一曲,歌辞就是《乐府诗集》"琴曲歌辞"中收录的《昭君怨》。这首琵琶弄曲是否就是王昭君远嫁匈奴时作的古曲,还不能判定。逯钦立《先秦汉魏晋南北朝诗》中就认为《琴操》"河间杂弄"中的曲子为汉河间国乐人所制,又据辞中"远集西羌"指出与昭君入匈奴之史实地理不合,后汉外患在羌,是后汉人作。[①] 不管是否为昭君古曲,这首曲子最迟在东汉已存在是可以肯定的。在此以前未见其他的《明君曲》表演形式的记录。

第二阶段:晋太康年间到隋统一。在这三百年中,《明君曲》流传非常广远。晋太康中石崇将《明君》琵琶曲改成了舞曲和歌曲让其舞伎绿珠演唱,开始了《明君曲》歌、舞、琴多种形式并行流传的时代。

《古今乐录》曰:

> 《明君》歌舞者,晋太康中季伦所作也。王明君本名昭君,以触文帝讳,故晋人谓之明君。……其造新之曲,多哀怨之声。晋、宋以来,《明君》止以弦隶少许为上舞而已。梁天监中,斯宣达为乐府令,与诸乐工以清商两相间弦为《明君》

---

① 逯钦立:《先秦汉魏晋南北朝诗》,中华书局,1983年,第316页。

上舞,传之至今。①

王僧虔《技录》说:"《明君》有间弦及契注声,又有送声。"又李良辅《广陵止息谱序》说:"契者,明会合之至理,殷勤之余也。"谢希逸《琴论》曰:

平调《明君》三十六拍,胡笳《明君》三十六拍,清调《明君》十三拍,间弦《明君》九拍,蜀调《明君》十二拍,吴调《明君》十四拍,杜琼《明君》二十一拍,凡有七曲。②

又《琴集》曰:

胡笳《明君》四弄,有上舞、下舞、上间弦、下间弦。《明君》三百余弄,其善者四焉。又胡笳《明君别》五弄,辞汉、跨鞍、望乡、奔云、入林是也。③

吴均《续齐谐记》载:

晋有王敬伯者,会稽余姚人。少好学,善鼓琴。年十八,仕于东宫,为卫佐。休假还乡,过吴,维舟中渚。登亭望月,怅然有怀,乃倚琴歌《泫露》之诗。俄闻户外有嗟赏声,见一

---

① 郭茂倩:《乐府诗集》卷二九,中华书局,1979 年,第 425 页。
② 郭茂倩:《乐府诗集》卷二九,中华书局,1979 年,第 425—426 页。
③ 郭茂倩:《乐府诗集》卷二九,中华书局,1979 年,第 426 页。

女子,雅有容色,谓敬伯曰:"女郎悦君之琴,愿共抚之。"敬伯许焉。既而女郎至,资质婉丽,绰有余态,从以二少女,一则向先至者。女郎乃抚琴挥弦,调韵哀雅,类今之登歌,曰:"古所谓《楚明君》也,唯嵇叔夜能为此声,自兹以来,传习数人而已。"①

此则材料说明《明君曲》为琴曲,晋时已有各种唱法,《楚明君》能为之者已很少了。

(梁)江洪《江行诗》曰:

挟琴上高岸,望月弹《明君》。②

杨衒之《洛阳伽蓝记》载:

高阳王雍之美人徐月华善弹箜篌,能为《明妃出塞》之歌,闻者莫不动容。③

吴曾《能改斋漫录》载:

《明君》亦有胡笳,但拍数不同耳。庾信诗云:"方调琴上

① 郭茂倩:《乐府诗集》卷六十,中华书局,1979 年,第 872 页;今本《续齐谐记》无此条。
② 逯钦立:《先秦汉魏晋南北朝诗》,中华书局,1983 年,第 2075 页。
③ 杨衒之撰,周祖谟校译:《洛阳伽蓝记校释》,上海书店出版社,2000 年第 139 页。

曲,变入胡笳声。"①

　　据《乐府诗集》所载,现存《明君曲》歌辞当是根据石崇改造后的曲调作的,属相和吟叹曲,为五言系统。《乐府诗集》"相和歌辞"收石崇《王明君》(五言三十句,并注明"晋乐所奏")一曲,他人拟曲共五首。《明君词》有梁简文帝(五言八句)等人的歌辞六首。《昭君叹》有梁范静妇沈氏(五言四句)二首。《明君曲》"琴曲"歌辞为四言系统,最早为署名汉王嫱的《昭君怨》(四言二十四句)。"琴曲歌辞"收宋汤惠休《楚明妃曲》(以四言为主的杂言)一首。舞曲歌辞不见载籍。

　　以上材料说明:第一,《明君》曲在当时流传很广,共有七种不同的曲调,这七种曲调都是琴曲系统的。从地域看,流传之地有吴地、胡地、蜀地、中原。而且,各种曲调音乐结构已经产生了变化,可能根据当地音乐进行了适当的改造。第二,《明君》曲在汉代本是琴曲,晋太康中西晋石崇根据琴曲而造新曲,由其伎绿珠依曲而舞,于是,开始兼用作舞曲,又配有歌辞,可以歌唱。又由于"其造新之曲,多哀怨之声"所以"晋、宋以来,《明君》止以弦隶少许为上舞而已"。《南齐书·沈文季传》的记载很能说明问题:"豫章王北宅后堂集会,文季与渊并善琵琶,酒阑,渊取乐器,为《明君曲》。文季便下席大唱曰:'沈文季不能作伎儿。'豫章王嶷又解之曰:'此故当不损仲容之德。'渊颜色无异,曲终而止。"②梁天监中,经乐府令斯宣达与诸乐工以清商两相间弦而为的《明君》

---

① 吴曾:《能改斋漫录》,上海古籍出版社,1960年,第98页。
② 萧子显:《南齐书》卷四四,中华书局,1972年,第776页。

"上舞"很盛行,一直流传到隋唐。第三,《明君曲》歌曲与舞曲的流行是梁天监年间以后的事。从《古今乐录》的记载看,在晋宋时期,《明君曲》流传并不广,且仅在民间流传。通检《宋书》《晋书》《南齐书》的"乐志"皆未有《明君曲》的记载。《乐府诗集》中的拟曲最早为南朝宋鲍照,仅一曲,余皆梁以后的曲子。这些材料透露的信息是:《明君曲》到梁天监年间才进入乐府音乐机构,而且是石季伦的歌曲和舞曲系统。琴曲系统是否进入过乐府音乐机关,不知。乐府令斯宣达对《明君曲》的改造是其广为流传的历史契机。经斯宣达及所属乐工改造后《明君曲》才广为流传。(梁)刘孝绰《三妇艳》:"大妇缝罗裙,中妇料绣文。唯余最小妇,窈窕舞昭君。"①《隋书》《旧唐书》中所载吴声系统的《明君》舞曲,可能就是起于此。北魏高阳王乐人徐月华唱的《明妃》曲也当是从梁传入北方的。

从以上文献记载看,此间《明君曲》琴曲与舞曲比较流行。《琴集》《琴论》及其他表演《明君曲》的记载都是演奏多,歌唱少,而现存于《乐府诗集》的歌辞文本明显多于琴曲歌辞,不知何因,待考。

第三阶段:隋唐时期。《明君曲》在隋唐时期的流传主要见于如下文献:

《隋书·音乐志下》介绍"清乐"时云:"其歌曲有《阳伴》,舞曲有《明君》《并契》。"②并契不是一个舞曲,而是《明君曲》的"契注声"。

---

① 逯钦立:《先秦汉魏晋南北朝诗》,中华书局,1983年,第1825页。
② 魏征等:《隋书》卷一五,中华书局,1973年,第378页。

《通典》载：

> 自长安已后，朝廷不重古曲，工伎转缺，能合于管弦者，唯《明君》《杨叛》《骁壶》《春歌》《秋歌》《白雪》《堂堂》《春江花月夜》等八曲。……武太后时《明君》尚能四十言，今所传二十六言，就之讹失，与吴音转远。①

杜佑《通典》作于唐代宗大历至唐德宗贞元年间，贞元十七年（801）成书。其所云二十六言，当为此期间的情形。

《旧唐书·音乐志》"清乐"中有《明君》曲："此中朝旧曲，今为吴声，盖吴人传受讹变使然。"②

郑樵《通志》卷四九"清商七曲"中第七曲为《王昭君》，又在"河间杂弄"二十一章内列《明君曲》。

可见，"清商曲"中的《王昭君》就是《通典》《旧唐书》所云的《明君》舞曲。"河间杂弄"中《明君》则为琴曲，其体例沿《琴操》，内容则随时有所增补。

吉师老《看蜀女转昭君变》诗：

> 妖姬未著石榴裙，自道家连锦水浔。檀口解知千载事，清词堪叹九秋文。翠眉颦处楚边月，画卷开时塞外云。说尽绮罗当日恨，昭君传意向文君。③

---

① 杜佑：《通典》卷一四六，中华书局，1988 年，第 3717 页。
② 刘昫等：《旧唐书》卷二九，中华书局，1975 年，第 1063 页。
③ 《全唐诗》卷七七四，中华书局，1999 年，第 8858 页。

　　李贺《许公子郑姬歌》:

　　长翻蜀纸卷明君,转角含商破碧云。①

　　现存于《乐府诗集》的唐人《明君曲》拟曲有:"相和吟叹曲"《王昭君》五言十四首,杂言三首,七言八首;《明君词》五言四首,七言二首。《乐府诗集》"琴曲歌辞"收唐人拟《昭君怨》五首(五七言)。另外《全唐诗》中尚有张仲素《王昭君》(五言)、汪遵《昭君》(七言)、李成用《昭君》(五言)、胡令能《王昭君》(七言)、李中《王昭君》(五言),共五首,不见于《乐府诗集》。

　　由以上文献可知:第一,隋唐清乐中的《明君曲》是隋灭陈后进入隋太常机构的,主要为舞曲,有契注之声,为吴声系统。如王僧虔《技录》云:"《明君》有间弦及契注声,又有送声。"②武后时尚能四十言,到杜佑之时,所传只有二十六言,中唐可能就失传了,但民间当尚有流传。第二,相和吟叹曲歌辞系统,在隋唐民间还一直流传,唐声诗中就有《王昭君》曲。其琴曲系统似乎也一直在民间流传着。牛峤《西溪子》云:"捍拨双盘金凤,蝉鬓玉钗摇动。画堂前,人不语,弦解语。弹到昭君怨处。翠蛾愁,不抬头。"③该诗是对一名歌伎弹奏《昭君怨》的生动描述。宋代不见《明君曲》表演的记载,可能唐末时候《明君曲》歌舞形式已失传。第三,《明君曲》到唐代还被引入法曲和佛曲。《唐会要》载太常梨园别教

---

① 《全唐诗》卷三九三,中华书局,1999 年,第 4447 页。
② 郭茂倩:《乐府诗集》卷二九,中华书局,1979 年,第 425 页。
③ 《全唐诗》卷八九二,中华书局,1999 年,第 10150 页。

院,教法曲乐章等十二章中,首列"《王昭君乐》一章"①。唐大中
年间沙门安然《金刚界大法对受记》卷六"随方供养",谓唱《金刚
歌》初句前,转《明妃》二十一遍。② 第四,《明君曲》在唐代传到了
日本。《大日本史》卷三四八性调内列《王昭君》云:"汉乐也。古
乐,中曲,十拍,无舞。此曲久绝,醍醐帝时,式部卿贞保亲王自尺
八谱写横笛吹之,遂复旧云。"③具体传入时间不知。据《中国民
族音乐大系·古代音乐卷》介绍,现存的琴曲《王昭君》存于日本
京都市阳明文库的五弦琵琶长卷乐谱《五弦琴谱》中。此谱抄于
承和九年(842)三月十一日。④ 可见,《明君曲》的琴曲谱在中唐
时期就传入了日本。

　　第四阶段:宋以后。《明君曲》在宋代不见有表演的记载。但
宋代的琴曲中有《昭君怨》。明初朱权辑《神奇秘谱》有《龙朔
操》,注明:"旧名《昭君怨》。"分为八段:一、含恨别君抚心长叹;
二、掩涕出宫远辞汉阙;三、结好丑虏以安汉室;四、别泪双垂无言
自痛;五、万里长驱重阴漠漠;六、夜间胡笳不胜凄恻;七、明妃痛
苦群胡众歌;八、目对腥膻愁填塞漠。此外,(明)蒋克谦辑《琴书
大全》有《王昭君怨曲》介绍,"曲谱"中有《昭君引》八段;《太音大
全》有《昭君》指法谱;《太古正音琴经》有《秋塞吟》下注"咏明妃
也"字样。清代另有《秋塞吟》《龙翔操》《神化引》等曲,也写王昭
君,但音乐与明代以前《昭君怨》传谱可能无涉。⑤ 由此知,《明君

①　王溥:《唐会要》卷三三,上海古籍出版社,1991年,第717页。
②　(释)安然:《金刚界大法对受记》卷六,见《大正新修大藏经》,第75册。
③　任半塘:《唐声诗》下编,上海古籍出版社,1982年,第196页。
④　《中国民族音乐大系·古代音乐卷》,上海音乐出版社,1989年,第55页。
⑤　蒋克谦辑:《琴书大全》,《续修四库全书》本,第1092册、1093册。

曲》琴曲系统一直到明代还有,清代可能失传了。

　　另外,《全唐诗》未收的《王昭君》诗当为以歌咏昭君故事为主,应是不入乐的徒诗。犹如王安石《明妃曲》,与音乐无关。吉师老《看蜀女转昭君变》诗,当指《王昭君》变文,现《敦煌变文》中尚有《王昭君变文》①。《王昭君变文》主要以变文的形式讲述王昭君的故事,其音乐与《明君曲》当无多大关联。就如后代讲唱、戏曲、小说中的昭君故事,其中之唱曲当与《明君曲》不是一个音乐系统,也没有音乐上的渊源关系。故本文不予涉及。

---

① 黄征、张涌泉:《敦煌变文校注》,中华书局,1997 年,第 156 页。

论东晋侨、土世族文化交流与音乐文化构建

东晋是在多种矛盾和危机中艰难地发展起来的,其音乐文化构建也在各种矛盾的冲突、消长和运动中艰难地进行着。

一、东晋宫廷音乐文化构建的艰难过程

1.东晋宫廷仪式音乐构建

《宋书·乐志》对东晋宫廷仪式音乐文化的构建过程有颇为详明的记载:

> 于时以无雅乐器及伶人,省太乐并鼓吹令。是后颇得登歌,食举之乐,犹有未备。明帝太宁末,又诏阮孚等增益之。成帝咸和中,乃复置太乐官,鸠集遗逸,而尚未有金石也。……庾亮为荆州,与谢尚共为朝廷修雅乐,亮寻薨。庾翼、桓温专事军旅,乐器在库,遂至朽坏焉。晋氏之乱也,乐人悉没戎虏,及胡亡,邺下乐人,颇有来者。谢尚时为尚书仆射,因之以具钟磬。太元中,破苻坚,又获乐工杨蜀等,闲练旧乐,于是四箱金石始备焉。①

---

① 沈约:《宋书》,中华书局,1974年,第540页。

据《晋书》之《庾亮传》《陶侃传》记载,庾亮领荆州刺史是接替陶侃的,而陶侃薨于晋成帝咸和七年六月。可见,庾亮领荆州刺史当在晋成帝咸和七年以后。据《晋书·谢尚传》记载,谢尚为尚书仆射的时间在穆帝永和年间。其"采拾乐人,并制石磬,以备太乐"①的时间,当是以镇西将军镇寿阳时候的事情。

东晋雅乐是从建国初"无雅乐器及伶人"的情况下逐渐构建起来的,与曹魏西晋在继承先代雅乐的基础上逐步改进、完善的情形不一样,建国初,仅有登歌与食举之乐,后经明帝太宁末年阮孚等人的增益、成帝咸和年间太乐署的收集遗逸,才渐具规模,但金石之乐尚未具备。从晋成帝咸和七年(332)到晋穆帝永和年间(345—356),庾亮、谢尚等人先后为朝廷修复雅乐、制造石磬、采拾乐人等工作,才使朝廷雅乐"始颇具"。孝武帝太元八年(383),淝水之战破前秦苻坚,一批乐人南下,开始俱备四厢金石之乐,并命曹毗、王珣等人增造宗庙歌诗。至此,距东晋在江左立国已经将近七十年。东晋宫廷音乐经过了长期艰难而曲折的构建过程,才算初步具备了宗庙雅乐与元会宴飨之乐。

宫廷仪式音乐文化的构建主要服务于宫廷礼乐仪式活动的用乐需要。东晋宫廷音乐文化建设残缺不全,也使其礼仪活动、音乐活动减少。此外,还经常因各种原因省略或简化仪式活动的内容和程序。诸如"江左多虞,不复晨贺""江左以来复止""江左未备"等的记载是比较多的。如:

《宋书·礼志三》:

---

① 房玄龄等:《晋书》,中华书局,1974年,第2071页。

　　元帝中兴江南，太兴元年，始更立郊兆。……按元帝绍命中兴，依汉氏故事，宜享明堂宗祀之礼。江左不立明堂，故阙焉。

　　汉明帝据《月令》有五郊迎气服色之礼，因采元始中故事，兆五郊于洛阳，祭其帝与神，车服各顺方色。魏、晋依之。江左以来，未遑修建。①

《晋书·礼志中》：

　　穆帝永和中，为中原山陵未修复，频年元会废乐。是时太后临朝，后父褚衮薨，元会又废乐也。孝武太元六年，为皇后王氏丧，亦废乐。②

　　可见，东晋在仪式活动中较少用乐。在仪式用乐问题上，多有朝中大臣之间的争论载籍，虽然用乐在逐渐增多，但其发展仍十分艰难。

　　东晋宫廷仪式舞蹈有鼙舞、拂舞两种。

《晋书·乐志》：

　　鼙舞，未详所起，然汉代已施于燕享矣。……及泰始中，又制其辞焉。其舞故常二八，桓玄将僭位，尚书殿中郎袁明

──────────

① 沈约：《宋书》，中华书局，1974年，第424—433页。
② 房玄龄等：《晋书》，中华书局，1974年，第618页。

子启增满八佾。①

鼙舞歌在汉代已经成为宫廷燕享乐了,魏晋也是歌颂先祖功业的仪式歌舞,从"其舞故常二八,桓玄将僭位,尚书殿中郎袁明子启增满八佾"看,鼙舞歌在东晋也一直是宫廷仪式乐舞。

又《晋书·乐志》曰:

> 拂舞,出自江左。旧云吴舞,检其歌,非吴辞也。亦陈于殿庭。杨泓序云:"自到江南见《白符舞》,或言《白凫鸠舞》,云有此来数十年矣。察其辞旨,乃是吴人患孙皓虐政,思属晋也。"②

可见,拂舞原是江南的民间歌舞《白符舞》(或言《白凫鸠舞》),后来经过加工改造进入东晋宫廷,既用于殿庭仪式,也用于宫廷娱乐。

在东晋宫廷仪式音乐文化构建中,荆州是一个重要的地方,其雅乐构建主要是在荆州完成的。因中原之乱,大量乐人来到荆州避难,使荆州成为东晋主要的音乐文化中心。

《晋书·山涛传》附《山简传》:

> 时乐府伶人避难,多奔沔汉,宴会之日,僚佐或劝奏之。简曰:"社稷倾覆,不能匡救,有晋之罪人也,何作乐之有!"因

---

① 房玄龄等:《晋书》,中华书局,1974年,第710页。
② 房玄龄等:《晋书》,中华书局,1974年,第713页。

流涕慷慨,坐者咸愧焉。①

《晋书·刘弘传》:

> 时总章太乐伶人,避乱多至荆州,或劝可作乐者。弘曰:"昔刘景升以礼坏乐崩,命杜夔为天子合乐,乐成,欲庭作之。夔曰:'为天子合乐而庭作之,恐非将军本意。'吾常为之叹息。今主上蒙尘,吾未能展效臣节,虽有家伎,犹不宜听,况御乐哉!"乃下郡县,使安慰之,须朝廷旋返,送还本署。②

西晋宫廷乐人流遇荆州,为东晋艰难的宫廷音乐文化构建多少提供了一些便利。

2.相对沉寂的东晋宫廷娱乐音乐文化

从汉到魏晋,历代宫廷音乐文化都很活跃,而东晋宫廷音乐文化却相对比较沉寂。

《宋书·乐志》载:

> 晋成帝咸康七年,散骑侍郎顾臻表曰:"臣闻圣王制乐……方今夷狄对岸,外御为急,兵食七升,忘身赴难,过泰之戏,日禀五斗……"于是除《高絙》《紫鹿》《跂行》《鳖食》及《齐王卷衣》《笮儿》等乐。又减其禀。③

---

① 房玄龄等:《晋书》,中华书局,1974年,第1230页。
② 房玄龄等:《晋书》,中华书局,1974年,第1766页。
③ 沈约:《宋书》,中华书局,1974年,第546页。

东晋建国初,百戏杂耍可能是宫廷中主要的娱乐节目,所以散骑侍郎顾臻表奏以为大敌当前应该废除之。

《晋书·乐志》所言拂舞、鞞舞、白纻舞,可用于仪式活动,同时亦可用于娱乐活动。在宫廷娱乐中,《拂舞》《鞞舞》及《白纻舞》可能是表演得比较多的。

在东晋宫廷音乐文化构建中,孝武帝司马曜是一位值得关注的重要人物,在东晋诸帝王中,数他对俗乐女伎最为喜爱。

《世说新语》刘注引《续晋阳秋》曰:

> 左将军桓伊善音乐,孝武饮燕,谢安侍坐,帝命伊吹笛。伊神色无忤,既吹一弄,乃放笛云:"臣于筝乃不如笛,然自足以韵合歌管。臣有一奴,善吹笛,且相便串,请进之。"帝赏其放率,听召奴。奴既至,吹笛,伊抚筝而歌怨诗,因以为谏也。①

《南齐书·乐志》:

> 太元中,苻坚败后,得关中檐橦胡伎,进太乐,今或有存亡,案此则可知矣。②

在东晋,因孝武帝享国时间最长,其间东晋国力相对鼎盛,对外则有淝水之战的大捷,所以后期沉湎于酒色音乐等享乐中。

---

① 余嘉锡:《世说新语笺疏》,上海古籍出版社,1993 年,第 760 页。
② 萧子显:《南齐书》,中华书局,1972 年,第 195 页。

东晋文臣武将和王室成员中热衷于音乐的人还有很多。如王导、庾亮、梅陶、沈充、谢尚、谢安、袁山松、汝南王等人均对音乐十分喜爱,但是他们的音乐活动多仅限于家中。

《晋书·蔡谟传》:

　　丞相王导作女伎,施设床席。谟先在坐,不悦而去,导亦不止之。①

《晋书·钟雅传》:

　　明帝崩,迁御史中丞。时国丧未期,而尚书梅陶私奏女伎,雅劾奏曰:“……陶无大臣忠慕之节,家庭侈靡,声妓纷葩,丝竹之音,流闻衢路。”②

《晋书·谢安传》:

　　性好音乐,自弟万丧,十年不听音乐。及登台辅,期丧不废乐。王坦之书喻之,不从,衣冠效之,遂以成俗。③

《晋书·袁瑰传》:

---

① 房玄龄等:《晋书》,中华书局,1974 年,第 2041 页。
② 房玄龄等:《晋书》,中华书局,1974 年,第 1877 页。
③ 房玄龄等:《晋书》,中华书局,1974 年,第 2075 页。

　　　山松少有才名,博学有文章,著《后汉书》百篇。袀情秀
远,善音乐。旧歌有《行路难》曲,辞颇疏质,山松好之,乃文
其辞句,婉其节制,每因酣醉纵歌之,听者莫不流涕。初,羊
昙善唱乐,桓伊能挽歌,及山松《行路难》继之,时人谓之"三
绝"。时张湛好于斋前种松柏,而山松每出游,好令左右作挽
歌,人谓"湛屋下陈尸,山松道上行殡"。①

这些人皆是中原侨寓江南士族,他们所喜欢的音乐主要是清商三
调旧曲,从袁山松善《行路难》、谢灵运"六引缓清唱,三调伫繁
音"可见一斑,直到穆帝时期,才有谢氏士族学习江南民歌的情
形。汝南王司马义《碧玉歌》也大致作于穆帝永和十一年以后至
孝武帝太元年间(355—396)。

　　孝武帝在位期间,东晋音乐文化出现了难得的发展,《子夜
歌》《团扇歌》《长史变》等吴歌俗曲在此时或稍后相继产生。

　　综上可见,东晋宫廷音乐文化是很不健全的,宫廷娱乐音乐
也不丰富。晋穆帝、孝武帝时期,才有零星的宫廷宴饮活动及音
乐娱乐活动载籍。桓伊吹奏的曲调是清商三调歌曲,说明东晋在
建国前近半个世纪,娱乐音乐几乎还是原来中原旧曲,音乐主体
仍是流传江左的清商三调。江南吴歌等民间音乐在东晋的发展
经历了地方文人或武将的吸收、改造、提升过程后才广泛流传,进
入宫廷音乐机关。孝武时期虽形成了一定的娱乐音乐文化氛围,
但远未形成与传统音乐观念对峙的局面。谢安好音乐与歌伎,王
坦之多次苦谏;谢石唱吴歌,王恭责其"居端右之重,集藩王之第,

---

① 房玄龄等:《晋书》,中华书局,1974 年,第 2169 页。

而肆淫声,欲令群下何所取则!"①可见,贵族、文人对吴歌的接受在东晋并未真正流行。

二、东晋宫廷音乐文化未积极吸收吴歌的原因

东晋侨寓士族与江左土族间文化冲突与融合的历史过程,对东晋音乐文化构建影响极大,并深刻影响了东晋音乐文化的整体格局。东晋一百多年的音乐文化构建中一直没有积极吸收江南吴歌进入宫廷音乐系统,其原因固然很多,但是以下两点最为关键。

1.中原士族优越的文化观念

司马睿建国初期,在政治、文化、军事等各方面与江左土族都存在着矛盾冲突。首先,司马氏平吴以后,南北双方存在的矛盾与隔阂尚未完全消除。其次,司马睿经营江左对原江左土族的利益多有损害。第三,吴人北上为官屡遭北人轻视和压抑。第四,西晋朝廷覆灭后,江左土族对司马睿集团统治地位的认可亦存在矛盾,当琅邪王司马睿率大军初到江东时,"吴人不附,居月余,士庶莫有至者"②。所以,东晋建国初期叛乱不断,前有江左的武力强宗吴兴钱氏、周氏、沈氏等与司马氏集团的对抗,后又有王敦的叛乱。司马氏集团为拉拢江左土族的势力以赢得支持,采取了倾向江左土族的姿态,丞相王导在这方面表现出了卓越的政治远见和才识,他向司马睿建议:"大业草创,急于得人者乎? 顾荣、贺

---

① 房玄龄等:《晋书》,中华书局,1974 年,第 2184 页。
② 房玄龄等:《晋书》,中华书局,1974 年,第 1745 页。

循,此土之望,未若引之以结人心。二子既至,则无不来矣。"①他在政治实践中处处结交吴人,努力通过婚姻、尊重吴人风俗习惯等方式与吴人结成一体,来稳定和巩固东晋的统治。

《世说新语·方正》载:

> 王丞相初在江左,欲结援吴人,请婚陆太尉。对曰:"培塿无松柏,薰莸不同器。玩虽不才,义不为乱伦之始。"②

又《排调》篇载:

> 刘真长始见王丞相,……刘既出,人问见王公云何,刘曰:"未见他异,唯闻作吴语耳。"③

王导所为,毕竟只是针对江左世家大族采用的小伎俩,中原侨寓世族豪门与江左土族的冲突与隔阂不是轻易便可消除的。上引《世说新语·方正》中陆玩的拒绝颇可玩味。又《晋书·周𫖮传》载:"时中国亡官失守之士避乱来者,多居显位,驾御吴人,吴人颇怨。"④可见,中原侨寓士族虽然在政治上统治了江左,但文化上存在着中原文化与江左文化的磨合、交融过程。

从汉魏晋以来,中原文化较之江左一直是强势文化,南人对

① 房玄龄等:《晋书》,中华书局,1974年,第1746页。
② 余嘉锡:《世说新语笺疏》,上海古籍出版社,1993年,第305页。
③ 余嘉锡:《世说新语笺疏》,上海古籍出版社,1993年,第792页。
④ 房玄龄等:《晋书》,中华书局,1974年,第1574页。

中原文化多存景仰的心态,而中原士族对南人却一直存在着轻视态度。葛洪曰:"余谓废已习之法,更勤苦以学中国之书,尚可不须也。况于乃有转易其声音,以效北语,既不能便良,似可耻可笑。所谓不得邯郸之步,而有匍匐之嗤者。"①在葛洪对南人趋效北人书法、语言的嘲讽中,已暗示了南人景仰中原文化的基本事实。西晋,陆机、陆云兄弟入洛求官时就经常感受中原人对自己的傲慢与轻视。

《世说新语·简傲》载:

> 陆士衡初入洛,咨张公所宜诣,刘道真是其一。陆既往,刘尚在哀制中。性嗜酒,礼毕,初无他言,唯问:"东吴有长柄壶卢,卿得种来不?"陆兄弟殊失望,乃悔往。②

"江东地区为水乡,盛产菰芦等植物,汉以来北人以'壶卢'或'菰芦'等代称其地及其人物,以其地狭小,而人物鄙陋,表示轻视。"③对二位江东杰出才俊以"长柄壶卢"相问,可见刘道真对二陆的轻蔑态度。余嘉锡先生《世说新语笺疏》在案语中说:"士衡兄弟,吴中旧族,习于礼法,故乍闻道真之语,为之骇然失望。当时因风尚不同,南北相轻,此亦其一。"④

又《世说新语·方正》载:

---

① 葛洪:《抱朴子》,《诸子集成》本,上海书店,1986年,第151页。
② 余嘉锡:《世说新语笺疏》,上海古籍出版社,1993年,第769页。
③ 王永平:《论陆机陆云兄弟之死》,《中华文史论丛》第七十三辑,上海古籍出版社,2003年。
④ 余嘉锡:《世说新语笺疏》,上海古籍出版社,1993年,第768页。

卢志于众坐,问陆士衡:"陆逊、陆抗,是君何物?"答曰:
"如卿于卢毓、卢廷。"士龙失色。既出户,谓兄曰:"何至如
此,彼容不相知也?"士衡正色曰:"我父祖名播海内,宁有不
知,鬼子敢耳!"

余嘉锡先生《世说新语笺疏》在此条的案语中说:"晋、六朝人极重
避讳,卢志面斥士衡祖父之名,是为无礼。此虽生今世,亦所不
许。揆当时人情,更不容忍受。"①出生江左望族名门、文章冠世的
二陆兄弟尚且遭受如此轻侮,何况其他南人。所以吴郡人蔡洪赴
洛求仕时,洛中人就以"君吴楚之士,亡国之余"②视之。可见,这
不是个案,而是当时北人的普遍心理。他们往往以华夏中心和战
胜者自居,认为江南为蛮荒之地,其习俗、风物稀奇怪诞,其人士
则愚陋可笑。这种心态也普遍存在于江左的侨寓士族之中。

此外,侨寓士族在江左建国之初普遍存在一种故土之思、寄
篱之感。《世说新语·言语》载:"元帝始过江,谓顾骠骑曰:'寄
人国土,心常怀惭。'"又载:"过江诸人,每至美日,辄相邀新亭,藉
卉饮宴。周侯中坐而叹曰:'风景不殊,正自有山河之异!'皆相视
流泪。唯王丞相愀然变色曰:'当共勠力王室,克复神州,何至作
楚囚相对?'"③可见,江左侨寓士族对中原文化的迷恋与固守
心态。④

---

① 余嘉锡:《世说新语笺疏》,上海古籍出版社,1993 年,第 299—302 页。

② 余嘉锡:《世说新语笺疏》,上海古籍出版社,1993 年,第 83 页。

③ 余嘉锡:《世说新语笺疏》,上海古籍出版社,1993 年,第 91—92 页。

④ 陈寅恪:《金明馆丛稿初编》,生活·读书·新知三联书店,2001 年,第 55 页。

在这样的文化背景中,产生于江南土壤,以吴语为基础进行演唱的吴歌要想很快得到侨寓士族认可,的确是很困难的。所以,建国七十年后谢石在司马道子东府的酒宴上歌唱吴歌,被王恭指责为"淫声"。

 · 2.南北语言的差异与隔阂

音乐是一门独立的艺术,但是,当它与诗配合而歌时,就必须以牺牲独立性为代价,转而以曲辞相生、和谐美听作为追求的目标。在此意义上,歌曲的产生、传播和发展,都需要以语言作为依托。吴歌是以江南吴语歌唱并传播的,江南侨寓士族与江左土族在语言上的差异必然影响吴歌的发展和传播。在东晋一百多年的历史中,以洛阳语音为代表的中原侨寓士族语言与江南吴语,存在着长期的隔阂、矛盾和交流、融合。

王导向吴人学吴语,虽是出于政治的目的,也引起了许多北人的不满。从当时实际看,官方语言还是以洛阳语音为代表的北语。陈寅恪先生说:"洛阳者,东汉、曹魏、西晋三朝政治文化之中心,而东晋、南朝之侨姓高门,又源出此数百年来一脉绵延之仕族,则南方冠冕君子所操之北音,自宜以洛阳及其近傍者为标准矣。"①从文化倾向上说,东晋初期,在语言上以学洛阳语为大趋势。葛洪《抱朴子·外篇·讥惑》所讥之现象确实代表了当时的一种文化趋向,"洛生咏"几乎成为上层有文化与高品位的代名词。

《世说新语·雅量》:

---

① 陈寅恪:《金明馆丛稿初编》,生活·读书·新知三联书店,2001年,第385页。

桓公伏甲设馔，广延朝士，因此欲诛谢安、王坦之。……谢神意不变，相与俱前。……望阶趋席，方作洛生咏，讽"浩浩洪流"。桓惮其旷远，乃趣解兵。

刘孝标注云：

按宋明帝《文章志》曰："安能作洛下书生咏，而少有鼻疾，语音浊。后名流多学其咏，弗能及，手掩鼻而吟焉。"①

《宋书·顾琛传》：

先是，宋世江东贵达者，会稽孔季恭，季恭子灵符，吴兴丘渊之及琛，吴音不变。②

孔季恭乃东晋末、刘宋初人，说明东晋末的上层贵族、文人乃全习洛阳语，口操本地吴语者已寥寥无几了。陈寅恪据此认为："江表士流，自吴平以后，即企羡上国众事，谅其中当亦多有能操北音者。迨东晋司马氏之政权既固，南士之地位日渐低落，于是吴语乃不复行用于士族之间矣。"③既然江左世族以学洛阳语为时尚，那么，用江左吴语演唱的吴歌自然不会受到这些世族文人的关注，更不会受侨寓士族所关注。

① 余嘉锡：《世说新语笺疏》，上海古籍出版社，1993 年，第 369 页。
② 沈约：《宋书》，中华书局，1974 年，第 2078 页。
③ 陈寅恪：《金明馆丛稿初编》，生活·读书·新知三联书店，2001 年，第 384 页。

　　但是,在大量江左世族纷纷学习洛阳语的同时,也逐渐地在洛阳语中注入了吴语的成分。这一点江左世族显贵自身并没有意识到,事实上却使洛阳正语渐渐产生了变化,其结果是形成了一种既非纯洛阳语,也非纯吴语的建康语。余嘉锡、周一良对此有精辟的分析。余嘉锡说:"东晋士大夫侨居既久,又日与吴中士庶应接,自不免杂以吴音,况其子孙生长江南,习其风土,则其所操北语必不能尽与洛下相同。盖不纯北,亦不纯南,自成为一种建康语耳。"①周一良也说:"自东晋至梁末,杂居二百余年,无论侨人、吴人如何保守,无形间之影响同化乃意中之事。……盖扬州之侨人不自觉中受吴人熏染,于中原与吴人语音以外,渐形成一种混合之语音。同时扬州土著士大夫求与侨人沆瀣一气,竞弃吴语,而效侨人之中原语音。然未必能得其似,中原语音反因吴人之模拟施用,益糅入南方成分。此种特殊语音视扬州闾里之纯粹吴语固异,视百年未变之楚音亦自不同。"②

　　颜之推《颜氏家训·书证》:

　　　　或问曰:"东宫旧事,何以呼'鸱尾'为'祠尾'?"答曰:"张敞者,吴人,不甚稽古,随宜记注,逐乡俗讹谬,造作书字尔。吴人呼'祠祀'为'鸱祀',故以'祠'代'鸱'字。"③

　　其实,真正意义上的南北语言交流是从南人习北语开始的。

---

① 余嘉锡:《世说新语笺疏》,上海古籍出版社,1993年,第795页。
② 周一良:《魏晋南北朝史论集》,北京大学出版社,1997年,第88页。
③ 颜之推:《颜氏家训》,《诸子集成》本,上海书店,1986年,第37页。

从中原士人南下建国到东晋中期,北人对吴语均持排斥态度。像
王子猷兄弟主动学习吴语的是极少数人,并屡遭北人鄙视。

《世说新语·轻诋》:

> 支道林入东,见王子猷兄弟。还,人问:"见诸王何?"答
> 曰:"见一群白颈乌,但闻唤哑哑声。"

余嘉锡疏曰:"道林之言,讥王氏兄弟作吴音耳。"①支道林为
北人,其语气中之鄙视态度昭然若揭。直到东晋末的元兴年间,
"吴声"才广为流传。

《世说新语·言语》:

> 桓玄问羊孚:"何以共重吴声?"羊曰:"当以其妖
> 而浮。"②

此事在安帝元兴元年(402)。东晋侨寓士族与江左土族在语
言上的隔阂、交融这一历史过程,经历了很长的时间。东晋官方
上层语言一直是以洛阳语音为准,所以江左土族学习洛阳语,也
主要只是上层士族,庶族及平民绝大多数则仍操吴音或楚语。东
晋南北语言交流的情形,颜之推在《颜氏家训·音辞》中作了精到
的总结:"共以帝王都邑,参校方俗,考核古今,为之折衷,权而量
之,独金陵与洛下尔。南方水土和柔,其音清举而切诣,失在浮

---

① 余嘉锡:《世说新语笺疏》,上海古籍出版社,1993 年,第 848 页。
② 余嘉锡:《世说新语笺疏》,上海古籍出版社,1993 年,第 157 页。

浅,其辞多鄙俗。北方山川深厚,其音沈浊而钝钝,得其质直,其辞多古语。然冠冕君子,南方为优;闾里小人,北方为愈。易服而与之谈,南方士庶,数言可辩。隔垣而听其语,北方朝野,终日难分。而南染吴越,北杂夷虏,皆有深弊,不可具论。"①

　　可见,在南人学习北语的过程中,吴语成分也逐渐加入北语,南北语言因素在建康周围侨寓士族与江左土族间进行,侨寓北人在与吴人的交往中自觉不自觉地也受吴语的影响。在吴音语言文化环境中生长的吴歌,在此漫长的南北语言隔阂、碰撞与融合中艰难地发展着,直到刘宋朝才得到迅速发展。可以说,东晋南北语言文化的差异及其二者之间的隔阂、碰撞、融合的缓慢进程,影响了吴歌进入贵族文人层和宫廷音乐系统的进程。

三、结语

　　历史上音乐文化活跃繁荣的时代往往是宫廷大力吸收当时民间音乐,积极地进行民间俗乐与宫廷雅乐交流渗透的时代。东晋音乐文化的贫乏与萧条与其特定的历史、文化及宫廷音乐文化构建政策息息相关;其一,东晋于江左仓促建国,乐器、乐人、音乐制度皆欠完备,音乐文化的构建困难重重;其二,因受中原正统文化观念制约和南北语音差异等音乐技术性问题的限制,没有积极主动地吸纳吴歌等民间音乐进入宫廷。

---

① 颜之推:《颜氏家训》,《诸子集成》本,上海书店,1986年,第40页。

梁武帝音乐文化活动与梁代宫体诗

　　历来研究宫体诗者大多将视角放在萧纲、萧绎兄弟和庾、徐父子身上，很少注意梁武帝与宫体诗的关系，就是论及二者关系也多强调梁武帝反对宫体诗的一面。首先，因为《梁书·徐摛传》有武帝加让徐摛的记载："属文好为新变，不拘旧体。……摛文体既别，春坊尽学之，'宫体'之号，自斯而起。高祖闻之怒，召摛加让，及见，应对明敏，辞义可观，高祖意释。"①对此，近年曹道衡倒是做了这样的解释："但内心里恐未必很反对，所以下文又云，'及见，应对明敏，辞义可观，高祖意释'。这是因为梁武帝早年的诗风，与此并无太大的不同，尽管作为帝王和佛教徒，他不能不对艳体诗表示反对，其实他内心中仍然欣赏这类作品，试看在萧统去世后，他还是立'宫体诗'的代表人物萧纲为太子就可以知道。"②这里，曹文虽提及了梁武帝与宫体诗的关系密切，尚缺详细论证。其次，传统论点往往将宫体诗范围与内涵限定于梁武帝中大通三年萧纲为东宫太子时与周围文人所作的艳体诗。如《梁书·简文帝纪》载："雅好题诗，其序云：'余七岁有诗癖，长而不倦。'然伤于轻艳，当时号曰'宫体'。"③如果这样理解，梁武帝与宫体诗的

---

①　姚思廉：《梁书》，中华书局，1973年，第446—447页。

②　曹道衡：《兰陵萧氏与南朝文学》，中华书局，2004年，第97页。

③　姚思廉：《梁书》，中华书局，1973年，第109页。

关系确实不大。

问题是宫体诗内涵与其称名的出现并不同步,宫体之名的提出与后世评价宫体诗也有很大差距。要弄清梁武帝与宫体诗的关系,有必要弄清提出宫体诗的具体环境及各代对宫体诗理解评价的变化,在这样的基础上厘清宫体诗的实质性内涵。

一、宫体诗的"名"与"实"

除《梁书·简文帝纪》所载,对"宫体"诗的记载尚有下列文献:

《隋书·经籍志》:

> 梁简文之在东宫,亦好篇什,清辞巧制,止乎衽席之间,雕琢蔓藻,思极闺闱之内。后生好事,递相放习,朝野纷纷,号为"宫体"。①

杜确《岑嘉州集序》:

> 自古文体变易多矣,梁简文帝及庾肩吾之属,始为轻浮绮靡之词,名曰"宫体"。自后沿袭,务于妖艳,谓之摛锦布绣焉。②

---

① 魏征等:《隋书》,中华书局,1973年,第1090页。
② 陈铁民:《岑参集校注》,上海古籍出版社,1981年,第463页。

刘肃《大唐新语》：

先是，梁简文帝为太子，好作艳诗，境内化之，浸以成俗，谓之"宫体"。晚年改作，追之不及，乃令徐陵撰《玉台集》，以大其体。永兴之谏，颇因故事。①

《资治通鉴》梁武帝中大通三年：

摛文体轻丽，春坊尽学之，时人谓之"宫体"。胡三省注曰："东宫谓之春宫，宫坊谓之春坊。"②

《资治通鉴》梁武帝太清三年：

（侯）景遂上启，陈帝十失……皇太子珠玉是好，酒色是耽，吐言止于轻薄，赋咏不出《桑中》。③

从以上文献可知，梁人对宫体诗的评价和认定，范围主要指萧纲为太子时的东宫之作，内容既指轻艳的诗歌风格，也指诗体之变。《隋书·经籍志》的界定比较符合梁朝人的认识。其中，特别强调宫体诗被"递相放习"，导致"朝野纷纷"的影响。杜确、刘肃及《隋书·文学传论》的评价则更多地强调其轻艳的风格，在他

---

① 刘肃：《大唐新语》，中华书局，1984年，第42页。
② 司马光：《资治通鉴》，胡三省音注，上海古籍出版社，1987年，第1026页。
③ 司马光：《资治通鉴》，胡三省音注，上海古籍出版社，1987年，第1069页。

们眼中,"宫体"已经成为"艳情"的代名词①。可见,历代对宫体诗的理解是有偏差的。

其实,宫体诗之名的提出,带有很强的政治色彩,与萧纲争夺太子之位有很大的关系,当是萧统一派的政治集团用以攻讦萧纲做太子的理由或借口,其"递相放习,朝野纷纷"的影响也并非单纯是宫体诗的风格带来的,还有政治因素在内,所以,当时对宫体诗的评价并非全是诗歌创作领域的批评。从"春坊尽学之""伤于轻艳"可知其所指为东宫,其特征是轻艳。侯景指陈梁武帝为政之失的十大"罪状"中就有对皇太子萧纲轻薄诗风的指责,可见,当时"宫体诗"事件的影响是很大的,政治色彩也是很浓的。在立萧纲为太子一事上萧衍确实有违传统,按传统,当立前太子萧统的长子萧欢为太子。梁武帝中大通三年四月,萧统去世,五月,立晋安王萧纲为太子。其间曾诏萧欢入朝,"欲立以为嗣",而当萧纲最后被立为太子后,萧欢复被"遣还镇"。(《资治通鉴》卷155)可见,武帝在立嗣问题上曾有过犹豫,最后才定萧纲为太子。萧纲作为太子人选,当然会遭到萧统一派政治集团的反对和攻讦。梁武帝因宫体诗风责让徐摛当是化解这场政治风波的策略,尽管武帝很满意徐摛的对答,并"宠遇日隆",但是,当年年底徐摛便被出为新安太守。这应当是武帝保车而舍卒的政治手段。② 这样看来,武帝责让徐摛恐怕不仅仅是反对宫体诗风的问题,唐人对宫体诗的评价重视其伦理道德层面是有其历史依据的。

① 傅刚:《宫体诗论》,《中国典籍与文化》2004年第1期。
② 骆玉明、吴仕逵:《宫体诗的当代批评及其政治背景》,《复旦学报》1999年第3期。

　　于此可见,梁时指的宫体诗是指与昭明太子所倡导的文学观念相对立的萧纲东宫轻艳诗风。"宫体"诗称名是伴随着梁武帝立太子的政治事件而提出的。虽然其内涵指东宫轻艳的诗风,但其目的并非诗风本身,而是作为反对萧纲做太子的政治舆论手段出现的。所以,萧纲太子地位牢固后,为了反击对方,命徐陵编《玉台新咏》"以大其体",为其所提倡的诗歌风格寻求历史根据。于是扩大了宫体诗的内涵,将有关艳情与女色的诗皆入选以明此传统已经有久远的历史。将梁武帝、沈约、王融、谢朓等很多诗人的艳情之篇皆归为宫体一类。所以,很多人论宫体诗时多以《玉台新咏》为根据,大多学者也认为后世所言《玉台》体、徐庾体与宫体没有实质性分别。可见,宫体诗的内涵和创作风格在宫体之名出现以前就存在了。而宫体诗之名是在特定的政治背景中提出的,当时所指内涵与创作实际未必一致,才导致了众多的争论。后世所论宫体诗多以《玉台新咏》为基础,则扩大了宫体诗的内涵,与宫体诗之名提出时所指有一定差距。后世对宫体诗的评析重点是从诗歌风格角度进行的。

　　从本质说,宫体诗所指有诗歌形式与诗歌题材两方面的内容:形式上继承永明体并"转拘声韵,弥尚丽靡";题材上"有涉闺帏",注重艳情;整体风格则轻艳绮靡。① 胡大雷先生称之为对宫体诗的普遍性理解。② 梁、陈时期有此风格的诗皆可称为宫体诗。这样认识宫体诗,则宫体诗实为流传久远的一种诗歌创作潮流,

---

① 曹道衡、沈玉成:《南北朝文学史》,人民文学出版社,1991年,第241页。
② 胡大雷:《诗人·文体·批评——中古文学新语》,人民文学出版社,2001年,第265页。

不仅仅局限于萧纲东宫。正如刘师培所云："宫体之名，虽始于梁，然侧艳之词，起源自昔。晋、宋乐府，如《桃叶歌》《碧玉歌》《白纻词》《白铜鞮歌》，均以淫艳哀音，被于江左。迄于萧齐，流风益盛。特至于梁代，其体尤昌。"①若从诗体风格和诗歌流派角度理解宫体诗，梁武帝与宫体诗的关系则十分密切。

二、梁武帝与宫体诗

关于梁武帝与梁陈宫体诗的关系，可以从如下几个角度考察。

1.梁武帝宫廷音乐文化政策与宫体诗创作环境

梁武帝在宫廷娱乐音乐文化建构上用力甚勤，主要表现在对吴歌、西曲的改造，以满足其宫廷娱乐音乐的审美要求。梁武帝根据雍镇童谣"襄阳白铜蹄"制成《襄阳踏铜蹄》歌曲，"自为之词三曲，又令沈约为三曲，以被管弦"②；梁天监十一年，改《懊侬歌》为《相思曲》③。此外，梁武帝改西曲为《江南弄》《上云乐》，改舞曲为倚歌等。④

应予强调的是梁武帝的这些音乐行为和音乐文化政策，使吴歌、西曲在宫廷彻底取代了清商三调歌曲，上升为主流音乐文化

---

① 陈引驰编校：《刘师培中古文学论集》，中国社会科学出版社，1997年，第90页。

② 魏征等：《隋书》，中华书局，1973年，第305页。

③ 郭茂倩：《乐府诗集》，中华书局，1979年，第667页。

④ 梁武帝音乐文化政策与音乐文化活动，本人博士学位论文《魏晋南北朝音乐文化与歌辞研究》第三章《梁、陈宫廷娱乐音乐文化建构》一节有较详细的论述，此不赘述。

样式。吴歌、西曲的极大繁荣为宫体诗创作提供了有利的音乐文化环境。

　　其一，吴歌、西曲的繁荣客观上为宫体诗创作提供了现实文化土壤。吴歌、西曲是来自江南民间的通俗音乐，男女情歌占了绝对数量：或写男女相思，或写男女欢爱，或写女色容颜，或写对爱情的渴求，或写男女床帷之事，绝大多数不离女色私情。可见，其最本质特征是其世俗性，是平民情爱生活与世俗情感的集中反映。其质朴的民歌语言和直白的表现方式，给人以真挚、清新、自然之感。吴歌、西曲这种世俗声色的音乐文化环境成了宫体诗创作的催生剂，很多宫体诗艳情描写就直接取材于吴歌、西曲，甚至有的宫体诗本来就是为配合吴歌、西曲歌唱而作的歌辞。如《南史·沈皇后传》附《张贵妃传》：

　　　　后主每引宾客，对贵妃等游宴，则使诸贵人及女学士与狎客共赋新诗，互相赠答。采其尤艳丽者，以为曲调，被以新声。选宫女有容色者以千百数，令习而歌之，分部迭进，持以相乐。①

　　其二，频繁的音乐文化活动与大量的歌伎群体为宫体诗的传播消费提供了广阔市场。

　　《梁书·贺琛传》载贺琛向武帝陈事奏曰：

　　　　又歌姬舞女，本有品制，二八之锡，良待和戎。今畜妓之

---

①　李延寿：《南史》，中华书局，1975年，第348页。

夫,无有等秩,虽复庶贱微人,皆盛姬姜,务在贪污,争饰罗绮。

武帝大怒,敕责琛曰:

　　卿又云女妓越滥,此有司之责,虽然,亦有不同:贵者多畜妓乐,至于勋附若两披,亦复不闻家有二八,多畜女妓者。此并宜具言其人,当令有司振其霜豪。[1]

　　由此可见,梁代朝廷对蓄养歌伎有明确规定,只要达到一定官职就可以蓄伎,但在现实生活中,并没有按规定执行,"无有等秩",甚至"庶贱微人"皆争养家伎。在某种意义上,养伎成为个人地位和财富的标志。这种人生态度助长了梁代声色伎乐活动的繁荣。梁武帝的责辞颇可玩味:言外之意,只要不备帝王才能拥有的二八金石之乐,对蓄妓多少则采取听之任之的宽容态度。

　　不仅如此,皇帝还经常赐女乐以奖赏功臣。对元法僧、元愿达皆赐甲第女乐。皇帝的奖励助长了社会的奢靡之风。

　　《南史・徐勉传》:

　　普通末,武帝自算择后宫吴声、西曲女妓各一部,并华少,赉勉,因此颇好声酒。[2]

---

①　姚思廉:《梁书》,中华书局,1973 年,第 544—548 页。
②　李延寿:《南史》,中华书局,1975 年,第 1485 页。

梁代贵族奢靡于歌舞的生活从羊侃可见一斑。

《南史·羊侃传》：

　　(侃)性豪侈，善音律，自造《采莲》《棹歌》两曲，甚有新致。姬妾列侍，穷极奢靡。有弹筝人陆太喜著鹿角爪，长七寸。舞人张净琬腰围一尺六寸，时人咸推能掌上舞。又有孙荆玉能反腰帖地，衔得席上玉簪。敕赉歌人王娥儿，东宫亦赉歌者屈偶之，并妙尽奇曲，一时无对。初赴衡州，于两艖舴起三间通梁水斋，饰以珠玉，加之锦缋，盛设帷屏，列女乐。乘潮解缆，临波置酒，缘塘傍水，观者填咽。大同中，魏使阳斐与侃在北尝同学，有诏命侃延斐同宴。宾客三百余人，食器皆金玉杂宝，奏三部女乐。至夕，侍婢百余人俱执金花烛。侃不饮酒而好宾游，终日献酬，同其醉醒。[1]

　　梁代从上到下的蓄伎之风，使歌伎舞女群体增大，为宫体诗提供了创作契机和消费对象，很多宫体诗就是在歌儿舞女的酒宴环境中即兴创作的，有的则直接是描写歌儿舞女的体态、舞姿、歌唱技巧等。如：

　　燕姬奏妙舞，郑女发清歌。回羞出慢脸，送态入嚬蛾。宁殊值行雨，讵减见凌波。想君愁日暮，应美鲁阳戈。

　　　　　　　　　　——武陵王纪《同萧长史看妓》

　　合欢蠲忿叶，萱草忘忧条。何如明月夜，流风拂舞腰。

---

① 李延寿：《南史》，中华书局，1975年，第1547页。

朱唇随风动，玉钏逐弦摇。留宾惜残弄，负态动余娇。

——简文帝《听夜妓》

娥眉渐成光，燕姬戏小堂。朝舞开春阁，铃盘出步廊。
起龙调节奏，却凤点笙簧。树交临舞席，荷生夹妓航。竹密
无分影，花疏有异香。举杯聊转笑，欢兹乐未央。

——简文帝《春夜看妓》①

宫体诗之轻艳柔媚与其消费对象有很大关系。在某种程度
上，宫体诗就是应歌儿舞女的歌唱、诵读需要而作的，并依赖于宫
廷歌儿舞女而存在。

何之元《梁典高祖事论》论简文帝曰：

太宗孝慈仁爱，实守文之君，惜乎为贼所杀。至乎文章
妖艳，隳坠风典，诵于妇人之口，不及君子之听，斯乃文士之
深病，政教之厚疵。②

《玉台新咏》序曰：

当今巧制，分诸麟阁，散在鸿都。不籍篇章，无由披览。
于是，燃脂暝写，弄笔晨书，撰录艳歌，凡为十卷。……至如
青牛帐里，余曲既终；朱鸟窗前，新妆已竟，方当开兹缥帙，散

---

① 穆克宏点校：《玉台新咏笺注》，中华书局，1985年，第307—319页。
② 李昉：《文苑英华》，中华书局，1966年，第3950页。

此絛绳,永对玩于书帷,长循环于纤手。①

《南史·陈本纪下》:

> 后主愈骄,不虞外难,荒于酒色,不恤政事,左右嬖佞珥貂者五十人,妇人美貌丽服巧态以从者千余人。常使张贵妃、孔贵人等八人夹坐,江总、孔范等十人预宴,号曰"狎客"。先令八妇人襞采笺,制五言诗,十客一时继和,迟则罚酒。君臣酣饮,从夕达旦,以此为常。②

简文帝诗歌"诵于妇人之口,不及君子之听"、《玉台新咏》序对编辑此集用途的介绍、陈后主与诸贵人的作诗活动等事件十分明确地告诉世人,妇人、歌妓才是宫体诗主要的流传对象和消费群体。

2.梁武帝音乐文化活动直接导引了宫体诗的兴盛

梁武帝不仅重视宫廷音乐文化的建构,而且自己有很高的音乐文化修养,对音乐文化活动有浓厚的兴趣。

《隋书·音乐志上》:

> 梁武帝思弘古乐,天监元年,遂下诏访百僚,……以定大梁之乐。……是时对乐者七十八家,咸多引流略,浩荡其词,皆言乐之宜改,不言改乐之法。帝既素善钟律,详悉旧事,遂

---

① 穆克宏点校:《玉台新咏笺注》,中华书局,1985年,第13页。
② 李延寿:《南史》,中华书局,1975年,第306页。

自制定礼乐。又立为四器,名之为通。①

梁武帝参与娱乐音乐文化活动中最可重视者有二:

其一,改西曲乐为《江南弄》。梁武帝将西曲乐曲改造成《江南弄》,提升西曲音乐艺术风格和地位,使之更符合宫廷娱乐音乐表演的需要。

《古今乐录》曰:

> 梁天监十一年冬,武帝改西曲,制《江南上云乐》十四曲,《江南弄》七曲:一曰《江南弄》,二曰《龙笛曲》,三曰《采莲曲》,四曰《凤笛曲》,五曰《采菱曲》,六曰《游女曲》,七曰《朝云曲》。又沈约作四曲:一曰《赵瑟曲》,二曰《秦筝曲》,三曰《阳春曲》,四曰《朝云曲》,亦谓之《江南弄》云。②

梁武帝这一音乐文化行为在音乐史、文化史、文学史上皆可称为大事,可惜没有引起人们足够的关注。

在音乐上,通过梁武帝的改造,西曲这种来源于荆襄的民间俗曲在声辞效果、表演技巧、美学品位等方面均得以提升,更为符合帝王及上层文人的审美情趣。这是吴歌、西曲得以上升为上层文人和宫廷中主流音乐文化样式的最根本之处。

从文化说,在一定历史时期内,某种文化样式的发展变迁进程及其走向除与该文化样式自身品质相关外,朝廷文化政策导向

---

① 魏征等:《隋书》,中华书局,1973年,第287—289页。
② 郭茂倩:《乐府诗集》,中华书局,1979年,第726页。

在一定程度上决定着其发展命运。南朝清商三调与吴歌、西曲的
发展就是如此。清商三调与吴歌、西曲在南朝此消彼长的演进历
程,和当时朝廷音乐文化建构政策有着十分密切的关系,梁武帝
的音乐文化政策最为关键。可以说,梁武帝在娱乐音乐文化中对
吴歌、西曲的改造、提升是清商三调走向衰亡最为关键的一步。
从此,清商三调歌曲退出宫廷娱乐音乐的主体角色,而吴歌、西曲
取代了清商三调成为宫廷主流音乐文化样式。当然,在梁武帝音
乐文化政策背后,存在着吴歌、西曲具有广阔的下层民间文化市
场和迅速发展的趋势,清商三调的表演活动空间日渐萎缩衰退的
历史事实。梁武帝音乐文化政策的取向是顺应时代要求的,具有
某种进步的意义。但是,梁武帝在音乐文化政策上偏向吴歌、西
曲之举,客观上成为清商三调边缘化的重要原因。在南朝,吴歌、
西曲与清商三调发展变迁的历史中包含着雅俗音乐文化整合最
为基本的规律。

　　从文学说,梁武帝的《江南弄》有两方面的意义:一是《江南
弄》乐曲以及其特殊的辞乐配合方式值得关注。《江南弄》前有
"3,5。"结构的"和",后有"7△,7△,7△。3△,3△。3,3△。"参
差错落结构的"正曲"。简文帝有《江南曲》《龙笛曲》《采莲曲》辞
三首,沈约有《赵瑟曲》《秦筝曲》《阳春曲》《朝云曲》辞四首。而
且三人歌辞结构完全一致。这说明他们的歌辞是按"依调填词"
方式创作的。但梁简文帝又有"五言八句""五言六句"的《采莲
曲》和"五言四句"的《采菱曲》。同时期的梁元帝、刘孝威、朱超、
吴均、费昶、江淹等人拟此二曲时也皆用"五言"结构。从辞乐配
合方式言,梁武帝等三人的"依调填词"与唐宋"依调填词"有很
多相同点,故很多学者将唐宋词的发生追溯到梁武帝有一定理

由。但是,为什么仅此三人按调填词而其他人用五言呢? 唐人所
拟此曲调也是"五言"的,是否能说明五言八句结构或五言六句结
构成为此二曲的主要结构,而杂言结构没有流传呢? 或者说"五
言八句"结构与《江南弄》音乐曲调没有多大关系,而是诗歌新体
形式观念在歌辞体创作中的反映呢? 尽管有很多疑问无法一一
解释清楚,但梁武帝这一音乐文化行为对歌辞文学的形式结构确
实具有重要意义。二是梁武帝这一行为,对改变吴歌、西曲歌辞
文化观念影响尤其深远。使非政治性、世俗性的"吟咏性情"题材
在歌辞创作中突显其意义。当时文人纷纷拟写吴歌、西曲歌辞,
表现民歌中的现世哀乐与世俗情怀,甚至模仿民歌口吻表现女色
艳情。这一创作潮流的兴起与梁武帝在改造西曲音乐过程中对
世俗音乐的偏好以及对吴歌、西曲歌辞文化功能的重新认识是有
关系的。

　　其二,亲自参与歌辞创作。梁武帝歌辞创作数量最多的是吴
歌、西曲歌辞。《乐府诗集》中所收梁武帝歌辞为:"鼓吹铙歌"有
《有所思》《芳树》2 首;"汉横吹曲"有《雍台》1 首;"相和歌辞"有
清调曲《长安有狭斜行》1 首,瑟调曲《青青河边草》1 首,楚调曲
《明月照高楼》1 首;"杂舞歌辞"有《梁白纻歌辞》2 首;"杂曲歌
辞"有《闽阖篇》1 首,《邯郸篇》1 首;"杂歌谣辞"有《河中之水歌》
1 首;"清商曲辞"有《子夜四时歌》7 首,《团扇郎》1 首,《襄阳蹋
铜蹄》3 首,《杨叛儿》1 首,《江南弄》7 首,《上云乐》7 首。共 16
曲 37 首。其中,吴歌、西曲占三分之一。

　　从梁武帝歌辞用调的分布可以看出,他对吴歌、西曲是情有
独钟的。《玉台新咏》选梁武帝诗:卷七有《梁武帝十四首》,卷十
有《梁武帝诗二十七首》《梁武帝诗五首》共三处 46 首。第一处有

乐府歌辞《拟长安有狭斜行》《拟明月照高楼》《拟青青河边草》《芳树》《有所思》等 5 首,第二处有《春歌三首》《夏歌四首》《秋歌四首》《子夜歌二首》《上声歌一首》《欢闻歌二首》《团扇歌一首》《碧玉歌一首》《襄阳白铜鞮歌三首》共 21 首(其中 7 首在《乐府诗集》中题王金珠作,一首称古辞),第三处有《春歌一首》《冬歌四首》(第三首《乐府诗集》称晋、宋、齐辞),三处共收乐府歌辞 31 首。除去 8 首不确定者,尚有 23 首。其他非乐府歌辞的徒诗也是咏笔、咏舞、咏烛等与女情相关者。如果将这些皆视为宫体诗,那么,梁武帝的宫体诗数量则相当可观,而吴歌西曲歌辞在其中占了一半。这些作品在题材、风格上与梁简文帝、梁元帝等人的宫体诗没有多少区别,只是梁武帝歌辞更接近民歌的风味,而简文帝、梁元帝作品文人气、脂粉气更浓一些而已。如梁武帝《子夜歌二首》:

> 恃爱如欲进,含羞未肯前。口朱发艳歌,玉指弄娇弦。
> 朝日照绮钱,光风动纨罗。巧笑蒨两犀,美目扬双蛾。

　　由此可见,梁武帝吴歌、西曲歌辞与宫体诗是分不开的,本身就是宫体诗之一部分。在某种程度上,梁简文帝宫体诗其实是对其父开创的梁代文人歌辞创作新风气的继续发展与深化:创作方式上,从歌辞创作向徒诗领域拓展;艺术情趣上,从民歌风味向文人情趣靠近。在此意义上,可以说,梁武帝吴歌、西曲歌辞创作为宫体诗风格形成提供了具体的路径,指出了其必然的发展方向。

　　3.梁武帝歌辞创作行为的垂范性质与现实效应
　　中国古代十分重视礼仪制度的建设,在长期的建设中形成了完备的吉、凶、军、宾、嘉五大礼仪规范,称为"五礼"。嘉礼中有公私宴礼,是帝王举宴招待宠臣、功臣,以示皇恩浩荡的礼仪活动。在皇帝的宴会上举乐作诗是最基本的内容和重要环节,在这样的宴会上往往也是文臣雅士向皇帝展示才华的最佳时机。因此,文人向来重视得到皇帝的赐宴,一来可以提高自己的身份和地位;二来可以在皇帝面前一展才华,有被皇帝赏识重用之机会。颜之推《颜氏家训·勉学》的一段话从一个侧面道出了公私宴集赋诗的意义和重要性:

> 多见士大夫耻涉农商,羞务工伎。射则不能穿札,笔则才记姓名。饱食醉酒,忽忽无事,以此销日,以此终年。或因家世余绪,得一阶半级,便是为足,全忘修学。及有吉凶大事,议论得失,蒙然张口,如坐云雾。公私宴集,谈古赋诗,塞默低头,欠伸而已。[1]

在颜氏看来,公私宴集、谈古赋诗是修学的重要用途之一。可见,当时社会对公私宴会上赋诗的重视程度。

梁武帝作为文武全才,又曾是出入于前朝萧子良西邸的文学高手,自然会有宴会群臣时的赋诗之举。

《梁书·到沆传》:

> 时文德殿置学士省,召高才硕学者待诏其中,使校定坟史,诏沆通籍焉。时高祖宴华光殿,命群臣赋诗,独诏沆为二

---

[1] 颜之推:《颜氏家训》,《诸子集成》本,上海书店,1986年,第13页。

百字,三刻使成。沆于坐立奏,其文甚美。俄以洗马管东宫书记、散骑省优策文。①

《南史·曹景宗传》:

　　景宗振旅凯入,帝于华光殿宴饮连句,令左仆射沈约赋韵。景宗不得韵,意色不平,启求赋诗。帝曰:"卿伎能甚多,人才英拔,何必止在一诗。"景宗已醉,求作不已,诏令约赋韵。时韵已尽,唯余竞病二字。景宗便操笔,斯须而成,其辞曰:"去时儿女悲,归来笳鼓竞。借问行路人,何如霍去病。"帝叹不已。约及朝贤惊嗟竟日,诏令上左史。于是进爵为公,拜侍中、领军将军。②

《南史·褚翔传》:

　　中大通五年,梁武帝宴群臣乐游苑。别诏翔与王训为二十韵诗,限三刻成。翔于坐立奏,帝异焉,即日补宣城王文学,俄迁友。③

《梁书·柳恽传》:

---

①　姚思廉:《梁书》,中华书局,1973 年,第 686 页。
②　李延寿:《南史》,中华书局,1975 年,第 1356 页。
③　李延寿:《南史》,中华书局,1975 年,第 755 页。

恽立行贞素,以贵公子早有令名,少工篇什。始为诗曰:
"亭皋本叶下,陇首秋云飞。"琅邪王元长见而嗟赏,因书斋
壁。至是预曲宴,必被诏赋诗。尝奉和高祖《登景阳楼》中篇
云:"太液沧波起,长杨高树秋。翠华承汉远,雕辇逐风游。"
深为高祖所美。当时咸共称传。①

前引《隋书·音乐志上》载武帝根据雍镇童谣更造新声,以被
弦管而成《襄阳踏铜蹄》歌曲,并令沈约也为三曲,乃是梁武帝歌
辞创作之垂范意义的最好说明。

梁武帝现存作品中还有与群臣的连句诗《清暑殿效柏梁体》,
参与者有新安太守任昉、侍中徐勉、丹阳丞刘泛、黄门侍郎柳憕、
吏部郎中谢览、侍中张卷、太子中庶子王峻、御史中丞陆杲、右军
主簿陆垂、司徒主簿刘洽、司徒左西属江葺等十一人。又《五字叠
韵诗》连句,参与者有刘孝绰、沈约、庾肩吾、徐摛、何逊等五人。

从以上梁武帝赐宴作诗的情景可知,在这种境遇中进行诗歌
创作,不仅可以展示文人诗歌才华,还可以因之获得官阶。所以,
这些文人势必要揣度圣上之心理喜好,顺着武帝的意愿进行创
作。这样,往往容易形成诗文创作的一时风气,而为下层文人所
纷纷效仿与模拟。

因帝王之好而波及世风流俗的情形,历史上不乏其人、其事。
汉武帝好新声而汉乐府新声大盛于世,曹操好新声文词而拟乐府
在曹魏风靡等,皆其例。

裴子野《雕虫论》:

---

① 姚思廉:《梁书》,中华书局,1973 年,第 331 页。

　　宋明帝聪博,好文史,才思朗捷,省读书奏,好七行俱下。每国有祯祥及行幸燕集,辄陈诗展义,且以命朝臣。其戎士武夫,则托请不暇,困于课限,或买以应诏焉。于是天下向风,人自藻饰,雕虫之艺,盛于时矣。[1]

李谔《上隋文帝书》曰:

　　魏之三祖,更尚文词,忽君人之大道,好雕虫之小艺。下之从上,有同影响,竞骋文华,遂成风俗。江左齐、梁,其弊弥甚,贵贱贤愚,唯务吟咏。遂复遗理存异,寻虚逐微,竞一韵之奇,争一字之巧。连篇累牍,不出月露之形,积案盈箱,唯是风云之状。世俗以此相高,朝廷据兹擢士。禄利之路既开,爱尚之情愈笃。于是闾里童昏,贵游总卯,未窥六甲,先制五言。[2]

　　虞世南与唐太宗的一段对话对帝王行为之示范意义的揭示更直接而透辟:

　　帝(太宗)尝作宫体诗,使赓和。世南曰:圣作诚工,然体非雅正。上之所好,下必有甚者,臣恐此诗一传,天下风靡。

---

① 杜佑:《通典》,中华书局,1988 年,第 389 页。
② 魏征等:《隋书》,中华书局,1973 年,第 1544 页。

不敢奉诏。①

梁武帝虽博学多识，喜欢与周围文人舞文弄墨进行诗文唱和，但他作为帝王之尊，又不能容忍别人在诗文上超过自己。

《梁书·沈约传》：

> 先此，约尝侍宴，值豫州献栗，径半寸，帝奇之，问曰："栗事多少？"与约各疏所忆，少帝三事。出谓人曰："此公护前，不让即羞死。"帝以其言不逊，欲抵其罪，徐勉固谏乃止。②

《南史·刘峻传》：

> 初，梁武帝招文学之士，有高才者多被引进，擢以不次。峻率性而动，不能随众沉浮。武帝每集文士策经史事，时范云、沈约之徒皆引短推长，帝乃悦，加其赏赉。会策锦被事，咸言已罄，帝试呼问峻，峻时贫悴冗散，忽请纸笔，疏十余事，坐客皆惊，帝不觉失色。自是恶之，不复引见。及峻《类苑》成，凡一百二十卷，帝即命诸学士撰《华林遍略》以高之，竟不见用。③

在这样的创作氛围里，周围文人更有可能想方设法投其所

---

① 欧阳修等：《新唐书》，中华书局，1975 年，第 3972 页。
② 姚思廉：《梁书》，中华书局，1973 年，第 243 页。
③ 李延寿：《南史》，中华书局，1975 年，第 1219—1220 页。

好了。

综上所论可知,梁武帝对吴歌、西曲的喜好并大量创作歌辞,对其周围的文人、皇室成员乃至整个文人层具有十分深远的影响:其创作行为在客观上已经具有了领引诗歌创作走向的作用,其歌辞中艳情题材和女色表现使周围文人趋之若鹜,积极响应,宫体诗创作风气便在这样的创作语境中逐渐形成。简文帝时期,宫体诗的盛行并非突如其来,而是有其深刻的音乐文化背景和政治因素,梁武帝对吴歌、西曲音乐文化的爱好、鼓吹和积极主动参与音乐文化活动、大张旗鼓地推广,是梁、陈宫体诗兴盛的重要因素之一。正是在这样的意义上,我们说宫体诗的兴起与梁武帝有着非常密切的关系。

中编：传播与媒介篇

论汉魏六朝仪式歌辞的文化功能与传播特点

所谓仪式歌辞是指在各种仪式活动中唱诵的歌辞。《乐府诗集》将汉唐乐府歌辞分为十二类,其中郊庙歌辞、燕射歌辞、鼓吹曲辞、雅舞歌辞等类主要就是为满足封建帝王各种仪式活动需要而创制的歌辞。

一、汉魏六朝仪式歌辞的创制与演唱

1.郊庙歌辞

郊庙歌辞是封建帝王在郊庙仪式活动中颂扬天地、赞美祖宗时使用的歌辞,主要有郊祀与宗庙两类。我国祭祀歌辞有着悠久的传统,至少可以追溯到西周时代。《乐府诗集·郊庙歌辞》解题曰:"《周颂·昊天有成命》,郊祀天地之乐歌也;《清庙》,祀太庙之乐歌也;《我将》,祀明堂之乐歌也;《载芟》《良耜》,藉田社稷之乐歌也。然则祭乐之有歌,其来尚矣。"①

(1)郊祀歌辞

汉代有《郊祀歌》十九章,撰制于武帝时代。《汉书·礼乐志》曰:"至武帝定郊祀之礼,祠太一于甘泉,就乾位也;祭后土于

---

① 郭茂倩:《乐府诗集》,中华书局,1979 年,第 1 页。

汾阴,泽中方丘也。乃立乐府,采诗夜诵,有赵、代、秦、楚之讴。以李延年为协律都尉,多举司马相如等数十人造为诗赋,略论律吕,以合八音之调,作十九章之歌。以正月上辛用事甘泉圜丘,使童男女七十人俱歌,昏祠至明。"①其《青阳》《朱明》《西颢》《玄冥》分别歌咏春、夏、秋、冬四季,是迎时气的乐章,《天地》《惟泰元》《五神》是祀太一及五帝神的乐章,《日出入》祀日,《天门》祀泰山等,歌辞作者有汉武帝、司马相如、邹子等数十人。② 曹魏郊祀歌辞不见载籍,郭茂倩以为"疑用汉辞";西晋郊祀明堂礼乐权用魏仪,"使傅玄为之词"③;刘宋元嘉二十二年,南郊始设登歌,"诏御史中丞颜延之造歌诗"④;齐有谢超宗、王俭、谢朓、江淹等人所作《南郊》《北郊》《明堂》《雩祭》《籍田》等乐歌辞,梁有沈约所作《南郊》《北郊》《明堂》等乐歌辞。

（2）宗庙歌辞

汉有《安世房中歌》,高祖唐山夫人作。《汉书·礼乐志》载:"又有房中祠乐,高祖唐山夫人所作也。周有房中乐,至秦名曰寿人。凡乐,乐其所生,礼不忘本。高祖乐楚声,故房中乐楚声也。孝惠二年,使乐府令夏侯宽备其箫管,更名曰安世乐。"⑤萧涤非分析说:"周房中乐用之宾燕时,但有弦而无钟磬,用之祭祀时则加钟磬,而汉房中乐适与此相合。……汉高既乐楚声,此歌当亦不专用之祭祀,四时宾燕,亦复施用,既兼燕祠之二义,故沿袭周名

---

① 班固:《汉书》,中华书局,1962 年,第 1045 页。
② 龙文玲:《汉郊祀歌十九章作者辨证》,《学术论坛》2005 年第 4 期。
③ 房玄龄等:《晋书》,中华书局,1974 年,第 679 页。
④ 沈约:《宋书》,中华书局,1974 年,第 541 页。
⑤ 班固:《汉书》,中华书局,1962 年,第 1043 页。

而曰'房中祠乐',班固或言'房中乐'者,'房中祠乐'之简称耳。至孝惠时,此歌或专用之祭祀,燕飨之义既失,自无取乎《房中》之名。又从而增加箫管,丝竹合奏,音制亦异于旧,故更名《安世乐》。班固以《安世》既出自《房中》,故录此歌时,乃合前后二名题曰《安世房中歌》。"①萧氏从《安世房中歌》名称的辨析中,肯定了汉代《安世房中歌》的祭祀性质。曹魏的宗庙歌辞多沿袭汉代。魏文帝黄初二年,魏改汉《巴渝舞》为《昭武舞》,《安世乐》为《正世乐》,《嘉至乐》为《迎灵乐》,《武德乐》为《武颂乐》,《昭容乐》为《昭业乐》,《云翘舞》为《凤翔舞》,《育命舞》为《灵应舞》,《武德舞》为《武颂舞》,《文始舞》为《大韶舞》,《五行舞》为《大武舞》。而"其众歌诗,多即前代之旧;唯魏国初建,使王粲改作登歌及《安世》《巴渝》诗而已"②。晋宗庙歌有傅玄《晋宗庙歌》、曹毗《江左宗庙歌》,宋有王韶之《宋宗庙登歌》、谢庄《宋世祖庙歌》、宋明帝与殷淡《宋章庙乐舞歌》等;齐有谢超宗、王俭等《齐太庙乐歌》,梁有沈约《梁宗庙登歌》,陈有《陈太庙舞辞》。

　　以上所列郊庙歌辞均是朝廷在重大的祭祀仪式活动中的音乐歌辞,除西晋王肃"私造宗庙诗颂十二篇,不被歌"③外,余皆皇上敕命重臣拟写、配合朝廷仪式吟唱,达到"接人神之欢"和"歌先人之功烈德泽"④之目的。

　　2.燕射歌辞

　　燕射歌辞是朝廷在元会等重大节日或天子宴乐群臣时所用

---

① 萧涤非:《汉魏六朝乐府文学史》,人民文学出版社,1984年,第35页。

② 沈约:《宋书》,中华书局,1974年,第534页。

③ 沈约:《宋书》,中华书局,1974年,第538页。

④ 郭茂倩:《乐府诗集》,中华书局,1979年,第1—33页。

的音乐歌辞,也称食举乐辞。《乐府诗集·燕射歌辞》解题曰:

汉有殿中御饭食举七曲,太乐食举十三曲,魏有雅乐四曲,皆取周诗《鹿鸣》。晋荀勖以《鹿鸣》燕嘉宾,无取于朝。乃除《鹿鸣》旧歌,更作行礼诗四篇,先陈三朝朝宗之义。又为王公上寿酒、食举乐歌诗十三篇。司律陈顽以为三元肇发,群后奉璧,趋步拜起,莫非行礼,岂容别设一乐,谓之行礼。荀讥《鹿鸣》之失,似悟昔缪,还制四篇,复袭前轨,亦未为得也。终宋、齐已来,相承用之。梁、陈三朝,乐有四十九等,其曲有《相和》五引及《俊雅》等七曲。后魏道武初,正月上日飨群臣,备列宫悬正乐,奏燕、赵、秦、吴之音,五方殊俗之曲,四时飨会亦用之。隋炀帝初,诏秘书省学士定殿前乐工歌十四曲,终大业之世,每举用焉。其后又因高祖七部乐,乃定以为九部。①

郭氏所言已明燕射歌辞之大概。曹魏时期的元会仪式不见文献记载,曹植《元会诗》和《鞞舞歌》对曹魏燕乐仪式有生动描述,《鞞舞歌》"大魏篇"曰:

黄鹄游殿前,神鼎周四阿。玉马充乘舆,芝盖树九华。白虎戏西除,舍利从辟邪。骐骥蹑足舞,凤皇拊翼歌。丰年大置酒,玉樽列广庭。乐饮过三爵,朱颜暴已形。式宴不违礼,君臣歌《鹿鸣》。乐人舞鼙鼓,百官雷抃赞若惊。储礼如

---

① 郭茂倩:《乐府诗集》,中华书局,1979 年,第 182 页。

江海,积善若陵山。皇嗣繁且炽,孙子列曾玄。群臣咸称万岁,陛下长寿乐年。御酒停未饮,贵戚跪东厢。侍人承颜色,奉进金玉觞。此酒亦真酒,福禄当圣皇。陛下临轩笑,左右咸欢康。杯来一何迟,群僚以次行。赏赐累千亿,百官并富昌。

其中"白虎戏西除,舍利从辟邪。骐骥蹑足舞,凤皇拊翼歌"四句是魏国承袭汉代正月朔日朝贺之仪式,故亦有技人装饰舍利、辟邪、麒麟、凤凰形象,于殿前舞蹈歌唱。诗篇歌颂时和年丰、宴乐群臣之盛典。①

梁普通年间的三朝仪注对朝会议程及用乐有明确记载:

三朝,第一,奏《相和五引》;第二,众官入,奏《俊雅》;第三,皇帝入阁,奏《皇雅》;第四,皇太子发西中华门,奏《胤雅》;第五,皇帝进,王公发足;第六,王公降殿,同奏《寅雅》;第七,皇帝入储变服;第八,皇帝变服出储,同奏《皇雅》;第九,公卿上寿酒,奏《介雅》;第十,太子入预会,奏《胤雅》;十一,皇帝食举,奏《需雅》;十二,撤食,奏《雍雅》;十三,设《大壮》武舞;十四,设《大观》文舞;十五,设《雅歌》五曲;十六,设俳伎;十七,设《鞞舞》;十八,设《铎舞》;十九,设《拂舞》;二十,设《巾舞》并《白纻》;二十一,设舞盘伎;二十二,设舞轮伎;二十三,设刺长追花幢伎;二十四,设受猾伎;二十五,设车轮折胆伎;二十六,设长跷伎;二十七,设须弥山、黄山、

---

① 赵幼文:《曹植集校注》,人民文学出版社,1984年,第331页。

三峡等伎;二十八,设跳铃伎;二十九,设跳剑伎;三十,设掷倒伎;三十一,设掷倒案伎;三十二,设青丝幢伎;三十三,设一伞花幢伎;三十四,设雷幢伎;三十五,设金轮幢伎;三十六,设白兽幢伎;三十七,设掷蹻伎;三十八,设狝猴幢伎;三十九,设啄木幢伎;四十,设五案幢咒愿伎;四十一,设辟邪伎;四十二,设青紫鹿伎;四十三,设白武伎;四十四,设寺子导安息孔雀、凤凰、文鹿胡舞登连《上云乐》歌舞伎;四十五,设缘高缒伎;四十六,设变黄龙弄龟伎;四十七,皇太子起,奏《胤雅》;四十八,众官出,奏《俊雅》;四十九,皇帝兴,奏《皇雅》。①

从上列文献可见燕射乐歌明显的仪式功能。如汉代鲍业所言:"古者天子食饮,必顺四时五味,故有食举之乐,所以顺天地、养神明、求福应也。"②"顺天地、养神明、求福应"是燕射仪式的主要功能,其乐歌就是为此而作的,歌辞只有在这种音乐活动中才能体现其仪式内容和蕴涵其中的文化意义。当然,三朝宴会上,各种乐舞按照规定的程序登台表演,其中不乏娱乐性和观赏性,但乐舞自身的娱乐性和观赏性往往要在仪式中才得以实现。现存燕乐歌辞有晋傅玄、荀勖、张华、成公绥《晋四厢乐歌》,张华《晋冬至初岁小会歌》《晋宴会歌》《晋中宫所歌》《晋宗亲会歌》,宋王韶之《宋四厢乐歌》,梁沈约、萧子云《梁三朝雅乐歌》等。

---

① 魏征等:《隋书》,中华书局,1973 年,第 302—303 页。
② 郭茂倩:《乐府诗集》,中华书局,1979 年,第 181 页。

3.舞曲歌辞

　　早期舞蹈的仪式性特征已经成为共识,此不多论,如西周的六舞就是配合仪式表演的舞蹈。《周礼·地官·舞师》曰:"掌教兵舞,帅而舞山川之祭祀。教帗舞,帅而舞社稷之祭祀。教羽舞,帅而舞四方之祭祀。教皇舞,帅而舞旱暵之事。"①伴随这些舞蹈而歌的舞曲歌辞自当有其仪式性特征。汉魏六朝的仪式舞蹈大致分为雅舞、杂舞两类,雅舞中又分武舞、文舞两种。

　　《乐府诗集》解题曰:"雅舞者,郊庙朝飨所奏文武二舞是也。古之王者,乐有先后,以揖让得天下,则先奏文舞,以征伐得天下,则先奏武舞,各尚其德也。……汉魏已后,咸有改革。然其所用,文武二舞而已,名虽不同,不变其舞。故《古今乐录》曰:'自周以来,唯改其辞,示不相袭,未有变其舞者也。'……自汉已后,又有庙舞,各用于其庙,凡此皆雅舞也。"②

　　汉代雅舞歌辞的创制情况,《汉书·礼乐志》有比较翔实的记载:

　　　　高祖庙奏《武德》《文始》《五行》之舞;孝文庙奏《昭德》《文始》《四时》《五行》之舞;孝武庙奏《盛德》《文始》《四时》《五行》之舞。……孝景采《武德舞》以为《昭德》,以尊大宗庙。至孝宣,采《昭德舞》为《盛德》,以尊世宗庙。诸帝庙皆常奏《文始》《四时》《五行舞》云。高祖六年又作《昭容乐》

---

① 　贾公彦:《周礼注疏》,《十三经注疏》本,上海古籍出版社,1997 年,第 721 页。
② 　郭茂倩:《乐府诗集》,中华书局,1979 年,第 753—754 页。

《礼容乐》。①

现存汉代雅舞歌辞有东平王苍《后汉武德舞歌诗》一首,颂扬光武皇帝的生平功业。晋有傅玄、荀勖、张华《晋正德大豫舞歌》,宋有王韶之《宋前后舞歌》,齐有《前舞阶步歌》《前舞凯容歌》《后舞阶步歌》《后舞凯容歌》,梁有沈约《梁大壮大观舞歌》等。汉魏六朝,郊庙、朝飨所奏舞蹈主要是文武二舞,在各代名称虽有不同,但舞曲未变,只是各代改作了歌辞而已。

《乐府诗集》曰:"杂舞者,《公莫》《巴渝》《盘舞》《鞞舞》《铎舞》《拂舞》《白纻》之类是也。始皆出自方俗,后浸陈于殿庭。盖自周有缦乐散乐,秦汉因之增广,宴会所奏,率非雅舞。汉、魏已后,并以鞞、铎、巾、拂四舞,用之宴飨。宋武帝大明中,亦以鞞拂杂舞合之。钟石施于庙庭,朝会用乐,则兼奏之。明帝时,又有西伧羌胡杂舞,后魏、北齐,亦皆参以胡戎伎,自此诸舞弥盛矣。"②这段材料对杂舞的来源、表演场合、发展历史做了简明介绍。

现存杂舞歌辞有王粲《魏俞儿舞歌》、傅玄《晋宣武舞歌》《晋宣文舞歌》等《巴渝》舞辞,曹植、傅玄、沈约等《鞞舞》辞,还有《铎舞》《巾舞》《拂舞》古辞及部分文人辞。

晋《咸宁注》"正旦元会"载:"食毕,太乐令跪奏:'请进舞。'舞以次作。"③可见,舞蹈是在朝贺、君臣共食等完毕后观乐仪式中表演的。梁代三朝仪注将乐分为四十九种,前十多种为入场、朝

---

①　班固:《汉书》,中华书局,1962 年,第 1044 页。
②　郭茂倩:《乐府诗集》,中华书局,1979 年,第 766 页。
③　沈约:《宋书》,中华书局,1974 年,第 344 页。

贺、上寿酒、食举等仪程中表演的乐曲,舞蹈节目在第十二撤食以后。从十三到四十六,分别是《大壮》武舞、《大观》文舞、雅舞和《鼙舞》《铎舞》《拂舞》《巾舞》、舞盘伎等杂舞,还有很多地方民间乐舞形式。四十七以后则是仪式结束时《胤雅》《俊雅》《皇雅》等雅乐演奏。

总体上,雅舞是专为国家郊庙、朝飨制作的舞曲,其仪式性更强。而杂舞,其源头虽然是民间方俗之舞,但已经逐渐地被朝廷吸收、改造,成为朝廷仪式舞蹈。具体言,雅舞用于郊庙、朝飨等很庄重严肃的仪式场合,而杂舞则多用于比较轻松、愉悦的宴会,其娱乐性与观赏性在仪式过程中也得以体现。

4.鼓吹曲辞

汉鼓吹铙歌十八曲是汉代现存的鼓吹曲辞,其歌辞大概都是西汉的作品。这十八首歌辞内容十分驳杂,有咏战争者如《战城南》,有叙朝会者如《朱鹭》《上陵》《将进酒》等,有叙道路者如《上之回》《圣人出》《君马黄》等,有游子思归与儿女情歌如《巫山高》《有所思》《上邪》等。这些歌辞中当有很多是源自民间的。汉短萧铙歌与汉黄门鼓吹分别是汉乐四品之一:黄门鼓吹是天子宴享群臣之乐,短萧铙歌是军乐。汉短萧铙歌十二曲本是军乐,但在汉代使用很广泛,朝会、道路、赏赐、宴享、殡葬等都使用,具有很强的仪式性质。

从曹魏、西晋,到宋、齐、梁、陈、北齐、北周等国,均以鼓吹曲叙述开国功德,歌辞则由重臣拟写,基本用途为朝会仪式、道路出行或赏赐功臣,正如《乐府诗集·鼓吹曲辞》解题所云:

汉有《朱鹭》等二十二曲,列于鼓吹,谓之铙歌。及魏受命,使缪袭改其十二曲,而《君马黄》《雉子斑》《圣人出》《临高台》《远如期》《石留》《务成》《玄云》《黄爵》《钓竿》十曲,并仍旧名。是时吴亦使韦昭改制十二曲,其十曲亦因之。而魏、吴歌辞,存者唯十二曲,余皆不传。晋武帝受禅,命傅玄制二十二曲,而《玄云》《钓竿》之名不改旧汉。宋、齐并用汉曲。又充庭十六曲,梁高祖乃去其四,留其十二,更制新歌,合四时也。北齐二十曲,皆改古名。其《黄爵》《钓竿》,略而不用。后周宣帝革前代鼓吹,制为十五曲,并述功德受命以相代,大抵多言战阵之事。①

　　以上所举四类歌辞,就其主要的演唱场合与社会文化功能看,本属于仪式音乐歌辞,但并不排除其中的部分音乐歌辞在仪式以外的娱乐场合演唱。如宴射歌辞、杂舞歌辞等,在元会仪式表演之余也有表演于帝王后宫的记载,汉代的短萧铙歌曾是军乐,除在出征、庆功等军队仪式活动中演唱外,也有武将用来欣赏娱乐的。

二、汉魏六朝仪式歌辞的文化功能及传播特点

　　第一,仪式歌辞传播的程序性。在本质上,礼是从自我约束的层面让人们去自觉遵守社会道德,从制度层面来维护社会等级的一种社会规范。而礼的这种目的是通过各种仪式行为和过程来实现的,仪式是社会秩序的表征性符号和文化事项的联结点,

---

① 郭茂倩:《乐府诗集》,中华书局,1979 年,第 224 页。

其具体表现为:其一,仪式使生产生活的各方面有秩序地开展。《说文》曰:"仪,度也。从人,义声。""式,法也,从工,弋声。"可见,"仪"和"式"的本义皆是法度、准则、规矩的意思。其二,仪式还承载着如生命观、死亡观、伦理观、禁忌观等民族文化的集体意识,仪式行为者往往通过姿势、舞蹈、吟唱、演奏等表演性活动和对象、场景等实物性安排,营造一个有意义的仪式情境,并从这种情境中重温和体验这些意义带给他们的心灵慰藉和精神需求。歌辞是在仪式活动过程中传播的,仪式活动的程序化、象征性特点对歌辞内容和结构提出了相应的要求,如郊庙歌辞在内容上就要满足国家郊庙祭仪"接人神之欢"与"歌先人之功烈德泽"的用乐需要。魏侍中缪袭请求改汉《安世歌》为《享神歌》的理由就是从其"祭祀娱神,登堂歌先祖功德,下堂歌咏燕享"[1]的仪式内容和其社会文化功能考虑的,应该说,改名以后使乐名与内容更加匹配,名副其实。最能体现仪式歌辞程序化特点的要数西晋《咸宁注》和梁代三朝仪注。《咸宁注》对"正旦元会"仪程有详细记载:

正月一日前一天,太乐鼓吹宿设四厢乐及牛马帷阁于殿前。从夜漏未尽十刻起到五刻止,群臣百官有序就位。漏尽之时,皇帝出,钟鼓鸣响,百官皆拜伏,仪式正式开始,太常导皇帝升御座,钟鼓停止,百官起立。接着由大鸿胪、治礼郎、太常等礼官主持群臣百官向皇上的"朝贺"礼仪,先蕃王、次太尉、中二千石等,依次献挚贺拜,礼毕,太乐令跪请奏雅乐,以次作乐。皇帝休息三刻后,再次到御座前,钟鼓第二次鸣响。群臣百官奉觞上"寿酒",先

---

[1]　沈约:《宋书》,中华书局,1974 年,第 536—537 页。

是王公至二千石上殿上寿酒,四厢乐作,接着侍中、中书令、尚书令上寿酒。登歌乐升,太官令开始行御酒。太乐令跪奏:"奏登歌。"登歌演奏三次停止。登歌之后,君臣共食,太乐令跪奏:"食。举乐!"食毕,太乐令跪奏:"请进舞。"舞以次作。鼓吹令又前跪奏:"请以次进众伎。"宴乐礼毕,钟鼓第三次鸣响,群臣北面再拜出,仪式结束。①

《咸宁注》所载"正旦元会"仪式,其音乐是严格按照仪程内容设置的。从皇帝出到升御座,"钟鼓作";群臣百官献挚贺拜之礼结束,"以次作"雅乐;皇帝再次出,"钟鼓作";群臣百官上寿酒,"四厢乐作";皇上行御酒,"奏登歌";君臣共食,"举乐";食毕,"舞以次作"后,"请以次进众伎";宴乐礼毕,"钟鼓作"。《乐府诗集》引《仲尼燕居》曰:"入门而金作,示情也;升歌《清庙》,示德也;下而管象,示事也。"歌辞中有大量的诸如"神祇降假,享福无疆""神祇来格,福禄是臻""祖考来格,佑我邦家""於穆武皇,允龚钦明"等祝颂、教训之语。《乐府诗集》解释曰:"於者,叹之也。穆者,敬之也。"②显示出仪式音乐的程序化特点和象征意味。

第二,仪式歌辞传播的依附性。仪式歌辞总是依附于仪式活动传播的,这种依附性特征与礼乐仪式对歌辞的要求密切相关。

《汉书·礼乐志》曰:"乐以治内而为同,礼以修外而为异;同则和亲,异则畏敬;和亲则无怨,畏敬则不争。揖让而天下治者,礼乐之谓也。二者并行,合为一体。畏敬之意难见,则著之于享献辞受,登降跪拜;和亲之说难形,则发之于诗歌咏言,钟石管弦。

① 沈约:《宋书》,中华书局,1974 年,第 343—344 页。
② 郭茂倩:《乐府诗集》,中华书局,1979 年,第 33—34 页。

盖嘉其敬意而不及其财贿,美其欢心而不流其声音。故孔子曰:
'礼云礼云,玉帛云乎哉? 乐云乐云,钟鼓云乎哉?'此礼乐之本
也。"①简言之,礼的畏敬之意要通过书之玉帛的享献、辞受,登降
跪拜等礼仪规则体现,而音乐的和亲之悦则要通过歌辞、旋律、乐
器等直观的形式再现。可见,仪式歌辞的创制目的就是为配合仪
式活动,突出歌辞中所蕴藏的仪式象征意味;郊庙歌辞表现神人
之欢、祖宗之德,燕射歌辞突出王化之德,鼓吹曲辞则赞颂开国之
功。所以,歌辞总是要在仪式过程中才得以传播,一次仪式活动
的完结就意味着歌辞传播的结束,下一次仪式活动开始则歌辞又
得以传播。这种对仪式活动的依附性使歌辞本身的审美意义、娱
乐性质、抒情特点被淡化了,或者说歌辞创制者首先考虑的是歌
辞的仪式象征意义,其娱乐性、审美性要服从仪式象征的需要。
因此,这类歌辞的仪式功能十分突出。如在体式上,仪式歌辞多
用四言正格。西晋张华、荀勖制作燕射歌辞时对体式的取舍,最
能说明歌辞体式格调所承载的仪式功能:

　　晋武泰始五年,尚书奏使太仆傅玄、中书监荀勖、黄门侍
郎张华各造正旦行礼及王公上寿酒食举乐歌诗。诏又使中
书郎成公绥亦作。张华表曰:"按魏上寿食举诗及汉氏所施
用,其文句长短不齐,未皆合古。盖以依咏弦节,本有因循,
而识乐知音,足以制声,度曲法用,率非凡近所能改。二代三
京,袭而不变,虽诗章词异,兴废随时,至其韵逗曲折,皆系于
旧,有由然也。是以一皆因就,不敢有所改易。"荀勖则曰:

---

① 　班固:《汉书》,中华书局,1962年,第1029页。

　　　　"魏氏歌诗,或二言,或三言,或四言,或五言,与古诗不类。"
以问司律中郎将陈颀,颀曰:"被之金石,未必皆当。"故勖造
晋歌,皆为四言,唯王公上寿酒一篇为三言五言,此则华、勖
所明异旨也。①

张华、荀勖皆看到了汉魏所用歌辞语言体式与《诗经》雅颂之体的
差异,即所谓"未皆合古""与古诗不类"等。张华考虑到辞乐配
合的原因而"一皆因就,不敢有所改易",荀勖则咨询乐律专家陈
颀。当陈颀将辞乐配合的具体情形告诉他后,他便舍弃了音乐的
考虑,重点考虑歌辞的体式格调,于是"皆为四言,唯王公上寿酒
一篇为三言五言"。这则材料至少说明两点:其一,仪式音乐歌辞
从辞乐配合说,是否协律不是重点,其文本意义以及形式体制上
的意义才是关键。陈颀对汉魏歌辞"被之金石,未必皆当"的评价
就是很好的说明。其二,为适应仪式音乐活动的主题,仪式歌辞
在内容体制上要求典重古雅,往往以《诗经》雅颂之体为标范。
《梁书·萧子显传》中也有对郊庙歌辞的类似要求:

　　　　敕曰:"郊庙歌辞,应须典诰大语,不得杂用子史文章浅
言;而沈约所撰,亦多舛谬。"子云答敕曰:"殷荐朝飨,乐以雅
名,理应正采《五经》,圣人成教。而汉来此制,不全用经典;
约之所撰,弥复浅杂。……臣凤本庸滞,昭然忽朗,谨依成
旨,悉改约制。唯用《五经》为本,其次《尔雅》《周易》《尚书》
《大戴礼》,即是经诰之流,愚意亦取兼用。臣又寻唐、虞诸

---

① 沈约:《宋书》,中华书局,1974 年,第 539 页。

书,殷《颂》周《雅》,称美是一,而复各述时事。①

《易》曰:"先王以作乐崇德,殷荐之上帝,以配祖考。"《汉书·礼乐志》曰:"象天地而制礼乐,所以通神明,立人伦,正情性,节万事者也。"②这是对礼乐的仪式功能的精当概括。而仪式音乐歌辞又是礼乐制度下的产物,要求其内容与仪式活动主题保持一致,要么突出人神之欢,要么体现王化之德,要么歌颂开国之功,从而服务于"通神明,立人伦,正情性,节万事"的总体目标。因此仪式歌辞强调的是其与仪式活动相吻合的伦理道德意义,强调庄严、肃穆、威慑的仪式功能与古典雅正、陶冶净化的文学功能的统一、和谐,而并不以是否美听的音乐效果作为追求目标。

第三,仪式歌辞传播的组织性。组织传播,就是组织为实现目标而自主进行的内部和外部的传播活动,其传播功能是为实现组织目标而发生的。③ 仪式歌辞是封建王朝在郊庙、朝会、燕享、接待宾客、军队征伐、哀悯吊唁等吉、凶、军、宾、嘉五礼活动中使用的歌辞,集中体现了封建王朝的国家意志,具有比较明显的组织传播特征:从歌辞的创制情况看,郊庙歌辞、燕射歌辞均属于封建王朝直接授意朝廷重臣创作,一般文人是不能随便制作这些歌辞的;在演唱方式上,这些歌辞依附于仪式活动;表演空间则主要限于郊庙、朝会、燕享、吊唁、征伐等固定的仪式场合,不能随便在一般的娱乐场合表演;歌辞内容则大多属于赞颂训诫;等等。关

---

① 姚思廉:《梁书》,中华书局,1973 年,第 514 页。
② 班固:《汉书》,中华书局,1962 年,第 1027 页。
③ 黄晓钟等:《传播学关键术语释读》,四川大学出版社,2005 年,第 6—7 页。

于仪式音乐表演的严格规定从杜夔对刘表的进谏中可见一斑。《三国志·杜夔传》载:"荆州牧刘表令与孟曜为汉主合雅乐,乐备,表欲庭观之,夔谏曰:'今将军号(不)为天子乐,而庭作之,无乃不可乎!'表纳其言而止。"①虽然有些仪式歌辞来源于民间,具有民间新声的某些特点,如《汉郊祀歌》《鼓吹铙歌》等,但是,当这些歌辞在仪式活动中演唱后,其中就附加了很多仪式的象征意义,这些象征意义大多是封建王朝强加上去的。可以说,仪式歌辞的传播是比较典型的组织传播形式。

第四,仪式歌辞传播的共时性。在我国历史上,各国在立国之初,最重要的大事之一就是构建自己的礼乐制度,并且根据本国礼乐需要重新制作歌辞,正所谓"王者功成作乐,治定制礼……五帝殊时,不相沿乐,三王异世,不相袭礼"②。一旦改朝换代,其相应的礼乐歌辞也要重新制作,而前代礼乐歌辞大多废弃不用。整个魏晋南北朝时期,只有少数歌辞使用于下一朝代,绝大多数歌辞都是根据本朝特点而更作的。雅舞、杂舞歌曲虽然大多是相沿前代而来,但歌辞是更作的新辞。这样,就使得仪式歌辞的音乐传播表现出共时性特点。这些歌辞在后来各王朝及今天之所以还能见到,是因为他们大多数是通过歌辞集、史书、乐书等文本形式流传下来的。

总之,仪式歌辞是为满足封建王朝各种仪式活动需要而创作音乐歌辞,因其满足仪式活动之需的特殊文化功能,内容上自然强调其与仪式活动符号象征的一致性,也要求歌辞与仪式活动庄

---

① 陈寿:《三国志》,中华书局,1982 年,第 806 页。
② 孔颖达:《礼记正义》,《十三经注疏》本,上海古籍出版社,1997 年,第 1530 页。

严、肃穆的气氛相统一,形式上一般使用四言正格,风格典雅。这种特殊的文化功能和传播特点决定了其传播效果的局限性,在传播范围的拓展性、传播时间的延续性方面均不能与娱乐歌辞相比,人们对仪式歌辞的接受,也主要是从其内容的"象征图式"和"意象结构"出发的,至于仪式音乐是否美听悦耳不是接受的重点。

从《长安有狭斜行》到《三妇艳》看
清商三调在南朝的演变

一、从《长安有狭斜行》到《三妇艳》:
清商三调演进的文本依据

《乐府诗集》相和歌辞"清调曲"中收录了分别以《相逢行》《相逢狭路间》《长安有狭斜行》《三妇艳》为题的四组歌辞。这四组歌辞在内容上既相互联系,又有所区别。从《相逢行》等四组歌辞的联系和变化中,能看出清商三调在南朝流传演进的一些历史痕迹,对进一步认识清商三调在南朝的演变有着十分重要的意义。

1.《相逢行》歌辞系列

《乐府诗集》卷三十四《相逢行》曲调"古辞"曰:

相逢狭路间,道隘不容车。不知何年少,夹毂问君家。君家诚易知,易知复难忘。黄金为君门,白玉为君堂。堂上置樽酒,作使邯郸倡。中庭生桂树,华灯何煌煌。兄弟两三人,中子为侍郎。五日一来归,道上自生光。黄金络马头,观者盈道傍。入门时左顾,但见双鸳鸯。鸳鸯七十二,罗列自成行。音声何噰噰,鹤鸣东西厢。大妇织绮罗,中妇织流黄。

小妇无所为,挟瑟上高堂。丈人且安坐,调丝方未央。①

全辞五言三十句。主要描写了豪门生活的风貌。前有"兄弟两三人"内容,突出中子,最后六句为"三妇"结构,古辞旁标有"右一曲,晋乐所奏"的注文。可见,该辞是西晋宫廷的乐奏辞。《乐府诗集》"相逢行"解题曰:"一曰《相逢狭路间行》,亦曰《长安有狭斜行》。《乐府解题》曰:'古词文意与《鸡鸣曲》同。'"②《鸡鸣曲》乃沈约《乐志》所载"相和"十三曲之《鸡鸣高树颠》,兹录于下:

鸡鸣高树巅,狗吠深宫中。荡子何所之,天下方太平。刑法非有贷,柔协正乱名。黄金为君门,璧玉为轩堂。上有双樽酒,作使邯郸倡。刘玉碧青覽,后出郭门王。舍后有方池,池中双鸳鸯。鸳鸯七十二,罗列自成行。鸣声何啾啾,闻我殿东厢。兄弟四五人,皆为侍中郎。五日一时来,观者满路傍。黄金络马头,颎颎何煌煌。桃生露井上,李树生桃傍。虫来啮桃根,李树代桃僵。树木身相代,兄弟还相忘。

从两首歌辞的对比中可见,二者确实有很多相同点:两首歌辞均为五言三十句,除前后各六句外,中间十八句文字基本相同,只是在顺序上进行了适当调整,个别字句作了调换。

此外,尚有(宋)谢惠连一首,(梁)张率一首,(唐)崔颢一首、李白二首、韦应物一首,共七首。谢惠连的《相逢行》三十六句,其

① 郭茂倩:《乐府诗集》卷三四,中华书局,1979年,第508页。
② 郭茂倩:《乐府诗集》卷三四,中华书局,1979年,第508页。

结构形式为:五言四句后夹杂言"夷世信难值,忧来伤人,平生不可保",又五言四句,再夹"日华难久居,忧来伤人,谆谆亦至老",又四句夹"迩朱白即颓,忧来伤人,近缟洁必造",又四句夹"千计莫适从,忧来伤人,万端信纷绕",又四句夹"相逢既若旧,忧来伤人,片言代纟缟"结束,没有"三妇"内容。该结构很像歌辞之和送之辞。《乐府诗集·平调曲》解题曰:"凡三调,歌弦一部竟辄作送。"①可知,谢辞是按《相逢行》演唱的辞式作的歌辞,虽不知其辞是否配乐,但由此可推测,在刘宋时代可能还有标注"送辞"的《相逢行》乐奏辞存在。(梁)张率《相逢行》则基本按古辞拟作的五言三十二句,末章为:"大妇刺方领,中妇抱婴儿。小妇尚娇稚,端坐吹参差。丈人无遽起,神凤且来仪。"即"三妇"内容。

2.《相逢狭路间》歌辞系列

《乐府诗集》卷三十四收录《相逢狭路间》歌辞六首,其中(宋)孔欣一首,五言二十二句,无"三子""三妇"内容;(梁)昭明太子一首,五言三十六句,有"三子""三妇"内容;沈约一首,五言二十二句,有"三子""三妇"内容;刘孺一首,五言八句,刘遵一首,五言十句,均无"三子""三妇"内容;(隋)李德林一首,五言三十句,有"三子""三妇"内容。

3.《长安有狭斜行》歌辞系列

《乐府诗集》卷三十五《长安有狭斜行》"古辞"曰:

> 长安有狭斜,狭斜不容车。适逢两少年,挟毂问君家。
> 君家新市傍,易知复难忘。大子二千石,中子孝廉郎。小子

---

① 郭茂倩:《乐府诗集》卷三十,中华书局,1979年,第441页。

无官职,衣冠仕洛阳。三子俱入室,室中自生光。大妇织绮
纻(罗),中妇织流黄。小妇无所为,挟琴上高堂。丈夫且徐
徐,调弦讵未央。①

此称古辞,《乐府诗集》列于陆机拟作前,当为西晋或以前所
有。该辞五言十八句,有"三子""三妇"内容。前六句和后六句
文字与《相逢行》古辞基本相同。

除古辞外,尚有(晋)陆机,(宋)谢惠连、荀昶、梁武帝、梁简
文帝、沈约、庾肩吾、王园、徐防,(陈)张正见,(北周)王褒等各一
首,共十二首。陆机拟辞"则言世路险狭邪僻,正直之士无所措手
足矣"②,在内容上与古辞不类,结构上亦无"三妇"内容。荀昶辞
五言三十句,后章为"大妇织纨绮,中妇缝罗衣。小妇无所作,挟
瑟弄音徽。丈人且却坐,梁尘将欲飞"。谢惠连辞五言八句,无
"三妇"结构。梁武帝、简文帝、徐防三人的歌辞有"三息""三妇"
结构,庾肩吾、王园的歌辞有"三子""三妇"结构,沈约辞"五言六
句"无"三妇"结构。

4.《三妇艳》歌辞系列

(宋)刘铄是今所见最早用《三妇艳》为题进行创作的人物。
其《三妇艳》曰:

　　　　大妇裁雾縠,中妇牒冰练。小妇端清景,含歌登玉殿。
丈人且徘徊,临风伤流霰。

---

① 郭茂倩:《乐府诗集》卷三五,中华书局,1979年,第514页。
② 郭茂倩:《乐府诗集》卷三四,中华书局,1979年,第508页。

——刘铄《三妇艳》

从其结构看,这首诗当是来源于清商三调曲《相逢行》最后一章的"三妇"内容。此外,以《三妇艳》为题的尚有(齐)王融一首,(梁)昭明太子一首,沈约一首,王筠一首,吴均一首,刘孝绰一首,陈后主十一首,张正见一首,(唐)董思恭一首,王绍宗一首,共二十一首。其中,王融的《三妇艳》值得注意:

　　大妇织绮罗,中妇织流黄。小妇独无事,挟瑟上高堂。丈夫且安坐,调弦讵未央。①

——王融《三妇艳》

这首诗不仅结构与《相逢行》"三妇"相同,就是歌辞也与《相逢行》"三妇"部分几乎不差。作为"竟陵八友"之一的王融,曾致力于诗体新变,不至于将古乐府歌辞掠为己有吧。这一现象有两种可能:一是此辞本是古辞,后人误收入王融名下;二是这首诗曾经以王融的名义流传过。不管是哪种情况,都说明归为王融名下的《三妇艳》诗曾单独流传过,它本是《相逢行》古辞的最后一章,到宋、齐时代则独立出来,单独流传。

　　梁代《三妇艳》在题材上作了进一步改变:将《相逢行》中的"三妇"由"舅姑"变成了自己的"群妻",甚至写成了女伎。如:

　　大妇舞轻巾,中妇拂华茵。小妇独无事,红黛润芳津。

---

① 郭茂倩:《乐府诗集》卷三五,中华书局,1979 年,第 518 页。

良人且高卧,方欲荐梁尘。(昭明太子)

　　大妇拂玉匣,中妇结珠帷。小妇独无事,对镜理蛾眉。良人且安卧,夜长方自私。(沈约)

　　大妇弦初切,中妇管方吹。小妇多姿态,含笑逼清卮。佳人勿馀及,殷勤妾自知。(吴均)

　　陈后主十一曲《三妇艳》更是将描写对象集中为小妇,重点描写其娇羞的容颜和神态,并指向男女床帷之事,如:

　　大妇避秋风,中妇夜床空。小妇初两髻,含娇新脸红。得意非霄日,可怜那可同。

　　大妇妒蛾眉,中妇逐春时。小妇最年少,相望卷罗帷。罗帷夜寒卷,相望人来迟。

　　大妇上高楼,中妇荡莲舟。小妇独无事,拔帐掩娇羞。丈夫应自解,更深难道留。

　　大妇爱恒偏,中妇意长坚。小妇独娇笑,新来华烛前。新来诚可惑,为许得新怜。

　　正如《颜氏家训·书证》所云:"古乐府歌词,先述三子,次及三妇,妇是对舅姑之称。……近代文士颇作三妇诗,乃为匹嫡并耦己之群妻之意,又加郑卫之辞,大雅君子,何其谬乎!"①

　　从以上四组歌辞的对比中不难看出他们之间的内在联系:

　　其一,这四组歌辞在内容上互相关联,当均缘于《长安有狭斜

---

① 颜之推:《颜氏家训》,《诸子集成》本,上海书店,1986年,第37页。

行》古辞。其中,《相逢行》与《相逢狭路间》当是同一个曲调,二者为同调异名,其曲名均来源于古辞第一句"相逢狭路间,道隘不容车",《相逢行》取前二字为题,《相逢狭路间》取前一句为题。

其二,《长安有狭斜行》古辞为五言十八句,《相逢行》古辞为五言三十句。二者在内容上有些细小的不同:一是在结构上,《相逢行》篇幅比《长安有狭斜行》长;二是《长安有狭斜行》多了对"三子"的描写,其余文字基本不变,尤其是"三妇"内容只置换了三个字;三是《相逢行》有而《长安有狭斜行》没有的文字基本上是相和歌《鸡鸣曲》歌辞的文字,所以《乐府解题》说《相逢行》"古词文意与《鸡鸣曲》同"。《相逢行》为晋乐所奏之曲,《鸡鸣曲》为魏晋乐所奏,《长安有狭斜行》古辞在晋陆机拟辞之前。由这些情况综合来看,《相逢行》当是晋代荀勖等人正乐时采撷《鸡鸣》《长安有狭斜行》旧辞而成。这说明在西晋时期《相逢行》与《长安有狭斜行》各自都在传唱,形成了该曲调的两个系统。

其三,《三妇艳》歌辞系列当是从《相逢行》与《长安有狭斜行》的"三妇"部分独立出来的曲辞。《三妇艳》歌辞虽然从《相逢行》歌辞而来,但是,在创作主题上有逐渐重视女性描写的倾向,形式上开始有逐渐缩短的趋势。

从《长安有狭斜行》到《三妇艳》歌辞文本的变化中,我们不仅能看到歌辞题材内容的变化,更能清楚地看到清商三调在南朝衰落演变的轨迹。可以说,从《长安有狭斜行》到《三妇艳》的歌辞形态为我们提供了清商三调在南朝衰落演变的文本依据,对我们深入研究清商三调在南朝的演变历史有重要参考价值。

二、清商三调在南朝的表演记载：《长安有狭斜行》
到《三妇艳》歌辞的音乐"语境"

有关南朝音乐的表演记载，现今主要保留在《乐府诗集》和沈约《宋书·乐志》等文献中。《乐府诗集》所引用的刘宋时期张永《元嘉正声技录》、王僧虔《大明三年宴乐技录》、陈智匠《古今乐录》和沈约《宋书·乐志》等文献是南朝人的记录，对这些文献材料的梳理分析可略知清商三调在南朝演唱的基本情况。

《古今乐录》曰：

> "王僧虔《技录》，清调有六曲：一《苦寒行》，二《豫章
> 行》，三《董逃行》，四《相逢狭路间行》，五《塘上行》，六《秋胡
> 行》。"荀氏录所载九曲，传者五曲。晋、宋、齐所歌，今不歌。
> 武帝"北上"《苦寒行》，"上谒"《董逃行》，"蒲生"《塘上行》，
> "晨上""愿登"并《秋胡行》是也。其四曲今不传。明帝"悠
> 悠"《苦寒行》，古辞"白杨"《豫章行》，武帝"白日"《董逃
> 行》，古辞《相逢狭路间行》是也。①

从这则材料可知：《相逢行》属清商三调之"清调曲"，荀勖《荀氏录》有载，晋乐所奏，是《古今乐录》所云《荀氏录》九曲中"今不传"的四曲之一。"今不传"是陈智匠之语，当指陈时不传，从(宋)王僧虔《大明三年宴乐技录》所收录的情况看，在刘宋时期，

---

① 郭茂倩：《乐府诗集》卷三三，中华书局，1979年，第495页。

该曲当还传唱。

《乐府诗集·平调曲》解题曰：

> 张永《录》曰："未歌之前，有八部弦、四器，俱作在高下游
> 弄之后。"凡三调，歌弦一部，竟辄作送，歌弦今用器。又有
> 《大歌弦》一曲，歌"大妇织绮罗"，不在歌数，唯平调有之，即
> 清调"相逢狭路间，道隘不容车"篇。后章有"大妇织绮罗，中
> 妇织流黄"是也。张《录》云："非管弦音声所寄，似是命笛理
> 弦之余。"王《录》所无也，亦谓之《三妇艳》诗。①

由此知：《相逢行》"大妇织绮罗"一章曾于"平调曲"中演唱，在平
调曲中充当《大歌弦》曲。从张永《技录》"不在歌数""非管弦音
声所寄，似是命笛理弦之余"的描述看，此《大歌弦》当不是完整的
平调曲的一个组成部分，是相对独立的序曲。正因为如此，王僧
虔《大明三年宴乐技录》平调七曲中无《大歌弦》曲。可见，"大妇
织绮罗"之章晋代就已经开始从清调曲《相逢行》中独立出来，成
为"平调曲"演奏时的插曲。因其在"命笛理弦之余"表演，所以
不在平调曲"歌数"之内，王僧虔《大明三年宴乐技录》不录。从
张氏的推测口吻看，可能张永也不能确知该曲如何在"平调曲"中
演唱。可见，元嘉时期，"大妇织绮罗"《大歌弦》曲可能已经不在
平调曲中演唱了。宋、齐、梁、陈时代的《三妇艳》诗当是拟作此曲
辞而来。

总之，《相逢行》"三妇"一章曾单独用于平调曲中配以《大歌

---

① 郭茂倩：《乐府诗集》卷三十，中华书局，1979 年，第 441 页。

弦》歌唱的事实是相当明确的,这当是《三妇艳》诗单独流传的音乐基础。

　　关于这一点,从《三妇艳》的题目上也可以获得一些信息。所谓"艳",乃是魏晋大曲中的一个音乐术语,指置于乐曲之前的序引之曲。《乐府诗集》卷二十六"相和歌辞"解题曰:"大曲又有艳,有趋,有乱。……艳在曲之前,趋与乱在曲之后,亦犹吴声西曲前有和,后有送也。"①又《乐府诗集》"艳歌行"解题引《古今乐录》曰:"《艳歌行》非一,有直云'艳歌',即《艳歌行》是也。若《罗敷》《何尝》《双鸿》《福钟》等行,亦皆'艳歌'。"②沈约《宋书·乐志》"大曲"所载《艳歌罗敷行》(日出东南隅)、《艳歌何尝行》(飞来双白鹄)等篇均标明"前有艳",《步出夏门行》(东临碣石)篇还把艳曲的歌辞也收录于本曲歌辞之前:"云行雨步,超越九江之皋,临观异同。心意怀游豫,不知当复何从。经过至我碣石,心惆怅我东海。"③由此可见,艳曲当是对大曲中有"艳"这个音乐结构之曲的通称,也称"艳歌",因此,《古今乐录》说"《艳歌行》非一"。据沈约《宋书·乐志》可知,魏晋大曲有十五曲,虽然沈约将之全部列为瑟调,其实,清商三调皆有,刘宋张永《元嘉正声技录》是将大曲于诸调分别著录的④。结合前引《乐府诗集》"平调曲"解题的记载,在平调曲中表演"三妇"内容的《大歌弦》曲,也相当于"艳曲"。王融《三妇艳》诗与清调曲《相逢行》"三妇"内容的一

---

①　郭茂倩:《乐府诗集》卷二六,中华书局,1979 年,第 377 页。

②　郭茂倩:《乐府诗集》卷三九,中华书局,1979 年,第 579 页。

③　沈约:《宋书·乐志》卷二一,中华书局,1974 年,第 619 页。

④　郭茂倩《乐府诗集》曰:"又大曲十五曲,沈约列于瑟调。今依张永《元嘉正声技录》分于诸调。"卷二六,中华书局,1979 年,第 377 页。

致,说明《相逢行》"三妇"一章不在平调曲中演唱后,可能曾单独作为一支"只曲"在社会上流传开了。

从汉魏相和歌到清商三调,再到大曲,相和歌的演奏更趋复杂,规模也更加宏大。但是,由于东晋的动乱,宫廷音乐体制遭到严重破坏,表演复杂宏大的清商三调因乐器、乐工不备而存在诸多困难。因此,清商三调规模在南朝有普遍缩短的趋势。

《乐府诗集·清调曲》解题曰:

> 其器有笙、笛(下声弄、高弄、游弄)、篪、节、琴、瑟、筝、琵琶八种,歌弦四弦。张永录云:未歌之前,有五部弦,又在弄后。晋、宋、齐止四器也。①

"瑟调曲"解题曰:

> 其器有笙、笛、节、琴、瑟、筝、琵琶七种,……晋、宋、齐止四器也。②

从乐器的减少也可以窥知清商三调歌曲规模缩减的趋势。与之相应的是有些精彩的清商三调歌曲片段则随之独立出来,成为"只曲",在社会上流传。吴声《凤将雏》以《泽雉曲》作送曲的记载可以作为上述观点的旁证。

《宋书·乐志》:

---

① 郭茂倩:《乐府诗集》卷三三,中华书局,1979年,第495页。
② 郭茂倩:《乐府诗集》卷三六,中华书局,1979年,第535页。

　　《凤将雏》歌者,旧曲也。应璩《百一诗》云:"为作《陌上桑》,反言《凤将雏》。"然则《凤将雏》其来久矣。①

《古今乐录》:

　　吴声十曲:一曰《子夜》、二曰《上柱》、三曰《凤将雏》、四曰《上声》、五曰《欢闻》、六曰《欢闻变》、七曰《前溪》、八曰《阿子》、九曰《丁督护》、十曰《团扇郎》,并梁所用曲。《凤将雏》以上三曲,古有歌,自汉至梁不改,今不传。②

由上知:《凤将雏》为汉魏古曲,到南朝发展成吴声歌曲,并在梁代还有歌辞。《古今乐录》曰:"《凤将雏》以《泽雉》送曲。"③《乐府诗集·杂曲歌辞》中《泽雉》辞云:"擅场延绣颈,朝飞弄绮翼。饮啄常自在,惊雄恒不息。"郭茂倩认为《泽雉曲》之名取于《庄子》"泽雉十步一啄,百步一饮,不期畜乎樊中"之语,当是一个独立的曲调。④ 可见,《泽雉》本是一个独立的曲调,与《凤将雏》是并行流传的,而在《凤将雏》的演唱中,又以《泽雉》作为送曲。《泽雉》曲的情形至少可以说明:一个复杂的组曲往往以他曲或者他曲的片段充当表演时的序曲或送曲,来化解组曲的单调和重复,而这些他曲因其流传的广远也往往脱离本组曲而成为单独流传的"只

① 　沈约:《宋书》卷一九,中华书局,1974 年,第 549 页。
② 　郭茂倩:《乐府诗集》卷四四,中华书局,1979 年,第 640 页。
③ 　郭茂倩:《乐府诗集》卷七四,中华书局,1979 年,第 1056 页。
④ 　郭茂倩:《乐府诗集》卷七四,中华书局,1979 年,第 1056 页。

曲"。这种情况,在中国音乐史上是大量存在的,试举两例以说明。

南卓《羯鼓录》记载了一名知音者李琬指教一位太常乐工的故事:

> "夫曲有不尽者,须以他曲解之,方可尽其声也。夫《耶婆色鸡》当用《掘柘急遍》解之。"工如所教,果相谐协,声意皆尽。①

《新唐书·礼乐志》:

> 初,隋有《法曲》,其音清而近雅。……其声金石丝竹以次作,隋炀帝厌其声澹,曲终复加解音。②

李琬用《掘柘急遍》解《耶婆色鸡》和隋炀帝在《法曲》结尾加解音的办法,其目的皆是为了消除组曲重复表演的单调乏味,用他曲的旋律来丰富组曲,增强表演的新鲜感。可见,清商三调的"艳""趋""乱",吴歌西曲的"送""和"均是加入本曲的独立部分,当都具有丰富本曲曲调的旋律、消除本曲重复表演的单调乏味的作用。而这些独立的部分往往也可以脱离本曲而单独流传。

可见,清商三调的清调曲《相逢行》"三妇"一章曾单独用于平调曲中,配以《大歌弦》歌唱,后来逐渐脱离平调曲和清调曲,成

---

① 南卓:《羯鼓录》,《丛书集成初编》本,第 16 页。
② 欧阳修等:《新唐书》卷二二,中华书局,1975 年,第 476 页。

为《三妇艳》"只曲"在社会上广为流传。《三妇艳》歌辞和《相逢行》"三妇"的内容相同、结构一致的情形刚好与《相逢行》《三妇艳》曲调在南朝演唱的历史记载相吻合。这种吻合当然不是巧合,其中蕴藏着深刻的历史意蕴:其一,《相逢行》与《三妇艳》歌辞之间的变化、演进,作为清商三调的"活化石",则进一步证实了清商三调在南朝表演和流传的某些细节和特征;其二,从歌辞创作的角度言,《相逢行》与《三妇艳》歌辞作为清商三调在南朝流传的文本形态,则揭示了当时拟歌辞创作的某些音乐文化信息,说明拟歌辞创作是在当时的音乐文化语境中进行的。

三、吴歌西曲的盛行与清商三调的新变:
《三妇艳》歌辞创作的历史"语境"

1.吴歌西曲的兴盛与清商三调的衰落

南朝音乐文化环境的最显著特点是清商三调音乐与吴歌西曲音乐相互激荡、并行发展,其总的趋势是清商三调音乐日趋衰落,并最后退出历史舞台,吴歌西曲音乐则逐渐兴盛并成为宫廷娱乐音乐的主流样式。

据张永《元嘉正声技录》、王僧虔《大明三年宴乐技录》记载,相和三调歌辞共 80 余曲,而在刘宋元嘉、大明时期能确定可歌者只有近 40 曲:相和六引 4 曲;吟叹曲 4 曲;四弦曲 1 曲;平调曲 3 曲;清调 4 曲;瑟调 18 曲;楚调 2 曲。智匠《古今乐录》又在大多数曲调下注明"今不传""今不歌"①。"自宋大明以来,声伎所尚,多郑卫淫俗,雅乐正声鲜有好者。"②到宋顺帝升明中,王僧虔则大声疾呼:清商三调"十数年间,亡者将半"③。这些记载,当是对清商三调急剧萧条衰落、朝廷对此无力回天的历史事实的真实描述。

　　与清商三调情况相反,吴歌西曲在南朝则得到极大的发展。吴歌大多产生于东晋中后期至刘宋时期,进入宫廷的时间则多在齐梁时期;西曲则多为宋齐时期产生,并很快进入宫廷。④ 具体言,吴歌于孝武帝大明前后进入宫廷。《宋书·乐志》载,孝武大明中,"以《鞞》《拂》、杂舞合之钟石,施于殿庭",不久,西曲《襄阳乐》《寿阳乐》《西乌夜飞歌曲》,"并列于乐官"。⑤

　　吴歌、西曲虽然在东晋中后期开始为人注意,演变成乐曲,并渐渐传入宫廷,但是,文人创作吴声歌辞还是刘宋的事情。较早的有宋武帝《丁督护五首》,鲍照《吴歌三首》《采菱歌七首》《萧史曲》一首,吴迈远《阳春歌》一首,共 17 首。尽管刘宋文人、帝王开始创作吴声歌辞,但还是极少数人偶尔为之,并未得到社会普遍认可。从刘宋建国初至元嘉时期,朝廷对吴歌、西曲都未予积极地吸纳。此期间,刘宋帝王的歌舞娱乐也较少,武帝"清简寡欲,

---

① 详细论证参本人博士论文《魏晋南北朝音乐文化与歌辞研究》第六章《南朝文人歌辞创作与音乐文化建构》"南朝文人歌辞用调分析"一节。

② 萧子显:《南齐书》卷四六,中华书局,1972 年,第 811 页。

③ 沈约:《宋书》卷一九,中华书局,1974 年,第 553 页。

④ 本人博士论文《魏晋南北朝音乐文化与歌辞研究》,第二章、第三章对吴歌、西曲主要曲调产生、流传和进入宫廷的时间有详细考证。

⑤ 沈约:《宋书》卷一九,中华书局,1974 年,第 552 页。

后庭无纨绮丝竹之音"①;文帝对徐湛之奢侈的生活方式"每以为
言";宋少帝被废的主要理由也是"征召乐府,鸠集伶官,优倡管
弦,靡不备奏"②。当时的汤惠休喜用民歌体,为诗"辞采绮艳"就
曾遭到当时文坛领袖颜延之的鄙视:"延之每薄汤惠休诗,谓人
曰:'委巷中歌谣耳,方当误后生。'"③鲍照采用吴歌形式作歌辞,
也被时人视为汤惠休的同伍:"惠休淫靡,情过其才,世遂匹之鲍
照,恐商周矣。羊曜璠云:'是颜公忌照之文,故立休鲍之论。'"④
于此可见,当时文坛主流话语对创作民歌歌辞是不很认同的。

萧齐永明时期,文惠太子、竟陵王萧子良皆爱好文学,文惠太
子喜欢鲍照诗歌,命人为之编集,为鲍照诗风的流行起了重要作
用。又萧子良"开西邸,招文学"⑤招揽文学之士,时有"竟陵八
友"之号。他们的部分创作虽然对鲍休之风格有些继承,题材上
重视女色,形式上篇幅缩小,但在用调上大多采用清商三调歌曲。
直接用吴歌、西曲作歌辞者,只有齐武帝、释宝月《估客乐》5 首,
檀约《阳春歌》1 首,张融《萧史曲》1 首。加上"杂曲歌辞"中的
《邯郸行》《夏旦吟》《江上曲》等可能属于吴歌、西曲的歌辞,也才
十余首。《永明乐》有 21 首,这是先作诗后入乐的情况,据《南齐
书·乐志》载:"《永平(明)乐》者,竟陵王子良与诸文士造奏之。
人为十曲,道人释宝月辞颇美,上常被之管弦,而不列于乐

---

① 李延寿:《南史·武帝纪》卷一,中华书局,1975 年,第 28 页。
② 沈约:《宋书·少帝纪》卷四,中华书局,1974 年,第 65 页。
③ 李延寿:《南史·颜延之传》卷三四,中华书局,1975 年,第 881 页。
④ 曹旭:《诗品集注》,上海古籍出版社,1994 年,第 421 页。
⑤ 姚思廉:《梁书·武帝纪》卷一,中华书局,1973 年,第 2 页。

官也。"①

　　真正大量使用吴歌、西曲创作歌辞者,从梁代开始形成风气,开此风气之人是"博学多通""笃好文章"的皇帝兼文人梁武帝萧衍。他不但对西曲进行改造,提升西曲的艺术水平和地位,而且亲自带头创作吴歌、西曲歌辞。其辞今存于《乐府诗集》的有《子夜四时歌》7 首,《团扇郎》1 首,《襄阳蹋铜蹄》3 首,《杨叛儿》1首,《江南弄》7 首,《上云乐》7 首,共 6 曲 26 首。在他的带动下,其王室成员、后宫内人及周围文人如王金珠、简文帝、沈约、吴均等 19 人开始积极创作吴歌、西曲歌辞。现存曲调有《子夜四时歌》《江南弄》《上云乐》等 34 曲 80 首。这些歌辞的作者队伍构成中有帝王、王室成员、宫廷文人、后宫美人、下层文士。可以说,梁代吴歌、西曲歌辞创作已经遍及社会各领域、各阶层,成为当时普遍的娱乐行为。陈在梁的基础上不仅继作歌辞,而且还新创制了很多吴歌曲调:《黄鹂留》及《玉树后庭花》《金钗两臂垂》《临春乐》《春江花月夜》《堂堂》等就是陈后主所新制。②

　　由上可知:吴歌、西曲从东晋刘宋时期的民间开始走向宫廷、文人,并于梁、陈取代了清商三调歌曲的地位,成为宫廷娱乐音乐的主流,而清商三调歌曲则已经从刘宋时期的主流地位逐渐衰落,走向边缘。

---

①　萧子显:《南齐书》卷一一,中华书局,1972 年,第 196 页。

②　《隋书·音乐志》载后主"又于清乐中造《黄鹂留》《玉树后庭花》《金钗两臂垂》等曲,与幸臣等制其歌词,绮艳相高,极于轻薄";《旧唐书·音乐》载"《春江花月夜》《玉树后庭花》《堂堂》并陈后主所作";《陈书·后主沈皇后传》载"其曲有《玉树后庭花》《临春乐》等,大指所归,皆美张贵妃、孔贵嫔之容色也"。

2.吴歌西曲的盛行与清商三调的新变

南朝音乐文化环境中,清商三调与吴歌西曲这种此消彼长的发展趋势对南朝文人歌辞创作影响尤其显著,表现在清商三调歌辞创作上则主要有两方面:

其一,因为清商三调音乐环境的存在,使文人歌辞创作还不能完全摆脱曲调限制,在歌辞形态上,则表现为模仿三调创作拟歌辞。

其二,因为新兴吴歌、西曲的浸染,使清商三调歌辞在内容和形式上产生了相应变化。从《乐府诗集》同一曲调相同题材在南朝文人手中的变化可以清楚地看到吴歌、西曲对清商三调歌辞创作的浸染。

(1)结构形式逐渐缩短

相和吟叹曲《王昭君》在当时是十分流行的吟叹调。《古今乐录》曰:"晋宋以来,《明君》止以弦隶少许为上舞而已。梁天监中,斯宣达为乐府令,与诸乐工以清商两相间弦为《明君》上舞,传之至今。"[1]又据王僧虔《技录》、谢希逸《琴论》等记载,此吟叹曲在南朝衍变成七个曲调。但从鲍照、施荣泰、简文帝等人的拟曲歌辞看,皆短于原调歌辞,而以"五言四句""五言八句"为多。清调曲《苦寒行》,武帝"北上篇"六解,明帝"悠悠篇"五解,谢灵运拟作为"五言六句"。《秋胡行》,武帝"晨上散关山"四解,"愿登泰华山"五解,谢灵运辞"四言八句"、颜延之辞"五言十句"、王融辞"五言八句"。《艳歌何尝行》,歌文帝"何尝""古白鹄"二篇。"古白鹄"为五言二十六句,文帝"何尝"为五解,有"趋"有"艳",而宋吴迈远《飞来双白鹄》仅为五言十四句,陈后主《飞来双白

---

[1]　郭茂倩:《乐府诗集》卷二九,中华书局,1979 年,第 425 页。

鹤》为五言十句。魏晋乐所奏的《王子乔》为杂言二十余韵,梁江淹拟辞仅为"五言八句"。如此之类甚多,说明南朝文人拟作的清商三调歌辞在结构上有普遍缩短的趋势。这种演变趋势,若从诗歌创作言,则主要是受南朝诗歌创作"新体"形式的影响,是"新诗体"创作观念在歌辞创作中的表现。当然,"新诗体"也是吴歌、西曲音乐文化活动的产物。在这一层面上,可以说南朝的清商三调歌辞创作对吴歌西曲形式的借鉴是存在的。

（2）女情与闺怨题材凸显

鲍照《采桑》从相和歌曲《陌上桑》来。崔豹《古今注》以为赵王欲夺其家令妻罗敷,"罗敷弹筝作《陌上桑》之歌以自明,赵王乃止"。《乐府解题》曰:"古辞言罗敷采桑,为使君所邀,盛夸其夫为侍中郎以拒之。"①而陆机"扶桑升明晖"但歌美人好合,与古辞始同而末异。鲍照《采桑》开始直接描写采桑女的美貌、服饰、心理,到梁刘邈《采桑》则将描写对象变成了"倡妾不胜愁,结束下青楼"的青楼女子,并由此衍生出《罗敷行》《日出东南隅行》等专门描写女性的题目。谢灵运《日出东南隅行》写"美人卧屏席,怀兰秀瑶瑶"的闺中美女;沈约"罗衣夕解带,玉钗暮垂冠"(《日出东南隅行》)则将描写直接指向男女床帏之事。又如魏文帝《燕歌行》,"秋风""别日"写"时序迁换,行役不归,妇人怨旷无所诉"的闺怨情怀,南朝文人则乐此不疲,纷纷拟作。如谢灵运"念君行役怨边城";谢惠连"爱而不见伤心情";梁元帝"怨妾愁心百恨生";等等。曹植《美女篇》以美女"以喻君子",简文帝、萧子显的《美女篇》则是纯粹对风流佳丽的描绘。而南朝的吴歌、西曲绝大多

---

① 郭茂倩:《乐府诗集》卷二八,中华书局,1979 年,第 410 页。

数则是男女情歌,有的重点表现女色艳情,并且已经有床帏之事的描写,如:

    花钗芙蓉髻,双鬓如浮云,春风不知著,好来动罗裙。(《读曲歌》)

    揽枕北窗卧,郎来就侬嬉,小喜多唐突,相怜能几时。(《子夜歌》)

    开窗秋月光,减烛解罗裳,含笑帏幌里,举体兰蕙香。(《子夜四时·秋歌》)

    南朝清商三调歌辞创作中屡屡拟写汉魏传统的女性题材,并时时引向女色与闺怨,这种创作倾向当是南朝吴歌西曲内容题材和时代风气浸染的结果。

    可见,清商三调与吴歌西曲在南朝的相互激荡和此消彼长对歌辞创作的影响是很深远的,体现在清商三调歌辞的创作中则主要为:形式上,歌辞结构逐渐缩短;内容上,歌辞突出女情与闺怨。这种影响在《长安有狭斜行》与《三妇艳》歌辞形态的变化演进中也得到证实。这些事实说明,《三妇艳》歌辞创作不是孤立的个案,它是在清商三调逐渐衰亡、吴歌西曲不断兴盛的历史语境中进行的,深受吴歌西曲的熏染。

四、结语

    综上可知,清商三调歌曲从《长安有狭斜行》发展演进成《三妇艳》是有其轨迹可循的:清调曲《相逢行》,又曾称为《长安有狭斜行》《相逢狭路间》,可能在西晋就因其广泛流传,形成《相逢行》与《长安有狭斜行》两个演唱系统,因最后"三妇"一章尤其流行,曾用来作为《大歌弦》歌辞在平调曲演唱的间歇作为插曲表演以化解平调曲本曲的单调乏味。宋、齐时期,"三妇"一章虽不再用于平调中表演,但其作为独立的"只曲"被保留下来,并流传于宋、齐时期。宋文帝第四子刘铄最早拟写"三妇"一章歌辞,是为《三妇艳》。此后,南朝文人纷纷拟作该曲调歌辞,形成了《三妇艳》系列。

　　从《长安有狭斜行》到《三妇艳》歌辞的变化演进历史中蕴藏着深刻的历史意蕴:其一,《长安有狭斜行》到《三妇艳》歌辞的变化演进,印证了有关清商三调在南朝演进变迁的文献记载,使我们对清商三调在南朝演进变迁的历史轨迹和某些特点有更深入的认识。其二,《长安有狭斜行》到《三妇艳》歌辞的变化演进与南朝清商三调表演流传的记载相吻合表明,文人拟歌辞受到歌辞所依存的音乐环境的制约,在曲调和主题上往往与原歌辞保持着若即若离的关系。其三,《长安有狭斜行》到《三妇艳》歌辞在内容与结构形式上的"新变",则进一步揭示了魏晋南北朝时期文人拟歌辞的某些基本规律:第一,文人拟歌辞一定程度上受当时主流音乐风格的影响,在主题上逐渐向时代风气延展,形式上也向流行形式趋近。第二,文人拟歌辞还受当时审美风气的影响。《三妇艳》歌辞在内容与形式上的"新变"在一定程度上也受当时流行的永明体这种"新体"诗的影响。这些规律则说明,文人拟歌辞是间于音乐和文体二者之间的创作行为,在其文化功能的指向上既有音乐文化的因素,也有文体意义的性质。这就是为什么文人拟歌辞一方面总是保留着传统的"母题",另一方面又在原歌辞依存的音乐环境失传的情况下却一直长盛不衰。

吴歌西曲的传播与南朝诗风嬗变

民间音乐本是一个自足的发展系统,民间大众的生活是其生存的广阔土壤,但因一些民歌与特定历史事件、历史人物的联系,或者被乐工、文人等加工改造,进入朝廷的音乐机构,才逐渐见诸史籍,中国历代民间音乐莫不如此,南朝吴歌西曲也不例外。

一、吴歌西曲在南朝的传播

1.吴歌在南朝的兴起与传播

吴歌是建业及周边地区的民歌,晋宋时期开始见诸史籍。《宋书·乐志》曰:"吴歌杂曲,并出江东,晋宋以来,稍有增广。"[1]据《宋书》记载,《子夜歌》《凤将雏歌》《前溪歌》《阿子》《欢闻歌》《团扇歌》《懊侬歌》《长史变》等8曲于东晋穆帝升平年间(357—361)开始在文人和贵族中传唱,孝武帝太元(376—396)、安帝隆安、元兴年间(397—404)最为活跃。《督护歌》《六变》《读曲歌》等3曲在刘宋时期开始流传。[2] 刘宋以后,这些曲调逐渐进入宫

---

① 沈约:《宋书》,中华书局,1974年,第549页。

② 拙著《魏晋南北朝乐府歌辞研究》,上海古籍出版社,2009年,第85—99页,对前8曲有具体考证;第132—135页对《丁督护》、《读曲歌》、《懊侬歌》、变曲《华山畿》有考证。

廷,自宋少帝更作《懊侬歌》三十六曲后,吴歌在齐梁宫廷和文人中广泛传播,还产生了诸多变曲。据《古今乐录》记载,除《子夜》《上柱》《凤将雏》《上声》《欢闻》《欢闻变》《前溪》《阿子》《丁督护》《团扇郎》等吴声10曲外,还有《七日夜》《女歌》《长史变》《黄鹄》《碧玉》《桃叶》《长乐佳》《欢好》《懊恼》《读曲》等吴声歌曲。① 陈代,后主又创制《春江花月夜》《玉树后庭花》《堂堂》三曲,并与宫中女学士及朝臣相和为诗,采其尤艳丽者入曲演唱。

　　2.西曲在南朝的兴起与传播

　　西曲是在荆、郢、樊、邓一带民歌谣曲基础上,经文人修改提升而逐渐兴盛并广泛传播的歌舞曲。《宋书·乐志》载:"随王诞在襄阳,造《襄阳乐》,南平穆王为豫州,造《寿阳乐》,荆州刺史沈攸之又造《西乌飞歌曲》,并列于乐官。歌词多淫哇不典正。"②据《古今乐录》记载,西曲歌共34曲,其中舞曲14曲,倚歌15曲,舞曲兼倚歌2曲,普通歌曲3曲。③《襄阳乐》的相关记载清晰地展现了西曲由民间到文人的发展过程:

　　《古今乐录》曰:

　　　　《襄阳乐》者,宋随王诞之所作也。诞始为襄阳郡,元嘉二十六年仍为雍州刺史,夜闻诸女歌谣,因而作之,所以歌和中有"襄阳来夜乐"之语也。④

① 郭茂倩:《乐府诗集》,中华书局,1979年,第640页。
② 沈约:《宋书》,中华书局,1974年,第552页。
③ 有关西曲的具体细节,参拙著《魏晋南北朝乐府歌辞研究》第三章第一节"南朝民歌的兴盛与繁荣",上海古籍出版社,2009年,第139—152页。
④ 郭茂倩:《乐府诗集》,中华书局,1979年,第703页。

《通典》曰:

　　刘道彦为襄阳太守,有善政,百姓乐业,人户丰赡,蛮夷顺服,悉缘沔而居,由此有《襄阳乐歌》也。随王诞作《襄阳乐》,始为襄阳郡,元嘉末仍为雍州刺史。夜闻群女歌谣,因而作之。所以歌和中有"襄阳来夜乐"之语也。其歌云:"朝发襄阳城,暮至大堤宿。大堤诸女儿,花艳惊郎目。"①

《旧唐书·音乐志》曰:

　　《襄阳乐》者,宋随王诞之所作也。诞始为襄阳郡,元嘉二十六年,仍为雍州,夜闻诸女歌谣,因作之。故歌和云:"襄阳来夜乐。"其歌曰:"朝发襄阳来,暮至大堤宿。大堤诸女儿,花艳惊郎目。"裴子野《宋略》称:"晋安侯刘道彦为雍州刺史,有惠化,百姓歌之,号《襄阳乐》。"其辞旨非也。②

　　对《襄阳乐》的记载,《古今乐录》以为是"宋随王诞之所作",《通典》先录百姓歌颂刘道产(一作彦)善政而作,后录宋随王诞作《襄阳乐》两事,对两说未作判断。《旧唐书·音乐志》取《古今乐录》的说法,引裴子野《宋略》的说法,并用"其辞旨非也"予以否定。《乐府诗集》在参考以上诸种说法的基础上认为,《通典》

---

①　杜佑:《通典》,中华书局,1988 年,第 3703 页。

②　刘昫等:《旧唐书》,中华书局,1975 年,第 1065—1066 页。

载百姓为刘道产(一作彦)所作《襄阳乐》与元嘉二十六年随王诞所作《襄阳乐》不是一回事,肯定《襄阳乐》为元嘉二十六年随王诞所作的说法。关于《襄阳乐》的产生,有两种说法,《旧唐书·音乐志》与《乐府诗集》肯定前说而否定后说。其实,这两说并不矛盾。在刘道产时期,《襄阳乐》仅仅是百姓为其善政而编的民谣,事在元嘉八年至十九年间。据《宋书·刘道产传》载,元嘉八年,刘道产"迁竟陵王义宣左将军咨议参军,仍为持节、督雍梁南秦三州,荆州之南阳、竟陵、顺阳、襄阳、新野、随六郡诸军事,宁远将军,宁蛮校尉,雍州刺史,襄阳太守。……百姓乐业,民户丰赡,由此有《襄阳乐歌》,自道产始也"。① 又据《宋书·竟陵王诞传》知,诞于元嘉二十六年为雍州刺史,改封随郡王。②《宋书·乐志》载"随王诞在襄阳,造《襄阳乐》",是说随王听闻诸女所歌民谣后,根据襄阳民谣进行加工、改造,成为《襄阳乐》歌舞曲。《通典》对两说未做判断,正说明《通典》作者杜佑看到了二说之间的前后联系。

　　由此知,《襄阳乐》最初是襄阳百姓赞颂刘道产善政化民的歌谣,后随王诞再度来襄阳为官,正值襄阳遭"群蛮寇暴",随王想使襄阳恢复刘道产当政时的民安业乐景象,在一天夜里听到有女子唱歌颂刘道产的民谣,与其产生了共鸣,于是将之制作成歌曲,广为传唱。

---

① 沈约:《宋书》,中华书局,1974 年,第 1719 页。
② 沈约:《宋书》,中华书局,1974 年,第 2025 页。

二、帝王、文人接受与吴歌西曲的宫廷化

南朝的吴歌西曲绝大多数是男女情歌,注重女色和艳情,有的甚至还指向男女床帏之事,如《子夜歌》:"揽裙未结带,约眉出前窗,罗裳易飘飏,小开骂春风。"《子夜四时·春歌》:"鲜云媚朱景,芳风散林花,佳人步春苑,绣带飞纷葩。"《子夜四时·秋歌》:"开窗秋月光,减烛解罗裳,合笑帏幌里,举体兰蕙香。"等等。时至南朝刘宋时期,东晋王朝已在南方建国百有余年,随着交流与融合的日趋深入,南方本土的吴歌、西曲与上层官方主流语言文化趋向融合,为南朝统治者接受吴歌西曲消除了语言障碍。此外,南朝王室阶层皆崛起于社会中下层,靠军功取得天下,与东晋王室自东汉以来形成的传统士夫背景有根本区别。赵翼《廿二史札记》云:"江左诸帝,乃皆出自素族。宋武本丹徒京口里人,少时伐获新洲,又尝负刁逵社钱被执,其寒贱可知也。齐高既称素族,则非高门可知也。梁武与齐高同族,亦非高门也。陈武初馆于义兴许氏,始仕为里司,再仕为油库吏,其寒微亦可知也。"①所以,宋、齐时期帝王们的兴趣爱好具有较强的平民色彩,普遍向往声色娱乐,吴歌西曲世俗的审美价值和娱乐色彩,被南朝宫廷和文人们所认同。这是吴歌西曲被南朝帝王、文人广泛接受的文化基础。

1.帝王、文人接受吴歌西曲的相关记载

南朝帝王和文人都十分喜爱吴歌西曲音乐,有的甚至达到痴

---

① 　赵翼撰,王树民校证:《廿二史札记校证》,中华书局,1984年,第254页。

迷的程度。

《宋书·少帝纪》：

> （宋少帝刘义符）大行在殡，宇内哀惶，幸灾肆于悖词，喜容表于在戚。至乃征召乐府，鸠集伶官，优倡管弦，靡不备奏，珍羞甘膳，有加平日。……及懿后崩背，重加天罚，亲与左右执绋歌呼，推排梓宫，抃掌笑谑，殿省备闻。加复日夜媟狎，群小慢戏，兴造千计，费用万端，帑藏空虚，人力殚尽。①

齐郁林王昭业，其父"大敛始毕，乃悉呼武帝诸伎，备奏众乐"。② 东昏侯迷醉声色之乐，吴歌西曲、羌胡杂伎无不贪恋，就是在国破家亡之时，尚作《女儿子》。宋明帝则因与其臣子到㧑争夺一歌伎陈玉珠而企图将其杀害。③ 因为宋、齐时期帝王们喜好声伎，大量吴歌西曲及其乐伎纷纷进入宫廷。

《南史·崔祖思传》：

> 武帝即位，祖思启陈政事，曰："案前汉编户千万，太乐伶官方八百二十九人，孔光等奏罢不合经法者四百四十一人，正乐定员唯置三百八十八人。今户口不能百万，而太乐雅郑，元徽时校试千有余人，后堂杂伎不在其数。糜费力役，伤败风俗。"④

---

① 沈约：《宋书》，中华书局，1974 年，第 65 页。
② 李延寿：《南史》，中华书局，1975 年，第 136 页。
③ 李延寿：《南史》，中华书局，1975 年，第 676 页。
④ 李延寿：《南史》，中华书局，1975 年，第 1171—172 页。

《南史·豫章文献王萧嶷传》：

是时武帝奢侈，后宫万余人，宫内不容，太乐、景第、暴室皆满，犹以为未足。①

《南齐书·王僧虔传》：

自顷家竞新哇，人尚谣俗，务在噍杀，不顾音纪，流宕无崖，未知所极，排斥正曲，崇长烦淫。②

帝王及王室成员对吴歌西曲等俗乐的爱好，使得全社会皆崇尚声色伎乐，蓄伎已成为上层社会的普遍风气。如宋代阮佃夫"妓女数十，艺貌冠绝当时，金玉锦绣之饰，宫掖不逮"③；沈庆之"妓妾数十人，并美容工艺"④；徐湛之"室宇园池，贵游莫及。伎乐之妙，冠绝一时"⑤；齐之豫章文献王萧嶷"后房千余人"⑥；张瑰"居室豪富，伎妾盈房"⑦；等等。

《南齐书·王晏传》：

---

① 李延寿：《南史》，中华书局，1975 年，第 1063 页。
② 萧子显：《南齐书》，中华书局，1972 年，第 595 页。
③ 沈约：《宋书》，中华书局，1974 年，第 2314 页。
④ 沈约：《宋书》，中华书局，1974 年，第 2003 页。
⑤ 沈约：《宋书》，中华书局，1974 年，第 1844 页。
⑥ 李延寿：《南史》，中华书局，1975 年，第 1063 页。
⑦ 萧子显：《南齐书》，中华书局，1972 年，第 454 页。

晏弟诩,永明中为少府卿。六年,敕位未登黄门郎,不得
畜女妓。诩与射声校尉阴玄智坐畜妓免官,禁锢十年。①

不仅如此,皇帝还经常赏赐女乐给功臣们。如对元法僧、元
愿达等皆赐甲第女乐。② 皇帝的奖励助长了社会的奢靡之风。

《南史·徐勉传》:

普通末,武帝自算择后宫吴声、西曲女妓各一部,并华
少,赉勉,因此颇好声酒。③

《南史·循吏传》:

凡百户之乡,有市之邑,歌谣舞蹈,触处成群。……都邑
之盛,士女昌逸,歌声舞节,袨服华妆,桃花绿水之间,秋月春
风之下,无往非适。④

这是对宋、齐时期下层平民安居乐业之现实生活的生动描
述,其间也透示出宋、齐社会歌舞娱乐繁盛的局面,梁、陈则有过
之而无不及。

---

① 萧子显:《南齐书》,中华书局,1972年,第744页。
② 姚思廉《梁书·元法僧传》卷三九云:"赐法僧甲第女乐及金帛,前后不可胜
数";"诏封(元愿达)乐平公,邑千户,赐甲第女乐"。中华书局,1973年,第
553—555页。
③ 李延寿:《南史》,中华书局,1975年,第1485页。
④ 李延寿:《南史》,中华书局,1975年,第1696—1697页。

2.帝王、文人的吴歌西曲歌辞创作

吴歌西曲由民间进入宫廷,再到帝王、文人积极创作歌辞,经历了一个较长的历史过程。

吴歌西曲虽然在东晋中后期开始为人注意,演变成乐曲,并渐渐传入宫廷,但是,文人创作吴声歌辞还是刘宋的事情。较早的有宋武帝《丁督护五首》,鲍照《吴歌三首》《采菱歌七首》《萧史曲》一首,吴迈远《阳春歌》一首,共 17 首。尽管刘宋文人、帝王开始创作吴声歌辞,但还是少数人的偶尔之举,并未得到社会普遍认可。从刘宋建国初至元嘉时期,朝廷对吴歌西曲都未予积极接受。此期间,刘宋帝王的歌舞娱乐也比较少,宋武帝清简寡欲,"后庭无纨绮丝竹之音"①;文帝对徐湛之奢侈的生活方式"每以为言";宋少帝被废的主要理由是"征召乐府,鸠集伶官,优倡管弦,靡不备奏"②。当时诗人汤惠休喜用民歌之体,其"辞采绮艳"的诗风曾遭到当时文坛领袖颜延之的鄙视:"延之每薄汤惠休诗,谓人曰:'委巷中歌谣耳,方当误后生。'"③鲍照采用吴歌形式作歌辞,也被时人视为汤惠休同伍:"惠休淫靡,情过其才,世遂匹之鲍照,恐商周矣。羊曜王番云:'是颜公忌照之文,故立休鲍之论。'"④可见,当时文坛的主流话语对流俗的民歌体式还是不怎么认同的。

萧齐永明时期,文惠太子、竟陵王萧子良皆爱好文学,文惠太子喜欢鲍照诗歌,命人为之编集,为鲍照诗风的流行起了重要作

① 李延寿:《南史》,中华书局,1975 年,第 28 页。
② 沈约:《宋书》,中华书局,1974 年,第 65 页。
③ 李延寿:《南史》,中华书局,1975 年,第 881 页。
④ 曹旭:《诗品笺注》,人民文学出版社,2009 年,第 265 页。

用。又萧子良"开西邸,招文学"①招揽文学之士,时有"竟陵八友"之号。他们的部分作品虽然对鲍休风格有所继承,题材上重视女色,形式上篇幅缩小,但在用调上,大多采用清商三调歌曲。直接用吴歌西曲作歌辞者,只有齐武帝、释宝月《估客乐》5首,檀约《阳春歌》1首,张融《萧史曲》1首。加上"杂曲歌辞"中的《邯郸行》《夏旦吟》《江上曲》等可能属于吴歌西曲的歌辞,也才10余首。《永明乐》21首,当是先作诗后入乐的情况,据《南齐书·乐志》载:"《永平(明)乐歌》者,竟陵王子良与诸文士造奏之。人为十曲。道人释宝月辞颇美,上常被之管弦,而不列于乐官也。"②

真正大量使用吴歌西曲创作歌辞者,从梁代开始形成风气。首开此风气的人就是"博学多通""笃好文章"的梁武帝萧衍。他不但对西曲进行改造,提升西曲的艺术水平和地位,而且亲自带头创作吴歌西曲歌辞。其辞今存于《乐府诗集》者有《子夜四时歌》7首,《团扇郎》1首,《襄阳蹋铜蹄》3首,《杨叛儿》1首,《江南弄》7首,《上云乐》7首,共6曲26首。在他的带动下,其王室成员、后宫内人及周围文人如王金珠、简文帝、沈约、吴均等19人,开始积极创作吴歌西曲歌辞。现存曲调有《子夜四时歌》《江南弄》《上云乐》等34曲80余首。这些歌辞的作者队伍构成中有帝王、王室成员、宫廷文人、后宫美人、下层文士。可以说,梁代吴歌西曲歌辞创作已经遍及社会各领域、各阶层,成为当时普遍的文学行为。陈代在梁基础上还新创制了很多吴歌曲调:《黄鹂留》《玉树后庭花》《金钗两臂垂》《临春乐》《春江花月夜》《堂堂》等

---

① 姚思廉:《梁书》,中华书局,1973年,第2页。
② 萧子显:《南齐书》,中华书局,1972年,第196页。

曲调,就是陈后主所新制。《隋书·音乐志》载,后主"又于清乐中造《黄鹂留》及《玉树后庭花》《金钗两臂垂》等曲,与幸臣等制其歌词,绮艳相高,极于轻薄"。① 《旧唐书·音乐志》载:"《春江花月夜》《玉树后庭花》《堂堂》并陈后主所作。"② 《陈书·后主沈皇后传》载:"其曲有《玉树后庭花》《临春乐》等,大指所归,皆美张贵妃、孔贵嫔之容色也。"③

三、吴歌西曲传播与清商三调歌辞的新变

　　南朝音乐文化发展的总体趋势是,清商三调日趋衰落,并最后退出历史舞台,而吴歌西曲则逐渐兴盛并成为宫廷娱乐音乐的主体。具体言,吴歌于孝武帝大明前后进入宫廷。《宋书·乐志》载"孝武大明中,以《鞞》《拂》《杂舞》合之钟石,施于殿庭",又有"《襄阳乐》《寿阳乐》《西乌夜飞歌曲》,并列于乐官"。④ 宋顺帝升明中,王僧虔则大声疾呼,清商三调"十数年间,亡者将半"。刘宋张永《元嘉正声技录》、王僧虔《大明三年宴乐技录》以及陈智匠《古今乐录》记载有相和三调歌曲 80 余曲,刘宋时期虽尚有近40 曲可歌,⑤但歌辞均为魏晋旧辞,刘宋文人拟辞不见有入相和三调歌唱的记载。到梁、陈时期,吴歌西曲得到更大的发展,经梁

---

① 魏征等:《隋书》,中华书局,1973 年,第 309 页。
② 刘昫等:《旧唐书》,中华书局,1975 年,第 1067 页。
③ 姚思廉:《陈书》,中华书局,1972 年,第 132 页。
④ 沈约:《宋书》,中华书局,1974 年,第 552 页。
⑤ 详见拙著《魏晋南北朝乐府歌辞研究》第六章第二节"南朝文人歌辞创作用调分析"的具体考证,上海古籍出版社,2009 年,第 326—342 页。

武帝的改造,成为宫廷娱乐音乐的主要样式,清商三调则几近消亡。《古今乐录》对"相和三调歌曲"的著录,大多有"今不歌""今不传"字样。

南朝音乐文化环境中,清商三调日益衰落和吴歌西曲日益兴盛的发展态势,导致南朝文人拟乐府的两种明显的趣向:一是文人拟乐府由魏晋时期的拟调、拟篇转向"赋题";二是拟相和三调乐府在内容和形式上呈现出向吴歌西曲靠拢的审美趣向。在此,重点分析拟相和三调乐府的吴歌西曲化倾向。

第一,篇幅结构缩短。南朝文人的拟相和三调乐府,在结构形式上有明显缩短的倾向。如相和歌吟叹曲《王昭君》,在当时是十分流行的吟叹调。《古今乐录》曰:"晋宋以来,《明君》止以弦隶少许为上舞而已。梁天监中,斯宣达为乐府令,与诸乐工以清商两相间弦为《明君》上舞,传之至今。"[1]谢希逸《琴论》曰:"平调《明君》三十六拍,胡筲《明君》三十六拍,清调《明君》十三拍,间弦《明君》九拍,蜀调《明君》十二拍,吴调《明君》十四拍,杜琼《明君》二十一拍,凡有七曲。"[2]此吟叹曲在南朝衍变成了七个曲调或者七种演唱方法。但从鲍照、施荣泰、简文帝等人的拟歌辞看,皆短于石崇所作、晋乐所奏的原调歌辞,而以"五言四句""五言八句"居多,内容则以王昭君本事为基础。又如清调曲《苦寒行》,武帝"北上篇"六解 24 句,明帝"悠悠篇"五解 30 句,而谢灵运的拟辞仅有"五言六句"。《秋胡行》,武帝"晨上散关山"四解,"愿登泰华山"五解,谢灵运拟辞仅"四言八句"、颜延之拟辞"五言十

---

[1]   郭茂倩:《乐府诗集》,中华书局,1979 年,第 425 页。

[2]   郭茂倩:《乐府诗集》,中华书局,1979 年,第 425—426 页。

句”、王融拟辞“五言八句”。《艳歌何尝行》，歌文帝“何尝”“古白鹄”二篇。“古白鹄”为五言二十六句，文帝“何尝”为五解，有“趋”有“艳”，而刘宋吴迈远《飞来双白鹄》仅为五言十四句，陈后主《飞来双白鹤》仅为五言十句。魏晋乐所奏的《王子乔》杂言二十余韵，梁江淹拟辞仅为“五言八句”。如此之类很多，说明南朝文人拟作的清商三调歌辞在结构上有普遍缩短的趋势。

若从诗歌创作言，这种演变趋势也许主要受南朝诗歌创作“新体”形式的影响，是“新诗体”在歌辞创作中的表现，当然，“新诗体”也是吴歌西曲音乐文化活动的产物。可以说，南朝相和三调的拟乐府，明显受到吴歌西曲内容和形式的影响。

第二，女情与闺怨题材凸显。在题材内容上，南朝相和三调拟乐府主要选择女性题材进行拟作，并突出汉魏女性题材的女情内容。如鲍照《采桑》，是从相和歌曲《陌上桑》而来的。崔豹《古今注》以为，赵王欲夺其家令妻罗敷，“罗敷巧弹筝乃作《陌上桑》之歌以自明，赵王乃止”。《乐府解题》曰：“古辞言罗敷采桑，为使君所邀，盛夸其夫为侍中郎以拒之。”①汉乐府《陌上桑》的主题主要反映家庭伦理和社会问题。但是，陆机“扶桑升明晖”但歌美人好合，与古辞始同而末异。鲍照《采桑》开始直接描写采桑女的美貌、服饰、心理，到梁代刘邈《采桑》则将描写对象变成了“倡妾不胜愁，结束下青楼”的青楼女子，并由此衍生出《罗敷行》《日出东南隅行》等专门描写女性的题目。谢灵运《日出东南隅行》写“美人卧屏席，怀兰秀瑶璠”的闺中女子；沈约“罗衣夕解带，玉钗暮垂冠”（《日出东南隅行》）则将描写直接指向男女床帏之事。

---

① 郭茂倩：《乐府诗集》，中华书局，1979 年，第 410 页。

又如魏文帝《燕歌行》，"秋风""别日"写"时序迁换，行役不归，妇人怨旷无所诉"的闺怨情怀，南朝文人乐此不疲，纷纷拟作，如谢灵运"念君行役怨边城"、谢惠连"爱而不见伤心情"、梁元帝"怨妾愁心百恨生"等。曹植《美女篇》以美女"以喻君子"，简文帝、萧子显的《美女篇》则是纯粹的对风流佳丽的描绘。

最能体现南朝相和三调拟乐府向吴歌西曲文化靠拢的是南朝的《三妇艳》诗。《三妇艳》来自相和三调《相逢行》《长安有狭斜行》等古辞的"三妇"部分。《相逢行》古辞曰："兄弟两三人，中子为侍郎。五日一来归，道上自生光。……大妇织绮罗，中妇织流黄。小妇无所为，挟瑟上高堂。丈人且安坐，调丝方未央。"梁代张率的拟作保留了"三兄""三妇"内容，昭明太子、沈约等人拟《相逢狭路间》则改为"三子""三妇"。又《长安又狭斜行》古辞曰："大子二千石，中子孝廉郎。小子无官职，衣冠仕洛阳。三子俱入室，室中自生光。大妇织绮绔（罗），中妇织流黄。小妇无所为，挟琴上高堂。丈夫且徐徐，调弦讵未央。"荀昶拟作有"三兄""三妇"内容，梁武帝、梁简文帝、庾肩吾、王囧、徐防、张正见等人的拟作或称"三子""三妇"或称"三息""三妇"，均保留了"三妇"内容。《乐府诗集》在相和三调清调曲《长安有狭斜行》之后，接着著录了南朝刘铄、王融、昭明太子萧统、沈约、王筠、吴均、刘孝绰、陈后主、张正见等人的《三妇艳》诗计二十一首。可见，（宋）刘铄当是今所见最早用《三妇艳》为题进行创作的人，其《三妇艳》曰："大妇裁雾縠，中妇牒冰练。小妇端清景，含歌登玉殿。丈人且徘徊，临风伤流霰。"更值得注意的是著录于王融名下的《三妇艳》："大妇织绮罗，中妇织流黄。小妇独无事，挟瑟上高堂。丈夫且安坐,调弦讵未央。"①这首诗不仅结构与《相逢行》"三妇"相同,就是歌辞也与《相逢行》"三妇"部分几乎不差。

　　通过比较可见,《三妇艳》是从南朝文人拟乐府行为中逐渐独立出来的。《三妇艳》诗虽然从《相逢行》等古辞而来,但在创作主题上有逐渐重视女性描写的倾向,形式上则有逐渐缩短的趋势。尤其是梁陈时期文人的《三妇艳》诗,在题材上作了更大的改变,他们将《相逢行》中的"三妇"由"舅姑"改成了自己的"群妻",甚至写成了女伎,更加强化了女情内容和诱惑的描写。如:

　　　　大妇舞轻巾,中妇拂华茵。小妇独无事,红黛润芳津。良人且高卧,方欲荐梁尘。(昭明太子)
　　　　大妇拂玉匣,中妇结珠帷。小妇独无事,对镜理蛾眉。良人且安卧,夜长方自私。(沈约)
　　　　大妇弦初切,中妇管方吹。小妇多姿态,含笑逼清卮。佳人勿馀及,殷勤妾自知。(吴均)

　　陈后主《三妇艳》11首,则集中描写小妇,重点写其娇羞的容颜和神态,有的甚至指向男女床帷之事,如:

　　　　大妇避秋风,中妇夜床空。小妇初两髻,含娇新脸红。得意非霰日,可怜那可同。
　　　　大妇妒蛾眉,中妇逐春时。小妇最年少,相望卷罗帷。罗帷夜寒卷,相望人来迟。

――――――――――――

① 　郭茂倩:《乐府诗集》,中华书局,1979年,第518页。

大妇上高楼,中妇荡莲舟。小妇独无事,拨帐掩娇羞。
丈夫应自解,更深难道留。

大妇爱恒偏,中妇意长坚。小妇独娇笑,新来华烛前。
新来诚可惑,为许得新怜。

颜延之《颜氏家训·书证》云:"古乐府歌词,先述三子,次及三妇,妇是对舅姑之称。……近代文士颇作三妇诗,乃为匹嫡并耦己之群妻之意,又加郑卫之辞,大雅君子,何其谬乎!"①对此现象提出了严厉的批评。

综上可见,宋、齐时期,是吴歌西曲传入宫廷的第一阶段,宫廷对吴歌西曲的吸收,基本上是原生态的,对其音乐风格的改造并不大,帝王、文人创作吴歌西曲歌辞也相对较少。《古今乐录》曰宋少帝曾更制新歌三十六曲《懊侬歌》,今已不存,现存只有宋武帝《丁督护歌》五首。梁、陈时期,是吴歌西曲大量传入宫廷的阶段。梁武帝改西曲为《江南弄》《上云乐》,并从西曲衍生出倚歌,陈后主则自作吴歌曲调《春江花月夜》《玉树后庭花》等。从梁武帝起,帝王们开始由欣赏吴歌西曲娱乐,转向创作吴歌西曲歌辞娱乐。这种由被动的单向行为到主动双向行为的转变,其意义十分深远。第一,帝王或文人参与吴歌西曲歌辞创作,提高了吴歌西曲的地位,使之在宫廷与社会更流行,从而取代了清商三调之主流地位。第二,帝王、文人参与歌辞创作,在传统的吴歌西曲爱情题材中渗透帝王、文人的雅趣与审美追求,改变了吴歌西曲的音乐风格,尤其是歌辞的语言艺术风格。第三,帝王和文人

---

① 颜之推:《颜氏家训》,《诸子集成》本,上海书店,1986年,第37页。

创作吴歌西曲歌辞的行为,对当时诗歌创作风气起了重要的引领和导向作用,很多宫体诗,其实就是为吴歌西曲演唱而创作的歌辞。宫体诗对女性描写的极大兴趣,轻艳柔媚的风格,都与宫廷娱乐音乐活动有密切关系。在一定意义上可以说,宫体诗是南朝宫廷娱乐音乐文化活动的产物,而其文化背景就是吴歌西曲在南朝的兴盛和广泛传播。

魏晋南北朝文人歌辞的演唱
及其文化功能

从根本上说,歌辞是音乐文化的产物,因此,其创制、生存、流传皆与音乐有千丝万缕的联系。就魏晋南北朝而言,歌辞大体上存在配乐传唱与文本流传两种最基本的生存方式。而且,在一定的共时性音乐环境中,这两种方式往往是同时并存的。由于歌辞两种传播方式的并存带来了歌辞生存方式和传播方式的多样性,也由此带来了歌辞性质的复杂性:有的其始本为文人徒诗,并无入乐动机,一旦乐工将之与曲调配合,便具有了歌辞的文化属性和品格,而其作为文本意义生存和传播的徒诗属性则依然存在。与此相反,从历时性看,随着一定音乐环境的消失,某些歌辞则失去了依曲而存的基础,这时候,这些歌辞生存方式和传播方式仅有文本形式,于是其徒诗属性和文本意义开始凸显出来,变成人们案头之作。从歌辞演唱的场合看,有的在仪式音乐中演唱,有的在娱乐音乐中演唱,不同的演唱场合也对歌辞的功能有不同的要求,从而影响歌辞的内容、形式和风格。

一、文人歌辞的两种类型及其生存方式

从生存方式言,文人歌辞也大致可以分成入乐歌唱与非入乐歌唱两类。

1.入乐歌辞的生存方式

所谓文人入乐歌辞,本文指在具体音乐文化环境中配乐歌唱的文人歌辞。现存魏晋南北朝歌辞中,很多歌辞已经很难确知是否曾经入乐歌唱,就现在能考知的曾经入乐的歌辞大致有如下一些:从曹魏到梁、陈的历代郊庙歌辞、燕射歌辞、鼓吹曲辞,魏晋时期的相和三调歌辞,南朝的吴歌、西曲歌辞及部分杂曲歌辞等。

就这些入乐歌辞的生存方式言,郊庙歌辞、燕射歌辞、鼓吹曲辞三类皆为朝廷仪式音乐歌辞,主要用以配合仪式音乐,并在国家重大的仪式活动中表演歌唱。而且各个王朝都要根据本朝仪式活动的需要制作歌辞,具有强大的仪式功能,所以历代歌辞均各不相同。这些歌辞也主要通过仪式音乐活动得以生存和流传。

相和三调、吴歌、西曲及杂曲歌辞则有些复杂:一方面,相和三调、吴歌、西曲首先是感染力很强的抒情性音乐艺术,其源头虽在民间,但是,朝廷、士大夫、王公贵戚皆喜好之,并且多在酒宴中表演,以助兴娱乐,流传极为广泛。另一方面,因为当时文学开始自觉,文人创作受到社会普遍关注,收集诗文、编辑文集开始兴起,这些歌辞本身优美清丽的语言和真挚热烈的情感表达方式也为世人所注目,并通过文本诵读的方式为社会所接受、被人们所认可。建安时期,邺下文人之间的诗文唱和、赠答与品评活动中就有文人歌辞。南朝吴歌、西曲歌辞更是如此,由于南朝徒诗观念的进一步确立,文人歌辞的徒诗意义和诗性品格更容易被社会接受。

杂曲歌辞在音乐上基本属于相和三调和吴歌、西曲两大系统。郭茂倩编《乐府诗集》时已不能确定其归属,而另列一类,名之为"杂曲"。

　　这些文人歌辞的双重属性,使其获得了多种生存方式,即以乐传辞的听觉艺术和文本阅读的案头艺术。两种生存方式并存的局面,又让这些歌辞的多重文化功能与社会角色被凸显出来。反过来,歌辞的多重文化功能又影响着歌辞创作和徒诗创作方式的相互借鉴与渗透。从历时性言,入乐歌辞还有另一种生存的状态,即因入乐歌辞音乐环境的丢失,其生存状态和传播方式发生的相应改变。如相和三调歌辞,在魏晋时期,因相和三调音乐环境的存在,相和三调歌辞以两种并存的方式而生存、传播;到南朝,特别是梁、陈以后,随着相和三调音乐环境丢失,相和三调歌辞与音乐实际已经分离,文本诵读形式成为此时相和三调歌辞生存和传播的最基本方式。在此期间,相和三调拟歌辞创作的兴盛当与歌辞文本存在方式的普遍性有极大关系。

　　2.非入乐拟歌辞的生存方式

　　所谓非入乐拟歌辞是指文人根据音乐曲调的内容和已有歌辞进行模仿创作的歌辞。其创作的重点在于原歌辞的内容和形式意义,一般不考虑歌辞的音乐因素。

　　这类拟歌辞虽然没有配乐的限制,但是在创作上与徒诗还是有些区别:一是拟歌辞受仍然存在的音乐环境的影响,有的歌辞原本就是在具体的音乐演唱中,因歌曲音乐氛围或原歌辞情境的触发而进行拟作的。二是拟歌辞受原歌辞内容和体制的制约。有的歌辞创作虽然没有了具体的音乐环境,但是原歌辞固定的对象或有关该歌曲的历史背景是特定的,拟作者总是在特定的对象中进行创作,或因循或超越。因此,总是受原歌辞内容和体制的制约。这种限制性使得拟歌辞的内容、风格、体制、形式或多或少与原歌辞保持着联系。我们正是在这个意义上将这些作品归类为歌辞。然而,这类拟歌辞在不受音乐因素制约这一点则又与徒诗创作具有很多的相似性,它完全就是运用徒诗创作的方法进行的,往往不须考虑歌辞能否配乐歌唱等技术层面的问题。

如《南史·颜延之传》载:

> 延之与陈郡谢灵运俱以辞采齐名,而迟速悬绝。文帝尝各敕拟乐府《北上篇》,延之受诏便成,灵运久之乃就。延之尝问鲍照己与灵运优劣,照曰:"谢五言如初发芙蓉,自然可爱。君诗若铺锦列绣,亦雕缋满眼。"①

宋文帝敕颜延之、谢灵运拟曹操乐府《北上篇》就是徒诗创作。鲍照对其评价的角度也在辞彩,而非关曲调。从生存、传播而言,这些拟歌辞则与徒诗无实质性区别。所以梁启超说:"广义的乐府,也可以说和普通诗没有多大分别,有许多汉魏间的五言乐府和同时代的五言诗很难划分界限标准。所以后此总集选本,一篇而两体互收者很不少。"②

二、仪式音乐歌辞演唱及其功能

简言之,仪式音乐歌辞是指在国家重大仪式活动中配合仪式音乐演奏的歌辞。多由国家元勋和重臣拟写,内容典重庄严。可见,这些歌辞最主要的文化功能是其仪式内容,主要有郊庙祭祀

---

① 李延寿:《南史》卷三四,中华书局,1975 年,第 881 页。
② 梁启超:《中国之美文及其历史》,东方出版社,1996 年,第 182 页。

活动的郊庙歌辞、朝会活动的燕射歌辞、鼓吹曲辞等三类。

1.郊庙歌辞

我国祭祀之乐配歌辞有着悠久的传统,"祭乐之有歌,其来尚矣"①,至少可以追溯到西周时代。郊庙歌辞指配合郊庙仪式音乐活动使用的歌辞,主要分为郊祀与宗庙两类。

(1)郊祀歌

曹魏郊祀歌辞不见载籍,郭茂倩以为"疑用汉辞"。现存于《乐府诗集》魏晋南北朝的郊祀歌辞,晋有傅玄《晋郊祀歌》5首,《晋天地郊明堂歌辞》5首,共10首。

《晋书·乐志》载:

> 泰始二年,诏郊祀明堂礼乐权用魏仪,遵周室肇称殷礼之义,但改乐章而已,使傅玄为之词云。②

宋有颜延之《宋南郊登歌》3首,谢庄《宋明堂歌辞》9首,共12首。

《宋书·乐志》载:

> 元嘉十八年九月,有司奏:"二郊宜奏登哥。"又议宗庙舞事,录尚书江夏王义恭等十二人立议同,未及列奏,值军兴事寝。二十二年,南郊,始设登歌,诏御史中丞颜延之造歌诗。③

---

① 郭茂倩:《乐府诗集》卷一,中华书局,1979年,第1页。
② 房玄龄等:《晋书》卷二二,中华书局,1974年,第679页。
③ 沈约:《宋书》卷一九,中华书局,1974年,第541页。

　　齐有谢超宗、王俭等《南郊乐歌》13 首,《北郊乐歌》6 首,《明堂乐歌》15 首,谢朓《雩祭乐歌》8 首,江淹《藉田乐歌》2 首,共44 首。

　　梁有沈约《南郊登歌》2 首,《北郊登歌》2 首,《明堂登歌》5 首,共 9 首。

　　北齐有《南郊乐歌》13 首,《北郊乐歌》8 首,《五郊乐歌》5 首,《明堂乐歌》11 首,共 37 首。

　　北周有庾信《祀圆丘歌》12 首,《祀方泽歌》4 首,《祀五帝歌》12 首,共 28 首。

　　(2)宗庙歌

　　《宋书·乐志》:

　　　　文帝黄初二年,改汉《巴渝舞》曰《昭武舞》,改宗庙《安世乐》曰《正世乐》,《嘉至乐》曰《迎灵乐》,《武德乐》曰《武颂乐》,《昭容乐》曰《昭业乐》,《云翘舞》曰《凤翔舞》,《育命舞》曰《灵应舞》,《武德舞》曰《武颂舞》,《文始舞》曰《大韶舞》,《五行舞》曰《大武舞》。其众歌诗,多即前代之旧;唯魏国初建,使王粲改作登歌及《安世》《巴渝》诗而已。[1]

　　晋宗庙歌有傅玄《晋宗庙歌》11 首,曹毗《江左宗庙歌》13 首,共 24 首。

　　宋有王韶之《宋宗庙登歌》8 首,谢庄《宋世祖庙歌》2 首,宋明帝、殷淡《宋章庙乐舞歌》15 首,共 25 首。

---

[1]　沈约:《宋书》卷一九,中华书局,1974 年,第 534 页。

齐有谢超宗、王俭等《齐太庙乐歌》21 首。

梁有沈约《梁宗庙登歌》7 首。

陈有《陈太庙舞辞》7 首。

北齐有《享庙乐辞》18 首。

北周有庾信《周宗庙歌》12 首。

以上所列郊庙歌辞均是朝廷在重大的祭祀仪式活动中的音乐歌辞。除西晋王肃"私造宗庙诗颂十二篇,不被歌"①外,其余郊庙歌辞皆为皇上敕命重臣拟写,其生存方式主要是配合朝廷仪式音乐演奏。

就其文化功能言,当然也在其仪式性上。正如郭茂倩所言是"接人神之欢"与"歌先人之功烈德泽"。《宋书·乐志》载侍中缪袭奏曰:

> 自魏国初建,故侍中王粲所作登歌《安世诗》,专以思咏神灵及说神灵鉴享之意。袭后又依歌省读汉《安世歌》咏,亦说"高张四悬,神来燕享,嘉荐令仪,永受厥福"。

认为《安世房中歌》"方祭祀娱神,登堂歌先祖功德,下堂歌咏燕享,无事歌后妃之化也",建议"改《安世歌》曰《享神歌》"。②

《乐府诗集》载:

> 登歌者,祭祀燕飨堂上所奏之歌也。……《仲尼燕居》

① 沈约:《宋书》卷一九,中华书局,1974 年,第 538 页。
② 沈约:《宋书》卷一九,中华书局,1974 年,第 536—537 页。

曰："入门而金作,示情也;升歌《清庙》,示德也;下而管象,示事也。是故古之君子,不必亲相与言也,以礼乐以相示。"……《尚书大传》曰:"古者帝王升歌《清庙》,大琴练弦达越,大瑟朱弦达越,以韦为鼓,不以竽瑟之声乱人声。《清庙》升歌,歌先人之功烈德泽。苟在庙中尝见文王者,慨然如复见文王。故《书》曰:'戛击、鸣球、搏拊、琴瑟以咏,祖考来格。'此之谓也。"按登歌各颂祖宗之功烈,去钟撤竽以明至德,所以传云其歌之呼也。曰:"於穆清庙。"於者,叹之也。穆者,敬之也。清者,欲其在位者遍闻之也。①

魏侍中缪袭奏改乐名的理由就是从其"歌后妃之德,所以风天下,正夫妇"与其"登堂哥先祖功德,下堂哥咏燕享"等社会文化功能着眼的。

2.燕射歌辞

燕射歌辞指朝廷在元会等重大节日或天子宴乐群臣时所用的音乐歌辞,也称食举乐。《乐府诗集·燕射歌辞》解题曰:

汉有殿中御饭食举七曲,太乐食举十三曲,魏有雅乐四曲,皆取周诗《鹿鸣》。晋荀勖以《鹿鸣》燕嘉宾,无取于朝。乃除《鹿鸣》旧歌,更作行礼诗四篇,先陈三朝朝宗之义。又为王公上寿酒、食举乐歌诗十三篇。司律陈顽以为三元肇发,群后奉璧,趋步拜起,莫非行礼,岂容别设一乐,谓之行礼。荀讥《鹿鸣》之失,似悟昔缪,还制四篇,复袭前轨,亦未

---

① 郭茂清:《乐府诗集》卷三,中华书局,1979年,第33—34页。

为得也。终宋、齐已来，相承用之。梁、陈三朝，乐有四十九等，其曲有《相和》五引及《俊雅》等七曲。后魏道武初，正月上日飨群臣，备列宫县正乐，奏燕、赵、秦、吴之音，五方殊俗之曲，四时飨会亦用之。隋炀帝初，诏秘书省学士定殿前乐工歌十四曲，终大业之世，每举用焉。其后又因高祖七部乐，乃定以为九部。①

郭氏所言，已明燕射歌辞之大概。现存歌辞有：晋有傅玄、荀勖、张华、成公绥《晋四厢乐歌》计 52 首，张华《晋冬至初岁小会歌》《晋宴会歌》《晋中宫所歌》《晋宗亲会歌》4 首。

宋有王韶之《宋四厢乐歌》5 首。

齐用宋辞。

梁有沈约、萧子云《梁三朝雅乐歌》38 首。

北齐有《元会大飨歌》10 首。

北周有庾信《周五声调曲》24 首。

晋武帝更定元会仪式成《咸宁注》。《咸宁注》详细规定了"正旦元会"的仪式过程，从中可以清楚地看到音乐在仪式中的位置、程式及其功能：

> 皇帝出。钟鼓作，百官皆拜伏。太常导皇帝升御座。钟鼓止。百官起。……太乐令跪请奏雅乐。以次作乐。……四厢乐作。百官再拜。已饮，又再拜。……登歌乐升，太官令又行御酒。御酒升阶，太官令跪授侍郎，侍郎跪进御坐前。

① 郭茂清：《乐府诗集》卷一三，中华书局，1979 年，第 182 页。

乃行百官酒。太乐令跪奏："奏登歌。"三。终,乃降。……太乐令跪奏："食。举乐。"太官行百官饭案遍。食毕,太乐令跪奏："请进舞。"舞以次作。鼓吹令又前跪奏："请以次进众伎。"……宴乐毕,谒者一人跪奏："请罢退。"钟鼓作,群臣北面再拜出。①

正旦元会的程序大致包括"入场""进食""观乐""退场"四个环节,各环节都有相应的音乐演奏。

梁普通年间的三朝仪注把整个仪式分为四十九个程序,包括四个环节。如:

第一,奏《相和五引》;第二,众官入,奏《俊雅》;第三,皇帝入阁,奏《皇雅》;……公卿上寿酒,奏《介雅》;……皇帝食举,奏《需雅》;十二,撤食,奏《雍雅》;……设《大壮》武舞;十四,设《大观》文舞……皇太子起,奏《胤雅》;四十八,众官出,奏《俊雅》;四十九,皇帝兴,奏《皇雅》。②

《乐府诗集·燕射歌辞》解题载:"汉鲍业曰:'古者天子食饮,必顺四时五味,故有食举之乐,所以顺天地、养神明、求福应也。'此食举之有乐也。"③

《隋书·乐志》:

---

①　沈约:《宋书·礼一》卷一四,中华书局,1974 年,第 343—344 页。

②　魏征等:《隋书·音乐上》卷一三,中华书局,1973 年,第 302—303 页。

③　郭茂清:《乐府诗集》卷一三,中华书局,1979 年,第 181 页。

汉明帝时,乐有四品。……二曰雅颂乐,辟雍飨射之所用焉。则《孝经》所谓"移风易俗,莫善于乐"者也。三曰黄门鼓吹乐,天子宴群臣之所用焉。则《诗》所谓"坎坎鼓我,蹲蹲舞我"者也。①

班固《白虎通・辟雍》曰:"天子立辟雍,行礼乐,宣德化。辟者,象璧,圆法天,雍之于水,象教化流行。"②

从晋、梁两朝规定的朝会仪式用乐中可知古代朝廷仪式音乐表演之一斑。鲍业之"顺天地、养神明、求福应",《孝经》之"移风易俗",班固之"行礼乐宣德化"等,皆是燕射仪式的主要社会文化功能。其中的音乐歌辞自然也得承担这些功能,才能胜任其职责。所以,从社会文化功能言,燕射歌辞只有在这种音乐活动中才能体现其仪式内容和蕴涵其中的文化意义,它也只有在这些庄严的仪式音乐活动中才能获得其生存的依据。反言之,燕射歌辞生存于国家各种礼仪音乐活动中,承载的文化功能也主要是仪式性的,而自身的娱乐性质往往被忽略。

3.鼓吹曲辞

鼓吹曲从汉代到魏晋,其性质发生了一些变化。汉黄门鼓吹与短萧铙歌分别为汉乐四品之一品:黄门鼓吹是天子宴享群臣之乐,短萧铙歌是军乐。还有军中的横吹乐也称为鼓吹。汉短萧铙歌十二曲本是军乐,但是从曹魏、东吴、西晋直到宋、齐、梁、陈、北齐、北周,均将汉代的短萧铙歌曲用于宫廷、朝会、宴享等仪式活

---

① 魏征等:《隋书》卷一三,中华书局,1973 年,第 286 页。
② 江绍楹校:《艺文类聚・礼部上》,上海古籍出版社,1982 年,第 690 页。

动,其内容多为叙述功德,基本用途则为朝会仪式、道路出行或者用于赏赐功臣。正如《乐府诗集·鼓吹曲辞》解题所云:

> 汉有《朱鹭》等二十二曲,列于鼓吹,谓之铙歌。及魏受命,使缪袭改其十二曲,而《君马黄》《雉子斑》《圣人出》《临高台》《远如期》《石留》《务成》《玄云》《黄爵》《钓竿》十曲,并仍旧名。是时吴亦使韦昭改制十二曲,其十曲亦因之。而魏、吴歌辞,存者唯十二曲,余皆不传。晋武帝受禅,命傅玄制二十二曲,而《玄云》《钓竿》之名不改旧汉。宋、齐并用汉曲。又充庭十六曲,梁高祖乃去其四,留其十二,更制新歌,合四时也。北齐二十曲,皆改古名。其《黄爵》《钓竿》,略而不用。后周宣帝革前代鼓吹,制为十五曲,并述功德受命以相代,大抵多言战阵之事。
>
> 周武帝每元正大会,以梁案架列于悬间,与正乐合奏。①

以上所举三类歌辞皆为朝廷仪式音乐歌辞。这些歌辞主要用于配合仪式音乐,在国家重大的仪式活动中表演歌唱。因其必须适应仪式活动中肃穆气氛的功能要求,这些歌辞的内容要么突出人神之欢,要么体现王化之德,要么歌颂开国之功。总之,歌辞内容与语言形式必须与仪式活动的主题相一致。因此,各国在立国之初最重要的大事之一就是构建自己的礼乐制度,并且根据本国礼乐需要重新制作歌辞。正所谓"王者功成作乐,治定制礼。

---

① 郭茂倩:《乐府诗集》卷一六,中华书局,1979年,第224—225页。

是以五帝殊时，不相沿乐，三王异世，不相袭礼”①。

　　其歌辞的体式多用四言正格，而非五言流调。西晋张华、荀勖制作燕射歌辞时对体式的取舍，最能说明歌辞体式格调所承载的文化功能：

　　　　晋武泰始五年，尚书奏使太仆傅玄、中书监荀勖、黄门侍郎张华各造正旦行礼及王公上寿酒食举乐歌诗。诏又使中书郎成公绥亦作。张华表曰：“按魏上寿食举诗及汉氏所施用，其文句长短不齐，未皆合古。盖以依咏弦节，本有因循，而识乐知音，足以制声，度曲法用，率非凡近所能改。二代三京，袭而不变，虽诗章词异，兴废随时，至其韵逗曲折，皆系于旧，有由然也。是以一皆因就，不敢有所改易。”荀勖则曰：“魏氏歌诗，或二言，或三言，或四言，或五言，与古诗不类。”以问司律中郎将陈颀，颀曰：“被之金石，未必皆当。”故勖造晋歌，皆为四言，唯王公上寿酒一篇为三言五言，此则华、勖所明异旨也。②

　　张华、荀勖皆看到了汉魏所用歌辞语言体式与《诗经》雅颂之体的差异，即所谓“未皆合古”“与古诗不类”等。张华考虑到辞乐配合的原因而“一皆因就，不敢有所改易”，荀勖则咨询乐律专家陈颀。当陈颀将辞乐配合的具体情形告诉他后，他便舍弃了音

① 《礼记正义·乐记》卷三七，《十三经注疏》本，上海古籍出版社，1997年，第1530页。
② 沈约：《宋书·乐志》卷一三，中华书局，1974年，第539页。

乐的考虑,重点考虑歌辞的体式格调,于是"皆为四言,唯王公上寿酒一篇为三言五言"。这是文人仪式歌辞创作中较典型的事例。它至少说明两点:一是仪式音乐歌辞从辞乐配合说,是否协律不是重点,其文本意义以及形式体制上的意义才是关键。陈颀对汉魏歌辞"被之金石,未必皆当"的评价就是很好的说明。二是为适应仪式音乐活动的主题,仪式歌辞在内容体制上往往要求典重古雅,以《诗经》雅颂之体为标范。《梁书·萧子显传》中也有对郊庙歌辞的类似要求:

　　敕曰:"郊庙歌辞,应须典诰大语,不得杂用子史文章浅言;而沈约所撰,亦多舛谬。"子云答敕曰:"殷荐朝飨,乐以雅名,理应正采《五经》,圣人成教。而汉来此制,不全用经典;约之所撰,弥复浅杂。……臣夙本庸滞,昭然忽朗,谨依成旨,悉改约制。唯用《五经》为本,其次《尔雅》《周易》《尚书》《大戴礼》,即是经诰之流,愚意亦取兼用。臣又寻唐、虞诸书,殷《颂》周《雅》,称美是一,而复各述时事。①

　　可见,仪式歌辞的这种创作要求是受其生存的仪式环境和所承载的社会文化功能决定的。特殊的仪式活动对歌辞就有特殊的要求,那么创作者必须遵循此要求,于是,仪式歌辞的内容与风格皆因之而具有了某些规定性。因此,仪式歌辞强调的是其与仪式活动内容相吻合的伦理道德意义,强调庄严、肃穆、威慑的仪式功能与古典雅正、陶冶净化的文学功能的统一、和谐,而并不以音

---

① 　姚思廉:《梁书》卷三五,中华书局,1973年,第514页。

乐艺术效果作为自己的追求目标。

三、娱乐音乐歌辞演唱及其功能

娱乐音乐歌辞是指在娱乐音乐活动中演唱的歌辞。从文化空间上说,娱乐音乐活动包括宫廷娱乐音乐活动、文人士夫娱乐音乐活动和民间娱乐音乐活动。从音乐品类上说,魏晋南北朝时期的娱乐音乐主要有相和三调、吴歌西曲、琴曲、舞曲、杂曲等。其中,影响最大的是相和三调与吴歌西曲。在此,主要讨论这两类音乐歌辞的演唱及其社会文化功能。

1.相和三调歌辞

相和歌是汉代的旧歌曲,因"丝竹更相和,执节者歌"的演唱方式而得名。本为一部,魏明帝分为二部;本十七曲,朱生等合之为十三曲。西晋荀勖将之改造成清商三调歌曲,后来发展成大曲。根据《元嘉正声技录》《大明三年宴乐技录》《古今乐录》等书的记载,其曲调有如下一些:

《相和六引》6 曲:宋时箜篌引有辞,余三引有歌声,而辞不传。梁具五引,有歌有辞。

《相和十五曲》15 曲:宋张永《元嘉正声技录》载"相和有十五曲",也许刘宋元嘉时期此十五曲尚可歌。

《吟叹曲》4 曲:刘宋《大雅吟》《王明君》《楚妃叹》《王子乔》四曲皆可歌,梁陈仅《王明君》一曲能歌。

《四弦曲》1 曲:刘宋《蜀国四弦》有五解,能歌,至陈不可歌。

《平调曲》7 曲:其中《短歌行》《燕歌行》二曲于刘宋大明年间尚可歌。

《清调曲》6 曲:其中《苦寒行》《董逃行》《塘上行》《秋胡行》四曲于晋、宋、齐三代皆可歌。

《瑟调曲》38 曲:其中《善哉行》《罗敷艳歌行》《折杨柳行》《西门行》《东门行》《棹歌行》《陇西行》《雁门太守行》《艳歌何尝行》《煌煌京洛行》《门有车马客行》等约十八曲在刘宋尚可歌。

《楚调曲》5 曲:其中《白头吟行》《怨诗行》二曲刘宋时可歌,《怨诗行》陈时尚能歌。

以上所录相和三调歌辞曲计 82 曲。其中绝大部分在曹魏西晋还可以歌唱。刘宋时期尚有近 40 曲可歌唱。① 由于梁武帝大力提升吴歌、西曲的地位,相和三调发展到梁陈时期可歌者已经很少了。相和三调歌辞除部分古辞外,绝大部分是曹氏三祖和曹植所作。虽然在刘宋时期尚有近 40 曲可歌,但是多是歌唱魏晋旧辞,刘宋文人拟辞均没有入相和三调歌唱的记载。

曹操"登高必赋,及造新诗,被之管弦,皆成乐章",现存三调歌辞中曹操最多。从这些歌辞演唱的场合看,主要是宴会群臣。有些歌辞是先作辞,后配乐的,曹操的多数歌辞大致如此,有些则是在具体的音乐环境中即兴歌唱而成,如《文士传》载:

太祖时征长安,大延宾客,怒璩不与语,使就技人列。璩善解音,能鼓琴,遂抚弦而歌,因造歌曲曰:"奕奕天门开,大魏应期运。青盖巡九州,在东西人怨。士为知己死,女为悦

---

① 关于相和三调歌曲在南朝演唱的情况,详见拙著《魏晋南北朝乐府歌辞研究》第六章第一节"南朝文人歌辞创作用调分析"的具体考证。上海古籍出版社,2009 年,第 329—342 页。

者玩。恩义苟敷畅,他人焉能乱?"为曲既捷,音声殊妙,当时冠坐,太祖大悦。①

　　因为相和三调多为宴会中助酒娱乐而唱的歌曲,所以刘宋王僧虔将魏晋相和三调歌曲整理后称为《大明三年宴乐技录》。作为娱乐音乐,除用于宴会助酒娱乐外,也有在帝王后宫表演的。如魏武帝建著名的铜雀台,使其伎妾于其中习歌练舞;魏明帝常游宴在内,"及给掖庭洒扫、习伎歌者,各有千数";曹爽则"诈作诏书,发才人五十七人送邺台,使先帝婕妤教习为伎"。此处"邺台"即"铜雀台"。由此可见,相和三调歌曲的娱乐性质是很突出的。由于相和三调主要是在轻松的酒宴场合表演的音乐艺术,其社会文化功能主要在其娱乐消遣、发抒感愤。因此,歌辞创作为适应其音乐环境,在内容上往往多表现现世百态:或描写战乱的凋敝,或表达行军的艰难,或抒发人生短暂事业难成,或写求仙得道,或写男女相悦,或写怨女思妇,几乎无所不及。

　　相和三调起于汉世街陌谣讴,起初是无弦节的谣歌,是"最先一人唱三人和"的徒歌,后来才改成较复杂的相和三调歌曲。因此,歌辞内容保存了较多民间成分,如相和歌的《江南可采莲》《乌生》《十五》《白头吟》等皆是民间歌辞。还有一些三调古辞就是在民间歌辞基础上加工、润饰而成。如平调曲《长歌行》"仙人骑白鹿"、瑟调曲《陌上桑》(日出东南隅)、清调曲《董逃行》(吾欲上谒从高山)等,其体式格调则保留了汉代民歌的"五言流调"形式。

---

① 陈寿:《三国志·魏书》卷二一,中华书局,1959 年,第 600 页。

2.吴歌西曲歌辞

文人创作吴歌、西曲歌辞是刘宋以后的事。由于吴歌、西曲在南朝的兴盛繁荣，帝王、贵戚的积极倡导，文人也开始参与其歌辞的创作。由于文人的参与，使吴歌、西曲在艺术技巧、社会地位等方面皆得以提升，并最终取代了相和三调歌曲成为南朝娱乐音乐的主流。宋武帝《丁督护歌》、鲍照《吴歌》、齐武帝《估客乐》、梁武帝《子夜四时歌》《襄阳蹋铜蹄》《杨叛儿》等歌辞的创作，尤其是梁武帝将西曲歌改造成《江南弄》《上云乐》新曲，陈后主自造《玉树后庭花》新曲等行为，极大地带动了文人创作吴歌、西曲歌辞的热情，形成继文人相和歌辞创作高潮后又一轮文人歌辞创作的新热潮。然而，吴歌、西曲乃起于江南民间谣歌，正如《宋书·乐志》曰："吴歌杂曲，并出江东，晋、宋以来，稍有增广。……凡此诸曲，始皆徒歌，既而被之弦管。"①歌辞内容的世俗性是其主要特征。《世说新语·言语》载："桓玄问羊孚：'何以共重吴声？'羊曰：'当以其妖而浮。'"②曾经做过太学博士的羊孚，以传统儒学的眼光，用"妖""浮"二字评价吴声，虽然带有贬抑口吻，但是却很准确地概括了吴声的本质特点："妖"，当指其内容的情歌性质和女色情调；"浮"，当指其柔婉淫迷的音乐风格。正是因为吴声的世俗性和淫迷的音乐风格，才能在南朝兴盛于朝野上下，流播于社会的各个领域和角落。

吴歌、西曲歌辞靡丽的风格与其生存的文化环境是有关系的。南朝四代统治者皆出身寒门，其世俗文化倾向十分明显。所

---

① 沈约：《宋书》卷一九，中华书局，1974年，第549—550页。
② 余嘉锡：《世说新语笺注》，上海古籍出版社，1993年，第157页。

以,南朝在传统儒学基础上形成的士族阶级渐渐被消解,而代之以具有比较明显的世俗化倾向的新兴士族。南朝普遍风行的享乐之风与当时的这种社会阶层的结构变迁就有很大的关系。其享乐的主要内容就是歌舞声色,于是,宋、齐、梁、陈四朝的蓄伎风气风靡朝野,历代有过之而无不及。

《宋书·杜骥传》:

> (其五子)幼文所莅贪横,家累千金,女伎数十人,丝竹昼夜不绝。①

《南齐书·到㧑传》:

> 妓妾姿艺,皆穷上品。……爱妓陈玉珠,明帝遣求,不与,逼夺之,㧑颇怨望。②

《南齐书·萧景先传》:

> 军未还,遇疾,遗言曰:"……自丁荼毒以来,妓妾已多分张,所余丑猥数人,皆不似事。可以明月、佛女、桂支、佛儿、玉女、美玉上台,美满、艳华奉东宫。"③

---

① 沈约:《宋书》卷六五,中华书局,1974年,第1722页。
② 萧子显:《南齐书》卷三七,中华书局,1972年,第647页。
③ 萧子显:《南齐书》卷三八,中华书局,1972年,第663页。

　　朝廷还经常以女伎赏赐给幸臣武将。如昭明太子少时获"敕赐太乐女伎一部"①；梁武帝赐给幸臣徐勉"后宫吴声、西曲女妓各一部"②。陈代，因周敷卓越的战功，陈文帝"给鼓吹一部，赐以女乐一部"③；周炅因"尽复江北之地"而获赐"女妓一部"④；陈慧纪也因战功获赐"女伎一部"⑤；等等。

　　帝王、达官往往在酒宴中以音乐助兴，在酒酣耳热之际各施才艺以消遣，或抒发心中激情。

　　《续晋阳秋》载：

　　　　袁山松善音乐。北人旧歌有《行路难曲》，辞颇疏质。山松好之，乃为文其章句，婉其节制。每因酒酣，从而歌之，听者莫不流涕。⑥

　　《陈书·章昭达传》载：

　　　　每饮会，必盛设女伎杂乐，备尽羌胡之声，音律姿容，并一时之妙，虽临对寇敌，旗鼓相望，弗之废也。⑦

---

① 　姚思廉：《梁书》卷八，中华书局，1973 年，第 168 页。
② 　李延寿：《南史·徐勉传》卷六十，中华书局，1975 年，第 1485 页。
③ 　姚思廉：《陈书·周敷传》卷七，中华书局，1972 年，第 201 页。
④ 　姚思廉：《陈书·周炅传》卷七，中华书局，1972 年，第 205 页。
⑤ 　姚思廉：《陈书·陈慧纪传》卷一五，中华书局，1972 年，第 220 页。
⑥ 　余嘉锡：《世说新语笺注》，上海古籍出版社，1993 年，第 757 页。
⑦ 　姚思廉：《陈书》卷一一，中华书局，1972 年，第 184 页。

可见,吴声、西曲文人歌辞创作兴起与魏晋时期的相和三调有些类似:其一,音乐文化背景相似,二者都是当时的新声俗曲,是娱乐音乐的主流,且风行朝野。其二,均受帝王爱好和积极倡导。当时魏武帝、文帝、明帝皆好相和三调俗曲,魏武帝尤好"一人唱三人和"的但歌。南朝帝王也均喜爱吴歌、西曲,尤其是梁武帝、陈后主,都亲自创制曲调和歌辞。其三,歌辞的生存状态相同。既能配乐歌唱,也有文本流传。所以吴歌、西曲歌辞的社会文化功能与相和三调基本相同。这些歌辞具有重娱乐、重抒情、重现世等诸项功能,往往强调反映现世享乐、注重表现女色艳情,形式上则保持民歌体制。

四、结论

通过对仪式歌辞与娱乐歌辞演唱及其文化功能的分析可知,文人歌辞的生存状态与其承载的社会文化功能是息息相关的。

其一,歌辞生存的音乐环境制约着歌辞的文化功能。郊庙歌辞、燕射歌辞、鼓吹曲辞等用以配合朝廷重大仪式活动的仪式音乐,通过宫廷典雅音乐与这些歌辞的配合,在钟磬等仪式乐器典雅、中和之音中,歌辞中神明、王化与伦理的感召力量才能被充分地显示出来。相和三调与吴声、西曲本来就是来自民间的音乐,是在丝竹更相和的基础上丰富起来的,是广大平民在民间反复歌唱的实践中对人的自然生命体验的艺术升华,因此,其本身就具有强烈的抒情品质和宣泄效果。丝竹作为其主乐器,音律幽雅悦耳。这种音乐品质具有极强的艺术感染力,最适合表现人的世俗情感,也最适合用来娱乐消遣。

　　其二，歌辞的生存方式和社会文化功能对歌辞内容、风格均有重大影响。仪式音乐歌辞主要用以配合仪式音乐，在国家重大的仪式活动中表演歌唱。歌辞的文化功能突出人神之欢、体现王化之德、歌颂开国之功，因此，歌辞内容大多典重板滞，体式多用四言正格，而非五言流调。相和三调、吴声西曲等娱乐音乐歌辞则是在各种轻松的酒宴娱乐场合表演的，其社会文化功能主要在于娱乐消遣、抒情泄愤，因此，歌辞内容往往表现人生的现世百态：战乱、行军、人生、求仙、男女、饮食无所不及，尤其以表现世俗生活为其优势，体式格调则常用"五言流调"的民歌体。

　　其三，歌辞的生存方式和文化功能在一定程度上影响着歌辞的传播和接受。《乐府诗集》所列十二类歌辞中，涉及魏晋南北朝文人歌辞的有"郊庙歌辞""燕射歌辞""鼓吹曲辞""横吹曲辞""相和歌辞""清商曲辞""舞曲歌辞""琴曲歌辞""杂曲歌辞"九类。南朝文人拟作较多者是"相和歌辞""清商曲辞""杂曲歌辞""鼓吹曲辞""横吹曲辞"等几类。"郊庙歌辞""燕射歌辞"因其庄严典重，从汉代以来皆为朝廷敕作，很少有文人敢私自拟作这些歌辞。鼓吹曲辞，从曹魏开始被雅化，用于朝廷仪式音乐后，梁陈文人拟作较多的是"汉短箫铙歌十八曲"，没有人拟作魏晋到南朝各代被雅化的仪式性鼓吹曲辞。横吹曲辞，相传李延年二十八解之"始辞"早已不存，所拟者皆后世歌辞，陈代文人拟辞最多。相和歌辞则历代相沿不绝，文人拟作最多，其次为吴歌西曲。在诗歌史上，相和三调、吴歌西曲等清商曲辞、杂曲歌辞这些娱乐性音乐歌辞，长期以来一直受到文人的关注和模拟，并形成歌辞创作的一大宗。乐府歌辞传播和接受中的这些现象，不是偶然的，当与这些歌辞的生存状态和文化功能有密切关系。

魏晋南北朝文人歌辞传播与诗歌史意义

　　从接受美学与传播学角度看,完整意义上的文学则包含着创作、传播、接受三个基本环节。文学作品的形式与功能,在一定程度上由三者之间的作用及其作用方式所决定。因此,对文学作品的传播方式进行探讨应当是文学研究的重要内容。就音乐文学的歌辞言,因其具有多个层面的意义与功能,且这些意义与功能又是通过不同的传播方式发生作用的,因此,从传播方式角度揭示歌辞多元的文化功能,分析不同传播方式中歌辞各种文化功能的分化与转移,将对歌辞文学的特殊性和多元性特质有更为深入的认识。

一、口头传播与文本记录：文人歌辞两种基本传播方式

1.口头传播

　　所谓口头传播是指歌辞授诸接受者的听觉器官的传播,一般分为歌唱与吟诵两种方式。

　　前文讨论的所有入乐歌辞的歌唱皆属口头传播,此不赘述。演唱歌辞的传播,就辞乐配合看,有的通过选辞配乐的方式进行,如曹操的大部分歌辞都是先作辞然后通过乐工的配乐而成乐章。《三国志·魏书·武帝纪》裴松之注载:"(太祖)御军三十余年,

手不舍书,昼则讲武策,夜则思经传,登高必赋,及造新诗,被之管弦,皆成乐章。"①又如曹植"明月照高楼"一篇,《曹植集》《文选》皆称"七哀诗",《玉台新咏》称"杂诗"。可见,其始是名为《七哀诗》的徒诗。沈约《宋书·乐志》称楚调怨诗《明月》篇,注明"东阿王词七解"②。《古今乐录》曰:"《怨诗行》歌东阿王'明月照高楼'一篇。"③从《宋书·乐志》《古今乐录》所载看,曹植此诗曾被配以楚调曲歌唱。曹植《置酒高殿上》本为瑟调曲《野田黄雀行》歌辞,又曾配合瑟调曲《门有车马客行》、相和六引《箜篌引》曲调歌唱。这些复杂情况都是乐工们在选辞配乐过程中宰割辞调的结果。有的则是当场即兴作辞歌唱。如上文引《三国志·魏书·王粲传》引《文士传》:阮瑀"遂抚弦而歌,因造歌曲曰:奕奕天门开,大魏应期运。青盖巡九州,在东西人怨。士为知己死,女为悦者玩。恩义苟敷畅,他人焉能乱?"又如《南齐书·王敬则传》载,仲雄于御前鼓琴作《懊侬曲歌》曰:"常欢负情侬,郎今果行许!"④阮瑀"抚弦而歌,因造歌曲"和王仲雄鼓琴而作《懊侬曲歌》都是即兴作辞歌唱。

　　从创作心态言,选辞配乐的歌辞,其始并不一定就是为配乐而作辞,也许原本就是徒诗。而即兴作辞则从一开始就是为了配乐歌唱,没有乐工加工的环节,歌辞与乐调从一开始就是共存的,这就要求辞作者有很高的音乐修养。但是,若从传播方式言,二者一旦配乐歌唱后,就都具备了音乐的特性,其音乐的听觉效果

---

① 陈寿:《三国志·魏书》卷一,中华书局,1959 年,第 54 页。
② 沈约:《宋书》卷二一,中华书局,1974 年,第 623 页。
③ 郭茂倩:《乐府诗集》卷四一,中华书局,1979 年,第 610 页。
④ 萧子显:《南齐书》卷二六,中华书局,1972 年,第 485 页。

和节奏旋律成为其主要的属性。换言之,歌辞是为了更好地展示音乐效果而存在的,主要的文化功能是其音乐性,字面蕴藏的文学意义是附属于音乐性之中的。人所共知的相和三调歌辞的配乐,就有乐工们宰割辞调、拼凑成章的情形,这其实就是歌辞服从乐调的例证。① 从现存《乐府诗集》"相和三调"歌辞中"本辞"与"乐奏辞"二者的差别可以看到乐工加工改造的痕迹。

歌辞的口头传播除歌唱外还有吟诵。吟诵,在魏晋南北朝已经成为一种较为普遍的社会风气和诗文传播方式。

刘敬叔《异苑》载:

> 晋怀帝永嘉中,徐奭出行田,见一女子,姿色鲜白,就奭言调。女因吟曰:"畴昔聆好音,日月心延伫。如何遇良人,中怀邈无绪?"奭情既谐,欣然延至一屋,女施设饮食而多鱼,遂经日不返。兄弟追觅至湖边,见与女相对坐。兄以藤杖击女,即化为白鹤,翻然高飞。奭恍惚,年余乃差。②

《世说新语·文学》载:

> 袁虎少贫,尝为人佣载运租。谢镇西经船行,其夜清风朗月,闻江渚间估客船上有咏诗声,甚有情致,所诵五言,又其所未尝闻,叹美不能已。即遣委曲讯问,乃是袁自咏其所

① 余冠英:《乐府歌辞的拼凑与分割》,《国文月刊》1947 年第 11 期;又见余冠英《汉魏六朝诗论丛》,上海古典文学出版社,1956 年,第 26 页。
② 王根林校点:《汉魏六朝笔记小说大观》,上海古籍出版社,1999 年,第 665—666 页。

作《咏史》诗。因此相要,大相赏得。

刘孝标注引檀道鸾《续晋阳秋》曰:

　　谢尚时镇牛渚,乘秋佳风月,率尔与左右微服泛江,会虎(袁宏)在运租船中讽咏,声既清会,辞又藻拔,非尚所曾闻,遂住听之,乃遣问讯。答曰:"是袁临汝郎诵诗。即其《咏史》之作也。"尚佳其率有胜致,即遣要迎,谈话申旦。自此名誉日茂。①

《晋书·文苑传》载:

　　(顾恺之)又为吟咏,自谓得先贤风制。或请其作洛生咏,答曰:"何至作老婢声!"义熙初,为散骑常侍,与谢瞻连省,夜于月下长咏,瞻每遥赞之,恺之弥自力忘倦。瞻将眠,令人代己,恺之不觉有异,遂申旦而止。②

《南齐书·王俭传》载:

　　上曲宴群臣数人,各使效伎艺,褚渊弹琵琶,王僧虔弹琴,沈文季歌《子夜》,张敬儿舞,王敬则拍张。俭曰:"臣无所

---

① 余嘉锡:《世说新语笺疏》,上海古籍出版社,1993年,第268页。
② 房玄龄等:《晋书》卷九二,中华书局,1974年,第2405页。

解,唯知诵书。"因跪上前诵相如《封禅书》。①

《隋书·经籍志》著录屈原《楚辞》曰:

> 隋时有释道骞,善读之,能为楚声,音韵清切,至今传《楚辞》者,皆祖骞公之音。②

隋代释道骞所为"楚声"非歌唱之声音,而是用楚地方言声腔诵读《楚辞》。说明诵读在隋代是《楚辞》传播的主要方式。

因为吟诵在魏晋,尤其在南朝的盛行,所以是否便于诵读已经成为当时诗文创作必须考虑的重要因素之一,如《颜氏家训·文章》载:

> 沈隐侯曰:文章当从三易。易见事,一也;易识字,二也;易读诵,三也。③

口头传播是一种最直接、最感人的传播方式,最易于让人们所接受,传播效果也是最佳的。口头传播很早就成为歌辞最基本、最主要的传播方式。古人云"饥者歌其食,劳者歌其事",就是因为歌唱能最直接、最真切地传达人们的思想情感。《毛诗序》曰:"情动于中而形于言,言之不足故嗟叹之,嗟叹之不足故咏歌

---

① 萧子显:《南齐书》卷二三,中华书局,1972 年,第 435 页。
② 魏征等:《隋书》卷三五,中华书局,1973 年,第 1056 页。
③ 颜之推:《颜氏家训》,《诸子集成》本,上海书店,1986 年,第 21 页。

之,咏歌之不足不知手之舞之足之蹈之也。"①长期以来,人们对口
头传播的直接性和时效性都是很重视的。

傅毅《舞赋序》曰:

> 玉曰:臣闻歌以咏言,舞以尽意。是以论其诗,不如听其
> 声,听其声,不如察其形。②

《大将军西征赋序》曰:

> 主簿(崔)駰言,愚闻昔在上世,义兵所克,工歌其诗,具
> 陈其颂。书之庸器,列在明堂,所以显武功也。③

江淹《杂体诗序》曰:

> 又贵远贱近,人之常情;重耳轻目,俗之恒蔽。④

尽管吟诵是口头传播之一种,但吟诵传播中的音乐性已经渐
渐淡化,不再像歌辞入乐那样受旋律的制约。在传播的效果上吟
诵追求时效性和直观性,在传播的内容上追求歌辞所蕴涵的字面
意义。虽然也有吟诵者的音调技巧对强化文本内涵的感染力和

---

①　《毛诗正义》,《十三经注疏》本,上海古籍出版社,1997 年,第 270 页。
②　李善注:《文选》卷一七,上海古籍出版社,1986 年,第 795 页。
③　欧阳询:《艺文类聚》卷五九,上海古籍出版社,1982 年,第 1068—1069 页。
④　胡之骥:《江文通集汇注》卷四,中华书局,1984 年,第 136 页。

传播效果的影响,也还有吟诵者对悦耳的声音和抑扬的节奏等吟诵技巧本身的追求。但是,在吟诵传播方式中,歌辞本身的意义内涵和情感成分较歌唱传播进一步得到强化。

2.文本传播

文本传播是指歌辞离开音乐环境以文本形式进行的传播。魏晋南北朝时期的文本传播主要以歌辞集、文人总集、别集等方式进行。

第一,歌辞集。魏晋南北朝时期的歌辞结集情况可从《隋书·经籍志》得知其大概:

  (1)《古乐府》八卷。
  (2)《乐府歌辞抄》一卷。
  (3)《歌录》十卷。
  (4)《古歌录抄》二卷。
  (5)《晋歌章》八卷(梁十卷)。
  (6)《吴声歌辞曲》一卷(梁二卷)。
  (7)《陈郊庙歌辞》三卷(并录,徐陵撰)。
  (8)《乐府新歌》十卷(秦王记室崔子发撰)。
  (9)《乐府新歌》二卷(秦王司马殷僧首撰)。

此外,在《吴声歌辞曲》下有一段小字著录曰:

  又有《乐府歌诗》二十卷,秦伯文撰;《乐府歌诗》十二卷,《乐府三校歌诗》十卷,《乐府歌辞》九卷;《太乐歌诗》八卷,《歌辞》四卷,张永记;《魏燕乐歌辞》七卷,《晋歌章》十卷;又《晋歌诗》十八卷,《晋燕乐歌辞》十卷,荀勖撰;《宋太始祭高禖歌辞》十一卷,《齐三调雅辞》五卷,《古今九代歌诗》七卷,张湛撰;《三调相和歌辞》五卷,《三调诗吟录》六卷,《奏鞞铎舞曲》二卷,《管弦录》一卷,《伎录》一卷,《太乐备问钟铎律奏舞歌》四卷,郝生撰。……又有鼓吹、清商、乐府、燕乐、高禖、鞞、铎等歌辞舞录,凡十部。①

其中张永为刘宋人,曾撰《元嘉正声技录》;郝生是西晋乐工,晋泰始十年参与荀勖定乐活动,《宋书·律历志》有记载;张湛是东晋人,《北史》卷三四有传。其余歌辞集著录结集的时间和作者均不知。《隋书·经籍志》于其后接着著录陈、隋三部歌诗集,由此可以断定这些歌辞集当在南朝宋、齐、梁三代结集而成。《隋书》在《周易系辞义疏》下小字书名后出"校勘记"云:"这些书当时未列入存书目录,当已亡佚。以下类似情况不再出校记。"②可见,小字所列书名当时已亡。但是,它告诉我们魏晋以来的表演歌辞皆有文本形态存在。从这些文本的结集意图看,显然是为了歌唱的需要,是乐工、歌伎表演的脚本。这些歌辞集是否曾以文本形式在社会上流传不得确知,但从《乐府歌辞抄》《古歌录抄》等歌辞集抄本可推测,至少在齐梁时代有传抄歌集的风气。退一步说,不管这些歌辞集是否曾以歌本流传,其结集后,它在客观上已经具备了诗歌文本的功能,即具备了歌辞的文本意义和文学性质。

第二,总集。从《隋书·经籍志》著录看,最早的总集当是挚

---

① 魏征等:《隋书》卷三五,中华书局,1973 年,第 1085 页。
② 魏征等:《隋书》卷三二,中华书局,1973 年,第 948 页。

虞《文章流别集》四十一卷,谢混《文章流别本》十二卷等。从挚虞《文章流别论》看,其中已包括歌辞在内,他将诗分为三、四、五、六、七、九言,分而论之,并以四言为正体:"诗虽以情志为本,而以成声为节。然则雅音之韵,四言为言(正),其余虽备曲折之体,而非音之正也。"①可惜,挚虞《文章流别集》与谢混《文章流别本》均已不存,现在能见到的最早的总集当是梁代《文选》、陈代《玉台新咏》。这些总集的出现,标志着文人歌辞正式以徒诗的性质流传于社会。

第三,别集。文人别集最早的有楚兰陵令《荀况集》一卷;楚大夫《宋玉集》三卷;《汉武帝集》一卷;汉《淮南王集》一卷。又于"别集"著录后曰:"别集之名,盖汉东京之所创也。自灵均已降,属文之士终矣,然其志尚不同,风流殊别。后之君子,欲观其体势,而见其心灵,故别聚焉,名之为集。辞人景慕,并自记载,以成书部。"②可见,这些早期的别集大多为后人所集。《隋书》推断别集出现的时间为东汉,但史载不详。《后汉书·光武十王传》东平王苍传所载值得注意:

　　(建初八年)正月薨,诏告中傅,封上苍自建武以来章奏及所作书、记、赋、颂、七言、别字、歌诗,并集览焉。③

这里"并集览"大概是将东平王苍生前的章奏、书、记、赋、颂、

---

① 欧阳询:《艺文类聚》卷五六第 1018 页"四言为言"之"言",《全晋文》卷七七作"正"。
② 魏征等:《隋书》卷三五,中华书局,1973 年,第 1081 页。
③ 范晔:《后汉书》卷四二,中华书局,1965 年,第 1441 页。

七言、别字、歌诗等集成一集以备观览吧。这大概就是别集产生的前期情况。

　　汉末曹魏时期对别集则开始有明确记载。《三国志·魏书》吴质传注引《魏略》曰：

　　二十三年，太子又与质书曰："岁月易得，别来行复四年。三年不见，东山犹叹其远，况乃过之，思何可支？虽书疏往反，未足解其劳结。昔年疾疫，亲故多离其灾，徐、陈、应、刘，一时俱逝，痛何可言邪！昔日游处，行则同舆，止则接席，何尝须臾相失！每至觞酌流行，丝竹并奏，酒酣耳热，仰而赋诗。当此之时，忽然不自知乐也。谓百年已分，长共相保，何图数年之间，零落略尽，言之伤心。顷撰其遗文，都为一集。观其姓名，已为鬼录，追思昔游，犹在心目，而此诸子化为粪壤，可复道哉！观古今文人，类不护细行，鲜能以名节自立。"①

《三国志·魏书·陈思王传》载：

　　景初中诏曰："陈思王昔虽有过失，既克己慎行，以补前阙，且自少至终，篇籍不离于手，诚难能也。其收黄初中诸奏植罪状，公卿已下议尚书、秘书、中书三府、大鸿胪者皆削除之。撰录植前后所著赋颂诗铭杂论凡百余篇，副藏内外。"②

———————————
① 陈寿：《三国志·魏书》卷二一，中华书局，1959年，第608页。
② 陈寿：《三国志·魏书》卷一九，中华书局，1959年，第576页。

由此知,汉末建安时期文人收集诗文编成别集的风气已经很盛行了。关于魏晋南北朝文集的情况,朱迎平《汉魏六朝文集的演进和流传》①、徐有富《先唐别集考述》②论述较详细。在此引朱文《隋书・经籍志》别集类汉魏六朝文集的著录统计表,以见其概略:

朝代	西汉	东汉	三国	西晋	东晋	宋	齐	梁	北魏	北齐	北周	陈	隋	总计
时间	230	195	60	36	102	60	21	55	150	27	23	32	37	824
别集	30	65	70	125	251	168	56	98	8	3	8	26	18	928

此表数据也许有不准确处,但它能清晰展示出汉魏六朝文集流传的基本事实。从此表可以看出文集从曹魏以后迅速增长的趋势。

曹魏以后文集的兴盛是多方面原因使然,诸如文人创作热情的高涨、文学活动的繁荣、文学创作的社会地位开始提高并得到社会普遍认可等,皆是其原因。若从文集接受者言,文人读书传抄之风的兴起当是文集得以广泛流传的又一重要原因。

张舜徽《汉书艺文志通释》"儒家言"曰:

　　昔之读诸子百家书者,每喜撮录善言,别抄成帙。《汉志・诸子略》儒家有《儒家言》十八篇,道家有《道家言》二

---

① 　朱迎平:《古典文学与文献论集》,上海财经大学出版社,1998 年。
② 　南京大学《古典文献研究》总第五辑。

篇，法家有《法家言》二篇，杂家有《杂家言》一篇，小说家有《百家》百三十九卷，皆古人读诸子书时撮抄群言之作也。可知读书摘要之法，自汉以来然矣。①

自南北朝以来，抄书成为读书人一种普遍的风气，朝廷还设置"抄撰学士"之官以掌抄撰之务。在传抄内容方面，不仅抄经史，群书皆抄，诗文尤多。这样，有效扩大了文人诗歌文本流传的范围和影响。如"（徐）摛子陵及信并为抄撰学士"②；庾于陵"与谢朓、宗夬抄撰群书"③；陈代皇太子陈叔宝"以子集繁多，命瑜抄撰"④。

《梁书·王筠传》载：

> 余少好书，老而弥笃，虽偶见瞥观，皆即疏记，后重省览，欢兴弥深，习与性成，不觉笔倦。自年十三四，齐建武二年乙亥至梁大同六年，四十六载矣。幼年读五经皆七八十遍。爱《左氏春秋》，吟讽常为口实，广略去取，凡三过五抄。余经及《周官》《仪礼》《国语》《尔雅》《山海经》《本草》并再抄。子史诸集皆一遍。未尝倩人假手，并躬自抄录，大小百余卷。不足传之好事，盖以备遗忘而已。⑤

---

① 张舜徽主编：《二十五史》（三编），岳麓书社，1994 年，第 785 页。
② 李延寿：《北史·庾信传》卷八三，中华书局，1974 年，第 2793 页。
③ 姚思廉：《梁书·庾于陵传》卷四九，中华书局，1973 年，第 689 页。
④ 姚思廉：《陈书·陆瑜传》卷三四，中华书局，1972 年，第 463 页。
⑤ 姚思廉：《梁书》卷三三，中华书局，1973 年，第 486 页。

　　王筠说"不足传之好事",说明当时很多抄撰之本皆有"传之好事"的用途,是诗文广泛传播的有效手段之一。如左思写成《三都赋》,豪贵之家竞相传写,洛阳为之纸贵,就是以传抄作为传播方式的。《世说新语·文学》第79条载:

　　　　庚仲初作《扬都赋》成,以呈庾亮。亮以亲族之怀,大为其名价云:"可三《二京》,四《三都》。"于此人人竞写,都下纸为之贵。

第90条载:

　　　　裴郎作《语林》,始出,大为远近所传。时流年少,无不传写,各有一通。①

《南史·后妃传》载:

　　　　(宋孝武帝殷淑仪死后)谢庄作哀策文奏之,帝卧览读,起坐流涕曰:"不谓当今复有此才。"都下传写,纸墨为之贵。②

以上材料说明,南朝传抄之风十分盛行,已经成为诗文传播的重要手段。

① 　余嘉锡:《世说新语笺疏》,上海古籍出版社,1993年,第258、269页。
② 　李延寿:《南史》卷一一,中华书局,1975年,第324页。

东晋末桓玄废晋安帝的诏书曰：

> 古无纸，故用简，非主于敬也。今诸用简者，皆以黄纸代之。①

又陆云《与兄平原书》：

> 前集兄文为二十卷，适讫一十，当黄之。书不工，纸又恶，恨不精。②

一旦好作品传世，人人竞相传抄，都下纸为之贵。曹之《中国古籍编撰史》对《晋书》涉及文字载体的内容进行统计中发现：《晋书》所记文字载体凡十七处，其中一处为绢，十六处为纸，说明纸张在南朝已基本普及。③ 纸张的普及为文集的传抄流传提供了便利的物质条件，这是文本广泛流传的物质基础，文人歌辞也因之而流传广远。

《隋书·经籍志》所载书籍，多有传抄本流传：宋临川王刘义庆撰《集林》一百八十卷有《集林抄》十一卷；孔逭撰《文苑》一百卷有《文苑抄》三十卷；《妇人集》二十卷有《妇人集抄》二卷；谢灵运《诗集》五十卷有《诗集抄》十卷；《古诗集》九卷有《六代诗集抄》四卷；《古乐府》八卷有《乐府歌辞抄》一卷；《歌录》十卷有《古

---

①　徐坚：《初学记·文部·纸》，中华书局，2004年，第517页。
②　黄葵点校：《陆云集》，中华书局，1988年，第147页。
③　曹之：《中国古籍编撰史》，武汉大学出版社，1999年，第116页。

歌录抄》二卷。①

　　文集是随着文人大量创作而出现的。魏晋文集数量的增多，说明诗歌文本传播在汉末魏晋已经比较流行的事实。这些个人别集中自然包括了文人的歌辞作品。由此可见，社会对文人诗文文本传播方式的普遍认同，也包括对部分歌辞作品文本意义的认同。在魏晋文人诗歌文本开始流传之际，入乐的文人歌辞却一直还在相和三调乐曲中广泛流传。这一现象告诉我们，魏晋时期文人入乐歌辞一开始就存在入乐歌唱与文本阅读两种基本传播方式并存的局面。从生存状态言，文人歌辞在魏晋这一历史时期也具有辞乐共生与辞乐分离两种方式，后来文人歌辞的这两种传播方式一直延续着，南朝文人吴声、西曲歌辞的传播就是如此。

二、歌辞文本记录与文人歌辞功能的转移与分化

　　魏晋时期歌辞文本以专题歌辞集和个人文集的面貌呈现于社会，开始了其文本记录传播的历史。

　　第一种是专题歌辞集。从结集者意图看，专题歌辞集主要是为了乐工、歌伎平时练习的需要而出现的，可以视为演唱的脚本。因为是演唱脚本，其流传当仅限于乐工、歌伎或者宫廷音乐机关之内，在社会上广泛流传的可能性不大。但是，歌辞文本一旦出现，在客观上已经具备了文本阅读传播的可能，也具有文本传播的性质。尤其是当这些歌辞所配音乐失传而歌辞集还留存于世时，这些歌辞就是完全意义上的文本传播了。如南朝时期，在相

---

① 魏征等：《隋书》卷三五，中华书局，1973 年，第 1082—1085 页。

和三调音乐曲调大多失传的音乐背景里相和三调歌辞却一直在广泛传播。其实,这种传播当是纯文本意义上的。

第二种是存于个人文集中的辑录歌辞。这种文本形式,从结集意图看,已超越了音乐的限制,完全是从歌辞文本内容和意义层面着眼的,尽管结集者知道此歌辞现在或曾经能配乐歌唱。也就是说,歌辞一旦进入文人文集,其音乐属性已经不是主要的了。而歌辞文本中蕴藏的文学意义,或者说诗性意义开始凸显,成为其主要承载的文化功能。而此时,在音乐文化环境中所显示的音乐属性,已经被其诗性意义所障蔽,仅仅只留下一些歌辞入乐时形式上的痕迹,如题目上的"行""吟""歌""叹",语面结构上的歌辞体式,等等。文人文集结集的主要目的,从作者言,一是扩大社会影响,提高自己的诗名;二是作为自我生命延续的方式流传后世以求不朽。从接受者言,则主要是学习和师法。可见,不论作者还是读者,其意图均在其文本性,而非其音乐性。即从文本传播的社会功能上就已经规定了文本中的歌辞主要是用于阅读,而不是用于歌唱的。

以上两种歌辞文本记录,从实质上已经改变了文人歌辞的传播方式,使文人入乐歌辞在入乐演唱外,又多了文本阅读的方式,从而构成魏晋时期入乐文人歌辞入乐演唱与文本阅读并存的局面。这种局面也营造了入乐文人歌辞辞乐共生与辞乐分离的两个生存空间。魏晋时期文人歌辞生存方式与传播方式的多元化格局,对文人歌辞文化功能提出了新的要求。具体言,要求文人歌辞在音乐文化环境中要具有音乐性质,而在文本阅读的环境中又要具有诗性意义。文人歌辞本身所具有的这些文化功能在不同的文化空间开始分化、转移。文本传播是在音乐传播的传统方式外的新生之物,所以文人歌辞从音乐意义向歌辞诗性意义的转移尤其引人注目:它给歌辞创作方式和诗歌创作方式均带来了新内容,也给中国诗歌史带来诸多的冲击,从而使中国诗歌发展获得诸多创新、变化的历史机遇。如魏晋时期因文人拟乐府的兴起而徒诗化渐趋明显的发展趋势、文人非入乐拟歌辞的蓬勃发展、南朝宫体诗的风靡,等等,均与魏晋时期文人歌辞传播方式的变革有着或直接或间接的关系。诗歌史上诸多思潮风气的出现,也在一定程度上受到诗歌生存环境和传播方式等物质性条件的制约和影响。

三、魏晋时期文本传播方式的诗歌史意义

关于魏晋时期文本传播方式的诗歌史意义,尝试言之有如下诸端:

其一,魏晋时期文本传播的出现带来了文人歌辞创作内容的变革。魏晋时期歌辞在辞乐配合方式上可分为选辞配乐与依声填辞两种。这也是中国古代出现很早且一直延续的两种辞乐配合的基本方式。在音乐环境中即兴作辞歌唱属于依声填辞;先作诗再由乐工配乐则属于选辞配乐。依声填辞,音乐对歌辞制约更强;选辞配乐,因为还有乐工的环节,相对宽松一些。不管为何种方式,既然是创作歌辞,都得按照歌辞配乐的基本要求拟辞。所以,汉末建安时期的作者,如曹操横槊赋诗,被之管弦皆成乐章,看起来作诗是很随意的,其实,曹操所作皆为汉代乐府古调,还是存在音乐的潜在影响。但是,随着文本意识的增强,建安文人作品结集开始多起来,文人创作歌辞渐渐开始出现新的变化:一方

面,按古曲调拟写歌辞;一方面,则开始注重歌辞的内容。如曹操往往"以乐府题叙汉末事"(王士祯《带经堂诗话》卷四)。曹植创作歌辞则更是在内容、形式上追求新变。他已经不再单纯地将歌辞视为配乐歌唱的附属品,而是尝试着用歌辞体诗歌来表达自己内心世界的情绪,将之作为表现自己艺术才华的载体。这样,在一定程度上扩大了歌辞体的表现范围,故此,曹植很多歌辞都是不入乐的。如:曹操拟《薤露》古辞作"惟汉二十二世"篇于魏乐中演奏,曹植则根据曹操第一句歌辞作《惟汉行》,没有入乐的记载;魏武帝《苦寒行》到西晋于清调曲中演奏,曹植拟《苦寒行》为《吁嗟篇》不入乐演奏。曹植拟辞甚多而入乐者却很少,所以,曹植作品在《乐府诗集·杂曲歌辞》类收录较多而《相和三调歌辞》中却很少。他并不因为自己歌辞未曾入乐而减少拟作,相反,他是当时拟作歌辞最多的文人,并且在歌辞内容、体制、语言诸方面进行改造。[1] 这说明他已经不把是否入乐作为歌辞创作的唯一目的。在这种创作方式中,乐曲对歌辞的制约相对宽松一些,文人有更多施展艺术才华的自由空间,因此选辞配乐的作辞方式开始倍受文人关注,得到迅速发展。曹操开其大端而曹植使之蔚成风气,后来陆机沿着曹植的方向继续发展,遂形成中国古代诗歌创作的一大传统。

刘勰《文心雕龙·乐府》曰:

　　子建、士衡咸有佳篇,并无诏伶人,故事谢丝管,俗称乖

---

[1]　改造的具体情形可参胡大雷先生《建安诗人对乐府民歌的改制》,见《中古文学新语》,人民文学出版社,2001年,第211页。

调,盖未思也。①

冯班《钝吟杂录》:

> 古诗皆乐也,文士为之辞曰诗,乐工协之于钟吕为乐。
> 自后世文士或不闲乐律,言志之文,乃有不可施于乐者,故诗
> 与乐画境。文士所造乐府,如陈思王、陆士衡,于时谓之"乖
> 调"。刘彦和以为"无诏伶人,故事谢丝管",则是文人乐府,
> 亦有不谐钟吕,直自为诗者矣。②

《乐府诗集·杂曲歌辞》中的许多辞调都是拟曹植相关歌辞而成
为曲调的。如鲍照、徐陵、庾信等人的《出自蓟北门行》来源于曹
植《艳歌行》"出自蓟北门,遥望胡地桑"。南齐陆瑜《仙人览六著
篇》源于曹植《仙人篇》"仙人览六著,对博太山隅"。鲍照、刘孝
威、庾信等人《结客少年场行》源于曹植《结客篇》"结客少年场,
抱怨洛北邙"。还有《妾薄命》《美女篇》《白马篇》《升天行》等,皆
因曹植的拟作而成为历代文人拟辞不绝的流行曲调。

　　文人歌辞在文本传播流行后所带来的文化功能的分化和转
移,使文人创作歌辞不仅仅只考虑音乐问题,这样才具备改造文
人歌辞创作模式的基本条件。也是因为文本传播的流行,文人歌
辞音乐之外的诗性意义才有可能离开音乐而独立生存于社会,并
得到文人普遍的认同。文人的普遍认同又成为歌辞创作模式变

---

① 范文澜:《文心雕龙注》,人民文学出版社,1958 年,第 103 页。
② 冯班:《钝吟杂录》,丁福保辑《清诗话》,上海古籍出版社,1999 年,第 37 页。

革的契机，有力地刺激着歌辞的变革。在这样的传播、接受链条中，文人歌辞创作开始独立于音乐而显示其文本本身就具有的诗性特质。渐渐地，这种拟歌辞的创作模式作为文人诗歌创作的重要内容被代代相沿，成为诗歌创作的一大传统题材，并在不同历史时代里时时注入时代的新内容，受时代新风气所熏染。

　　其二，魏晋时期文本传播的出现带来了文人歌辞生存方式的变革。配乐歌唱或口头吟诵为主的文人歌辞除口头传播生存外，又多了一种文本阅读的生存方式。这两种生存方式在魏晋一百多年的时间里是并行发展的。这种并存的格局为文人歌辞在两种不同生存空间展示其不同的文化功能提供了文化环境，也为文人歌辞与徒诗的互相交叉渗透提供了条件。文人歌辞同时生存于两种文化空间，并在不同空间承载着不同的文化功能，使文人歌辞的多元性文化特征得到充分体现。另外，由于文人歌辞的两栖生存方式，使其在流传中的面貌呈现出多样性：有时候以歌辞面貌出现，而有时候却又以徒诗面貌出现，久而久之，接受者就很难判定其性质。所以，后世文献中对一首诗有的著录为徒诗，有的著录为乐府，正如徐世溥《榆溪诗话》所云：

　　汉《折杨柳》"默默独行行"与大曲《满歌行》"为乐未几时"，杂曲之《伤歌之行》"昭昭素明月"，皆曹氏兄弟诗也。《君子行》"周公下白屋，吐哺不及餐"思王集载之，明是思王作，而梅禹金收入汉乐府。又《善哉行》"仙人王乔，奉药一丸。惭无灵辄，以报赵宣。淮南八公，要道不烦"，此确然子建作,而钟伯敬《诗归》选入古辞,并非也。①

曹植的《七哀诗》也是如此,魏晋文人歌辞中诸如此类还可以举出一些。这种矛盾其实反映了文人歌辞在当时的多元化特质和两栖性生存方式。汉魏古诗与乐府诗一直存在真伪辨别的争论,其实也与歌辞文本传播出现后歌辞两栖性生存状态以及多元化文化功能的分化、转移有很大关系。

其三,魏晋时期文本传播的出现带来了诗歌观念的变革。文人歌辞的文本阅读传播方式对文人诗歌观念产生了深远的影响。由于歌辞文本传播的事实,歌辞中原来负载的诗性意义,不需要音乐表演也可以得以发挥,于是引发文人对歌辞本质意义的重新思考,歌辞的文本意义也开始受到社会普遍重视。人们开始细致分辨入乐歌辞与非入乐歌辞的区别与联系,并逐渐将二者分别开来。从魏晋时期文人论述诗歌时对诗歌体裁的分类可以看出诗歌与乐府逐渐分别的迹象。挚虞在《文章流别论》中将诗歌分为三、四、五、六、七、九言,还从协韵入乐的角度对之进行分析,认为"九言者,不入歌谣之章,故世希为之"②。陆云《与兄平原书》云:"张公箴诔自过五言诗耳。但云自不便五言诗,由己而言耳。……故自为不及,诸碑箴辈甚极,不足与校,歌亦平平。"③《宋书·田子传》中最早将"乐府"与"诗"分别列举:"所著诗、赋、颂、赞、三言、诔、哀辞、祭告请雨文、乐府、挽歌、连珠、教记、白事、

---

① 徐世溥:《榆溪诗话》,《丛书集成初编》本,第 12 页。
② 严可均:《全晋文》卷七七,中华书局,1958 年,第 1905 页。
③ 黄葵点校:《陆云集》,中华书局,1988 年,第 143 页。

笺、表、签、议一百八十九首。"①可以说,魏晋文人歌辞文本传播的进一步普及,带来了社会对歌诗与徒诗不同社会功能认识的深化。歌诗与徒诗开始分别,徒诗观也逐渐明晰。另外,由于徒诗观的逐渐明晰,社会评价文人歌辞时也多从诗义性角度着眼,强调其言情表义功能和华丽的词彩。如吴质《答魏太子笺》评曹丕"摛藻下笔,鸾龙之文奋矣"②;曹植《文帝诔》评丕为"才秀藻朗,如玉之莹"③;陈寿称曹植"陈思文才富艳,足以自通后叶"④;等等。

当然,中国诗歌在魏晋时期的深刻变革是多种因素的结果:文人普遍摆脱汉代经学传统的束缚、文学的日渐自觉、以诗言情的愿望日趋强烈、言情之诗受到社会普遍关注和认同,以及曹魏政治集团世俗化、平民化的文化政策导向,等等,皆对魏晋诗歌的变革产生了深刻影响。但是,上述所及精神思想领域的变化以及历史对某种精神思想的选择总是受其传播媒介等物质性条件所制约的。传播方式的变革对其所传播的精神思想总是有所选择的。正是在这一层面上,王小盾先生《中国韵文的传播方式及其体制变迁》总结韵文传播研究的意义时说:"如果说每一种诗体都有其物质承担者,那么韵文的历史便可以理解为表演者或传播者的历史。"⑤

---

① 梁约:《宋书·田子传》卷一百,中华书局,1974年,第2452页。
② 李善注:《文选》卷四十,上海古籍出版社,1986年,第1826页。
③ 赵幼文:《曹植集校注》,人民文学出版社,1984年,第342页。
④ 陈寿:《三国志》卷一九,中华书局,1959年,第577页。
⑤ 王小盾:《中国韵文的传播方式及其体制变迁》,《中国社会科学》1996年第1期。

汉魏诗歌的交叉传播与《古诗十九首》的性质及年代的争论

一、历代对汉魏古诗的著录及其矛盾

在《文选》问世之前，汉魏古诗已经存在文本传播。《隋书·经籍志》总集类著录，排在《文选》前的有挚虞《文章流别集》、谢混《文章流别本》、孔宁《续文章流别》《集苑》、刘义庆《集林》、沈约《集钞》、孔逭《文苑》等诗文的合集。《隋书·经籍志》著录这些总集是按类别、时间"次其前后"的，挚虞《文章流别集》也是"自诗赋而下，各为条贯，合而编之"而成的。《晋书·挚虞》载："虞撰《文章志》四卷，注解《三辅决录》，又撰古文章，类聚区分为三十卷，名曰《流别集》，各为之论，辞理惬当，为世所重。"①据《晋书》所言，挚虞《文章流别论》大概原是附于《文章流别集》之后，按照各种文体分别进行评论的，后因摘出别行，才成为文体专论。现存挚虞《文章流别论》中有关于古诗的评论，如"古之诗，有三言四言五言六言七言九言，古诗率以四言为体，而时有一句二句，杂在四言之间，后世演之，遂以为篇。古诗之三言者，'振振鹭，鹭于飞'之属是也，汉郊庙歌多用之。五言者，'谁谓雀无角，何以穿我

---

① 房玄龄等：《晋书·挚虞传》卷五一，中华书局，1974 年，第 1427 页。

屋'之属是也,于俳谐倡乐多用之"①,等等。可见,挚虞《文章流
别集》中应当收录有汉魏古诗。又谢灵运《诗集》《古诗集》《六代
诗集钞》《诗英》等诗集排在昭明太子《古今诗苑英华》之前,这些
诗集其实是谢灵运等编撰的总集,而非谢灵运等个人别集,均有
可能著录汉魏古诗,特别是《古诗集》九卷,当是集中收录的古诗。
可惜这些总集皆已失传,所收具体作品不得而知。钟嵘《诗品》
曰:"陆机所拟十二首,文温以丽,意悲而远,惊心动魄,可谓几乎
一字千金!其外《去者日以疏》四十五首,虽多哀怨,颇为总杂,旧
疑是建安中曹王所制。《客从远方来》《橘柚垂华实》,亦为惊绝
矣!"②可见,钟嵘时代古诗尚存近六十首。

《文选》收录的十九首古诗是目前所见最早的古诗文本,"古
诗十九首"之名也由此而来。随着《文选》影响的扩大,"古诗十
九首"作为一个"诗类"概念广泛被人们所接受。后来,《玉台新
咏》、《北堂书钞》、《艺文类聚》、李善《文选注》、《太平御览》、《乐
府诗集》及历代诗话等诸多文献对汉魏古诗或著录或选录或引
用,其称名却出现了"古诗"或"乐府"的矛盾。③

《文选·杂诗》著录古诗 19 首;南朝陈徐陵《玉台新咏》著录
古诗 16 首,其中 8 首署名枚乘;北周杜台卿《玉烛宝典》引用《迢
迢牵牛星》一首,注明"古乐府";唐虞世南《北堂书钞》引用 5 首,

① 严可均:《全上古三代秦汉三国六朝文》卷七七,中华书局,1958 年,第 1905 页。
② 曹旭:《诗品笺注》,人民文学出版社,2009 年,第 45 页。
③ 各书收录汉魏古诗的具体情况,参拙著《魏晋南北朝乐府歌辞研究》第 447—
451 页之"汉魏古诗流传表",上海古籍出版社,2009 年。

称"青青陵上柏"为"古乐府";唐欧阳询《艺文类聚》引用 20 首，
称"驱车上东门"为"古驱车上东门行";唐徐坚《初学记》引用三
首，皆称"古诗"。北宋《太平御览》引用 14 首，称"上山采蘼芜"
为"古乐府";《乐府诗集》著录三首，"冉冉孤生竹""驱车上东门"
为"杂曲歌辞"，"十五从军征"为"梁鼓角横吹曲"的"紫骝马歌
辞"，并引《古今乐录》注称："十五从军征以下为古诗"。南宋《文
章正宗》收诗 7 首;《事文类聚》收诗 7 首，《合璧事类》收诗 10 首，
二书除"行行重行行"外，余皆称"古乐府";(明)冯惟讷《诗纪》收
29 首，皆称"古诗";刘节《广文选》收 6 首，称"驱车上东门"为"驱
车上东门行";张之象《古诗类苑》收 4 首，皆称"古诗"。

　　以上文献，对"古诗"的著录存在两方面矛盾：一是诗歌作者
的矛盾，如《玉台新咏》著录在枚乘名下的 8 首诗歌，其余文献均
未注明作者;《北堂书钞》称"今日良宴会"为曹植诗，其余文献未
注明作者。二是对诗歌性质判定的矛盾，对同一首诗歌，有的文
献称"古诗"，有的文献称"古乐府"。

　　其实，这种矛盾现象与汉魏古诗的多元生成方式，以及音乐、
文本交叉并行的传播方式有密切的关系。如"古诗十九首"的"驱
车上东门"很可能就是如此，先后著录该诗的有《文选》《艺文类
聚》《乐府诗集》《合璧事类》《广文选》等，除《文选》称"古诗"外，
其余或称"古驱车上东门行"，或称"古乐府"，或称"杂曲歌辞"。
萧统编《文选》时，将"驱车上东门"选入古诗，当有该诗的文本传
播依据，而《艺文类聚》《乐府诗集》将之著录为古乐府，亦当有该
诗入乐歌唱的文献依据。可见，《艺文类聚》《乐府诗集》著录该
诗的可依据当不是《文选》，魏晋南北朝时期，当还有其他文献称
该诗为"古乐府"的。又如"迢迢牵牛星"，《文选》称古诗，《玉台

新咏》称枚乘杂诗，可见，该诗在齐梁时期当以文本传播为主了，
而杜台卿《玉烛宝典》称之为"古乐府"。《玉烛宝典》成书于北周
末、隋初，杜台卿末年双目失明，《玉烛宝典》的文献当是其早年所
见，由此可以推断，"迢迢牵牛星"在北方可能曾作为"乐府"流
传。因古诗多元的生成方式及其音乐、文本交叉并行传播的特
点，致使很多古诗在流传过程中获得了"乐府"和"古诗"的双重
身份。后代文献著录者往往仅依据一种文献著录，导致各种文献
著录的矛盾。明人徐世溥对几首汉魏诗歌作者和性质的意见比
较有代表性。徐世溥《榆溪诗话》云：

> 汉《折杨柳》"默默独行行"与大曲之《满歌行》"为乐未
> 几时"，杂曲之《伤歌行》"昭昭素明月"，皆曹氏兄弟诗也。
> 《君子行》"周公下白屋，吐哺不及餐"思王集载之，明是思王
> 作，而梅禹金收入汉乐府。又《善哉行》"仙人王乔，奉药一
> 丸。惭无灵辄，以报赵宣。淮南八公，要道不烦"，此确然子
> 建作，而钟伯敬《诗归》选入古辞，并非也。①

《折杨柳》"默默"、《满歌行》"为乐未几时"，《宋书·乐志》作古
辞，列为大曲，徐氏认为两首歌辞"皆曹氏兄弟诗"，不知何据；杂
曲《伤歌行》"昭昭素明月"，《文选》卷二七作古辞，《玉台新咏》卷
二作魏明帝辞；《君子行》，曹植《豫章行》有"周公下白屋，天下称
其贤"两句，六臣注《文选》作古乐府，李善注《文选》未收，明梅鼎
祚《古乐苑》作汉乐府；《善哉行》，《宋书·乐志》作古辞，《艺文类

---

① 徐世溥：《榆溪诗话》，《丛书集成初编》重印本，第12页。

聚》卷四一作陈思王植《善哉行》,引干、欢、翩、丸、寒、宣、干、餐等前八韵①,明钟伯敬《诗归》选入古辞。梅鼎祚、钟伯敬、徐世溥三人均为明代人,他们对这些汉魏乐府歌辞的认识虽各有不同意见,但均有一定的文本依据。其实,这种现象也是汉魏乐府古辞在魏晋时期的多种传播方式,而造成的后世对其认识上的矛盾。诚如梁启超所说:"广义的乐府,也可以说和普通诗没有多大分别,有许多汉魏间的五言乐府和同时代的五言诗很难划分界限标准。所以后此总集选本,一篇而两体互收者很不少。"②

二、关于"古诗十九首"性质的讨论

"古诗十九首"在中国诗歌史上的意义和地位历来受到重视,刘勰《文心雕龙》称其为"五言之冠冕",钟嵘《诗品》称其"一字千金",是五言诗成熟的标志。但是,自"古诗十九首"概念形成以来,对其认识就有诸多分歧意见,主要集中在两个问题上:一是"古诗十九首"性质;二是"古诗十九首"作者与创作时间。

"古诗十九首"究竟是文人古诗,还是乐府歌辞?(明)胡应麟《诗薮·内编》曰:"至汉《郊祀十九章》,《古诗十九首》,不相为用,诗与乐府,门类始分,然厥体未甚远也。如'青青园中葵'曷异古风;'盈盈楼上女'靡非乐府。"③在这里,胡应麟主要指出了古

---

① 曹植《善哉行》原文为:"来日大难,口燥唇干。今日相乐,皆当喜欢。径历名山,芝草翩翩。仙人王乔,奉药一丸。自惜袖短,内手知寒。惭无灵辄,以救赵宣。月没参横,北斗阑干。亲友在门,饥不及餐。"

② 梁启超:《中国之美文及其历史》,东方出版社,1996年,第182页。

③ 胡应麟:《诗薮·内编》卷一,上海古籍出版社,1958年,第13页。

诗与乐府门类始分不久,二者之间的相似性,并未明确指出乐府与古诗是不分的。清乾隆年间的朱乾在其《乐府正义》中说:"古诗十九首古乐府也。"①此后,冯班《钝吟杂录》"古今乐府论""正俗篇"皆曰:"《文选注》引古诗多云枚乘乐府,则《十九首》亦乐府也。"②梁启超《中国美文及其历史》、余冠英《汉魏六朝诗论丛·乐府诗选序》、孙楷第《沧州后集》、马茂元《古诗十九首初探》等著作都认为古诗"大都是乐府歌辞"③。遗憾的是,以上学者称《古诗十九首》为乐府,多是从个别乐府歌辞与古诗混杂不清的现象和古诗与乐府在主题、内容及语言整体风格上的相似性而进行的"假定",并未对每首古诗逐一进行考索、辨正。属于类推式和直觉性判定,其结论值得推敲。

近年又有学者重申"古诗十九首"为"乐府"的观点。如刘旭青《〈古诗十九首〉为歌诗辨》,论文根据《沧浪诗话》《诗薮》《钝吟杂录》《汉诗总说》等关于"古诗十九首"为乐府的论述、乐府与古诗概念的关联,以及宋代《事文类聚》《合璧事类》两书收录"古诗十九首"多称"古乐府"的记载,得出结论:"《古诗十九首》曾经就是'入乐可歌之诗'。"④论文的研究思路和方法与此前学者基本一致,可贵的是补充了很多文献资料,但文章以《事文类聚》《合璧事类》两书对"古诗十九首"性质的著录为依据似可商榷。

成书于南宋淳祐年间(1241—1252)的《事文类聚》和成书于宝祐年间(1253—1258)的《合璧事类》两部类书,对"古诗十九

---

① 朱乾:《乐府正义》卷八,乾隆五十四年秬香堂刻线装本。
② 冯班:《钝吟杂录》,《清诗话》本,上海古籍出版社,1963年,第39页。
③ 余冠英:《汉魏六朝诗论丛·乐府诗选序》,商务印书馆,2010年,第7页。
④ 刘旭青:《〈古诗十九首〉为歌诗辨》,《中国韵文学刊》2005年第4期。

首"著录较多,《事文类聚》著录 6 首,《合璧事类》著录 7 首,去其重 3 首,凡 10 首。除"行行重行行"外,余皆称"古乐府"。两书对"古诗"和"乐府"的判定不可信,其文献依据值得怀疑。因为从隋《北堂书钞》到北宋《太平御览》,传世文献当已基本收集齐备。《太平御览》称古诗,《事文类聚》《合璧事类》根据什么称"古乐府"?其实,这两部类书是受郑樵《通志》"乐府"观念的影响所至。郑樵《通志》成书于宋高宗绍兴三十一年(1161),早《事文类聚》《合璧事类》两书近百年。《通志·乐略》曰:"古之诗,今之辞曲也。"这种"诗乐一体"论是郑樵论乐的核心观念,《通志》以此观念著录具体歌辞乐曲。所以著录范围极广,很多徒诗,在《通志》中都被著录成曲调了。如《通志》"遗声序论"曰:"遗声者,逸诗之流也。今以义类相从分二十五正门二十附门,总四百十八曲,无非雅言幽思,当探其目,以俟可考。今采其诗以入系声乐府。"并在"古调二十四曲"中著录"古辞十九曲"(无名氏),接着著录"拟行行重行行"(陆机)①。根据前后联系,其"古辞十九曲"显然是指"古诗十九首"了。有了郑氏的这种观念和将"古诗十九首"著录为"古辞十九曲"的先例,后于此的两部类书就直接将"古诗十九首"著录为"古乐府"了。由此看来,对"古诗十九首"全为乐府的判定,当始于南宋的郑樵。

　　杨合林《〈古诗十九首〉的音乐和主题》一文开宗明义地提出:"《古诗十九首》原是合乐而歌的。"②接着引述朱乾《乐府正义》、隋树森《古诗十九首集释》和余冠英《乐府歌辞的拼凑和分

---

① 　郑樵:《通志》,中华书局,1987 年,第 631 页。
② 　杨合林:《〈古诗十九首〉的音乐和主题》,《文学评论》2011 年第 1 期。

割》等有关诗乐配合实践中宰割辞调现象加以说明,至于"古诗十
九首"合乐的理由,文章并未展开论证,而是将重点放在"古诗十
九首"所合之乐是"以赵音为主体的新声"的论述上。

　　针对以上观点,赵琼琼撰文提出相反意见,文章从创作原则、
组织风格、抒情特点、内在节奏与格律意识等方面对"古诗十九
首"进行了深入分析,认为"古诗十九首"并非为入乐而作、用于表
演和传唱的乐府歌辞,而是文人经过深思熟虑创作的五言徒诗。[①]
文章重点分析了"古诗十九首"与乐府的区别,而忽视了二者的密
切联系。从学理上说,徒诗和乐府虽有各自不同的创作机制,但
在社会用诗活动中,二者之间存在诸多的交叉,如曹植的《七哀
诗》,就曾配楚调《怨歌行》传唱;相反,曹丕的《明津诗》则源于
《长歌行》古歌辞。这些都很难从创作原则和文本特点上做出令
人信服的解释。

　　古诗十九首作为汉魏古诗的代表,其生成方式具有多元性,
其传播方式具有复杂性。对其是否为乐府的判定要根据其生成
方式和传播方式作具体考察。因为古诗十九首并非一开始就是
严整的一组诗,在很长的历史时期,他们都是零散的、杂乱的,不
知作者和诗题的,《文选》编定后才成为一组诗类的概念。关于这
一点,我们从陆机"拟古诗"12 首与《文选》"古诗十九首"的对比
中可以得到说明。西晋陆机曾根据古诗拟作了 12 首,现存于《陆
机集》卷六,《文选》卷三十"杂拟上"也选了这 12 首诗歌。《文
选》与《陆机集》中的 12 首诗歌从编排秩序、诗歌标题到诗歌文句
没有任何差别。而《文选》卷二九选录的"古诗十九首"与陆机所

---

① 　赵琼琼:《〈古诗十九首〉非乐府论》,《浙江学刊》2011 年第 5 期。

拟的 12 首古诗有 11 首标题相同,而这 11 首相同标题的诗歌在二书中的排列顺序却完全不同。① 二者比勘的结果所透示出的信息是:其一,萧统编撰《文选》时陆机的个人文集已经广泛流传,《文选》卷三十"杂拟上"选录的陆机"拟古诗十二首"很可能就是根据陆机个人文集选录的,所以二者没有差别。其二,萧统编撰《文选》时,传世的汉魏古诗远不止十九首,"古诗十九首"是萧统从零散的古诗中选出来的,陆机十二首"拟古诗"也是从零散的古诗中有选择性地拟作。

如上文所述,汉魏古诗的生成方式存在两大类别,即乐府歌辞的徒诗化和文人的徒诗创作。"古诗十九首"亦不例外,至于哪首作品是乐府或古诗,应根据文献著录情况,对每首诗歌作出具体分析,而不能以一首类推其他,因为这些诗歌生成方式和产生时间不同,传播方式也不同。从"古诗十九首"具体作品看,有些作品可能就是乐府,因为后来音乐环境的变化,辞与乐分离,久而久之人们无从认识其乐府身份而归为古诗。如"驱车上东门",《文选》《玉台新咏》称古诗,《艺文类聚》称"古驱车上东门行"、《乐府诗集》称"杂曲歌辞","冉冉孤生竹"《乐府诗集》称"古辞",等等;此外,"迢迢牵牛星"《玉烛宝典》称"古乐府";"青青陵上柏"《北堂书钞》称"古乐府";"明月皎夜光"李善《文选注》称"古乐府"。如果以上著录的文献来源可靠,则此五首诗歌都有入乐的历史,可以认为其性质为乐府。据上文考证,"生年不满百"是简化汉大曲《西门行》古辞而成的古诗。其余作品尚须具体考证。

---

① 陆机"拟古诗"12 首之《拟兰若生朝阳》,《文选》"古诗十九首"中无,其余 11 首全有,且标题也相同。

三、关于《古诗十九首》作者及产生时间的讨论

关于《古诗十九首》产生的时间，主要有两汉说、汉末说和建安说三种。汉末说最通行。李善《文选·古诗十九首》解题曰："并云古诗，盖不知作者，或云枚乘，疑不能明也。诗云：驱车上东门。又云：游戏宛与洛。此则辞兼东都，非尽是乘明矣。"①唐释皎然《诗式》曰："'十九首'辞精义炳，婉而成章，始见作用之功。盖东汉之文体。又如'冉冉孤生竹''青青河畔草'，傅毅蔡邕所作。以此而论，为汉明矣。"②近代学者梁启超、罗根泽、俞平伯、逯钦立、朱自清、陆侃如、游国恩、马茂元、叶嘉莹等人承其说，并进一步将之归结为东汉末年。八十年代以来，李炳海以秦嘉三首《赠妇诗》为参照，推定《古诗十九首》的写作年代，通过《赠妇诗》与《古诗十九首》比勘，认为秦嘉《赠妇诗》写作上明显受《古诗十九首》的影响，并以此断定《古诗十九首》的写作年代应在"公元140年到160年这二十年中，写于后十年的可能性更大"③。

汉末说主要根据有四：一是钟嵘对西汉说的否定。《诗品序》曰："自王、扬、枚、马之徒，词赋竞爽，而吟咏靡闻。"④二是李善《文选》注"辞兼东都，非尽是乘"的论断。三是从文人五言诗发展历史进行的推定。四是《古诗十九首》情感基调与汉末动乱现

---

① 李善注：《文选》，上海古籍出版社，1986 年，第 1343 页。
② 何文焕：《历代诗话》，中华书局，1981 年，第 29 页。
③ 李炳海：《古诗十九首写作年代考》，《东北师大学报》1987 年第 1 期。
④ 曹旭：《诗品笺注》，人民文学出版社，2009 年，第 8 页。

实相吻合。但是,汉末说明显存在几处疑点:其一,对《文心雕龙》"古诗佳丽,或称枚叔,其孤竹一篇,则傅毅之词"①不能解释。其二,对李善《文选》注的误读。前引"古诗十九首"解题,李善对古诗十九首作者是枚乘的说法有质疑,其理由是《青青陵上柏》"游戏宛与洛"之"洛"指东都洛阳,《驱车上东门》之"东门"指东都洛阳最北的头门,两诗"辞兼东都,非尽是乘明矣"。"非尽是乘"即"不全是枚乘"所作。可见,李善是否认"古诗十九首"全为枚乘之作,并未否认"古诗十九首"中有枚乘之作。其三,汉末说对西汉或东汉初中期出现的与古诗风格很相近的乐府古辞,如班婕好《怨歌行》,也不能圆满解释。徐中舒则根据《文选旁证》,认为此诗为颜延年作。② 而六朝的刘勰、钟嵘、萧统、徐陵等人都认为是班氏作。更早的还有陆机《婕好怨》,其辞全据班氏生活及其《怨歌行》诗而来,若《怨歌行》确为班氏作,那么,与之相关的《长歌行》古辞、"客从远方来"古诗当为前后不久的作品,即西汉成帝时期或稍后。

　　朱偰、黄侃、隋树森等人是较早持两汉说的学者,九十年代以来,有赵敏俐、张茹倩等人力主两汉说。两汉说的主要文献依据有三:一是《文心雕龙·明诗》所举五言诗作品,"邪经章谣,近在成世,阅时取证,则五言久矣。又古诗佳丽,或称枚叔,其孤竹一篇,则傅毅之词,比采而推,两汉之作乎!"范文澜注引赵万里语曰:"'两'上有'故'字,'乎'作'也'。案《御览》五八六引'两'上

---

①　范文澜:《文心雕龙注》,人民文学出版社,1958 年,第 66 页。

②　徐中舒:《五言诗发生时期的讨论》,《东方杂志》第二四卷 18 号。

有'固'字,'固''故'音近而讹。疑此文当作'固,两汉之作
也。'"①在刘勰看来,五言古诗佳作,当是两汉之作,当时有人认
为部分作品是西汉枚乘的,《冉冉孤生竹》一篇是东汉傅毅所作。
二是《诗品序》云:"逮汉李陵,始著五言之目矣。古诗眇邈,人世
难详。推其文体,固是炎汉之制,非衰周之倡也。"②三是《玉台新
咏》杂诗八首,署名枚乘,其中七首与《文选》《古诗十九首》同。
《文心雕龙》成书于梁天监年间,③《玉台新咏》成书于梁中大通年
间或以后,④《文心雕龙》成书在《玉台新咏》之前。《文心雕龙》关
于古诗作者"或称枚叔"的观点当不是依据《玉台新咏》,《玉台新
咏》收录八首古诗系于枚乘名下,也不是依据《文心雕龙》,因为
《文心雕龙》没有具体著录作品。可见,六朝当还有其他关于部分
古诗署名枚乘的文本存在。

　　两汉说的困难是很难确定具体哪首是西汉作品。很多学者
从历法、避讳、史书、诗歌文本中寻找根据,企图坐实一些古诗的
年代,如有的从"明月皎夜光"中历法与自然节候的矛盾,推论此
诗为太初改历前所作,但马上被主汉末说者举出反例。⑤ 张茹倩、
张启成从李善《文选注》所引材料,推论古诗十九首部分作品年
代,其中认为《客从远方来》是西汉作品。其依据是,李善注班婕

---

① 范文澜:《文心雕龙注》,人民文学出版社,1958 年,第 83 页。
② 曹旭:《诗品笺注》,人民文学出版社,2009 年,第 6 页。
③ 周绍恒:《〈文心雕龙〉散论及其他》,学苑出版社,2000 年,第 39 页;贾树新:
　 《关于〈文心雕龙〉的成书时间及刘勰生卒年的新探》,《四平师范学院学报》
　 1980 年第 3 期。
④ 刘跃进:《玉台新咏研究》,中华书局,2000 年,第 65—88 页;谈培芳:《〈玉台新
　 咏〉版本考——兼论此书的编纂时间和编者问题》,《复旦学报》2004 年第 4 期。
⑤ 朱偰:《五言诗起源问题》,《东方杂志》第二三卷 20 号。

好《怨歌行》"裁为合欢扇,团团似明月"引了古诗"文彩双鸳鸯,裁为合欢被",而此句又是古诗十九首"客从远方来"的句子,于是按断曰:"李善确认《客从远方来》是西汉成帝以前的文人五言诗。"①此论成立的前提是,李善注《文选》严格执行"注文所用材料必须是被注诗文以前文献"的原则。而翻检李善《文选注》,其用后代材料注前代诗文的例子也很多。如张衡《西京赋》:"'有冯虚公子者',善曰:《博物志》曰:王孙公子,皆古人相推敬之辞。"诸如用沈约《宋书》注马融《长笛赋》,用左思《齐都赋》注嵇康《琴赋》等,说明李善注《文选》时并未确立以上原则。那么,以李善注推论所得出的结论是很难成立的。赵敏俐《汉代诗歌史论》从分析《诗品》评价班固《咏史诗》"质木无文"一语的原意和班诗自身入手,认为文人五言诗到班固时代已经成熟,并推断"代表汉代文人五言诗最高艺术成就的《古诗十九首》,有个别诗篇可能出自西汉,个别诗篇可能产生在东汉末年,其中大部分诗篇则是东汉初年到东汉中期以前的产物"②。

建安说的主要文献依据,一是钟嵘《诗品·古诗》(卷上)曰:"《去者日以疏》四十五首,虽多哀怨,颇为总杂。旧疑是建安中曹、王所制。"③在钟嵘看来,《去者日以疏》等四十多首古诗,有人怀疑部分是曹植、王粲的作品;二是《古诗十九首》"今日良宴会"中"弹筝奋逸响,新声妙如神"二句《北堂书钞·乐部筝》中有引,并称曹植作。建安说的较早支持者是胡怀琛、徐中舒等人,胡怀

① 张茹倩、张启成:《古诗十九首创作时代新探》,《贵州民族学院学报》1990年第4期。
② 赵敏俐:《汉代诗歌史论》,吉林教育出版社,1995年,第245页。
③ 曹旭:《诗品笺注》,人民文学出版社,2009年,第45页。

琛接钟嵘《诗品》的说法,进一步补充道:"子建、仲宣作,不肯自承,所以他人不知。"①徐中舒依据钟嵘《诗品》"《去者日以疏》四十五首,旧疑是建安中曹王所制"的说法,认为"不但西汉人的五言全是伪作,连东汉的五言诗,仍有大部分不能令人相信","五言诗的成立,要在建安时代"②。近年来,木斋力主建安说,其研究成果主要体现为《古诗十九首与建安诗歌研究》一书。该书共十七章五十一节,全书始终围绕《古诗十九首》与建安诗歌的关系展开论述,分别从五言诗发展历程、《古诗十九首》与建安诗歌在主题、题材、情调、总体艺术特征、语言及篇章结构等方面的相关性分析了《古诗十九首》与建安诗歌的关系。依据魏明帝景初年间历法用"丑正",推断《明月皎夜光》等三首大抵写在景初二年(239),作者可能是曹彪;又据"弹筝奋逸响"二句,认为"新声"应是铜雀台清商乐之"新声",《今日良宴会》作者为曹植;又从语汇及篇章结构角度考量《古诗十九首》与建安诗歌的关系,认为"十九首中的《涉江采芙蓉》《庭中有奇树》《行行重行行》《青青河畔草》,这些诗作都应是曹植于建安十七年至黄初二年之间写作的,其中的主题,大多与甄氏有关"③;其后又分专章从写作背景的角度论证了《涉江采芙蓉》《行行重行行》《西北有高楼》《青青河畔草》的作者为曹植。通过这些论证,从而建立起《古诗十九首》"应该是建安、黄初及其之后的作品"④和"曹植为《古诗十九首》的主要作

---

① 胡怀琛:《古诗十九首志疑》,《学术世界》第1卷第4期(1935年9月)。

② 徐中舒:《五言诗发生时期的讨论》,《东方杂志》第二四卷18号。

③ 木斋:《古诗十九首与建安诗歌研究》,人民出版社,2009年,第166页。

④ 木斋:《古诗十九首"东汉"说质疑》,《中华文化论坛》2006年第2期。

者"①的结论。不管其结论是否正确,木斋关于"古诗十九首"与建安诗歌关系的研究具有突出的创新意义,引起学界广泛关注。

　　值得注意的是,首先,从方法论而言,作者将"古诗十九首"作为关系密切的一组诗歌看待,值得商榷。"古诗十九首"是《文选》以后才形成的一个"类"概念,"十九首"诗歌并非生成之初就在一起。其题材内容也十分广泛,有伤别思乡、叹时嫉俗的痛苦,也有知音难遇、爱情未遂的感慨,还有行乐及时的愿望,几乎涉及汉代社会和文人生活的各方面,与汉代其他五言诗的题材内容基本相同。"古诗十九首"在《文选》之前并非关系密切的组诗。其次,在梳理五言诗发展进程时,未能客观对待诸如李延年《北方有佳人》、班婕妤《怨诗》、汉成帝时歌谣"邪径败良田"、秦嘉《赠妇诗》等汉代比较成熟的五言诗作品:一是无视《北方有佳人》等五言歌诗的存在;二是将秦嘉《赠妇诗》视为伪作,从而将五言诗的成立定于建安时期,为"古诗十九首"作于建安建立逻辑前提。第三,论证方式上,存在"循环论证",把一代诗风与历史上某一个诗人的爱情事件作因果联系,其论证逻辑值得商榷。作者以曹植、甄后人生经历与"古诗十九首"做比附,论证"古诗十九首"的部分作品为植甄传情之作,曹植是"古诗十九首"的主要作者,其结论似嫌牵强,仅备一家之说。②

　　究竟如何看待"古诗十九首"的作者和创作时代问题? 杨慎《丹铅总录》曰:"《文选》古诗十九首,非一人之作,亦非一时

---

① 　木斋:《古诗十九首与建安诗歌研究》,人民出版社,2009 年,第 158 页。
② 　参张节末《古诗十九首的诗学主题及诗学史意义》,《长江学术》2011 年第 1 期。

也。"①此论虽显中庸,但最符合历史实际,惜其缺少最起码的时代断限。根据现存文献记载及相关研究成果,本文的基本态度是,"古诗十九首"当产生于西汉、东汉、建安这一较长的历史时期,大部分可能产生于汉末。作者也非一人,但不能排除"古诗十九首"中有枚乘、傅毅、李陵、曹植等人的作品。

通过对历代"古诗十九首"研究现状的梳理可知,关于"古诗十九首"作者、时代和性质问题是历代争讼的焦点,且观点分歧较大。形成这种局面的原因当然是多方面的,现存文献的严重缺失,使"古诗十九首"作者、时代与性质的研究成为学术史上难以破解的问题。除此之外,在研究方法上存在的问题也值得反思,最突出地表现为两个方面:一是推论加直觉式的研究方法。以往的研究往往将"古诗十九首"作为一组诗歌看待,并根据其中一首或两首诗歌的性质和创作时间推演其他诗歌。二是封闭与孤立的研究视角。以往的研究多将"古诗十九首"作为一个孤立的对象进行研究,没有考虑其生成的多元性和传播的复杂性。或持文人徒诗论,或持乐府论,各持一端,没有从文学行为及存在方式等"文学生态"的角度关注"古诗十九首"生成、传播等行为过程中与乐府交叉、更替和转化等复杂情况,缺乏共时性与历时性互相结合的研究视角。

"古诗十九首"研究历史和现状,给我们的启示:第一,在充分认识"古诗"与"乐府"生成机制、传播特点的基础上,将"古诗十九首"放在五言诗发展变迁的历史长河中整体观照,既关注其与民歌、乐府的区别与联系,又考虑与其他文人五言诗的联系,多方

---

① 杨慎:《丹铅总录》卷三"时序类",文渊阁《四库全书》影印本,第33页。

参照、综合考察,不失为有效的方法。第二,在对待史料的态度上一定要审慎,没有足够的证据,不能轻易怀疑史料的真实性。在"古诗十九首"或者汉魏五言诗的研究中,应该审慎对待两方面史料:一是李苏诗和秦嘉《赠妇诗》,在没有足够证据的情况下,不能轻易认定其是伪作;二是关于《文心雕龙》《玉台新咏》《诗品》等文献对"古诗十九首"时代和作者的判定,若没有足够证据,宁可信其真,不可定其假。第三,"古诗十九首"作为一个"类"概念是从《文选》才开始的,对其作者和产生时代的探讨,应还原其历史生态,不能将其作为一组诗歌看待,其实它们只是诸多古诗中的"十九首"而已;对其生成机制也不能等同后世的文人独立创作,"十九首"均无题,具有文体初兴时集体创作的特征,应是多人多时多度创作,而不是一人一时一度创作,传世的"古诗十九首"是否"原生态"值得怀疑。①

---

① 欧明俊:《〈古诗十九首〉百年研究之总检讨》,《社会科学研究》2009 年第 4 期。

汉魏六朝纸张发明与书写进程考论

造纸术作为我国四大发明之一,在中国文化史乃至世界文化史上都具有里程碑意义。从文学传播媒介而言,纸张的发明与使用为诗歌文本传播提供了坚实的物质基础,不仅极大地促进了诗歌文本传播的兴起,还极大地刺激了文人的诗歌创作热情,对诗歌题材内容和形式的新变、诗歌观念的形成起到极大的促进作用。对纸张发明及使用的历史进程的梳理,将有助于深入认识纸张作为诗歌重要的传播载体在诗歌发展史上的重要意义。纸张从发明到被广泛使用于书写领域,经历了一个漫长的历史过程。从纸张应用普及的领域看,这一历史过程大致可以分为两汉、魏晋、南北朝三个阶段。

一、两汉：纸的发明与初步使用于书写

1.纸张最早出现于西汉

在考古学领域,上世纪陆续出土了西汉的古纸残片,如 1933 年发现的罗布淖尔纸,专家推断其产于汉宣帝黄龙元年(前 49)之前;1957 年发现的灞桥纸,专家推断其产于汉武帝之前(前 140—前 86);1973 年发现的居延纸,专家推断其产于汉宣帝甘露二年(前 52)前;1978 年发现的扶风纸,专家推断其产于汉宣帝之

前(前73);1990年至1992年间在敦煌悬泉置发现大量古纸,有的也产于西汉。西汉已经出现了有关纸的记载,如《三辅旧事》记载,汉征和二年(前91)卫士江充劝太子刘据"持纸蔽其鼻"入见汉武帝。又《汉书·外戚传》载,汉成帝元延元年(前12),赵飞燕指使人给狱中曹官一小绿箧,"中有裹药二枚,赫蹏书,曰:……"。唐颜师古注引应劭曰:"赫蹏,薄小纸也。"①根据目前出土的古纸及相关文献记载可知,纸的发明至少在西汉武帝时期,比蔡伦纸早200年左右。② 科技史研究成果表明,西汉古纸是用浇纸法制造的厚纸类型,表面粗糙,没有帘纹,主要用途并非书写,所以用于书写的西汉古纸极其少见。③

2.东汉"蔡侯纸"与纸张书写

东汉关于纸的文献记载逐渐增多。如《后汉书·贾逵传》载,建初元年(76),汉章帝"令逵自选《公羊》严、颜诸生高才者二十人,教以《左氏》,与简纸经传各一通"④。又《后汉书·和熹邓皇后传》载,永元十四年(102),"自后即位,悉令禁绝,岁时但供纸墨而已"⑤。班彪《续汉书·百官志》记载,东汉少府中有六百石官"守宫令"一人,其"主御纸笔墨,及尚书财用诸物及封泥";有四百石左右"尚书丞"各一人,其右丞"假暑印绶,及纸笔墨诸财用库

---

① 班固:《汉书》,中华书局,1962年,第3991—3992页。
② 曹之:《中国印刷术的起源》,武汉大学出版社,1994年,第175—176页;钱存训:《中国纸和印刷文化史》,广西师范大学出版社,2004年,第38页。
③ 李晓岑:《早期古纸的初步考察与分析》,《广西民族大学学报(自然科学版)》2009年第4期。
④ 范晔:《后汉书·贾逵传》,中华书局,1965年,第1239页。
⑤ 范晔:《后汉书·和熹邓皇后传》,中华书局,1965年,第421页。

藏"①。当然,影响最大的还是蔡伦纸的发明与使用。《后汉书·蔡伦传》载:

> 自古书契多编以竹简,其用缣帛者谓之为纸。缣贵而简重,并不便于人。伦乃造意,用树肤、麻头及敝布、鱼网以为纸。元兴元年奏上之,帝善其能,自是莫不从用焉,故天下咸称"蔡侯纸"。②

汉和帝元兴元年(105),蔡伦用树皮、麻头、破布及鱼网做纸,不仅推广和扩大了造纸的原材料,更重要的是他改进了造纸技术,使用覆帘抄纸。这种技术造的纸,纸质较薄,表面光滑,便于书写,因此"自是莫不从用焉"。1942 年在居延发现的古纸残片上有 20 余隶书体文字,据专家分析考证,该纸用植物纤维制成,其年代为公元 109—110 年之间,与蔡伦改进造纸技术的时间基本同时。③

东汉后期,有关纸张使用情况的记载开始多了起来。如崔瑗《与葛元甫书》曰:"今送《许子》十卷,贫不及素,但以纸耳。"马融《与窦伯向书》曰:"孟陵奴来,赐书,见手迹,欢喜可量,次于面也。书虽两纸,八行,行七字,七八五十六字,百二十言耳。"延笃《答张奂书》曰:"惟别三年,梦想言念,何日有违。伯英来,惠书盈四纸,

---

① 范晔:《后汉书·百官志》,中华书局,1965 年,第 3592、3597 页。
② 范晔:《后汉书·蔡伦传》,中华书局,1965 年,第 2513 页。
③ 参肖东发《中国编辑出版史》,辽海出版社,2002 年;第 142—143 页。

读之三复,喜不可言。"① 应场《抱庞惠恭书》曰:"曾不枉咫尺之路,问蓬室之旧,过意赐书,辞不半纸。"② 陆侃如《中古文学系年》将崔瑗《与葛元甫书》系于汉安帝元初五年(118)、延笃《答张奂书》系于汉桓帝延熹八年(165)。马融卒于汉桓帝延熹九年(166),其《与窦伯向书》当作于公元 166 年之前。应场为建安七子之一,卒于建安二十二年,其《抱庞惠恭书》大致作于建安年间。《后汉书·延笃传》注引《先贤行状》曰:

> 笃欲写《左氏传》,无纸,唐溪典以废笺记与之。笃以笺记纸不可写传,乃借本讽之,粮尽辞归。③

又如前引《后汉书·董祀传》载,曹操请蔡琰抄写其所诵忆家篇籍,蔡琰"乞给纸笔,真草唯命"④。荀悦《汉纪序》载,其于建安三年受诏钞撰《汉书》,"尚书给纸笔,虎贲给书吏"⑤。

可见,纸张在汉末不仅作为书信等日常交流的书写载体,也开始用纸来抄写《左传》《汉书》及其它经典书籍。虽然蔡侯纸的产生,推动了纸张的广泛运用,纸张到东汉中后期,确实也比较多地作为书写材料,但主要还是用来书写比较随意的往来书信,两汉的书籍主要还是使用简帛。

《后汉书·儒林传》载:

---

① 欧阳询:《艺文类聚》,上海古籍出版社,1999 年,第 560 页。
② 欧阳询:《艺文类聚》,上海古籍出版社,1999 年,第 396 页。
③ 范晔:《后汉书·延笃传》,中华书局,1965 年,第 2103 页。
④ 范晔:《后汉书·董祀传》,中华书局,1965 年,第 2801 页。
⑤ 荀悦:《汉纪·序》,《四部丛刊》影印本。

初,光武迁还洛阳,其经牒秘书载之二千余两,自此以后,参倍于前。及董卓移都之际,吏民扰乱,自辟雍、东观、兰台、石室、宣明、鸿都诸藏典策文章,竞共剖散,其缣帛图书,大则连为帷盖,小乃制为縢囊。及王允收而西者,裁七十余乘。①

唐马聪《意林》引应劭《风俗通义》曰:"光武车驾徙都洛阳,载素简纸经凡二千两。"②说明光武迁都洛阳时的书籍多为简帛。

如应劭《风俗通义》载:

刘向为孝成皇帝典校书籍,二十余年,皆先书竹,为易刊定,可缮写者,以上素也。由是言之,杀青者竹,斯为明矣。今东观书,竹素也。③

刘向父子校书的基本情况是用竹简校雠,用缣帛写定。据晋《三辅故事》载,刘向于成帝末年在天禄阁校书时,夜有太乙之精向其授《五行》《洪范》之文,刘向乃"裂裳及绅以记其言"。至曙即将离去时,老人"出怀中竹牒,有天文地图之书"④。"裂裳""竹牒"等均为简帛。又,汉安帝永初四年(110)《诏校定东观书》曰:

① 范晔:《后汉书·儒林传》,中华书局,1965年,第2548页。

② 严可均:《全后汉文》卷三七,中华书局,1958年,第680页。

③ 王利器:《风俗通义校注》,中华书局,1981年,第494页。

④ (晋)佚名撰,(清)张澍辑:《三辅故事》,三秦出版社,2006年,第7页。

　　　　诏谒者刘珍及五经博士,校定东观五经、诸子、传记、百
家艺术,整齐脱误,是正文字。①

"脱"指脱简散佚之书,"整齐脱误"即将书籍的"脱"与"误"进行
校定。说明此时的东观之书主要是竹帛。

　　敦煌悬泉置遗址出土的400多张古纸中,仅3张有简短的文
字,且与大量的汉简一并放置,说明当时书写的主要工具仍然是
竹简,用纸书写只是其辅助功能,纸主要用于日常生活中的包装
或其他用途。②

　　可见,纸张在西汉武帝时期就已经发明了,西汉末年有纸张
用于书写的文献记载和少量出土实物,但主要用于记录日常生活
中的简短之事。东汉"蔡侯纸"在造纸工艺上的改进,促进了纸张
在书写领域的使用,往来书信和典籍书写用纸的记载逐渐增多。
但是,汉代国家典藏书籍的主要书写载体还是竹帛,而非纸本。

二、魏晋: 简帛纸并行使用与简纸替代

1.三国时期的简帛纸并用与纸张的流行

　　纸张的使用在汉末建安进入了一个大发展时期。这时期,除
日常往来书信和书法大量使用纸张书写外,其朝廷文书、诗文作
品、经传图书均开始使用纸张书写。

---

①　范晔:《后汉书·安帝纪》,中华书局,1965年,第215页。
② 　李晓岑:《甘肃汉代悬泉置遗址出土古纸的考察和分析》,《广西民族大学学报
　　(自然科学版)》2010年第4期。

（1）诏奏等公文用纸例

诏奏是朝廷正式公文，此前均用简帛，汉末社会动乱，群雄并起，曹操在战乱中，挟天子以令诸侯，成为北方的实际统治者。为了建立自己的文化话语权，曹氏父子进行了系列改革，如在用人制度上提倡唯才是举、文化上提倡多学并举，尤其推尊文学之才等。提倡公私文翰用纸本书写也是其文化改革的举措之一。

曹操《求言令》曰：

　　自今诸掾属侍中、别驾，常以月朔各进得失，纸书函封，主者朝常给纸函各一。①

在曹氏集团的倡导下，纸本诏奏开始流行起来。《文士传》关于杨修上奏曹操的事例可谓形象：

　　杨修为魏武主簿，尝白事，知必有反覆教，豫为答数纸，以次牒之而行，告其守者曰：“向白事，每有教出，相反覆，若案此弟连答之。”已而有风，吹纸乱，遂错误，公怒推问，修惭惧，以实答。②

《三国志·魏书·刘放传》载：

---

① 徐坚：《初学记》卷二一，中华书局，1962 年，第 517 页。
② 欧阳询：《艺文类聚》卷五八，上海古籍出版社，1982 年，第 1053 页。

（景初二年）帝纳其言，即以黄纸授放作诏。①

《三国志·吴书·陆凯传》注引《江表传》曰：

> 初，皓始起宫，凯上表谏，不听，凯重表曰："……昨食时，被诏曰：'君所谏，诚是大趣，然未合鄙意如何？……'臣拜纸诏，伏读一周，不觉气结于胸，而涕泣雨集也。"②

（2）书表用纸例

曹魏时期书表用纸更为普遍。如《三国志·魏书·臧洪传》载臧洪答陈琳书曰："重获来命，援引古今，纷纭六纸。"③《三国志·吴书·周鲂传》载："鲂因别为密表曰：'……撰立笺草以诳诱休者，如别纸。'"④《三国志·蜀书·吕凯传》载，都护李严与雍闿书六纸，而"闿但答一纸"⑤，显得十分傲慢。

（3）书画用纸例

《三国志·魏书·刘劭传》注引《文章叙录》曰：

> 弘农张伯英者因而转精其巧。凡家之衣帛，必书而后练之，临池学书，池水尽黑。下笔必为楷则，号"匆匆不暇草"，

① 陈寿：《三国志》，中华书局，1959年，第459页。
② 陈寿：《三国志》，中华书局，1959年，第1408页。
③ 陈寿：《三国志》，中华书局，1959年，第233页。
④ 陈寿：《三国志》卷六十，中华书局，1959年，第1390—1391页。
⑤ 陈寿：《三国志》，中华书局，1959年，第1047页。

寸纸不见遗,至今世人尤宝之,韦仲将谓之草圣。①

韦诞《奏题署》曰:

　　蔡邕自矜能书,兼明斯、喜之法,非流纨体素,不妄下笔。夫工欲善其事,必先利其器。用张芝笔、左伯纸及臣墨,兼此三具,又得臣手,然后可逞径丈之势,方寸千言。②

皇象《与友人论草书》曰:

　　欲见草书,宜得精毫濡笔委曲宛转不叛散者,纸当得滑密不粘污者,墨又须多胶绀黝者。如逸豫之余,手调适而心佳娱,可以小展。③

(4)书籍、诗赋用纸例

王隐《晋书》载:

　　陈寿卒,诏下河南,遣吏赍纸笔,就寿门下,写取《国志》。④

---

① 陈寿:《三国志》,中华书局,1959年,第621页。
② 严可均:《全三国文》,中华书局,1958年,第1235页。
③ 严可均:《全三国文》,中华书局,1958年,第1451页。
④ 欧阳询:《艺文类聚》卷五八,上海古籍出版社,1982年,第1053页。

《三国志·魏书·卫臻传》裴松之案曰：

> （卫）权作左思《吴都赋》叙及注，叙粗有文辞，至于为注，了无所发明，直为尘秽纸墨，不合传写也。①

《三国志·魏书·文帝纪》注引《吴历》曰：

> 帝以素书所著《典论》及诗赋饷孙权，又以纸写一通与张昭。②

在此要特别提及的是，汉末建安及曹魏时期并未因纸张的广泛使用而使传统的书写载体简帛退出历史。其实，这一时期的简帛仍然还作为主要的书写载体使用于各种书写领域。

诏奏等公文用简情况，如：

《三国志·魏书·吕布传》：

> 初，天子在河东，有手笔版书召布来迎。布军无蓄积，不能自致，遣使上书。③

《三国志·魏书·夏侯玄传》：

---

① 陈寿：《三国志》，中华书局，1959 年，第 649 页。
② 陈寿：《三国志》，中华书局，1959 年，第 89 页。
③ 陈寿：《三国志》，中华书局，1959 年，第 225 页。

初,中领军高阳许允与丰、玄亲善。先是有诈作尺一诏书,以玄为大将军,允为太尉,共录尚书事。有何人天未明乘马以诏版付允门吏,曰"有诏",因便驰走。允即投书烧之,不以开呈司马景王。①

《三国志·吴书·孙綝传》:

(孙)亮召全尚息黄门侍郎纪密谋,曰:"……作版诏敕綝所领皆解散,不得举手,正尔自得之。"②

《三国志·魏书·张既传》注引《魏略》:

少小工书疏,为郡门下小吏,而家富。自惟门寒,念无以自达,乃常蓄好刀笔及版奏,伺诸大吏有乏者辄给与,以是见识焉。③

此外,简帛还运用于书信、书画、诗赋、账簿等方面。从下列事例可见一斑。

《三国志·蜀书·谯周传》:

咸熙二年夏,巴郡文立从洛阳还蜀,过见周。周语次,因

---

① 陈寿:《三国志》,中华书局,1959 年,第 302—303 页。
② 陈寿:《三国志》,中华书局,1959 年,第 1448 页。
③ 陈寿:《三国志》,中华书局,1959 年,第 473 页。

书版示立曰:"典午忽兮,月酉没兮。"①

《三国志·吴书·赵达传》:

　　又有书简上作千万数,著空仓中封之,令达算之,达处如数。……饮酒数行,达起取素书两卷,大如手指,达曰:"当写读此,则自解也。"②

《三国志·魏书·武帝纪》注引卫恒《四体书势序》曰:

　　上谷王次仲善隶书,始为楷法。至灵帝好书,世多能者。而师宜官为最,甚矜其能,每书,辄削焚其札。梁鹄乃益为版而饮之酒,候其醉而窃其札,鹄卒以攻书至选部尚书。③

杨修《答临淄侯笺》曰:

　　又尝亲见执事,握牍持笔,有所造作,若成诵在心,借书于手,曾不斯须少留思虑。④

　　另据统计,《三国志》有关书写载体的记载凡 40 处:书简 7

①　陈寿:《三国志》,中华书局,1959 年,第 1032 页。
②　陈寿:《三国志》,中华书局,1959 年,第 1424—1425 页。
③　陈寿:《三国志》,中华书局,1959 年,第 31 页。
④　李善注:《文选》,上海古籍出版社,1986 年,第 1819 页。

处,其中注引文献 4 处;竹帛 16 处,其中注引文献 5 处;版书 12 处,其中注引文献 6 处;纸本 15 处,其中注引文献 9 处,纸、帛、简互用者 3 处。关于"竹帛"的记载大多是"名称垂于竹帛""书名竹帛""竹帛不能尽载""著勋竹帛"等隐语,泛指史书,并非具体书写载体的记录。除去有关"竹帛"的这些记载,纸张与简帛的使用频率大致相当。

1996 年湖南长沙走马楼东吴大批简牍的发现,进一步证实了三国末期,简、帛、纸多种书写载体并行使用的事实。这次发掘出的简牍共有十多万片,多为记账簿籍,也有部分公文。其中有汉献帝建安年号与孙权的赤乌(238—251)年号。这说明,至少到公元 251 年以前,简帛还在大量使用。

2.两晋时期的纸张书写与简纸替代

到了两晋时期,纸张几乎运用于诏奏、经书、书信、书画、诗赋等各种文字形式。

《晋书·楚王玮传》载:

> 玮临死,出其怀中青纸诏,流涕以示监刑尚书刘颂曰:"受诏而行,谓为社稷,今更为罪。托体先帝,受枉如此,幸见申列。"[1]

《晋书·赵王伦传》:

> 孙秀既立非常之事,伦敬重焉。秀住文帝为相国时所居

---

[1] 房玄龄等:《晋书》,中华书局,1974 年,第 1597 页。

内府,事无巨细,必谘而后行。伦之诏令,秀辄改革,有所与夺,自书青纸为诏,或朝行夕改者数四,百官转易如流矣。①

《晋书·王浑传》:

> 浑奏曰:"其勤心政化兴利除害者,授以纸笔,尽意陈闻。以明圣指垂心四远,不复因循常辞。"②

《晋书·刘暾传》:

> 其后武库火,尚书郭彰率百人自卫而不救火,暾正色诘之。彰怒曰:"我能截君角也。"暾勃然谓彰曰:"君何敢恃宠作威作福,天子法冠而欲截角乎!"求纸笔奏之,彰伏不敢言,众人解释,乃止。③

前两则是诏书用纸例,后两则是奏表用纸例。下面三则材料则是纸张广泛用于经史书籍的事例。

《晋书·刘卞传》:

> 卞后从令至洛,得入太学,试经为台四品吏。访问令写黄纸一鹿车,卞曰:"刘卞非为人写黄纸者也。"访问知怒,言

---

① 房玄龄等:《晋书》,中华书局,1974年,第1602页。
② 房玄龄等:《晋书》,中华书局,1974年,第1204页。
③ 房玄龄等:《晋书》,中华书局,1974年,第1280页。

于中正,退为尚书令史。①

《晋书·王隐传》:

太兴初,典章稍备,乃召隐及郭璞俱为著作郎,令撰晋史。……(隐)贫无资用,书遂不就,乃依征西将军庾亮于武昌。亮供其纸笔,书乃得成。②

荀勖《上穆天子传序》曰:

虽其言不典,皆是古书,颇可观览。谨以二尺黄纸写上,请事平以本简书及所新写,并付秘书缮写,藏之中经,副在三阁。③

此外,纸张还用来作为考绩官吏、上报朝廷的专用文书。张辅《上司徒府言杨俊》曰:"韩氏居妻丧,不顾礼义,三旬内成婚。伤化败俗,非冠带所行,下品二等,第二人今为第四,请正黄纸。"④江统《奔赴山陵议》曰:"往者汤阴之役,群僚奔散,义兵既起,而不附从,主上旋宫,又不归罪,至于晏驾之日,山陵即安,而犹不到,自台郎御史以上,应受义责,加贬绝,注列黄纸,不得叙用。"⑤这里

---

① 房玄龄等:《晋书》,中华书局,1974 年,第 1078 页。
② 房玄龄等:《晋书》,中华书局,1974 年,第 2143 页。
③ 严可均:《全晋文》,中华书局,1958 年,第 1638 页。
④ 严可均:《全晋文》,中华书局,1958 年,第 2063 页。
⑤ 严可均:《全晋文》,中华书局,1958 年,第 2067 页。

的黄纸是指用于铨选、考绩官吏、登记姓名、上报朝廷的文书。黄纸作为一种公文的代名词,说明黄纸之用途已成定制。

两晋书信、书画及诗赋用纸的记载非常多,此不一一列举。以下皇室、权贵用纸之例,意在说明尊简卑纸的传统观念在两晋时期已经淡化,人们在观念上已经普遍接受了纸张这种新的书写载体。

虞预《请秘府纸表》曰:

> 秘府中有布纸三万余枚,不任写御书,而无所给。愚欲请四百枚,付著作吏,书写《起居注》。①

《晋书·愍怀太子传》:

> (贾后)使黄门侍郎潘岳作书草,若祷神之文,有如太子素意,因醉而书之,令小婢承福以纸笔及书草使太子书之。……帝幸式乾殿,召公卿入,使黄门令董猛以太子书及青纸诏曰:"遹书如此,令赐死。"②

《晋书·何曾传》:

> (曾)性奢豪,务在华侈。……人以小纸为书者,敕记室

---

① 徐坚:《初学记》卷二一,中华书局,1962年,第518页。
② 房玄龄等:《晋书》,中华书局,1974年,第1459—1460页。

勿报。①

　　纸张作为新的书写载体,通过几百年的发展,到两晋已经被人们普遍接受。西晋诗人傅咸《纸赋》以极大的热情赞美纸张顺时而起、优越方便的特点:

　　　　盖世有质文,则治有损益,故礼随时变,而器与事易。既作契以代绳兮,又造纸以当策。夫其为物,厥美可珍。廉方有则,体洁性真。含章蕴藻,实好斯文。取彼之弊,以为此新。揽之则舒,舍之则卷。可屈可伸,能幽能显。②

　　傅咸的热情赞美,说明晋人对纸张是以积极的心态去接受的。东晋王羲之《题卫夫人〈笔阵图〉后》,将纸比之为"阵地"。另外,两晋人在书信中频繁地使用"临纸情塞""临纸意结""临纸悲塞"等"格式化"语言。上述诸种情形均可说明,纸张作为书写载体在两晋已经获得了社会的普遍认可。

　　但是,简帛作为使用了上千年的传统书写载体,在两晋仍然存在。如《世说新语·雅量》载:"王戎为侍中,南郡太守刘肇遗筒中笺布五端,戎虽不受,厚报其书。"③《文选·蜀都赋》刘逵注:"黄润筒中,细布也。"东晋末年(404),桓玄篡位后,下诏令曰:

①　房玄龄等:《晋书》,中华书局,1974 年,第 998 页。
②　欧阳询:《艺文类聚》卷五八,上海古籍出版社,1982 年,第 1053 页。
③　余嘉锡:《世说新语笺疏》,上海古籍出版社,1993 年,第 351 页。

"古无纸,故用简,非主于敬也。今诸用简者,皆以黄纸代之。"①政府明令以纸代简,完成了纸简的替代过程。大量的考古发现表明,西晋墓葬或遗址中所出土的文书虽多用纸,也时而有简。东晋以后的文书则全是纸,不再出现简牍了。《晋书》共有 37 处内容涉及书写载体,其中纸张 28 处,帛 2 处,版 3 处,简 4 处;另外,尚有"简纸""竹帛""纸练"等比较含混地指称书写载体者 7 处。从统计数据可以看到,虽然两晋时期简帛版等传统书写载体仍然还有使用,但纸张使用已经成为主流。这一统计结果比较充分地说明,纸张这种书写载体在两晋已经替代了传统的简帛而成为主要书写载体的历史事实。正因为纸张使用的普及,纸的使用量增大,导致社会上纸张供不应求的现象,左思《三都赋》成而使洛阳纸贵、虞预《请秘府布纸表》、干宝为撰《搜神记》而求纸《表》等均为其例。

三、南北朝:纸张在书写领域的普及

南北朝时期,纸张使用已经普及。有学者曾对《南史》《北史》《宋书》《南齐书》《梁书》《陈书》《魏书》《北齐书》《周书》等 9 种正史涉及文字载体的内容进行统计,发现有 21 处是纸,仅 1 处是帛书。② 梁宣帝萧詧《咏纸诗》曰:"皎白犹霜雪,方正若布棋。宣情且记事,宁同鱼网时。"③该诗主要描述了当时纸张的质地和

---

① 徐坚:《初学记》卷二一,中华书局,1962 年,第 517 页。
② 曹之:《中国印刷术的起源》,武汉大学出版社,1994 年,第 187 页。
③ 徐坚:《初学记》卷二一,中华书局,1962 年,第 518 页。

宣情记事的功能。可见,此时的纸张已经成为各种领域的书写载体。

1.南朝用纸

南朝用纸涉及诏奏、表启、檄文、书信、著作、佛经、书法等各种文书,以下文献可见一斑。

表启用纸,如《宋书·张永传》:

> 永涉猎书史,能为文章,善隶书,晓音律,骑射杂艺,触类兼善,又有巧思,益为太祖所知。纸及墨皆自营造,上每得永表启,辄执玩咨嗟,自叹供御者了不及也。①

佛经用纸,如释智林《致周颙书》:

> 近闻檀越叙二谛之新意,陈三宗之取舍,声殊恒律,虽进物不速。如贫道鄙怀,谓天下之理,唯此为得焉,不如此非理也。是以相劝,速著纸笔。比见往来者,闻作论已成,随熹充遍,特非常重。②

封授官爵用纸,如《南史·蔡廓传》载:

> 廓曰:"我不能为徐干木署纸尾。"遂不拜。干木,羡之小

---

① 沈约:《宋书》卷五三,中华书局,1974 年,第 1511 页。
② 释慧皎:《高僧传》卷八,中华书局,1992 年,第 310 页。

字也。选案黄纸,录尚书与吏部尚书连名,故廓言署纸尾也。①

书籍用纸,如《南史·孝元皇帝绎》:

　　性爱书籍,既患目,多不自执卷,置读书左右,番次上直,昼夜为常,略无休已,虽睡,卷犹不释。五人各伺一更,恒致达晓。常眠熟大鼾,左右有睡,读失次第,或偷卷度纸。帝必惊觉,更令追读,加以榎楚。②

书法用纸,如《南史·萧子云传》:

　　百济国使人至建业求书,逢子云为郡,维舟将发。使人于渚次候之,望船三十许步,行拜行前。子云遣问之,答曰:"侍中尺牍之美,远流海外,今日所求,唯在名迹。"子云乃为停船三日,书三十纸与之,获金货数百万。③

2.北朝用纸

北朝关于纸张使用的记载,孝文帝当最早,其太和十八年《报刘芳注吊比干文诏》曰:"览卿注,殊为富博。但文非屈宋,理惭张贾,既有雅致,便可付之集书。""付之集书"当是用纸书写。宣武

---

① 李延寿:《南史》,中华书局,1975 年,第 764 页。
② 李延寿:《南史》,中华书局,1975 年,第 243 页。
③ 李延寿:《南史》,中华书局,1975 年,第 1075 页。

帝以后有关纸的记载逐渐多起来。根据文献记载,北朝纸张使用也是十分广泛的。涉及诏奏、章表、檄文、官告身、书信、诗文、书籍等各种公私文体。

诏令用纸,如宣武帝《报北海王详诏》曰:

祚属眇躬,言及斯事,临纸惭恨,惋慨兼深。①

又《魏书·高崇传》:

其夜到河内郡北,未有城守可依,帝命道穆秉烛作诏书数十纸,布告远近,于是四方知乘舆所在。②

檄文用纸,如《北史·魏收传》:

侯景叛入梁,寇南境。文襄时在晋阳,令收为檄五十余纸,不日而就。又檄梁朝,令送侯景,初夜执笔,三更便了,文过七纸。③

书信用纸,如《北史·崔暹传》:

帝令都督陈山提、舍人独孤永业搜暹家。甚贫匮,得神

---

① 魏收:《魏书》,中华书局,1974年,第560页。
② 魏收:《魏书》,中华书局,1974年,第1715页。
③ 李延寿:《北史》,中华书局,1974年,第2029页。

武、文襄与暹书千余纸,多论军国大事。①

官告身,也称官告或告身,是古代官吏的委任状。其用纸例,如《北史·杨谅传》:

> 先是,并州谣言:"一张纸,两张纸,客量小儿作天子。"时伪署官告身皆一纸,别授则二纸。②

诗文、章表用纸,如《北史·邢邵传》:

> 自孝明之后,文雅大盛,邵雕虫之美,独步当时,每一文初出,京师为之纸贵,读诵俄遍远近。于时袁翻与范阳祖莹位望通显,文笔之美,见称先达,以邵藻思华赡,深共嫉之。每洛中贵人拜职,多凭邵为谢章表。尝有一贵胜初授官,大事宾食,翻与邵俱在坐,翻意主人托其为让表。遂命邵作之,翻甚不悦。每告人云:"邢家小儿常客作章表,自买黄纸,写而送之。"③

书籍用纸,如牛弘《上表请开献书之路》曰:

> 刘裕平姚,收其图籍,五经子史,才四千卷,皆赤轴青纸,

---

① 李延寿:《北史》,中华书局,1974年,第1190页。
② 李延寿:《北史》,中华书局,1974年,第2473页。
③ 李延寿:《北史》,中华书局,1974年,第1589页。

文字古拙。……故知衣冠轨物，图画记注，播迁之余，皆归江左。①

刘裕平后秦姚泓在公元 417 年，可见，北方图籍当时已经普及了纸本记录。

南北朝时期，人们往往在诏奏、章表、书信中使用“平生缅然，临纸累叹”（谢灵运《答范光禄书》）、“临纸悲塞，不知所言”（竟陵王刘诞《奉表自陈》）、“临纸哽恸，辞不自宣”（刘昶《上宋前废帝表请葬竟陵王诞》）、“临纸惭恨，惋慨兼深”（北魏宣武帝《报北海王详诏》）等格式化语言。从这一点，也可见出纸张书写的普及程度。

---

① 魏征等:《隋书》,中华书局,1973 年,第 1299 页。

下编：创作与体制篇

论汉乐府的劝世精神

汉乐府题材的广泛性和主题的现实性,已被学界广泛认同,近年有学者发现汉乐府"以世俗生活为表现对象"①的特点,深化了汉乐府的主题研究。至于汉乐府为何以世俗生活为表现对象及与之相关的汉乐府"劝世"主题问题,则未予深究。现存汉乐府有安世房中歌、郊祀歌、汉鼓吹铙歌、相和歌、杂曲等几类歌辞。安世房中歌、郊祀歌是娱神敬宗的郊庙仪式乐歌;汉鼓吹铙歌、相和歌曲、杂曲等三类歌曲更多地体现了汉代娱乐音乐的特点,在中国音乐史和诗歌史上具有重要地位,因此狭义的汉乐府主要指这三类歌辞。沈约《宋书·乐志》曰:"凡乐章古词,今之存者,并汉世街陌谣讴,《江南可采莲》《乌生》《十五》《白头吟》之属是也。"②《乐府诗集》收录相和歌古辞 30 余首,杂曲古辞 10 余首,

---

① 钱志熙认为,与后世的文人诗歌相比,汉乐府完全以世俗生活为表现对象,体现了一种淳朴而生动的世俗生活的美感价值。见钱志熙《汉魏乐府艺术研究》,学苑出版社,2011 年,第 113 页。赵敏俐将相和诸调歌诗的内容分为"以描摹世俗生活为主"和"以抒写人生感受为主"两大类别。见赵敏俐《汉代乐府制度与歌诗研究》,商务印书馆,2009 年,第 228 页。

② 沈约:《宋书·乐志》,中华书局,1974 年,第 549 页。

学界通常将这些古辞视为汉代作品。① 细读这些古辞发现，无论是家庭婚姻、妇德妇功题材，还是吏治世风、人生经验题材，在思想主题上多数存在较明显的劝世戒俗倾向，具有明确的"恶以诫世，善以示后"（王延寿《鲁灵光殿赋》）的意图。

一、家庭与婚姻题材

家庭是社会的细胞，家庭的伦理结构向来为儒家所重视。汉乐府对家庭问题多有反映，有的作品还直接表明其"劝诫"意图。如相和歌辞《鸡鸣》篇：

　　鸡鸣高树颠，狗吠深宫中。荡子何所之，天下方太平。刑法非有贷，柔协正乱名。黄金为君门，璧玉为轩堂。上有双尊酒，作使邯郸倡。刘王碧青觉，后出郭门王。舍后有方池，池中双鸳鸯。鸳鸯七十二，罗列自成行。鸣声何啾啾，闻我殿东厢。兄弟四五人，皆为侍中郎。五日一时来，观者满道旁。黄金络马头，颖颖何煌煌。桃生露井上，李树生桃旁，虫来吃桃根，李树代桃僵。树木身相代，兄弟还相忘。

―――――――――――――

① 因汉乐府文本缺失严重，已无法确知现存汉乐府古辞具体的产生时间和原貌，部分古辞虽然保留了汉代的面貌，但可能在魏晋时期曾被再次加工。《宋书·乐志》曰："清商三调歌诗，荀勖撰旧词施用者。"《乐府诗集》著录的"清商三调"歌辞中，部分有本辞和乐奏辞的区别，乐奏辞典型地反映了魏晋时期清商三调的表演形态。因此本论文的用例尽量以相和歌辞为主，凡涉及"清商三调"古辞，一概以"本辞"为据。

历代解诗者,结合西汉霍光、王莽故事,认为此诗为刺时而作。①
细绎此诗发现,其主题在刺时中多含劝诫。全诗三十句,每六句
一段,共五部分。第一部分以"鸡鸣高树颠,狗吠深宫中"起兴,交
代当时天下太平的景象。"贷",宽恕之意。"柔协",柔服,安抚
顺从者。"刑法非有贷,柔协正乱名"是说国家法治严明,对柔服
者以德安之,对破坏国家纲纪等乱名者则以刑正之,规劝和警告
"荡子"不要四处逃亡。"黄金为君门,璧玉为轩堂"以下十八句,
主要渲染兄弟四五人的显赫地位和奢靡生活。最后六句以虫吃
桃根,李代桃僵起兴,暗示权贵罹祸,其兄弟侥幸逃离,照应开头
"荡子何所之"。最后以"树木身相代,兄弟还相忘"的对比总括
全诗主旨,告诫兄弟应当相为表里,不能相忘。

　　从全诗结构看,开头和结尾多议论,内容互相照应,中间部分
则是通过叙事呈现主人公居所的富丽堂皇、家庭娱乐的豪奢和兄
弟四五人地位的显赫,与清调曲《相逢行》古辞中间部分在结构、
用韵及内容上大致相同。可见,《鸡鸣》篇是以一个显赫家族的奢
侈生活故事为基础加工而成的,开头和结尾的议论具有明显的劝
世诫俗意义。

　　《孤儿行》:

　　　　孤儿生,孤子遇生,命独当苦!父母在时,乘坚车,驾驷

---

① 黄节《汉魏乐府风笺》引朱止溪曰:"鸡鸣,刺时也。国奢者教礼,首善系乎京
　师。或曰:初平中,五侯僭侈,太后委政于莽,专威福,奏遣红阳侯立、平阿侯
　仁,迫令自杀,民用作歌。"引李子德曰:"熟读卫霍诸传,方知此诗寓意。此诗
　必有所刺。"中华书局,2008年,第9页。

马。父母已去,兄嫂令我行贾。南到九江,东到齐与鲁。腊月来归,不敢自言苦。头多虮虱,面目多尘土。大兄言办饭,大嫂言视马。上高堂,行取殿下堂,孤儿泪下如雨。使我朝行汲,暮得水来归。手为错,足下无菲。怆怆履霜,中多蒺藜。拔断蒺藜,肠肉中怆欲悲。泪下渫渫,清涕累累。冬无复襦,夏无单衣。居生不乐,不如早去,下从地下黄泉。春气动,草萌芽。三月蚕桑,六月收瓜。将是瓜车,来到还家。瓜车反覆,助我者少,啖瓜者多。愿还我蒂,兄与嫂严,独且急归,当与校计。乱曰:里中一何譊譊,愿欲寄尺书,将与地下父母,兄嫂难与久居。

诗歌的主要篇幅以自述口吻讲述孤儿在父母去世后受到兄嫂的百般虐待,最后以"乱"结尾:"里中一何譊譊,愿欲寄尺书,将与地下父母,兄嫂难与久居。"清人蒋骥《山带阁注楚辞·余论》曰:"乱者,盖乐之将终,众音毕会,而诗歌之节,亦与相赴,繁音促节,交错纷乱,故有是名耳。"《孤儿行》的乱辞,利用众乐合奏、众人齐唱的演唱方式,强调"兄嫂难与久居"的家庭伦理问题,突出歌辞的劝诫意义。

《妇病行》:

妇病连年累岁,传呼丈人前一言。当言未及得言,不知泪下一何翩翩。"属累君两三孤子,莫我儿饥且寒,有过慎莫笪笞,行当折摇,思复念之。"

乱曰:抱时无衣,襦复无里。闭门塞牖舍,孤儿到市,道逢亲交,泣坐不能起。从乞求与孤儿买饵,对交啼泣泪不可

止。"我欲不伤悲不能已"。探怀中钱持授。交入门，见孤儿
啼索其母抱。徘徊空舍中，行复尔耳，弃置勿复道！①

诗歌前半写病妇临死前的"托孤"：嘱托丈夫要好好抚养"两三孤
子"。后半的"乱"写病妇死后，"两三孤子"的悲惨生活。最后
"徘徊空舍中，行复尔耳，弃置无复道"三句，从亲交角度着笔，写
其见此惨状的感慨，直指"父不养孤"的家庭伦理问题。对此，萧
涤非先生说："惨状一一从亲交眼中写出，徘徊弃置，盖有不忍言
者矣。……'行复尔耳'，谓妻死不久，即复如此，置子女于不
顾也。"②

　　《乐府解题》引《上留田》古辞曰："里中有啼儿，似类亲父子。
回车问啼儿，慷慨不可止。"崔豹《古今注》曰："上留田，地名也。
人有父母死不字其孤弟者，邻人为其弟作悲歌以讽其兄。"③可见，
汉代社会"兄不养孤弟""父不养孤子"的家庭伦理问题普遍存在。

　　关于婚姻、爱情问题，楚调曲辞《白头吟》、杂曲歌辞《焦仲卿
妻》也体现出明显的劝世戒俗意图。如《白头吟》：

皑如山上雪，蛟若云间月。闻君有两意，故来相决绝。
今日斗酒会，明旦沟水头。躞蹀御沟上，沟水东西流。凄凄
复凄凄，嫁娶不须啼。愿得一心人，白头不相离。竹竿何袅
袅，鱼尾何簁簁。男儿重意气，何用钱刀为！

① 《病妇行》文本标点，依《乐府诗集》及黄节《汉魏乐府风笺》，与余冠英《乐府诗
　选注》稍有区别。
② 萧涤非：《汉魏六朝乐府文学史》，人民文学出版社，1984年，第96页。
③ 郭茂倩：《乐府诗集》，中华书局，1979年，第563页。

《乐府解题》认为这是一首"古辞",并对其结构作了分析:"始言良人有两意,故来与之相决绝;次言别于沟水之上,叙其本情;终言男儿重意气,何用于钱刀。"从全诗看,前 8 句叙事,写女主人公听到男子有"两意"后,主动来沟水头与之决绝;后 8 句感慨抒情,主要表达了两层意思:第一,从女子出嫁,提出"愿得一心人,白头不相离"的婚姻理想;第二,告诫男子对待婚姻、爱情要重情意,不要因金钱而改变。关于《白头吟》主题,《乐府诗集》说:"一说云《白头吟》疾人相知,以新间旧,不能至于白首,故以为名。"①可见,这首歌辞是针对汉代社会世俗婚姻生活中"以新间旧"现象而作的,表达了劝诫世人的意图。

关于《焦仲卿妻》的主旨,传统观点认为是揭露了封建礼教和家长制的罪恶,歌颂了刘兰芝夫妇反抗斗争精神。② 全诗的字里行间确实流露出对焦、刘至死不渝爱情的向往以及对他们婚姻悲剧的同情,但很难看出对封建礼教和家长制度的揭露。相反,结尾"多谢后世人,戒之慎勿忘"两句明显是劝诫世俗的,告诫后世青年男女要以焦、刘的悲剧为戒,千万不要模仿。费锡璜《汉诗

---

① 郭茂倩:《乐府诗集》,中华书局,1979 年,第 600 页。

② 游国恩《中国文学史》(修订本),人民文学出版社,2002 年,第 196 页:"《孔雀东南飞》深刻而巨大的社会意义和思想意义,在于:通过焦仲卿、刘兰芝的婚姻悲剧有力地揭露了封建礼教、封建家长制的罪恶,同时热烈地歌颂了兰芝夫妇为了忠于爱情宁死不屈地反抗封建恶势力的斗争精神,并最后表达了广大人民争取婚姻自由的必胜信念。"袁行霈《中国文学史》,高等教育出版社,1999年,第 228 页:"最后双双自杀,用以反抗包办婚姻,同时也表白他们生死不渝的爱恋之情。《孔雀东南飞》的作者在叙述这一婚姻悲剧时,爱男女主人公之所爱,恨他们之所恨,倾向是非常鲜明的。"

说》曰:"此诗乃言情之文,非义夫节妇也。后人作节烈诗,辄拟之,更益以纲常名教等语,遂恶俗不可耐。"费氏之言恰好反映了《焦仲卿妻》的"劝世"意图所产生的社会效果。

二、妇德与妇功题材

汉乐府成功塑造了一系列引人注目的妇女形象,树立了汉代谨守妇德、勤于妇功的女子典型。如《陌上桑》中的罗敷、《焦仲卿妻》中的刘兰芝、《陇西行》中的健妇、《羽林郎》中的胡姬等。

《陌上桑》古辞通过罗敷采桑和夸夫场景的叙述,歌颂了罗敷勤劳和坚贞的品格。汉代现实社会中,有大量类似于罗敷一样坚守妇德、妇功的女子。如"鲁秋洁妇"故事,其大致情节是:鲁秋胡子,纳妻五日,去陈为官,五年乃归。在回家的路上,见一美妇人采桑,秋胡子下车说:"力田不如逢丰年,力桑不如见国卿。"愿以金与夫人。妇人说:"夫采桑力作,纺绩织纴,以供衣食,奉二亲,养夫子。吾不愿金,所愿卿无有外意,妾亦无洸之志。"秋胡子遂去。至家,奉金遗母,使人唤妇,乃路旁采桑者。妇污其行,遂投河而死。接着《列女传》连引两句"君子曰"批评秋胡子的不孝,对秋胡妻的贞烈之举则大加赞赏:"见善如不及,见不善如探汤,秋胡子妇之谓也。"①

《陇西行》塑造了一个独立持家、待客有礼的健妇形象:

天上何所有,历历种白榆。桂树夹道生,青龙对道隅。

_____

① 刘向:《烈女传》卷五,《四库全书》本。

凤凰鸣啾啾，一母将九雏。顾视世间人，为乐甚独殊。好妇
出迎客，颜色正敷愉。伸腰再拜跪，问客平安不。请客北堂
上，坐客毡氍毹。清白各异樽，酒上正华疏。酌酒持与客，客
言主人持。却略再拜跪，然后持一杯。谈笑未及竟，左顾敕
中厨。促令办粗饭，慎莫使稽留。废礼送客出，盈盈府中趋。
送客亦不远，足不过门枢。取妇得如此，齐姜亦不如。健妇
持门户，亦胜一丈夫。

诗歌主体部分叙写健妇独立持家、待客举止有礼，最后以"取妇得
如此，齐姜亦不如。健妇持门户，亦胜一丈夫"作结，高度赞美健
妇的勤劳贤惠、待人接物娴于礼仪的品质。

班昭《女戒》提出女有四行："一曰妇德、二曰妇言、三曰妇容、
四曰妇功。……清闲贞静，守节整齐，行已有耻，动静有法，是谓
妇德；……专心纺绩，不好戏笑，絜齐酒食，以奉宾客，是谓妇
功。"[1]可见，汉代社会对女子妇德的基本要求是"贞静"和"守
节"；对女子妇功的基本要求是"专心纺绩"和"洁食待客"。罗敷
的"采桑东南隅"、秋胡妻的"采桑力作，纺绩织纴"和健妇的"酒
食待客"等，都是女子妇功的主要内容，是妇女的本分。罗敷不屈
于使君的权势，做出"使君自有妇，罗敷自有夫"的回答，是妇德
"贞静""守节"的要求，秋胡妻为妇德"投河而死"更体现其刚烈
的一面。

《陌上桑》对罗敷勤劳和贞烈品格的赞美、《陇西行》对健妇
"酒食待客"的歌颂，从不同角度树立了践行汉代社会伦理的女子

[1]　范晔:《后汉书·列女传》，中华书局，1965年，第2789页。

典范,以劝诫广大女子专注于品行修养。所以,朱止溪说《陇西行》"正俗也"。①

三、吏治与世风题材

吏治和社会风气方面的题材在汉乐府古辞中也多有反映。如《雁门太守行》古辞:

> 孝和帝在时,洛阳令王君,本自益州广汉蜀民。少行宦,学通五经论。明知法令,历世衣冠。从温补洛阳令。治行致贤,拥护百姓,子养万民。外行猛政,内怀慈仁。文武备具,料民富贫。移恶子姓,篇著里端。伤杀人,比伍同罪对门。禁鋈矛八尺,捕轻薄少年,加笞决罪,诣马市论。无妄发赋,念在理冤。敕吏正狱,不得苛烦。财用钱三十,买绳礼竿。贤哉贤哉,我县王君。臣吏衣冠,奉事皇帝。功曹主簿,皆得其人。临部居职,不敢行恩。清身苦体,夙夜劳勤。治有能名,远近所闻。天年不遂,早就奄昏。为君作祠,安阳亭西。欲令后世,莫不称传。

诗歌历述汉和帝时期洛阳县令王涣的善政故事,与《后汉书》本传的记载大致吻合,但各有侧重。《后汉书》载:"涣丧西归,道经弘农,民庶皆设盘案于路。吏问其故,咸言平常持米到洛,为卒司所钞,恒亡其半。自王君在事,不见侵枉,故来报恩。其政化怀物如

---

① 黄节:《汉魏乐府风笺》,中华书局,2008 年,第 37 页。

此。民思其德,为立祠安阳亭西,每食辄弦歌而荐之。"①古辞是通过对王涣善政故事的颂美,为东汉吏治树立榜样。朱止溪说《雁门太守行》"美吏治也"②,可谓的论。

汉乐府古辞《艳歌行》则是对汉代社会风俗的反映:

> 翩翩堂前燕,冬藏夏来见。兄弟两三人,流宕在他县。故衣谁当补,新衣谁当绽?赖得贤主人,揽取为吾绌。夫婿从门来,斜柯西北眄。语卿且勿眄,水清石自见。石见何累累,远行不如归。

歌辞写兄弟两三人流宕他县,贤惠的居家女主人为他们缝补衣裳而遭到丈夫猜疑的故事。歌辞最后"石见何累累,远行不如归"的结语,以叙事人的视角劝诫天下游子们,在外要慎与女性交往,及早归家与妻子团聚。作品从家庭伦理角度,反映了男女交往的社会风俗问题。

四、人生经验与生存态度题材

汉乐府《猛虎行》《枯鱼过河泣》《长歌行》《公无渡河》等均有以人生经验告诫世人的意味。

《猛虎行》曰:"饥不从猛虎食,暮不从野雀栖。野雀安无巢,游子为谁骄!"朱止溪曰:"《猛虎行》歌猛虎,谨于立身也。……

---

① 范晔:《后汉书·王涣传》,中华书局,1965年,第2469页。
② 黄节:《汉魏乐府风笺》,中华书局,2008年,第61页。

咏游子,士穷视其所不为,义加警焉。"①《枯鱼过河泣》曰:"枯鱼
过河泣,何时悔复及。作书与鲂鲔,相教慎出入。"张荫嘉曰:"此
罹祸者规友之诗。出入不谨,后悔何及,却现枯鱼身而为说法。"②
《公无渡河》曰:"公无渡河,公竟渡河,堕河而死,将奈公何!"关
于其主旨,朱止溪曰:"公无渡河,慎所往也。世患无常,君子不轻
蹈之。"③朱乾《乐府正义》曰:"私意谓乐府自有变通一法,未可执
一;但须不离其宗。则如公无渡河,或假作劝止其人之词,或相戒
免祸之作,不必夫妻也。"④后代拟作往往突出其劝诫主题,如刘孝
威《公无渡河》"请公无渡河,河广风威厉";李贺《箜篌引》"公乎,
公乎,提壶将焉如? 屈平沉湘不足慕,徐衍如海诚为愚";等等。
《长歌行》曰:"少壮不努力,老大徒伤悲。"劝诫世人当珍惜时间,
尽早立业。这些作品大多从人生经验角度,或劝诫世人立身当谨
言慎行,以免遭祸端;或劝诫世人珍惜时光,及早立业。对世人多
有警示和鉴戒意义。

　　汉乐府古辞中还有感叹人生无常、劝诫世人"及时行乐"的作
品。如《乌生八九子》:

　　　　乌生八九子,端坐秦氏桂树间。唶! 我秦氏家有游遨荡
　　子,工用睢阳强、苏合弹。左手持强弹,两丸出入乌东西。
　　唶! 我一丸即发中乌身,乌死魂魄飞扬上天。阿母生乌子

①　黄节:《汉魏乐府风笺》,中华书局,2008 年,第 24 页。
②　黄节:《汉魏乐府风笺》,中华书局,2008 年,第 258 页。
③　黄节:《汉魏乐府风笺》,中华书局,2008 年,第 68 页。
④　黄节:《汉魏乐府风笺》,中华书局,2008 年,第 69 页。

时，乃在南山岩石间。嗟！我人民安知乌子处，蹊径窈窕安从通？白鹿乃在上林西苑中，射工尚复得白鹿脯。嗟！我黄鹄摩天极高飞，后宫尚复得烹煮之。鲤鱼乃在洛水深渊中，钓钩尚得鲤鱼口。嗟！我人民生各各有寿命，死生何须复道前后。

《乐府解题》曰："言乌母生子，本在南山岩石间，而来为秦氏弹丸所杀。白鹿在苑中，人可得以为脯。黄鹄摩天，鲤在深渊，人可得而烹煮之。则寿命各有定分，死生何叹前后也。"①李子德曰："弹乌、射鹿、煮鹄、钓鱼，总借喻年寿之有穷，世途之难测，以劝人及时为乐。"②类似的歌辞还有"出西门，步念之：今日不作乐，当待何时？"（《西门行》）"为当欢乐，心得所喜，安神养性，得保遐期"（《满歌行》），等等。

　　费锡璜《汉诗总说》云："三代而后，唯汉家风俗犹为近古。三代礼乐，庶几未衰，吾于读汉诗见之。如《陌上桑》《羽林郎》《陇西行》，始皆艳羡，终止于礼；《艳歌行》流宕他乡，而卒守之以正；《东门行》盎无斗储，而夫妇相勉自爱不为非。"③费氏从汉乐府中读出了三代的礼乐精神和风俗伦理。其实，这些正是汉乐府劝世精神在歌辞中的反映。

---

① 　郭茂倩：《乐府诗集》，中华书局，1979年，第408页。
② 　黄节《汉魏乐府风笺》第12页引李子德语。
③ 　王夫之等：《清诗话》，上海古籍出版社，1999年，第947页。

五、汉乐府"劝世"主题的生成机制

汉代以相和歌辞为代表的娱乐性乐府诗主要来自各地的街陌讴谣,是乐府机构在各地讴谣基础上加工、配乐的结果。《汉书·艺文志》载:"自孝武立乐府而采歌谣,于是有代赵之讴,秦楚之风,皆感于哀乐,缘事而发。"①"感于哀乐"是歌谣的创作动机,郭茂倩《乐府诗集》载:"宁戚以困而歌,项籍以穷而歌,屈原以愁而歌,卞和以怨而歌,虽所遇不同,至于发乎其情则一也。"②"缘事而发"是歌谣的主要创作模式。歌谣的"哀乐"之情总是借助具体事件表达出来的,所谓"饥者歌其食,劳者歌其事"③。因此,民间歌谣的哀乐之情往往是从歌者个体角度抒发的,一般很少劝世意义。④

可见,汉乐府的"劝世"主题是乐府机关在对歌谣进行加工改造的过程中形成的。汉武帝"立乐府而采歌谣"的重要目的之一是正俗⑤,《汉书·地理志》曰:"凡民函五常之性,而其刚柔缓急,音声不同,系水土之风气,故谓之风;好恶取舍,动静亡常,随君上之情欲,故谓之俗。"⑥应劭《风俗通义·序》曰:"风者,天气有寒

---

① 班固:《汉书·艺文志》,中华书局,1962年,第1756页。
② 郭茂倩:《乐府诗集》,中华书局,1979年,第1165页。
③ 《春秋公羊传·宣公十五年》,何休注,《十三经注疏》本,第2287页。
④ 这里主要从歌谣的创作机制而言,不排除个别因特殊目的而创作的歌谣,如《上留田》《长安为尹赏歌》等汉代歌谣就有一定劝世意图。
⑤ 关于汉武帝"立乐府而采歌谣"的正俗目的及汉乐府的生成方式,详见拙文《论汉乐府的生成模式及其体制特征》,《中南民族大学学报》2017年第1期。
⑥ 班固:《汉书·地理志》,中华书局,1962年,第1640页。

暖,地形有险易,水泉有美恶,草木有刚柔也。俗者,含血之类,像之而生。故言语歌讴异声,鼓舞动作殊形。"①正俗就是要对各种不同的"好恶取舍""言语歌讴""鼓舞动作"等社会群体性生活方式进行潜移默化的引导,最终达到天下"风俗齐同"的境界。乐府机关往往按照"正俗"的要求对各地歌谣进行整理加工。《史记·乐书》曰:"凡作乐者,所以节乐。君子以谦退为礼,以损减为乐,乐其如此也。以为州异国殊,情习不同,故博采风俗,协比声律,以补短移化,助流政教。天子躬于明堂临观,而万民咸荡涤邪秽,斟酌饱满,以饰厥性。故云雅颂之音理而民正,嘄噭之声兴而士奋,郑卫之曲动而心淫。及其调和谐合,鸟兽尽感,而况怀五常,含好恶,自然之势也?"②所谓"博采风俗,协比声律"是说乐府机关到各地采集歌谣,并对之进行加工、配乐的工作。即通过乐府机关对"情习不同"的各地歌谣进行"补短移化"的加工改造,最终实现"助流政教"目的。乐府机关既要从音乐技术层面进行"移化",如对嘄噭之声和郑卫之曲从音乐风格上进行调整,使其达到"乐而不淫"的审美效果;更要从歌辞内容层面进行"补短",剔除歌辞的"邪秽之情",筛选歌辞的颂美性或讽谏性内容,并适时补充劝世主题。通过乐府机构这两方面的"创作",使乐府诗满足移风易俗、教化万民的要求。值得注意的是,各地街陌歌谣经过乐府机关"补短移化"的加工改造,完成了其身份的转变,即由原来只是抒发个体世俗之情的歌谣转变成了代表朝廷意志表达正俗意图的乐府诗。汉乐府的劝世主题就是在这种"创作"机制中生成的。

---

① 　王利器:《风俗通义校注》,中华书局,1981 年,第 8 页。
② 　司马迁:《史记·乐书》,中华书局,1982 年,第 1175—1176 页。

论汉乐府的生成模式及其体制特征

从主体功能言，汉乐府大致可以分为郊庙仪式歌曲和社会娱乐歌曲两大类型，如《安世房中歌》和《郊祀歌》属于娱神敬宗的郊庙仪式歌曲，《汉鼓吹铙歌》、相和歌和杂曲歌辞则属于生活娱乐歌曲。生活娱乐歌曲大多是汉代乐府机关在各地民间歌谣基础上加工而成的，这种生成模式对汉乐府文体特征的形成具有重要作用。本文主要以《乐府诗集》所录汉乐府古辞文本为考察对象，①重点探讨汉乐府机关对汉代歌谣的加工过程，以及汉乐府文体特征是如何在这一过程中形成的。

一、正俗：汉武帝"立乐府"目的之一

汉武帝"立乐府"是其礼乐文化建设的重要内容，其目的之一

---

① 《安世房中歌》和《郊祀歌》是帝王及文人受命作辞，乐府机关配乐而成的仪式乐歌，其生成机制与乐府机关整理加工各地歌谣形成的其他几类乐府歌曲有些不同，将作专文探讨，本文不予论及。《乐府诗集》收录相和歌古辞30余首，杂曲古辞10余首，学界通常将这些古辞视为汉代作品。因汉乐府文本缺失严重，已无法确知现存汉乐府古辞具体的生成时间和原貌，部分古辞虽保留了汉代的面貌，但可能在魏晋时期曾被再次加工。《宋书·乐志》曰："清商三调歌诗，荀勖撰旧词施用者。"《乐府诗集》著录的"清商三调"部分歌辞中有本辞和乐奏辞的区别，乐奏辞反映了魏晋时期清商三调的表演形态。因此本论文的用例尽量以相和歌辞为主，凡涉及"清商三调"古辞，一概以"本辞"为据。

是"正俗"。①《汉书·武帝纪》曰:"孝武初立,卓然罢黜百家,表章六经。遂畴咨海内,举其俊茂,与之立功。兴太学,修郊祀,改正朔,定历数,协音律,作诗乐,建封禅,礼百神,绍周后,号令文章,焕焉可述。"②《汉书·礼乐志》曰:"至武帝定郊祀之礼,祠太一于甘泉,就乾位也;祭后土于汾阴,泽中方丘也。乃立乐府,采诗夜诵,有赵、代、秦、楚之讴。以李延年为协律都尉,多举司马相如等数十人造为诗赋,略论律吕,以合八音之调,作十九章之歌。"③班固《两都赋序》也说:"至于武、宣之世,乃崇礼官,考文章,内设金马、石渠之署,外兴乐府协律之事。"④其"协音律""作诗乐""建封禅""礼百神"等礼乐活动都是配合其"尊儒"政策展开的,"立乐府而采歌谣"是其中重要内容。汉武帝时期的音乐机构有太乐和乐府两个部门。虽然传统的宗庙祭祀雅乐主要由太乐掌管,但当时的雅乐已残破不堪,"但能纪其铿锵鼓舞,而不能言其义"⑤。所以汉武帝大规模的乐舞活动,诸如定郊祀祭礼、采集整理地方歌谣、让文人写作歌词、令李延年为歌词配乐等,都是以乐府机关为依托进行的。⑥ 乐府机关因此得到极大的发展,不仅掌管《安世房中乐》《郊祀乐》等宫廷和郊祭礼乐,还负责采集

---

① 乐府始于秦代,最重要证据是刻有"乐府"二字的秦代错金甬钟的考古发现,汉武帝时代的"立乐府",一是扩大其规模,二是扩大其职能。具体论证参见寇效信《秦汉乐府考》,《陕西师范大学学报》1978 年第 1 期;赵敏俐《汉代乐府制度与歌诗研究》,商务印书馆,2009 年,第 69 页。

② 班固:《汉书》,中华书局,1962 年,第 212 页。

③ 班固:《汉书》,中华书局,1962 年,第 1045 页。

④ 班固:《两都赋序》,《全上古三代秦汉三国六朝文》,中华书局,1958 年,第 602 页。

⑤ 班固:《汉书》,中华书局,1962 年,第 1043 页。

⑥ 张永鑫:《汉乐府研究》,江苏古籍出版社,1992 年,第 69—80 页。

和表演各种娱乐音乐。

　　汉武帝将"立乐府而采歌谣"活动放在"定郊祀""崇礼官"等礼乐文化建设中展开,其目的除"观风"外,显然还有"正俗"意图,即从朝廷立场出发,通过礼乐文化建设构建一套体现儒家精神的社会伦理制度。"采诗观风"始于周天子,《国语·周语上》有"天子听政,使公卿至于列士献诗,瞽献曲,史献书,师箴,瞍赋,矇诵,百工谏,庶人传语。近臣尽规,亲戚补察,瞽史教诲,耆艾修之,而后王斟酌焉"的记载。颜师古《汉书注》曰:"采诗,依古遒人徇路,采取百姓讴谣,以知政教得失也。"①可见,周天子"采诗"的主要目的在于"知政教得失"。

　　汉武帝"立乐府而采歌谣"等礼乐文化方面的"正俗"活动,主要是从两方面展开的:第一,通过重定郊祀之礼,提高"太一"尊神在国家祭祀中的核心地位,以确立大汉王朝的地位与尊严,巩固其统治;②第二,通过对各地音乐的加工改造,达到"移风易俗"目的。

　　关于"立乐府而采歌谣"与"正俗"之间的逻辑理路,董仲舒向汉武帝的"对策"中有较清晰的表述。董仲舒曰:"为人君者,正心以正朝廷,正朝廷以正百官,正百官以正万民,正万民以正四方。四方正,远近莫敢不一于正,而亡有邪气奸其间者。"又曰:今陛下贵为天子,"行高而恩厚,知明而意美,爱民而好士,可谓谊主矣。然而天地未应而美祥莫至者,何也?凡以教化不立而万民不正也。……(古之王者)莫不以教化为大务。立大学以教于国,设

①　班固:《汉书》,中华书局,1962年,第1045页。
②　参赵敏俐《汉代乐府制度与歌诗研究》,商务印书馆,2009年,第63—73页。

庠序以化于邑,渐民以仁,摩民以谊,节民以礼,故其刑罚甚轻而禁不犯者,教化行而习俗美也"。又说:"乐者,所以变民风,化民俗也;其变民也易,其化人也著。"①董仲舒认为,要达到"四方正于一"的治国境界,须自上而下推行"正朝廷""正百官""正万民"的教化工作。武帝即位之初,汉代社会的主要问题是"教化不立而万民不正",希望汉武帝能像古之王者"以教化为务,立大学以教于国,设庠序以化于邑,渐民以仁,摩民以谊,节民以礼",从而实现"教化行而习俗美"的理想社会。而音乐是"变民风,化民俗"的最好载体,所以"正俗"得从礼乐文化入手。《史记·乐书》太史公曰:"夫上古明王举乐者,非以娱心自乐,快意恣欲,将欲为治也。正教者皆始于音,音正而行正。故音乐者,所以动荡血脉,通流精神而和正心也。……故乐所以内辅正心,而外异贵贱也。上以事宗庙,下以变化黎庶也。"②《汉书·礼乐志》也强调音乐"其感人深,其移风易俗易"③的特点。

　　虽然汉乐府的音乐演唱活动,大多面向宫廷,观看者多是帝王后妃、达官贵人,但宫廷的娱乐风尚往往对百姓产生重大影响。"上好是物,下必有甚者矣"(《礼记·缁衣》)。东汉马廖曾上疏曰:"夫改政移风,必有其本。传曰:'吴王好剑客,百姓多创瘢;楚王好细腰,宫中多饿死。'长安语曰:'城中好高髻,四方高一尺;城中好广眉,四方且半额;城中好大袖,四方全匹帛。'斯言如戏,有切事实。"④宣帝朝,益州刺史王襄使王褒"作《中和》《乐职》《宣

----

① 班固:《汉书》,中华书局,1962年,第2499—2504页。
② 司马迁:《史记》,中华书局,1982年,第1236页。
③ 班固:《汉书》,中华书局,1962年,第1036页。
④ 范晔:《后汉书》,中华书局,1965年,第853页。

布》诗,选好事者令依《鹿鸣》之声习而歌之"①,其意也是为宣导风化民众提供一州之"本"。

因汉武帝"立乐府而采歌谣"的"正俗"目的,使乐府机关对歌谣的加工、改造和配乐活动具有鲜明的朝廷意志和国家意识形态特征。

二、乐府机关对歌谣的加工:汉乐府的主要生成模式

现存汉乐府中,除《安世房中歌》《郊祀歌》是帝王及文人受命作辞,乐府机关配乐而成外,其他几类歌辞大多是乐府机关按照"正俗"要求对各地歌谣进行加工、改造的结果。至于如何加工、改造,《史记·乐书》的一段文字透露了一些信息:

> 凡作乐者,所以节乐。君子以谦退为礼,以损减为乐,乐其如此也。以为州异国殊,情习不同,故博采风俗,协比声律,以补短移化,助流政教。天子躬于明堂临观,而万民咸荡涤邪秽,斟酌饱满,以饰厥性。故云雅颂之音理而民正,嚎嗷之声兴而士奋,郑卫之曲动而心淫。及其调和谐合,鸟兽尽感,而况怀五常,含好恶,自然之势也。②

这段文字大致有四层意思:第一,大凡作乐的目的在于使欢乐有所节制;第二,因各地性情习俗不同,所以要通过"博采风俗,协比

---

① 班固:《汉书》,中华书局,1962年,第2821页。
② 司马迁:《史记》,中华书局,1982年,第1175—1176页。

声律"的作乐,帮助政教的推行;第三,天子亲临明堂观乐,百姓受乐的感化,涤除邪秽而使性情得以整饬;第四,对各种不同风格的音乐进行"调和谐合"后,怀五常之性、含好恶之情的人自然会受到感染。虽然这段文字主要从历代圣王作乐目的以及音乐对正俗的作用来说的,并非特指汉代乐府机关,但值得注意的是其中对乐官"博采风俗,协比声律"原因、内容及作用的说明,当参照了汉代乐府机关的基本工作方式。所谓"博采风俗,协比声律"是指乐府机关到各地采集歌谣,并对之整理、加工和配乐的工作。乐府机关整理、加工的主要内容是对"情习不同"的各地歌谣进行"补短移化",最终实现"助流政教"目的。当然,"补短移化"既指从音乐技术层面进行的"移化",如对嘈噪之声和郑卫之曲从音乐风格上进行调整,使其达到"乐而不淫"的审美效果;也指从歌辞内容层面进行"补短",剔除歌辞的"邪秽之情",筛选歌辞的颂美性或讽谏性内容,并适时补充劝世主题。通过乐府机构这两方面的"创作",使乐府诗满足移风易俗、教化万民的要求。

1.配乐:乐府机关对歌谣音乐风格的移化

乐府机关从音乐技术方面对歌谣的加工主要是为歌谣配乐,即对有的歌谣配上乐器表演,对有的歌谣配上新的乐曲,还有的在歌谣结尾添加乱曲。

第一,配乐器表演。相和歌是西汉最流行的音乐艺术形式,《宋书·乐志》曰:"相和,汉旧歌也。丝竹更相和,执节者歌。"①在演唱方式上,先是丝弦乐器和管乐器更迭表演,然后歌者"执节而歌"。就相和歌言,所谓配乐其实是配上乐器表演。乐工增加

---

① 沈约:《宋书》,中华书局,1974年,第603页。

了"丝竹更相和"的部分,"执节者歌"的部分是没有乐器表演的,其歌辞和旋律可能较多地保留了歌谣的原始面貌,乐府机关只是做了"筛选"工作。因此,各地歌谣的语言风格和"故事"内容得以保留,乐府机关在采诗夜诵中,才有"赵代之讴,秦楚之风"的不同歌唱形式。《汉书·艺文志》著录的 300 多篇歌诗中大多数以地域为名,如"吴楚汝南歌诗""燕代讴雁门云中陇西歌诗""邯郸河间歌诗""齐郑歌诗""淮南歌诗""左冯翊秦歌诗""京兆尹秦歌诗""河东蒲反歌诗""洛阳歌诗""河南周歌诗""周谣歌诗""周歌诗""南郡歌诗"等①,也说明各地歌谣基本内容和歌咏风格得以保留的事实。

第二,配以新的乐曲。因各地歌谣风格各异,有的是"叫噭之声",有的是"郑卫之曲",不合"中和"之美。乐府机关的乐工们就得对这些歌谣进行重新配乐。当时汉代流行着一种新声,汉武帝特别喜欢,所以在制礼作乐中,并未完全按照传统雅乐要求选择音乐,而是加入了当下流行的新声俗曲。《汉书·李延年传》载:"延年善歌,为新变声。是时上方兴天地诸祠,欲造乐,令司马相如等作诗颂。延年辄承意弦歌所造诗,为之新声曲。"②李延年为仪式乐歌《郊祀歌》配乐采用的都是当时流行的新声,采用新声为各地歌谣配乐也在情理之中。

第三,添加"乱"曲。"乱"作为一种音乐演唱方式,最早见于《论语》。《论语·泰伯》载,子曰:"师挚之始,《关雎》之乱,洋洋

①　班固:《汉书》,中华书局,1962 年,第 1754—1756 页。
②　班固:《汉书》,中华书局,1962 年,第 3725 页。

乎盈耳哉!"朱熹注曰:"乱,乐之卒章也。"①说明《诗经》中就有
"乱"这种音乐演唱方式了。《关雎》属《周南》,据方玉润《诗经原
始》,周地以南的诗称为"周南",主要在汉水流域广大地区,春秋
战国属楚地。

　　《楚辞》有"乱辞"者凡六篇,即屈原《离骚》《涉江》《哀郢》
《抽思》《怀沙》,宋玉《招魂》。清人蒋骥《山带阁注楚辞·余论》
曰:"余意乱者,盖乐之将终,众音毕会,而诗歌之节,亦与相赴,繁
音促节,交错纷乱,故有是名耳。"《楚辞》究竟是否合乐演唱不得
而知,但《楚辞》的句式、篇章结构主要来源于楚地歌谣则可以肯
定。楚歌的演唱方式文献多有载录,《文选·宋玉对楚王问》载:
"客有歌于郢中者,其始曰《下里》《巴人》,国中属而和者数千人;
其为《阳阿》《薤露》,国中属而和者,不过数百人;其为《阳春》《白
雪》,国中属而和者,不过数十人;引商刻羽,杂以流徵,国中属而
和者,不过数人而已。"②又《寰宇记案·甲乙存稿》载:"扬歌,郢
中田歌也。其别为三声子,五声子,一曰嘹声,通谓之扬歌。一人
唱,和者以百数,音节极悲,水调歌或即是类。"③"一人领唱,众人
以和"就是楚歌的基本演唱方式,《楚辞》的"乱辞"当是这种演唱
方式在文本上的体现。

　　汉代相和歌"丝竹更相和,执节者歌"的演唱方式,可能来源
于乐府机关对楚歌的加工改造,相和歌"瑟调曲"《妇病行》《孤儿
行》古辞就有"乱辞"。汉乐府的"乱"曲是乐府机关根据楚歌的

①　朱熹:《四书章句集注》,中华书局,1983年,第106页。
②　李善注:《文选》,上海古籍出版社,1986年,第1999页。
③　《湖北通志》,湖北省长官公署,1921年,第21卷。

演唱方式添加的。乱是乐曲结尾时的众乐合奏，与之相伴的乱辞也可以总结全篇主旨，因此，乐府机关往往在"乱辞"中添加"劝世"主题以实现"正俗"功能。当然，经乐工的配乐，汉乐府歌曲的音乐风格得到移化，表演艺术水平得到普遍提高。

2.对歌谣辞句的增删：歌谣本事的意义化

乐府机关对歌谣内容的加工主要采取两种方式，即歌谣本事的"意义化"和歌谣本事的"故事化"。

歌谣本事的意义化是指乐府机关在原歌谣本事基础上通过添加歌辞内容，或揭示歌谣本事的意义，或从歌谣本事中引申出新主题。至于如何添加、在何处添加，则往往根据汉乐府的演唱特点和歌辞结构灵活处理。从现存汉乐府歌辞文本结构来看，有的添加在歌辞中间，有的添加在开头，更多的则添加在歌辞的结尾。

第一，在原歌辞中间添加内容。如瑟调曲《东门行》古辞：

> 出东门，不顾归。来入门，怅欲悲。盎中无斗米储，还视架上无悬衣。拔剑东门去，舍中儿母牵衣啼。他家但愿富贵，贱妾与君共铺糜。上用仓浪天故，下当用此黄口儿。今非！咄，行！吾去为迟，白发时下难久居。

诗歌以第一人称视角叙写一个男子在无衣无食的境地下不得不铤而走险的故事。从故事语境看，中间"他家但愿富贵，贱妾与君共铺糜。上用仓浪天故，下当用此黄口儿。今非！"等诗句是妻子对主人公的劝诫之辞，希望他能留下来，不要铤而走险。但在实际效果上，这段对话通过角色的表演，已经传达出明显的社会劝诚意义。"舍中儿母牵衣啼"的情节大概是乐府机构为了教化需要而添加进去的。乐府诗的这种创作机制,在瑟调曲《东门行》晋代乐奏辞中表现得更为明显。《东门行》乐奏辞曰:

> 出东门,不顾归。来入门,怅欲悲。盎中无斗米储,还视架上无悬衣。(一解)拔剑东门去,儿女牵衣啼。他家但愿富贵,贱妾与君共饣甫糜。(二解)共饣甫糜,上用仓浪天故,下为黄口小儿。今时清廉,难犯教言,君复自爱莫为非。(三解)今时清廉,难犯教言,君复自爱莫为非。行!吾去为迟,平慎行,望君归。

较之本辞,乐奏辞去掉了主人公"白发时下难久居"的控诉内容,增添了"今时清廉,难犯教言,君复自爱莫为非"等粉饰太平的语言,并通过歌曲复踏表演予以强化。晋代清商三调歌辞是荀勖根据旧词加工整理而成的。[①] 这首乐奏辞虽然不是汉乐府的原貌,但从中能够看到乐工是如何对原歌词进行加工改编的。

第二,在原歌辞开头和结尾添加内容。如相和歌辞《鸡鸣》篇:

> 鸡鸣高树颠,狗吠深宫中。荡子何所之,天下方太平。刑法非有贷,柔协正乱名。黄金为君门,璧玉为轩堂。上有双尊酒,作使邯郸倡。刘王碧青甓,后出郭门王。舍后有方

---

① 沈约《宋书·乐志》曰:"清商三调歌诗,荀勖撰旧词施用者。"中华书局,1974年,第608页。

池,池中双鸳鸯。鸳鸯七十二,罗列自成行。鸣声何啾啾,闻
我殿东厢。兄弟四五人,皆为侍中郎。五日一时来,观者满
道旁。黄金络马头,颎颎何煌煌。桃生露井上,李树生桃旁,
虫来吃桃根,李树代桃僵。树木身相代,兄弟还相忘。

该诗在结构上,以每六句组成一段,全诗三十句共五段。第一段
以"鸡鸣高树颠,狗吠深宫中"开头,反映"天下方太平"的景象。
"刑法非有贷"的"贷"是宽恕之意;"柔协正乱名"的"柔协"是柔
服之意,即安抚顺从者。《左传·宣公十二年》曰:"伐叛,刑也;柔
服,德也。"杨伯峻注曰:"对已服者用柔德安抚之。"①这两句诗是
说当今法治严明,对柔服者安之以德,对乱纲纪者则正之以刑,以
此规劝和警告"荡子"不要四处逃亡。"黄金为君门,璧玉为轩
堂"以下三段,叙述兄弟四五人的显赫地位和奢靡生活。最后一
段则以"虫来吃桃根,李树代桃僵"为喻,反衬汉代社会的那些显
赫家族,一旦遭遇祸难,往往"兄弟还相忘"的现象。诗歌开头和
结尾多议论,内容彼此照应,中间叙述兄弟四五人的三段内容,则
与清调曲《相逢行》古辞的中间部分在结构、用韵及内容上都大致
相同。说明《鸡鸣》篇"兄弟四五人"部分是一个相对独立的故
事,可能是一首原始歌谣,而且曾配以多种曲调演唱。由此看来,
《鸡鸣》篇是以一个显赫家族的奢侈生活故事为基础加工而成的,
开头和结尾明显的劝世诫俗的内容当是乐府机关在加工、配乐的
过程中添加的。

　　第三,在原歌辞结尾添加内容。这种类型在现存汉乐府古辞

----

① 　杨伯峻:《春秋左传注》(修订本),中华书局,1990年,第722页。

中最为普遍,相和曲《乌生》、平调曲《长歌行》、瑟调曲《陇西行》《孤儿行》、楚调曲《白头吟》等古辞的结尾都有类似劝诫的内容。相和曲古辞《乌生》曰:

> 乌生八九子,端坐秦氏桂树间。唶! 我秦氏家有游遨荡子,工用睢阳强、苏合弹。左手持强弹,两丸出入乌东西。唶! 我一丸即发中乌身,乌死魂魄飞扬上天。阿母生乌子时,乃在南山岩石间。唶! 我人民安知乌子处,蹊径窈窕安从通? 白鹿乃在上林西苑中,射工尚复得白鹿脯。唶! 我黄鹄摩天极高飞,后宫尚复得烹煮之。鲤鱼乃在洛水深渊中,钓钩尚得鲤鱼口。唶! 我人民生各各有寿命,死生何须复道前后。

该诗主旨当是劝诫世人"及时为乐"的。《乐府解题》曰:"言乌母生子,本在南山岩石间,而来为秦氏弹丸所杀。白鹿在苑中,人可得以为脯。黄鹄摩天,鲤在深渊,人可得而烹煮之。则寿命各有定分,死生何叹前后也。"[1]李子德曰:"弹乌、射鹿、煮鹄、钓鱼,总借喻年寿之有穷,世途之难测,以劝人及时为乐。"[2]全诗二十句,前十句以赋笔叙述乌母生子南山岩石间,而为秦氏游荡子弹丸所杀的故事。后十句则以弹乌、射鹿、煮鹄、钓鱼为喻,感叹寿命各有定分,世途难测,劝诫"人民"及时为乐。诗歌不仅前后的笔法多不相类,而且用韵也不相同。细读此诗发现,前十句似是一首

---

① 　郭茂倩:《乐府诗集》,中华书局,1979 年,第 408 页。
② 　黄节:《汉魏乐府风笺》,中华书局,2008 年,第 12 页。

以乌为题材的歌谣,通过乌遭秦氏游荡子弹丸所杀的遭遇,表达对世途的忧惧之情;后十句则是乐府机关在原歌谣忧惧世途主题上,对"死生何须复道前后"的感慨,劝诫人们"及时行乐"。瑟调曲《孤儿行》古辞则通过添加"乱"曲,强调"兄嫂难与久居"的家庭伦理问题。

3.以歌谣为素材的故事新编:歌谣本事的故事化

歌谣本事的故事化是指以歌谣本事为素材新编故事。歌谣一般是歌咏当事人、当时事,人和事都是大家所熟知的,无须详细叙述,重在表达对相关的人和事的态度和情感倾向。因此现存汉代歌谣普遍存在两个共同特点:一是多从百姓角度叙事、抒情;二是很少对具体事件做完整叙述。而乐府机关新编的乐府诗则不然,大多是以第三人称为视角的完整故事。

《雁门太守行》古辞曰:

> 孝和帝在时,洛阳令王君,本自益州广汉蜀民。少行宦,学通五经论。明知法令,历世衣冠。从温补洛阳令。治行致贤,拥护百姓,子养万民。外行猛政,内怀慈仁。文武备具,料民富贫。移恶子姓,篇著里端。伤杀人,比伍同罪对门。禁鳖矛八尺,捕轻薄少年,加笞决罪,诣马市论。无妄发赋,念在理冤。敕吏正狱,不得苛烦。财用钱三十,买绳礼竿。贤哉贤哉,我县王君。臣吏衣冠,奉事皇帝。功曹主簿,皆得其人。临部居职,不敢行恩。清身苦体,夙夜劳勤。治有能名,远近所闻。天年不遂,早就奄昏。为君作祠,安阳亭西。欲令后世,莫不称传。

从古辞结构看,全诗以第三人称视角叙述,前后连贯,结构完整,属于一次性完成的作品。古辞与《后汉书》本传的记载基本吻合,开头和结尾对王涣生平的叙述,大体一致,中间对王涣美政细节的叙述则各有侧重,说明《本传》与古辞也不存在文本上的依循关系。可见,《雁门太守行》古辞是乐府机关根据王涣美政事迹和相关歌谣为素材新编的美政故事。

从创作机制看,西汉末年以至整个东汉,朝廷以"风谣"课考州郡官员的制度,激发了百姓以歌谣反映吏治的热情,促进了吏治歌谣的创作。自武帝以来,汉代帝王特别重视"循行天下"以"观览风谣"①,宣帝、成帝、平帝时期,均有关于徇行天下、览观风俗的记载②。东汉以来,"观览风谣"制度进一步突出了其作为课考地方郡守的管理功能。《后汉书·循吏传》曰:"初,光武长于民间,颇达情伪。……广求民瘼,观纳风谣,故能内外匪懈,百姓宽息。……然建武、永平之间,吏事刻深,亟以谣言单辞,转易守长。"③东汉,以"谣言"课考地方郡守之事多有载籍,如《刘陶传》:"光和五年,诏公卿以谣言举刺史、二千石为民蠹害者。……由是诸坐谣言征者悉拜议郎。"④《范滂传》:"后诏三府掾属举谣言,滂奏刺史、二千石权豪之党二十余人。"⑤

---

① 班固《汉书·武帝纪》载,武帝元鼎二年诏曰:"遣博士中等分循行,谕告所抵,无令重困,吏民有振救饥民免其厄者,具举以闻。"第182页。
② 汉宣帝元康四年,"遣大中大夫强等十二人循行天下,存问鳏寡,览观风俗,察吏治得失"。汉平帝元始四年,"遣太仆王恽等八人置副,假节,分行天下,览观风俗"。班固《汉书》,第258、357页。
③ 范晔:《后汉书》,中华书局,1965年,第2457页。
④ 范晔:《后汉书》,中华书局,1965年,第1851页。
⑤ 范晔:《后汉书》,中华书局,1965年,第2204页。

　　以"风谣"课考官员,其初衷是促使郡州官员勤于吏治、推行德化,很多官员也因此获得升迁。如《汉书·王尊传》载,王尊迁益州刺史,"尊居部二岁,怀来徼外,蛮夷附其威信。博士郑宽中使行风俗,举奏尊治状,迁为东平相"①。因"风谣"制度的驱使,有的郡州官员则诱导百姓创作歌谣,甚至凭空编造美政歌谣。如《汉书·王莽传》载,元始四年四月,遣大司徒司直陈崇等八人分行天下,览观风俗。……五年秋,"风俗使者八人还,言天下风俗齐同,诈为郡国造歌谣,颂功德,凡三万言"②。为了配合"观览风谣"课考制度的实施,朝廷往往会从文化舆论上树立一些地方州郡官员的典型,以引导地方郡州吏治。乐府机关便以吏治歌谣为素材,结合一些地方官员的吏治事迹,新编典型故事,并通过乐府的演唱广泛传播。《雁门太守行》等乐府古辞大概就是在这种机制中生成的。吴兢《乐府解题》曰:"古歌词,历述涣本末,与传合,而曰《雁门太守行》,所未知。"③对《雁门太守行》曲名与歌辞故事内容不一致问题提出了质疑。《雁门太守行》古辞的历史细节可能是这样的:最早有"雁门太守歌"之类的颂美雁门某太守的歌谣流传,后来乐工采之入乐,并改编成乐府曲调《雁门太守行》;因《雁门太守行》是颂美吏治的乐曲,乐府机关往往用它演唱各地美政故事,王涣故事是其中之一。王涣美政故事发生在东汉孝和帝永元、元兴年间,和帝确曾分遣使者,各至州县"观采风谣"④。萧涤非先生说:"夫既遣使者以行风俗,因谣言而为黜陟,则自必存

---

① 班固:《汉书》,中华书局,1962 年,第 3229 页。
② 班固:《汉书》,中华书局,1962 年,第 4076 页。
③ 郭茂倩:《乐府诗集》,中华书局,1979 年,第 574 页。
④ 范晔:《后汉书》,中华书局,1965 年,第 2717 页。

录,以为黜陟之张本,而乐工因采以入乐,此事理之当然者,前举《雁门太守行》,即其明例也。"①

其他类型的汉乐府作品也存在故事新编的方式。如《陌上桑》古辞,崔豹《古今注》曰:"《陌上桑》者,出秦氏女子。秦氏,邯郸人有女名罗敷,为邑人千乘王仁妻。王仁后为赵王家令。罗敷出采桑于陌上,赵王登台见而悦之,因置酒欲夺焉。罗敷巧弹筝,乃作《陌上桑》之歌以自明,赵王乃止。"②现存《陌上桑》古辞最早见于《宋书·乐志》大曲《艳歌罗敷行》,《玉台新咏》收入"古乐府"作《日出东南隅行》,《乐府诗集》收入"相和曲"作《陌上桑》。从《古今注》知,《陌上桑》最初是罗敷弹筝而歌的自述之辞,而古辞则以第三人称视角叙述罗敷勤劳、美丽和坚贞的品格。在结构上,古辞与"相和曲"中的另三首《陌上桑》歌辞完全不类。可见,《陌上桑》古辞是以《陌上桑》歌谣及罗敷事迹为素材新编的乐府故事。又如《秋胡行》,《乐府解题》曰:"后人哀而赋之,为《秋胡行》。"③

当然,汉武帝的礼乐活动并未完全按照西周礼乐传统进行。一是周代雅乐体制已亡失。经春秋战国的"礼崩乐坏",秦国的"焚典籍,《乐经》用亡",汉代乐家对雅乐声律"但能纪其铿锵鼓舞,而不能言其义",已无从恢复。二是汉武帝对楚声与新声的喜爱。如《汉书·李延年传》载,武帝"方兴天地诸祠,欲造乐,令司马相如等作诗颂,延年辄承意弦歌所造诗,为之新声曲"④。汉武

---

① 萧涤非:《汉魏六朝乐府文学史》,人民文学出版社,1984 年,第 75 页。
② 郭茂倩:《乐府诗集》,中华书局,1979 年,第 410 页。
③ 郭茂倩:《乐府诗集》,中华书局,1979 年,第 526 页。
④ 班固:《汉书》,中华书局,1962 年,第 3725 页。

帝"立乐府而采歌谣"的音乐文化活动,一方面承袭了周代礼乐
"安上治民,移风易俗"传统精神;另一方面又积极吸收楚歌及其
它方俗之乐感荡性灵的艺术特质,极大地提高了乐府音乐的艺术
水平。乐府音乐艺术在汉代及魏晋的广泛传播与其抑扬美妙的
音乐风格不无关系。但也因其对方俗之乐的吸收,而饱受历代儒
学之士的诟病。

三、汉乐府的文体特征

汉乐府与后世一般文人徒诗的区别主要体现为三个方面:一
是题材的世俗性;二是情感表达的普世化;三是文本的叙事性。
这些特点与其独特的生成模式密不可分。

汉乐府题材的世俗性特点与汉武帝"正俗"目的有关。钱志
熙先生认为,与后世的文人诗歌相比,汉乐府完全以世俗生活为
表现对象,体现了一种淳朴而生动的世俗生活的美感价值。① 赵
敏俐先生则将相和诸调歌诗的内容分为"以描摹世俗生活为主"
和"以抒写人生感受为主"两大类别。② 汉乐府题材虽然极其广
泛,涉及家庭、婚姻、爱情、妇德、战争、吏治、社会、忧生等各方面,
但这些题材绝大部分都与世俗百姓的生活息息相关。这与汉武
帝"立乐府而采歌谣"的"正俗"意图关系密切。乐府机关对歌谣
的整理加工往往是按照"正俗"意图进行的,因此在加工改造中自
然倾向于选择那些表现风俗、反应风俗的题材,让百姓在喜闻乐

---

① 　钱志熙:《汉魏乐府艺术研究》,学苑出版社,2011 年,第 113 页。
② 　赵敏俐:《汉代乐府制度与歌诗研究》,商务印书馆,2009 年,第 228 页。

见的题材中受到教化。

汉乐府情感表达的普世化倾向,在本质上是由汉乐府的"劝世"主题决定的。① 在抒情方式上,汉乐府往往从社会大众的角度表现社会的普世化情感,个体化的抒情成分较少。赵敏俐先生将这种特点称为"泛主体抒情",并从汉乐府的表演艺术角度分析其成因。② 葛晓音先生也认为传统乐府的常见主题是盛衰、贫贱、世态、人生苦短、及时行乐等,普世性内容突出。③ 其实,是汉乐府歌曲的"正俗"目的驱动着乐府歌辞的"劝世"功能。为了更好地表达"劝世"主题,乐府机关往往将各地歌谣的一人一时之事、一己之情,升华为全社会的众人之事和普世之情,汉乐府的普世化倾向就是在这种转换机制中形成的。如相和歌《鸡鸣高树颠》古辞"兄弟四五人"的故事,当其作为独立的故事传唱时,其"刺时"的意味很突出,当乐府机关将之加工成《鸡鸣高树颠》乐曲后,"刺时"意味被弱化,而如何处理兄弟亲情这一社会普世性问题得到突出。诗歌对兄弟亲情伦理问题的告诫比对兄弟四五人奢靡生活的讽刺更具超越时空的普世性。

汉乐府文本上的叙事特点也是在乐府机关的加工过程中完成的。现存汉乐府古辞,绝大多数是第三人称的全知视角,其次是由"角色"视角转化为第三人称视角,仅有少数作品始终以"角

---

① 关于汉乐府的"劝世"主题,详见拙文《论汉乐府的"劝世"精神》,《广西师范大学学报》2016年第4期。
② 赵敏俐:《汉代乐府制度与歌诗研究》,商务印书馆,2009年,第367页。
③ 葛晓音:《鲍照"代"乐府体探析——兼论汉魏乐府创作传统的特征》,《上海大学学报》2009年第2期。

色"视角叙事。① 从生成机制看,汉乐府是在歌谣基础上加工改造而成的,歌谣又是"缘事而发"的。因此"事件"或"本事"是歌谣本身具有的因素,无论乐府机关对歌谣音乐上的"移化",还是歌辞上的"补短",都会不同程度地保留歌谣的"本事"。汉乐府以第三人称为主的叙事视角,也是在乐府机关的加工过程中完成的。汉乐府往往是通过"歌者"的讲述方式进行的,部分演唱通过"演员"模仿故事中的人物完成故事。这两种方式与歌谣"饥者歌其食,劳者歌其事"的直陈方式均存在很大区别。乐府机关在配乐、加工过程中自然要考虑汉乐府的表演特点,将歌谣的第一人称转换成第三人称或者"角色"表达方式。从"角色"转向第三人称的叙事结构,则是汉乐府"乱"这种演唱方式在歌辞文本上的反映。

结语

汉武帝"立乐府而采歌谣"的高明之处是"以俗正俗":一方面把民间俗曲引进典雅庄重的仪式中,丰富了仪式音乐的艺术形式,另一方面通过对歌谣的改造,既突出娱乐音乐的劝世功能和教化意义,也大大提高了各地歌谣的艺术品位,使其深受汉代宫廷、贵戚乃至平民百姓的欢迎。更重要的是,各地歌谣经过乐府机关"补短移化"的加工改造,完成了其身份的转变,即由抒发百姓世俗之情为主的街陌讴谣转换成代表汉代朝廷意志和传达"正俗"意图的乐府诗。其题材上的世俗性、情感表达上的普世化,以及文本上的叙事特征也在加工过程中悄然形成。

---

① 王传飞:《歌诗表演与汉魏相和歌辞艺术新探》,《乐府学》2006 年第 1 辑。

曹操拟乐府与建安风骨的发生

一、建安风骨的基本内涵

刘勰《文心雕龙·风骨》以比喻的方式对"风骨"作了描述：

> 诗总六义，风冠其首，斯乃化感之本源，志气之附契也。是以怊怅述情，必始乎风，沉吟铺辞，莫先于骨。故辞之待骨，如体之树骸；情之含风，犹形之包气。①

其大致意思是，《诗经》六义，风列于首位，是教化的源头，也是作家志向和气质的表现。因此，作家抒发怊怅郁闷之情，一定要从风开始，铺陈辞藻低声吟咏，首先要树立骨鲠。所以文辞要骨鲠来支撑，就像形体必须有骨架子一样，情感需蕴含风力，就像形体包含着元气一样。这种连类设譬的描述方式，带来了对"风骨"确切含义理解的诸多分歧。罗宗强先生通过对刘勰作家批评中"风骨"一词具体语境的分析及其思想渊源的梳理，认为"风是感情的力，是浓郁的充满力量的感情的感染力，关乎作品的格调情趣，它是虚的"；"骨则是实的，指由结构严密的言辞表现的事义所具有

---

① 范文澜：《文心雕龙注》，人民文学出版社，1958年，第513页。

的力量"。风骨合而论之,乃是提倡一种内在力量的美,是对文章的一种美学要求。要求文章不仅要有美的文辞,而且要有内在的动人力量。① 刘勰《文心雕龙·时序》论及汉末建安文学时又说:"自献帝播迁,文学蓬转,建安之末,区宇方辑。魏武以相王之尊,雅爱诗章;文帝以副君之重,妙善辞赋;陈思以公子之豪,下笔琳琅:并体貌英逸,故俊才云蒸。仲宣委质于汉南,孔璋归命于河北,伟长从宦于青土,公干徇质于海隅,德琏综其斐然之思,元瑜展其翩翩之乐,文蔚休伯之俦,于叔德祖之侣,傲雅觞豆之前,雍容衽席之上,洒笔以成酣歌,和墨以籍谈笑,观其时文,雅好慷慨,良由世积乱离,风衰俗怨,并志深而笔长,故梗概而多气也。"② 这里,"梗概多气"即"慷慨而富有气势","志深笔长"即"情志深远,笔力充沛"。刘勰特别以"志深笔长""梗概多气"标举建安文学的时代特征,强调其慷慨悲凉的情感和刚健充沛的笔力,与其所描述的"风骨"含义大致相同。稍后钟嵘《诗品》评曹植诗"骨气奇高,词彩华茂",论刘祯诗"贞骨凌霜,高风跨俗",以"骨气""贞骨"强调建安诗歌充实的内容和劲健的笔力。陈子昂《与东方左史虬〈修竹篇〉序》明确指出,"汉魏风骨,晋宋莫传",以"汉魏风骨"标举建安文学的时代特征。

概言之,"建安风骨"主要指建安文学鲜明的时代特征,即在题材内容上,一方面继承汉乐府现实主义传统,反映社会离乱和人民疾苦,抒发建功立业的豪情壮志,另一方面也流露出人生短暂、壮志难酬的悲凉幽怨情绪;在情感格调上,笔力刚劲明朗,抒

① 罗宗强:《魏晋南北朝文学思想史》,中华书局,1996 年,第 338—339 页。
② 范文澜:《文心雕龙注》,人民文学出版社,1958 年,第 673—674 页。

情激越浓烈,呈现出慷慨悲凉、刚健沉雄的风格。从文体来说,建安文学涵盖十分丰富,曹丕《典论·论文》分为"奏议""书论""铭诔""诗赋"四科八体;陆机《文赋》分为"诗""赋""碑""诔""铭""箴""颂""论""奏""说"十体。其中诗赋是建安文学最具代表性文体。建安赋体是汉末抒情小赋的延续,注重抒情和丽辞,诗体则有乐府诗和文人五言诗两大类。就诗体来看,"建安风骨"实发生于曹操的"拟乐府",而曹操拟乐府的前提又是汉乐府在建安的广泛传播。

二、曹操礼乐文化建设与汉乐府在建安时期的传播

汉末董卓之乱,天下群雄并起,建安元年(196),曹操迎献帝都许,从此"挟天子以令诸侯"。建安五年(200),官渡之战击败袁绍,奠定了其统一北方的基础,建安九年(204),攻占邺城,建安十三年(208),平定荆州,北方基本统一。曹操以邺城为政治、军事和文化中心,成为北方实际统治者。在南征北讨的岁月里,曹操听取荀彧等人建议,"外定武功,内兴文学"①,积极推进礼乐文化建设。建安八年(203)至建安十五年(210)间,曹操先后颁布《蠲河北租赋令》《收田租令》《修学令》《整齐风俗令》《求言令》《求贤令》等,广泛网络人才,大兴礼乐建设,特别是建安十三年(208),曹操自封丞相,平定荆州刘表,得汉雅乐郎杜夔,开始创制雅乐。《三国志·杜夔传》载:"夔善钟律,聪思过人,丝竹八音,靡所不能,惟歌舞非所长。时散郎邓静、尹齐善咏雅乐,歌师尹胡能

① 陈寿:《三国志·魏书》,中华书局,1959年,第317页。

歌宗庙祭祀之曲,舞师冯肃、服养晓知先代诸舞,夔总统研精,远考诸经,近采故事,教习讲肄,备作乐器,绍复先代古乐,皆自夔始也。"①

　　值得注意的是,曹操以汉代丞相自居,挟天子以令诸侯,其礼乐文化建设在名义上自然是垂成汉统、沿袭汉制,杜夔创定的雅乐,其实就是绍复先代古乐。《宋书·乐志》载:"文帝黄初二年,改汉《巴渝舞》曰《昭武舞》,改宗庙《安世乐》曰《正世乐》,《嘉至乐》曰《迎灵乐》,《武德乐》曰《武颂乐》,《昭容乐》曰《昭业乐》,《云翘舞》曰《凤翔舞》,《育命舞》曰《灵应舞》,《武德舞》曰《武颂舞》,《文始舞》曰《大韶舞》,《五行舞》曰《大武舞》。其众歌诗,多即前代之旧;唯魏国初建,使王粲改作登歌及《安世》《巴渝》诗而已。"②据《汉书·礼乐志》,《安世乐》乃孝惠帝时期乐府令夏侯宽改唐山夫人《房中祠乐》而来,《嘉至乐》为汉初叔孙通等人所制宗庙乐曲,《武德乐》为汉高祖四年所作,后在高祖庙演奏,《昭容乐》为高祖六年改《武德舞》而成,《昭德舞》为孝景帝采《武德舞》而成,《文始舞》《五行舞》二舞也是高祖、孝文、孝武三庙所奏之舞。③ 此七曲乐舞及众歌诗"多即前代之旧"。后来缪袭又改汉《鼓吹铙歌》为魏鼓吹曲辞。总体而言,曹魏的仪式雅乐,包括《鼓吹乐》在内,基本上是继承汉代的音乐系统,只是根据曹魏实际,修改了乐名、重作了部分歌辞而已。

　　曹操在修复雅乐的同时也积极搜集和整理俗乐,如对汉灵帝

---

① 　陈寿:《三国志·魏书》,中华书局,1959年,第806页。
② 　沈约:《宋书·乐志》,中华书局,1974年,第534页。
③ 　班固:《汉书·礼乐志》,中华书局,1962年,第1044页。

西园鼓吹李坚的招纳就是一例。① 曹魏时期最盛行的俗乐还是汉乐府的主体音乐——清商乐②。魏氏三祖曹操、曹丕、曹睿都十分爱好清商俗乐,《曹瞒传》载:"太祖为人佻易无威重,好音乐,倡优在侧,常以日达夕。"③《宋书·乐志》载:"《但歌》四曲,出自汉世。无弦节,作伎,最先一人倡,三人和。魏武帝尤好之。"④曹丕、曹睿及其他王室成员皆喜好清商俗乐,清商俗乐女妓充满曹魏宫廷,明帝时"习妓歌者,各有千数"⑤。由于曹氏三祖的喜爱和倡导,出现了以铜雀台伎乐为代表的"秦筝""齐瑟"和京洛"名讴"齐集邺下的盛况。因清商俗乐大量集聚邺下,曹魏在太乐署、鼓吹署等音乐机构外,专门成立了清商署掌管这些俗乐。⑥

魏氏三祖对清商俗乐的喜爱,尤其是曹操对清商俗乐的大力提倡,有力地推进了清商乐在曹魏的传播。魏晋时期的文人拟乐府是以汉乐府的音乐传播为基础而形成的一次文人创作高潮,其创作机制是在现实的音乐传播环境中形成的。当然,曹操对清商俗乐的大力提倡,并积极创作乐府诗,不仅仅是出于个人的爱好,

---

① 　见曹植《鞞舞歌序》,赵幼文《曹植集校注》,人民文学出版社,1984 年,第 323 页。

② 　汉代"乐府"实指乐府机关及其供职的乐人,乐府之曲多以类称,仪式雅乐如《郊祀歌》《房中乐》;娱乐俗乐如短箫铙歌、清商曲等。汉乐府的主体是清商曲,刘宋张永、王僧虔等正乐,为区别江南吴歌西曲等新流行的清商曲,将汉代流传下来的十七首旧"清商曲"称为"相和歌",相和歌是清商曲的一部分,魏晋"清商三调"是在相和歌基础上发展起来的,其音乐渊源皆出于清商曲。详细论述参拙著《魏晋南北朝乐府歌辞研究》,上海古籍出版社,2009 年,第 29—33 页。

③ 　陈寿:《三国志》,中华书局,1959 年,第 54 页。

④ 　沈约:《宋书·乐志》,中华书局,1974 年,第 603 页。

⑤ 　陈寿:《三国志》,中华书局,1959 年,第 105 页。

⑥ 　参拙著《魏晋南北朝乐府歌辞研究》,上海古籍出版社,2009 年,第 52—57 页。

而是基于建安时期特殊的政治环境和曹魏政权礼乐文化建设需要的审慎选择。

作为北方的实际统治者,曹操需要从文化层面维护其统治。但曹操对北方的统治是以绍复汉统的面目实施的,即自称丞相,"挟天子以令诸侯"。所以其礼乐文化在结构上基本沿袭了汉代传统。汉代礼乐文化的实质是对儒家精神的捍卫,具体表现为对经学的尊崇和维护,特别是东汉。但东汉中后期,外戚与宦官干政专权,政治腐败,儒学遭受严重打击,出现衰退。陈寅恪先生指出:"东汉中晚之世,其统治阶级可分两类人群。一为内廷之阉宦,一为外廷之士大夫。阉宦之出身大抵为非儒家之寒族,所谓'乞匄携养'之类。"这两类人群在文化上的特征是,"士大夫宗经义,而阉宦则尚文辞。士大夫贵仁孝,而阉宦则重智术"①。所谓阉宦"尚文辞",是说阉宦及其所代表的社会势力对文学才能的偏好。阉宦向上依靠皇权,向下吸纳社会中下层文士,从而形成一个由皇帝、后宫、宦官及从社会中下层吸纳的文士组成的"阉宦集团",他们通过抬升文学艺术的表征功能,以抗衡外廷士大夫集团的文化优势。② 汉末灵帝设立鸿都门学,召引"诸生能为文赋者""为尺牍及工书鸟篆者","待以不次之位",其用意十分明显。③ 王夫之《读通鉴论》曰:"灵帝好文学之士,能为文赋者,待制鸿都门下,乐松等以显,而蔡邕露章谓其'游意篇章,聊代博弈',甚贱

---

① 陈寅恪:《金明馆丛稿初编·书世说新语文学类钟会撰四本论始毕后条》,生活·读书·新知三联书店,2001 年,第 48 页。
② 参王欣《汉魏之际文化秩序的变革与曹魏文学繁荣》,《学术交流》2013 年第6 期。
③ 范晔:《后汉书·蔡邕列传》,中华书局,1965 年,第 1991—1992 页。

之也。自隋炀帝以迄于宋,千年而以此取士,贵重崇高,若天下之贤者,无蹰于文赋之一途。汉所贱而隋、唐、宋所贵,士不得不贵焉。"[1]

曹操出生于寒族阉宦,其祖父曹腾为宦官,官至中常侍大长秋,封费亭侯;父亲曹嵩为腾养子,乃夏侯氏之子,"官至太尉,莫能审其生出本末"[2]。曹操作为阉宦之后,其文化资本远不及"四世居三公位"的名门豪族袁绍,其军事实力在北方群雄中也不处于优势。随时制宜,寻求政治资本是曹操的当务之急,所以他听从了毛玠、荀彧等人建议,迎献帝都许,开始"挟天子以令诸侯"。曹操"挟天子"之举,打着献帝"汉代政权"符号,笼络和吸引了一大批世家大族的代表人物,一定程度上占有了成就霸业的政治优势,加速了其统一北方的进程。但是,东汉朝廷的重建,也树立了献帝的"皇权"地位,形成依附其周围的皇权派势力。所以,曹操对外要同各路诸侯武力攻伐,对内还要与亲皇派政治势力斗争。

在曹操政治集团内部,也存在两股主要政治力量,即"谯沛武将集团"和"汝颍士人集团"。谯沛集团以曹操及其宗族姻亲夏侯氏为核心,以故乡谯沛等地缘关系为纽带,其中很多人物在曹操起兵之初,就跟随其征战讨伐,成为曹魏政权的中坚,深得曹操信任和重用,统领曹魏集团的军事力量。其代表人物有曹仁、曹洪、夏侯惇、夏侯渊等。汝颍士人集团的代表人物是从袁绍幕下投奔曹操的荀彧,他深得曹操器重,向曹操引荐了大量汝颍名士,如荀攸、钟繇、陈群、杜袭、辛毗、戏志才、郭嘉、赵俨等。随着北方逐渐

---

[1]　王夫之:《读通鉴论》,中华书局,1975年,第219—220页。

[2]　陈寿:《三国志》,中华书局,1959年,第1页。

统一,郗虑、王朗、华歆、司马懿等其他地区的世家大族代表也纷纷加入曹操集团,于是在曹操政治集团内部,以世家豪族子弟为代表的士人形成一支重要政治力量。

以儒学传统为基础的世家豪族,在政治态度和文化观念上与曹操为主的谯沛集团是存在差别的。早期,在群雄并起的乱世,曹操打着"匡朝宁国"的旗号,"奉天子以征四方",符合儒家尊宗绍统的传统精神,赢得了世家豪族子弟的支持,但曹操最终目的是代汉更制,世家豪族的政治观念和文化传统,对其目标产生了严重障碍,所以曹操在广泛吸纳并重用豪族士人的同时,又心存猜疑和抵制。其阉宦寒族的出身,也使他对儒学有所排斥。陈寅恪说:"曹操的崇尚和政策即由他的阶级出身决定。"[1]曹操少时"任侠放荡,不治行业"的行为以及对音乐和文学的喜好,都是对儒学排斥的表现。

面对上述社会现实和政治形势,曹操坚持"随时制宜"的政治原则,采用"内法外儒"的策略。在理论上强调儒家道德教化,在现实政治中则以刑为本,所谓"治定之化,以礼为首;拨乱之政,以刑为先"[2]。其文化建设方略也典型地体现了"随时制宜"的特点。在礼乐文化建设中,从外在形式上沿袭汉代传统,但在实质内容上却积极倡导清商俗乐并带头创作乐府歌辞。这种做法有其自身作为阉宦寒族文化基因对俗乐的偏爱,但更重要的是从文化层面抗衡儒学的一统局面。其对文学的倡导和对文士的积极延揽,也是意在寻求具有重要文化表征功能的符号,消解儒学思

---

①   陈寅恪:《魏晋南北朝史讲演录》,贵州人民出版社,2007年,第8页。

②   陈寿:《三国志·魏书·高柔传》,中华书局,1958年,第683页。

想一统天下的格局,削弱文士集团中世家豪族的力量。建安时期文学彬彬之盛的局面,其实是文学与政治结合的结果,是曹魏政治集团文化建设的重要内容。

三、曹操"以乐府叙汉末事"与建安风骨的发生

1.曹操"拟乐府"创作时间述略

曹操现存诗歌 22 首,全为乐府诗。据陆侃如《中古文学系年》①、张可礼《三曹年谱》②考订,曹操作品中能够大致确定创作年代的有如下十一首:

《度关山》:夏传才《曹操集校注》定在中平元年(184),曹操任济南相时作。③

《对酒》:张可礼《三曹年谱》定在汉灵帝中平元年(184),曹操任济南相时作。

《薤露》:陆侃如《中古文学系年》定在汉献帝初平元年(190),曹操行奋武将军,败于荥阳时作;张可礼《三曹年谱》定于同年。

《善哉行》其二:张可礼《三曹年谱》定在建安元年(196),曹操尚未至洛阳,抒其情于献帝。

《蒿里行》:陆侃如《中古文学系年》定在建安四年(199),曹操攻袁绍时作;张可礼《三曹年谱》定在建安三年(198),曹操征袁

---

① 　陆侃如:《中古文学系年》,人民文学出版社,1998 年。
② 　张可礼:《三曹年谱》,齐鲁书社,1983 年。
③ 　夏传才:《曹操集校注》,河北教育出版社,2013 年,第 2 页。

术或征吕布欲还时作。

《董卓歌》:张可礼《三曹年谱》定在建安五年(200)。

《苦寒行》:陆侃如《中古文学系年》、张可礼《三曹年谱》均定在建安十一年(206)正月,征高干途经太行山时作。

《步出夏门行》:张可礼《三曹年谱》定在建安十二年(207)秋冬,北征乌桓归途中作。

《短歌行》"对酒当歌":张可礼《三曹年谱》定在建安十五年(210),与《求贤令》大致同时。

《短歌行》"周西伯昌":张可礼《三曹年谱》定在建安十五年(210),与《让县自明本志令》大致同时。

《秋胡行》"晨上散关山":张可礼《三曹年谱》定在建安二十年(215)四月,曹操自陈仓出散关作。

夏传才《曹操集校注》认为曹操《气出唱》三首及《精列》《陌上桑》《秋胡行》等诸诗感叹暮年来临,寿命终有期限,而统一天下的抱负未能实现,于是幻想能够长生不死,追慕传说中的神仙,是晚年所作的游仙诗。①

以上是曹操诗歌大致可以确定创作年代的作品,其创作时间,从汉灵帝中平元年(184)至汉献帝建安二十年(215),其余作品大致也是在这三十年多时间里创作的。三十年中,又可以建安九年(204)攻占邺城为界,分为邺城前和邺城后两个阶段;能确定为邺城以前的作品有《度关山》、《对酒》、《薤露行》、《蒿里行》、《善哉行》其二、《董卓歌》等六首;建安十一至十五年的邺中作品有《苦寒行》《步出夏门行》《短歌行》二首等,《精列》《陌上桑》

---

① 夏传才:《曹操集校注》,河北教育出版社,2013年,第30页。

《秋胡行》等游仙题材可能是建安十六年前后的作品。可见,曹操一些重要作品都是在建安十六年以前创作的。

2.曹操"拟乐府"的创作方式

在创作方式上,曹操乐府诗是以拟调为主的。魏晋文人拟乐府主要有两种方式:一是拟调,指按照曲调的旋律特点,模仿原辞创作。这种方式要求更多地考虑与原辞在结构形式上的相似性,以符合曲调的旋律要求。二是拟篇,指以曲调歌辞内容为蓝本的创作,这种方式则要求在主题、题材和内容上与原作保持某种内在的联系。① 《宋书·乐志》载:"相和,汉旧歌也。丝竹更相和,执节者歌。本一部,魏明帝分为二,更递夜宿。本十七曲,朱生、宋识、列和等复合之为十三曲。"② 说明这组汉代旧曲,在曹魏宫廷是广为传播的。曹操有《驾六龙》等 7 首歌辞分别配以相和歌演唱。从《陌上桑》三首歌辞的对比中可见这些歌词的拟调性质。③

《陌上桑》文帝词:

弃故乡,离室宅,远从军旅万里客。披荆棘,求阡陌,侧足独窘步,路局苲。虎豹嗥动,鸡惊,禽失群,鸣相索。登南山,奈何蹈盘石,树木丛生郁差错。寝蒿草,荫松柏,涕泣雨面沾枕席。伴旅单,稍稍日零落,惆怅窃自怜,相痛惜。

---

① 拟调、拟篇的概念参考了钱志熙《唐人乐府学述要》,《中国社会科学》2013 年第 8 期。

② 沈约:《宋书》,中华书局,1974 年,第 603 页。

③ 沈约《宋书·乐志》将《陌上桑》古辞列于大曲《艳歌罗敷行》,说明今存"日出东南隅"古辞是在大曲中表演的,而非相和歌的《陌上桑》本辞。

《陌上桑》(楚辞钞)：

今有人,山之阿,被服薜荔带女萝。既含睇,又宜笑,子恋慕予善窈窕。乘赤豹,从文狸,辛夷车驾结桂旗。被石兰,带杜衡,折芳拔荃遗所思。处幽室,终不见,天路险艰独后来。表独立,山之上,云何容容而在下。杳冥冥,羌昼晦,东风飘飘神灵雨。风瑟瑟,木搜搜,思念公子徒以忧。

《陌上桑》武帝词：

驾虹霓,乘赤云,登彼九疑历玉门。济天汉,至昆仑,见西王母谒东君。交赤松,及羡门,受要秘道爱精神。食芝英,饮醴泉,柱杖挂枝佩秋兰。绝人事,游浑元,若疾风游欻飘飘。景未移,行数千,寿如南山不忘愆。

"今有人"是用楚辞《九歌·山鬼》配《陌上桑》歌唱的,其句式结构显然是在《陌上桑》曲调旋律的制约下形成的。曹操"驾虹霓"与"今有人"完全一致,曹丕"弃故乡"也大致相同。说明曹操、曹丕的作品是按照《陌上桑》曲调的旋律或原辞结构拟作的。

《宋书·乐志》所录清商三调曲辞,除汉代古辞外,曹氏三祖作品居多。曹操有《西周》《对酒》配《短歌行》,《晨上》《愿登》配《秋胡行》,《北上》配《苦寒行》,《古公》《自惜》配《善哉行》,《碣石》配《步出夏门行》等,共8首。

　　清商三调歌诗是"荀勖撰旧词施用者"①。据现有文献知,荀勖整乐的重点是对汉魏旧曲演唱方式的加工,所谓"撰旧词"是指根据修订后的乐曲演唱方式加工旧词。《宋书·乐志》收录的三调歌辞是经荀勖等乐工加工过的乐奏辞,《乐府诗集》所载乐奏辞与《宋书·乐志》所录完全一致,与本辞则有一些明显的区别:一是标注了"="(复踏符号)、"解""艳""趋""乱"等音乐表演性标志;二是调整了部分词句;三是添加了歌辞的内容;四是添加了诸如"歌以言志""今日相对乐,延年万岁期"等演唱中的套语。这些区别反映了荀勖等乐工加工的基本内容,本辞当是曲调的原词或拟调而成的乐府诗。曹操所造新诗正是按照原曲调的音乐旋律和结构要求创作的,所以"被之管弦,皆成乐章"②。

　　因其主要遵循曲调的音乐要求进行拟作,所以在题材、内容和情感表达上则无须与原作保持一致。对此,刘勰说:"魏之三祖,气爽才丽,宰割辞调,音靡节平。观其北上众引,秋风列篇,或述酣宴,或伤羁戍,志不出于淫荡,辞不离于哀思,虽三调之正声,实韶夏之郑曲也。"③刘勰以"淫荡""哀思"和"郑曲"指出魏氏三祖乐府诗在题材内容和思想情感上的特点。曹操乐府诗的题材涉及征戍、国难、述志、游仙、宴饮娱乐等诸多内容。他总是从汉末动乱的社会现实着笔,不顾原作的古题和故事,体现了强烈的时代精神。如《度关山》表达作者的政治理想,诗歌直叙政见,言简意赅,陈祚明《采菽堂古诗选》称其"莽莽有古气"④。《对酒》通

① 沈约:《宋书·乐志》,中华书局,1974年,第608页。
② 陈寿:《三国志·魏书》,中华书局,1959年,第54页。
③ 范文澜:《文心雕龙注》,人民文学出版社,1958年,第102页。
④ 陈祚明:《采菽堂古诗选》,上海古籍出版社,2008年,第127页。

过对理想的太平盛世的描绘,反映作者革新政治的理想和愿望。《薤露行》《蒿里行》以汉末政治为背景,如实描写董卓之乱、军阀混战对国家和人民造成的深重灾难,钟惺《古诗归》称其为"汉末实录"。方东树《昭昧詹言》评价《薤露行》曰:"此诗浩气奋迈,古直悲凉,音节词旨,雄姿真朴。一起雄直高大,收悲痛哀远……莽苍悲凉,气盖一世。"①又如《善哉行》其二自述诗人身世,抒发父死君难的痛苦,《却东西门行》"鸿雁"篇"道将士离索之悲"等,都如实展现了汉末的社会现实,所以沈德潜说:"借古乐府写时事,始于曹公。"②在体制结构上,曹操乐府诗大多遵循汉乐府"缘事而发"的传统,以叙事为主。如《蒿里行》叙述汉末董卓之乱后,关东诸郡以袁绍为盟主起兵讨伐、后又互相争斗的史实,《苦寒行》对行军途中艰苦环境的描写等,这些叙事内容构成诗歌的主体,只是将汉乐府的"本事"换成了"时事"而已。在情感表达上,曹操乐府往往从个体角度直接抒情,如"生民百遗一,念之断人肠"(《蒿里行》),"悲彼东山诗,悠悠令我哀"(《苦寒行》),"幸甚至哉!歌以咏志"(《步出夏门行》)等,改变了汉乐府的"普世化"抒情模式。

3.建安十六年前其他文人作品述略

王粲建安十三年投靠曹操。现存20余首诗中,《赠蔡子笃诗》《赠士孙文始》《赠文叔良诗》《思亲为潘文则作》《七哀诗》三首等作品作于荆州依附刘表时期。陆侃如《中古文学系年》定《七

① 方东树:《昭昧詹言》,人民文学出版社,1961年,第67页。
② 沈德潜:《古诗源》,中华书局,2006年,第92页。

哀诗》为建安十一年(206)作,与《登楼赋》大致同时。① 其《杂诗》《咏史诗》《公宴诗》等诗歌均作于建安十六年以后,《从军行》作于建安二十年征张鲁、东吴时期。

孔融是建安七子中年岁最长者,建安元年(196)应献帝之征做将作大匠,有"六言诗"三首颂美曹操,建安十三年被曹操杀害前有《临终诗》。

陈琳于建安九年归曹操,"太祖以琳、瑀为司空军谋祭酒,管记室,军国书檄,多琳、瑀所作"②。其《饮马长城窟行》作于建安八年前后。③

刘桢于建安十三年前已投靠曹操,据吴云《建安七子集校注》,《公宴诗》"当为刘桢初归曹氏时作"④,其《赠五官中郎将诗》四首、《赠徐幹》等诗的创作时间当在建安十六年曹丕封五官中郎将之后。

与陈琳齐名的阮瑀也曾为曹操司空军谋祭酒,曹道衡据阮瑀《致刘备书》"披怀解带,投分托意"残句及《太平御览》卷六引《金楼子》"刘备叛走,曹操使阮瑀为书与备"记载,认为阮瑀在"建安五年前已入曹幕"⑤。其《驾出自北郭门行》当作于建安初期,《咏史》《七哀》《公宴》《杂诗》等作品的年代难以确定。

----

① 刘跃进《秦汉文学编年史》定王粲《七哀诗》写作时间为初平四年(193)赴荆州途中,商务印书馆,2006年,第618页。本文从陆侃如《中古文学系年》,与《登楼赋》大致同时,第一首"西京乱无象"是诗人对自己远赴荆州情景的回忆。

② 陈寿:《三国志·魏书·陈琳传》,中华书局,1959年,第600页。

③ 刘知渐《建安文学编年史》将陈琳《饮马长城窟行》编在建安八年,重庆出版社,1985年,第18—20页。

④ 吴云:《建安七子集校注》,天津古籍出版社,2005年,第561页。

⑤ 曹道衡:《中古文学史料丛考》,中华书局,2003年,第49页。

据台湾洪顺隆《魏文帝曹丕年谱暨作品系年》考证,曹丕《钓竿行》作于建安四年,《夏日诗》作于建安八年,《黎阳作》四首作于建安八年随父征黎阳时。曹丕《善哉行》"上山采薇"、《燕歌行》二首作于建安十二年;《于玄武陂作》《饮马长城窟行》《代刘勋妻王氏杂诗》二首作于建安十三年。

建安十三年,曹操遣使者周近持玉璧赎回蔡文姬,蔡作《悲愤诗》二首。①

曹植的诗歌创作主要在邺城及以后的时间,现存能确定年代的最早作品当是作于建安十二年的《泰山梁甫行》。② 赵幼文《曹植集校注》将其作品按建安、黄初、太和及时期未定者四类编排,第一首为《斗鸡》,此诗写作时间大约在建安十六年前后。③ 其余建安时期的诗作大多写于建安十六年曹植被封平原侯之后。

由上梳理,能够确定为建安九年邺城前的诗歌大致有:

王粲《赠蔡子笃诗》《赠士孙文始》《赠文叔良诗》《思亲为潘文则作》4 首,孔融"六言诗"3 首,陈琳《饮马长城窟行》1 首,阮瑀《驾出自北郭门行》1 首,曹丕《钓竿行》《夏日诗》《黎阳作》等 6 首,共 14 首,其中乐府诗 3 首。王粲 4 首全为四言诗,孔融为六言诗,陈琳为五七言相间的乐府,阮瑀为五言乐府,曹丕《夏日诗》为五言,《黎阳作》2 首四言,1 首五言,1 首六言,《钓竿行》为五言乐府。这一时期的作品,在语言体式上四言、五言、六言、杂言均存,在诗歌类别上,乐府诗和其他文人诗大致各半,与东汉中后期情

---

① 刘跃进《秦汉文学编年史》定在建安十二年,商务印书馆,2006 年,第 643 页。

② 张可礼《三曹年谱》定《泰山梁甫行》作于建安十二年曹植从曹操北征乌桓时,可从。

③ 参王巍《曹植集校注》,河北教育出版社,2013 年,第 1 页。

形大致相似,大多是汉代文人诗歌创作的延续。

能够确定为建安十年至十五年的诗歌有:

王粲《七哀诗》、孔融《临终诗》、刘桢《公宴诗》、曹丕《善哉行》"上山采薇"、《燕歌行》二首、《于玄武陂作》《饮马长城窟行》《代刘勋妻王氏杂诗》二首、蔡琰《悲愤诗》二首。表现汉末战乱的现实,仍是这一时期诗歌的主要内容,但出现了公宴、游观等社交性主题,在语言体式上,除曹丕《燕歌行》(七言)、《善哉行》(四言)、蔡琰一首(骚体)外,其余均为五言,特别是乐府诗体之外的文人诗呈明显五言化趋势。

通过以上梳理和比较可见,曹操是邺城之前建安诗歌的主要创作者,也是"拟乐府"风气的引领者。东汉文人虽也有拟乐府创作,如班婕妤《怨歌行》、张衡《同声歌》、辛延年《羽林郎》、宋子侯《董娇娆》、蔡邕《饮马长城窟行》等,但这些作品属于拟乐府早期阶段,大多遵循乐府原辞的本事,在结构上以叙事为,且多用第三人称,内容不离相思离别和贞妇孝女,称颂和劝勉意味很强。如阮瑀《驾出郭北门行》描写一个被弃孤儿的悲惨遭遇,最后以"传告后代人,以此为明规"结束全篇,对世人提出劝诫。曹操的乐府诗则完全打破了这种写作模式,他大胆地"以乐府叙汉末事",开创了以乐府古题写时事的风气,其《对酒》《薤露行》《蒿里行》《善哉行》等作品对汉末动乱现实的真实反映及其透出的纵横豪迈、慷慨悲凉之气,如"幽燕老将",奠定了建安诗歌发展的基调。其《苦寒行》《步出夏门行》《短歌行》等,从入邺城至建安十五年的一些作品,以悲凉豪迈的情感和直面现实的古直之气,进一步强化了建安风骨的精神气象。在抒情方式上,他突破汉乐府"普世性"抒情模式,从诗人个体出发直抒胸臆,开启此后文人徒诗抒情的基本模式,对文人徒诗发展起了重要的引领作用,成为"收束汉音,振发魏响"①的关键人物。因此,可以说建安风骨的发生是从"拟乐府"开始的,曹操"拟乐府"则开创了建安诗歌创作的新时代,不愧为建安文学前期的代表。

---

① 黄侃:《诗品讲疏》,转引自范文澜《文心雕龙注》,人民文学出版社,1958 年,第87 页。

曹植拟乐府的创作模式及其诗歌史意义

随着建安七子的相继离世,邺中文人诗酒唱和的文学活动场被打破,加之曹丕称帝后对曹植等曹氏诸王的政治排挤和迫害,建安文学的政治文化环境发生了很大变化。曹植的诗歌创作,较邺中时期也发生了显著变化:一是在题材上开始由游宴、赠答、送别等社交性内容向抒发个体人生遭遇和政治苦闷转向;二是在诗歌体式上多采用乐府体;三是在诗歌结构上增加了抒情的比重;四是在创作技巧上更注重比兴和辞华。这些创新,使曹植诗歌在情感上做到了济世之情与个人私情的交融,在艺术上做到了风骨与文采的结合,所谓"骨气奇高,词彩华茂,情兼雅怨,体被文质"①,从而完成了中国诗歌创作由"应歌"向"作诗"的转变,推动了诗歌文学的自觉。中国诗歌在曹植时代完成这个转变,除曹植这位天才诗人的大胆创新和当时特殊的政治文化环境等因素外,此期文学传播媒介的变革也是重要因素之一。本文拟重点探讨曹植拟乐府的创作模式,以及曹植拟乐府的新变与建安文学传播媒介变革的关系。

---

① 曹旭:《诗品笺注》,人民文学出版社,2009年,第56页。

一、黄初、太和时期曹植诗歌体式述略

据赵幼文《曹植集校注》，曹植黄初时期的诗歌有：《杂诗》（高树多悲风）、《磐石篇》、《仙人篇》、《游仙》、《升天行》二首、《责躬诗》、《应诏》、《七步诗》、《赠白马王彪》、《浮萍篇》、《七哀》、《种葛篇》、《苦思行》、《矫志》、《鞞舞歌》五首等 20 余首。

太和时期的诗歌有：《怨歌行》、《惟汉行》、《当墙欲高行》、《喜雨》、《杂诗》（仆夫早严驾）、《鰕篇》、《吁嗟篇》、《美女篇》、《杂诗》（南国有佳人）、《杂诗》（转蓬离本根）、《飞龙篇》、《桂之树行》、《平陵东》、《五游咏》、《远游篇》、《驱车篇》、《白马篇》、《豫章行》二首、《丹霞蔽日行》、《当欲游南山行》、《当事君行》、《薤露行》、《箜篌引》、《当车以驾行》、《当来日大难》、《妾薄命》二首、《名都篇》、《元会》、《门有万里客》等 30 余首。

黄初、太和时期，曹植大量使用乐府体创作。黄初 20 首诗歌中有乐府诗 12 首，太和 31 首诗歌中有乐府诗 26 首，共有乐府诗 38 首，占此期全部诗歌的 75%。其中，相和歌辞有：相和六引《箜篌引》，相和曲《薤露行》《惟汉行》《平陵东》，平调曲《鰕鲔篇》，清调曲《吁嗟篇》、《豫章行》二首、《浮萍篇》，瑟调曲《当来日大难》《丹霞蔽日行》《门有万里客》，楚调曲《怨歌行》等 13 首；杂曲歌辞有：《桂之树行》、《当墙欲高行》、《当欲游南山行》、《当事君行》、《当车以驾行》、《妾薄命》二首、《名都篇》、《美女篇》、《白马篇》、《苦思行》、《升天行》二首、《五游咏》、《远游篇》、《仙人篇》、《飞龙篇》、《磐石篇》、《驱车篇》、《种葛篇》等 20 首；鞞舞歌辞有：《圣皇篇》《灵芝篇》《大魏篇》《精微篇》《孟冬篇》等 5 首。

曹植还是建安诗人中大量使用五言创作的诗人。现存 41 首乐府诗中有 30 首五言,其中相和三调乐府 13 首,拟杂曲乐府 13 首,《鞞舞歌》4 首。另外,曹植现存 36 首文人徒诗,除《元会》《责躬》《应诏》《朔风》《矫志》《闺情》等 6 首四言、《离友》二首骚体外,其余 28 首全为五言。五言诗体占曹植全部诗歌的 75%。① 建安是"五言腾踊"的时代,建安诗人普遍采用五言进行诗歌创作,曹植最为突出。

二、拟调与拟篇:曹植拟乐府的两种方式

汉魏拟乐府存在拟调和拟篇两种基本方式,曹植作为建安时期拟乐府最多的诗人,他对拟调、拟篇两种方式都有采用。总体而言,其相和三调歌辞多拟调,而杂曲歌辞则多拟篇。

1.拟调与拟篇的双重观照:曹植相和三调歌辞的创作模式

曹植作为一名喜爱并精通音乐的文人,他的很多乐府诗是拟调而成的。如《平陵东》"阊阖开":

阊阖开,天衢通,被我羽衣乘飞龙。乘飞龙,与仙期,东上蓬莱采灵芝。灵芝采之可服食,年若王父无终极。

《平陵东》古辞:

---

① 关于曹植现存诗歌的数量问题,存在一些争议:赵幼文《曹植集校注》收诗 77 首,另收非曹植所撰而旧集误收者 3 首;黄节《曹子建诗注》收诗 70 首。今据《曹植集校注》,定为 77 首。

　　平陵东,松柏桐,不知何人劫义公。劫义公,在高堂下,
交钱百万两走马。两走马,亦诚难,顾见追吏心中恻。心中
恻,血出漉,归告我家卖黄犊。

二者句式结构大体一致,当是典型的拟调之作。
又如《薤露行》"天地":

　　天地无穷极,阴阳转相因。人居一世间,忽若风吹尘。
愿得展功勤,输力于明君。怀此王佐才,慷慨独不群。鳞介
尊神龙,走兽宗麒麟。虫兽犹知德,何况于士人。孔氏删诗
书,王业粲已分。骋我径寸翰,流藻垂华芬。

曹操《薤露行》:

　　惟汉二十二世,所在诚不良。沐猴而冠带,知小而谋强。
犹豫不敢断,因狩执君王。白虹为贯日,己亦先受殃。贼臣
持国柄,杀主灭宇京。荡覆帝基业,宗庙以燔丧。播越西迁
移,号泣而且行。瞻彼洛城郭,微子为哀伤。

　　《乐府解题》曰:"曹植拟《薤露行》为《天地》。"①内容上,曹
操作品从汉代建国历史开始,重点叙述汉末国乱的史实,表达其
对汉王朝的"黍离之悲"。曹植作品开篇依循《薤露行》曲调的挽
歌性质和悲叹"人命奄忽"的传统主题,叙写人生短暂之悲,接着

---

①　郭茂倩:《乐府诗集》,中华书局,1979年,第397页。

诗歌拓展出以王佐之才"输力明君"、以"逞寸"之翰"流藻华芬"的愿望。《薤露》古辞,《宋书·乐志》失载,《乐府诗集》曰:"薤上露,何易晞。露晞明朝更复落,人死一去何时归。"曹操、曹植的拟作在结构上完全一致,而与《乐府诗集》所载不同,二者依拟的可能是曹魏时期传唱的《薤露行》曲调。曹植另有一首《惟汉行》,则是拟曹操《薤露行》"惟汉篇"的作品,属于拟篇之作。《乐府诗集》曰:"魏武帝《薤露行》曰:'惟汉二十二世,所任诚不良。'曹植又作《惟汉行》。"①总体而言,曹植拟相和歌及清商三调的作品,在句式结构上与原作和同期其他拟作基本相似,这一特点是拟作遵循原曲音乐要求的结果,属于拟调之作。

　　值得注意的是,曹植的作品除了句式结构上与原作保持一致外,在题材、主题和抒情方式上也与原作保持一定的内在联系:或从原作主题中引申,或从原作的某个点宕开拓展,体现了文人拟乐府的新创。在情感表达上,曹植诗歌也以抒发个体情感为主,但与曹操、曹丕不同的是,他往往以史事和寓言式的故事影射现实、传达比兴寄托,显得含蓄曲折。在结构上,曹植诗歌也多以史事或虚构的寓言故事展开,而且这些史事或寓言仅仅作为诗歌主题的说明,不求故事的完整性。这种结构方式大大减弱了诗歌的故事性,增强了诗歌的抒情性。如曹植《吁嗟篇》:

　　　吁嗟此转蓬,居世何独然。长去本根逝,夙夜无休闲。东西经七陌,南北越九阡。卒遇回风起,吹我入云间。自谓终天路,忽然下沉渊。惊飚接我出,故归彼中田。当南而更

①　郭茂倩:《乐府诗集》,中华书局,1979 年,第 396 页。

北，谓东而反西。宕宕当何依，忽亡而复存。飘飖周八泽，连翩历五山。流转无恒处，谁知吾苦艰。愿为中林草，秋随野火燔。糜灭岂不痛，愿与根荄连。

《乐府解题》曰："曹植拟《苦寒行》为《吁嗟》。"①可见，《吁嗟篇》是曹植拟曹操《苦寒行》"北上篇"的作品。在句式结构上，曹植《吁嗟篇》与曹操《苦寒行》完全一致，但在主题上，《吁嗟篇》不依拟《苦寒行》"冰雪溪谷之苦"②，而是叙写转蓬"长去本根逝""流转无恒处"的飘零之悲，表达转蓬"愿与根荄连"的愿望，在曹操《北上篇》基础上进行了拓展和升华。诗歌虽然以第三人称展开叙述，但"转蓬"故事是作者虚构的，具有明显的比兴寄托意义。在抒情方式上，诗歌以转蓬为喻，通过转蓬"愿与根荄连"的愿望，表达作者对自己"十一年中而三徙都"的转蓬式命运的感伤，感情虽然慷慨悲苦，但用寓言方式表达，显得委婉含蓄。又如《怨歌行》"为君"：

为君既不易，为臣良独难。忠信事不显，乃有见疑患。周公佐成王，金縢功不刊。推心辅王室，二叔反流言。待罪居东国，泫涕常流连。皇灵大动变，震雷风且寒。拔树偃秋稼，天威不可干。素服开金縢，感悟求其端。公旦事既显，成王乃哀叹。吾欲尽此曲，此曲悲且长。今日乐相乐，别后莫相忘。

---

① 郭茂倩：《乐府诗集》，中华书局，1979 年，第 499 页。
② 郭茂倩：《乐府诗集》，中华书局，1979 年，第 496 页。

诗歌开篇发出"为君既不易,为臣良独难。忠信事不显,乃有见疑患"的感慨,接着以周公旦推心辅佐王室,而管叔、蔡叔以流言反之的史事予以说明,诗中的史事篇幅虽然很大,但仅是诗歌观点的"论据",不是诗歌的主体,而第三人称的叙事方式又使诗歌与汉乐府传统保持一定联系。

可见,曹植的相和三调乐府诗创作是在原曲音乐风格和歌词内容的二维参照中进行的,作品既考虑了曲调的音乐要求,也充分注意了曲调反映的传统内容和主题,体现了拟调与拟篇的双重性质。

2.拟篇:曹植杂曲歌辞的创作模式

曹植的杂曲歌辞在其乐府诗中独具特色,是典型的"拟篇"之作。《乐府诗集》共收曹植杂曲乐府 21 篇①,内容涉及游仙者最多,有《升天行》《仙人篇》《游仙》《远游篇》《飞龙篇》《驱车篇》等10 余篇,其他涉及游侠如《白马篇》、履险如《盘石篇》、美女如《美女篇》、弃妇如《种葛篇》、宴娱如《名都篇》,等等,题材十分广泛。据《乐府诗集》"杂曲歌辞"解题,杂曲有几种情况:一是名存义亡,不见所起,而有古辞可考者;二是不见古辞而后人继有拟述者;三是因意命题,学古叙事者。杂曲歌辞或存古辞、或存拟辞、或学古自作的三种情况,说明这些曲调基本不歌、不传了,曹植的杂曲乐府多是以古辞或拟古辞的文本为依据的"拟篇"之作,其中或因意命题、或学古叙事的作品,当是根据曹植对乐府诗传统和艺术精神的理解而进行的独创。相比相和三调乐府而言,曹植的

---

① 郭茂倩《乐府诗集》将曹植《斗鸡》亦收录为杂曲歌辞。

杂曲乐府更加强调诗歌的文本意义,文人化特征更为鲜明。

第一,在情感表达上,往往通过神话故事、美女弃妇,或他事他物的比喻和象征,表达诗人的个体情感体验。这些诗歌的情感虽然多从诗人个体角度而发,但又总是将触发情感的真实原因隐藏在虚构的人物和场景之中,使诗人个体的特殊情感通过人们所能感受到的人物或场景的比喻象征意义表达出来。如《美女篇》借一位妖闲皓素的美女盛年处房室而不得所配的叹息,表达诗人为君猜忌而不得任用的痛苦;《盘石篇》借"盘石"的身世和遭遇表达诗人"身本盘石而迹类飘蓬"的痛苦;《飞龙篇》借乘龙升天、求仙问道来表达诗人急欲摆脱现实的超世之情。

第二,在诗歌结构上,往往通过故事来结构全篇,在叙事中抒情。如《白马篇》塑造了一位为国赴难、视死如归的"游侠"形象,诗歌以赋笔展开描写,上半叙述游侠的着装、出身,接着铺陈游侠高超的射技;下半叙述国家有难,游侠挺身而出,不顾性命和私情;最后以"捐躯赴国难,视死忽如归"结束,总结游侠高尚的品质。全篇从头至尾都是以第三人称的视角叙述游侠的故事。最后两句在对游侠故事的概括和总结中表达诗人对游侠高尚品质的赞美。《美女篇》全诗 30 句,前 22 句都是叙事。开篇写女子采桑歧路,接着写女子的穿着打扮和高洁的气质,并以行徒和休者的反应作映衬,再写女子青楼高门的家世和门第。最后 8 句抒发"佳人慕高义,求贤良独难"的感慨。全诗以第三人称视角展开叙事,美女采桑情节及外貌描写明显是模仿汉乐府《艳歌罗敷行》而来,后半的感慨抒情,也从美女角度着眼。《飞龙篇》则以乘龙升天为线索展开叙事,先写晨游太山、忽逢二童、长跪问道,后写西登玉堂、授我仙药、教我服食,最后表达"寿同金石,永世难老"的愿望,构成诗歌以叙事为主的结构模式。比较而言,曹植相和三调乐府诗往往弱化叙事成分而突出抒情色彩,而杂曲乐府则有意强化叙事成分,并多从第三人称视角叙事,体现了诗人对汉乐府传统的认识和理解。

　　第三,在诗题命名上,多以"篇"为题,还出现了"当××行"的方式。曹植相和三调乐府中,《吁嗟篇》《鰕䱇篇》《浮萍篇》3篇是以诗歌首句的头二字为篇名的,杂曲乐府中,这种篇名方式明显增多。现存杂曲乐府20篇,以"篇"命名的有《仙人篇》《白马篇》《名都篇》《美女篇》《远游篇》《种葛篇》《飞龙篇》《盘石篇》《驱车篇》等9篇。《乐府诗集》引《歌录》曰:"《名都》《美女》《白马》,并《齐瑟行》也。曹植《名都篇》曰'名都多妖女',《美女篇》曰'美女妖且闲',《白马篇》曰'白马饰金羁',皆以首句名篇。"①"以首句名篇"强调的是"篇"的意义,而非"曲"的意义,乐府诗命名方式由"行"向"篇"的过渡,标志着乐府诗的文本意义逐渐受到诗人的重视,也体现了曹植乐府诗创作的"拟篇"性质。

　　另外,在曹植杂曲乐府中还出现了"当××行"的诗题,如曹植杂曲乐府《当来日大难》《当墙欲高行》《当欲游南山行》《当事君行》《当车已驾行》等。《说文解字》曰:"当,田相值也。值者持也,田与田相持也。引申之,凡相持相抵皆曰当。"②后引申为"顶替""代替"。曹植杂曲乐府"当××行"的"当"就是"代替"的意思,是魏晋拟乐府的标志。《乐府解题》曰:"曹植拟《善哉行》为

---

① 郭茂倩:《乐府诗集》,中华书局,1979年,第911页。
② 段玉裁:《说文解字注》,上海古籍出版社,1988年,第697页。

'日苦短'。"①"日苦短"是曹植《当来日大难》的首句。朱乾《乐府正义》曰："当,代也,以此代《来日大难》也。"②又黄节《当墙欲高行》解题曰："郭茂倩《乐府》墙欲高行无古辞,盖已佚,以子建此篇之当字,知必有古辞也。"③陆机有《当置酒》1篇,是拟曹植《野田黄雀行》"置酒"篇而成的作品。《乐府解题》曰："晋乐奏东阿王'置酒高殿上',始言丰膳乐饮,盛宾主之献酬,中言欢极而悲,嗟盛时不再,终言归于知命而无忧也。"④陆机《当置酒》首句"置酒宴嘉宾"来自曹植"置酒"篇。后来鲍照的乐府诗往往用"代××行"。曹植杂曲乐府"当××行"标题,说明诗人已经有意识地拟作乐府古辞,标志文人拟乐府的创作意识开始形成了。

　　如果说曹植相和三调乐府是在音乐曲调和歌辞文本的二维参照中进行的,具有拟调和拟篇的双重性质,那么其杂曲乐府则更多地体现了曹植对歌辞文本意义的重视。曹植能在杂曲乐府中创新,是因为他所拟的这些杂曲歌辞基本上都是以文本传播的,其因意命题、学古叙事的一些作品其实就是自己的独创,没有依拟对象,但凭作者对汉乐府歌辞的认识和理解,确立主题,安排结构,选择表达方式。

三、建安文学传播媒介变革与曹植乐府诗的文学史意义

　　汉末建安时期,随着造纸技术的发展和工艺的改进,纸张被

---

① 郭茂倩:《乐府诗集》,中华书局,1979年,第540页。
② 黄节:《曹子建诗注》,中华书局,2008年,第147页。
③ 黄节:《曹子建诗注》,中华书局,2008年,第153页。
④ 郭茂倩:《乐府诗集》,中华书局,1979年,第570页。

大量用于书写领域。日常往来书信、书法作品、朝廷文书、诗文作品以及经传图书均开始使用纸张书写,传播媒介进入简、帛、纸并用时代。纸张书写的普及,为文学文本传播提供了便利的物质技术条件,带动了诗歌文本传播由简向纸的过渡,建安诗歌传抄和文人结集之风开始兴起。

建安时期的曹魏政权十分重视典籍整理和诗文结集。曹操时代,就十分重视对图书典籍的收集工作。《三国志·袁涣传》载,魏国初建时,袁涣向曹操建言,"以为可大收篇籍,明先圣之教,以易民视听,使海内斐然向风,则远人不服可以文德来之",深得曹操赞许。建安三年,曹操破吕布时,曾"给众官车各数乘,使取布军中物,唯其所欲。众人皆重载,唯涣取书数百卷,资粮而已"①。建安五年的官渡之战,曹操破袁绍,"尽收其辎重、图书珍宝"②。曹操还曾向蔡琰征集家藏坟籍。《后汉书·列女传》载:"操因问曰:'闻夫人家先多坟籍,犹能忆识之不?'文姬曰:'昔亡父赐书四千许卷,流离涂炭,罔有存者。今所诵忆,裁四百余篇耳。'操曰:'今当使十吏就夫人写之。'文姬曰:'妾闻男女有别,礼不亲授。乞给纸笔,真草唯命。'于是缮书送之,文无遗误。"③

魏文帝黄初时期,设立秘书监,专门负责图书典籍的收集和整理。《晋书·职官志》载:"汉桓帝延熹二年置秘书监,后省。魏武为魏王,置秘书令、丞。及文帝黄初初,置中书令,典尚书奏事,而秘书改令为监。"④《初学记》卷十二,秘书监条曰:"魏文帝黄初

---

① 陈寿:《三国志》,中华书局,1959 年,第 334 页。
② 陈寿:《三国志》,中华书局,1959 年,第 21 页。
③ 范晔:《后汉书》,中华书局,1965 年,第 2801 页。
④ 房玄龄等:《晋书》,中华书局,1974 年,第 735 页。

初,分秘书立中书,中书自置令,典尚书奏事,而秘书改令为监,别掌文籍焉。……及王肃为监,以为魏之秘书即汉之东观之职,安可复属少府,自此不复焉。"①

　　曹魏政权收集的图书文籍,皆藏于秘书监藏书阁,秘书监中有秘书丞、秘书郎等属官负责图书文籍的整理、校勘和编撰。曹魏时期在图书典籍整理方面做了大量工作,其中最大的两件事,一是魏文帝组织众多文人编撰大型类书《皇览》②;二是魏明帝时期,秘书郎郑默对曹魏秘书中外三阁的藏书进行"考核旧文,删省浮秽"③的整理,并按甲乙丙丁四部,编撰《中经》十四卷④,此不赘述。

　　在此背景下,建安时期的文集编撰也开始盛行起来。曹丕是建安时期文集编撰的积极倡导者和实践者。他曾亲自编订自己的文集。其《与王朗书》云:"人生有七尺之形,死为一棺之土,唯立德扬名,可以不朽,其次莫如著篇籍。疫疠数起,士人雕落,余独何人,能全其寿?故论撰所著《典论》、诗赋盖百余篇,集诸儒于肃成门内,讲论大义,侃侃无倦。"⑤此信首先强调"著篇籍"对于人生"不朽"的重要意义,然后回顾自己将"所著《典论》、诗赋百余篇"结集之事,即如《本纪》所云:"初,帝好文学,以著述为务,自所勒成垂百篇。"⑥此外,他还编订过建安七子的文集。其《又

----

① 徐坚:《初学记》,中华书局,2004年,第294页。
② 陈寿:《三国志》,中华书局,1982年,第65页。
③ 房玄龄等:《晋书》,中华书局,1974年,第1251页。
④ 魏征等:《隋书》,中华书局,1973年,第906页。
⑤ 陈寿:《三国志》,中华书局,1959年,第88页。
⑥ 陈寿:《三国志》,中华书局,1959年,第88页。

与吴质书》云："昔年疾疫，亲故多离其灾。徐陈应刘，一时俱逝，痛可言邪！昔日游处，行则连舆，止则接席，何尝须臾相失！每至觞酌流行，丝竹并奏，酒酣耳热，仰而赋诗。当此之时，忽然不自知乐也。谓百年已分，长共相保。何图数年之间，零落略尽，言之伤心。顷撰其遗文，都为一集。观其姓名，已为鬼录。追思昔游，犹在心目，而此诸子化为粪壤，可复道哉！"①"顷撰其遗文，都为一集"就是将建安七子的遗文合编成一集，此有后来谢灵运《拟魏太子邺中集诗》及序为证。曹植也曾自编过自己的文集。其《前录自序》云："余少而好赋，其所尚也，雅好慷慨，所著繁多。虽触类而作，然芜秽者众，故删定别撰，为前录七十八篇。"②曹植死后，魏明帝曾下诏"撰录植前后所著赋颂诗铭杂论凡百余篇，副藏内外"③。其他文人作品的结集情况亦有载籍，如《三国志·吴书·薛综传》载："凡所著诗赋难论数万言，名曰《私载》，又定《五宗图述》《二京解》，皆传于世。"④《三国志·王昶传》注引《别传》任昭先传曰："文帝时，为黄门侍郎……著书三十八篇，凡四万余言。骃卒后，故吏东郡程威、赵国刘固、河东上官崇等，录其事行及所著书奏之。诏下秘书，以贯群言。"⑤清人章学诚《文史通义》说："自东京以降，讫乎建安、黄初之间，文章繁矣……则文集之实已具，而文集之名犹未立也。"⑥

① 陈寿：《三国志》，中华书局，1959年，第608页。
② 赵幼文：《曹植集校注》，人民文学出版社，1984年，第434页。
③ 陈寿：《三国志》，中华书局，1959年，第576页。
④ 陈寿《三国志》，中华书局，1959年，第1254页。
⑤ 陈寿：《三国志》，中华书局，1959年，第748页。
⑥ 章学诚：《文史通义》，中华书局，1985年，第296页。

　　曹植乐府诗创作是在上述传播媒介变革的大背景下展开的。从建安二十二年曹丕被立为太子至建安二十五年代汉称帝,曹植身处曹丕、曹睿父子猜忌、排挤和严酷迫害的环境之中,其乐府诗被乐官采集、配乐演奏的可能性几乎是没有的。事实上,曹植现存 40 篇乐府诗,有配乐记录者仅《野田黄雀行》"置酒"篇(《箜篌引》亦用此曲)、《怨歌行》"为君"篇、《鼙舞歌》5 篇及《怨诗行》"明月照高楼"等 8 篇①。刘勰说:"子建、士衡咸有佳篇,并无诏伶人,故事谢丝管,俗称乖调。"②建安时期,由于文学媒介的纸本化变革和文人对文本文学的日益认可,曹植便有意识地突破乐府诗的音乐限制,突出乐府诗的文本化特征和文人文化情结,在情感表达、诗歌结构和命题方式等方面进行了大胆探索和创新。曹植在乐府诗创作方面的探索和创新,为当时文人徒诗创作在立意、谋篇和抒情言志等方面提供了成功经验和创作范式,进一步巩固了"建安风骨"这一时代风格和创作范式在文坛的地位,完成了中国诗歌从"应歌"到"作诗"的转移,也为西晋傅玄、陆机等文人拟乐府提供了参照,创建了文人拟乐府的基本模式。曹植乐府诗的文学史意义正在于此。

---

① 曹植《明月》篇,《曹植集》《文选》皆作《七哀诗》,《玉台新咏》作"杂诗",《宋书·乐志》作《楚调怨诗》"明月",《乐府诗集》作《怨诗行》,当是乐工选诗配乐所至,与拟乐府性质不同。

② 范文澜:《文心雕龙注》,人民文学出版社,1958 年,第 103 页。

论乐府古题《豫章行》及其流变

汉乐府是汉代主要的诗歌样式,大多是汉代乐府机构从民间采集而来,并经过加工、配乐,在汉代上层社会以音乐形态广泛流传。随着汉乐府的广泛流行,文人们开始模仿乐府歌辞进行诗歌创作,被称为拟乐府。汉末、建安时期的文人诗歌创作首先是从拟乐府开始的,历代文人乐此不疲,直到唐代,使文人拟乐府成为中国诗歌史上一种重要的诗歌创作模式,对中国诗歌发展演进产生了重大影响。对《豫章行》古题及其拟作的考察、梳理,可以了解汉魏六朝文人拟乐府在主题与形式上的流变轨迹,从而把握拟乐府的基本特点和创作规律。

一、古辞《豫章行》的主题与形式特征

《豫章行》古辞,沈约《宋书·乐志》未载,始见于郭茂倩《乐府诗集·相和歌辞》清调曲:

> 白杨初生时,乃在豫章山。上叶摩青云,下根通黄泉。凉秋八九月,山客持斧斤。我□何皎皎,稀落□□□。根株已断绝,颠倒岩石间。大匠持斧绳,锯墨齐两端。一驱四五里,枝叶相自捐。□□□□□,会为舟船蟠。身在洛阳宫,根

在豫章山。多谢枝与叶,何时复相连? 吾生百年□,自□□□俱。何意万人巧,使我离根株。① (右一曲,晋乐所奏)

这是现存《豫章行》古辞。《乐府诗集·豫章行》题解引《古今乐录》曰:"《豫章行》,王僧虔云《荀录》所载《古白杨》一篇。"②所谓"古白杨",即上录古辞"白杨初生时"。说明《豫章行》古辞在西晋荀勖《荀氏录》中就有收录,而且为"晋乐所奏"。《宋书·乐志三》说:"清商三调歌诗,荀勖撰旧词施用者。"③可见,《豫章行》曲调在由"相和歌"到"清商三调"的发展过程中,为了和乐的需要,歌辞可能经过荀勖等人的加工、改造,但基本保留了民间歌谣的特点。《豫章行》曲调在刘宋大明年间还有流传,梁陈时期则失传了。④

　　该辞虽有 13 字缺文,但诗歌意思基本完整。从主题上看,该诗托以豫章山白杨的口吻,叙述了其从初生长至枝叶参天,而后被工匠拦腰截断,倒在岩石上,继而被休整两端,成为建造房屋的木材远送至宫殿,而枝叶则成为燃料,枝叶身躯与根本相分离的过程。最后,通过白杨"多谢枝与叶,何时复相连……何意万人巧,使我离根株"的喟叹表达了"其与根株分离之苦"⑤。全诗 24 句,形式整齐,是完整的五言诗。语言通俗浅显,基本保留了民歌

① 本文所录歌辞均依据郭茂倩《乐府诗集》中华书局 1979 年版,余不出注。
② 郭茂倩:《乐府诗集》,中华书局,1979 年,第 501 页。
③ 沈约:《宋书》,中华书局,1974 年,第 608 页。
④ 吴大顺:《魏晋南北朝乐府歌辞研究》,上海古籍出版社,2009 年,第 336 页。
⑤ 陆侃如:《乐府古辞考》,商务印书馆,1930 年,第 101 页。

的口语化色彩。在叙述结构上,通篇以豫章山白杨之口,采用第三人称视角叙述白杨与其根株相离的过程,最后以告别时的对话形式表达了分离之苦。表达上托物喻人,以白杨的根株分离比喻人间亲人的分离。这些特点体现了汉乐府以叙事见长的传统,语言风格质朴无华。

二、历代《豫章行》拟作及其主题流变

据《乐府诗集》所录,《豫章行》拟作凡 9 首:魏曹植 2 首,西晋傅玄、陆机,刘宋谢灵运、谢惠连,梁沈约,隋薛道衡,唐李白各 1 首。

1.曹植《豫章行》二首

穷达难预图,祸福信亦然。虞舜不逢尧,耕耘处中田。太公不遭文,渔钓终渭川。不见鲁孔丘,穷困陈蔡间。周公下白屋,天下称其贤。

鸳鸯自朋亲,不若比翼连。他人虽同盟,骨肉天性然。周公穆康叔,管蔡则流言。子臧让千乘,季札慕其贤。

《乐府诗集》引《乐府题解》曰:"曹植拟《豫章》为'穷达'。"[①]这条材料一则说明,曹植的《穷达难预图》是拟作汉乐府古题《豫章行》而来;二则说明,曹植拟作的主题是表达人生的"穷达"之感,即"穷达难豫图,祸福信亦然"。诗中虞舜与尧、姜太公与文王

———————————

① 郭茂倩:《乐府诗集》,中华书局,1979 年,第 502 页。

的史实则是对穷达、祸福不易预计的例证,孔丘困陈蔡、周公下白屋,是作者提出的对待穷达的态度:既然人生世事穷达与祸福难料,那么就要像孔子那样虽遭遇困厄而不更易其志,执政者则要像周公那样礼贤下士。曹植拟作一的主题大致如此。拟作二,通过朋友情谊与兄弟亲情的比较,抒发作者对兄弟情谊的呼唤。在曹植的拟作中,《豫章行》古辞"与根株分离之苦"的主题看似隐去,突出了对人生穷达祸福与朋友亲情的感叹,其实二者仍有承袭:古辞中白杨树的根株相离,就是福祸旦夕间的真实写照,白杨树与其根株、枝叶的关系,当是曹植拟作所言兄弟骨肉亲情的依据。只是曹植在古辞基础上进一步深化了主题,由根株之离进一步感叹人生的无常、祸福穷达的难料以及骨肉亲情的珍贵,从而比较曲折委婉地表达了自己与曹丕父子的复杂关系及其内心的痛苦和矛盾心理。

2.傅玄、陆机的拟作

傅玄《豫章行苦相篇》:

苦相身为女,鄙陋难再陈。男儿当门户,堕地自生神。雄心志四海,万里望风尘。女育无欣爱,不为家所珍。长大逃深室,藏头羞见人。垂泪适他乡,忽如雨绝云。低头和颜色,素齿结朱唇。跪拜无复数,婢妾如严宾。情合同云汉,葵藿仰阳春。心乖甚水火,百恶集其身。玉颜随年变,丈夫多好新。昔为形与影,今为胡与秦。胡秦时相见,一绝逾参辰。

陆机《豫章行》:

　　　　汛舟清川渚,遥望高山阴。川陆殊涂轨,懿亲将远寻。
三荆欢同株,四鸟悲异林。乐会良自古,悼别岂独今。寄世
将几何,日昃无停阴。前路既已多,后涂随年侵。促促薄暮
景,亹亹鲜克禁。曷为复以兹,曾是怀苦心。远节婴物浅,近
情能不深。行矣保嘉福,景绝继以音。

　　傅玄《豫章行苦相篇》以女子的口吻叙述了自己被休遣后,对
女子一生"鄙陋"的社会地位的陈述:与支撑门户的男儿相比,女
子成长于闺阁之中,不为家人所爱,成人后便远嫁他乡,在夫家虽
百般顺从,严守礼节,但仍逃不过年老色衰、恩情中绝而被休遣的
命运。诗歌通过女子自述,生动形象地展示了作为薄命女子之
身,其人生的悲苦和地位的鄙陋。《乐府诗集》引《乐府解题》曰:
"傅玄《苦相篇》云'苦相身为女',言尽力于人,终以华落见弃。"[1]
陆机的《豫章行》则是一首送别诗,表达了同胞兄弟的离别之苦。
比较《豫章行》古辞的"根株相离之苦",傅玄对女子地位鄙陋的
陈述,虽然在主题上有明显的迁移,但其被休遣回家后,同夫君
"一绝逾参辰"的境遇与古辞根株相离之苦具有内在的相联。陆
机以《豫章行》写送别更是与古辞的离别之苦存在内在的联系。
　　3.谢灵运、谢惠连、沈约的拟作
　　谢灵运《豫章行》:

　　　　短生旅长世,恒觉白日欷。览镜睨颓容,华颜岂久期。
苟无回戈术,坐观落崦嵫。

----

①　郭茂倩:《乐府诗集》,中华书局,1979 年,第 501 页。

谢惠连《豫章行》：

　　轩帆溯遥路，薄送瞰遐江。舟车理殊缅，密友将远从。九里乐同润，二华念分峰。集欢岂今发，离叹自古钟。促生靡缓期，迅景无迟踪。缁发迫多素，憔悴谢华丰。婉娩寡留暑，窈窕闭淹龙。如何阻行止，愤懑结心胸。既微达者度，欢戚谁能封。愿子保淑慎，良讯代徽容。

沈约《豫章行》：

　　燕陵平而远，易河清且驶。一见尘波阻，临途引征思。双剑爱匣同，孤鸾悲影异。宴言诚易纂，清歌信难嗣。卧闻夕钟急，坐阅朝光亟。往欢坠壮心，来戚满衰志。徂芳无再馥，沦灰定还炽。夏台尚可忘，荣辱亦奚事。愧微旷士节，徒感鄙生饵。劳哉纳辰和，地远托声寄。

　　从内容看，谢灵运拟作抒发了人生短促、华颜难久的怅惘情绪。《乐府诗集》引《乐府解题》曰："陆机'泛舟清川渚'，谢灵运'出宿告密亲'，皆伤离别，言寿短景驰，容华不久。"[1]谢灵运"出宿告密亲"今本《谢灵运集》未载，不知是否为"短生旅长世"的佚文。但从《乐府解题》可知，陆机拟作除伤离别主题外，还有对"寿短景驰，容华不久"的感叹。谢灵运诗作"人生短促、华颜难久"的

―――――――――――

[1]　郭茂倩：《乐府诗集》，中华书局，1979 年，第 501 页。

主题显然是延续陆作而来。谢惠连拟作无论在题材内容、思想情感还是句式结构，都与陆机的拟作有惊人的相似性。沈约之作抒发了游子临途的征思之情，既有对亲朋的离别之悲，也有对光阴易逝、岁月蹉跎之叹，结尾则劝勉亲友要淡定荣辱，彼此互通佳音，其主题和结构均与陆机拟作相似，只是在叙述的视角上由陆、谢作品的送别叙怀改成了游子临途思征而已。可见，这三首拟作与陆机作品具有一脉相承的关系，当均是模拟陆机作品而成。

　　4.薛道衡、李白的拟作

　　薛道衡《豫章行》：

　　　　江南地远接闽瓯，东山英妙屡经游。前瞻叠障千重阻，却带惊湍万里流。枫叶朝飞向京洛，文鱼夜过历吴洲。君行远度茱萸岭，妾住长依明月楼。楼中愁思不开嚬，始复临窗望早春。鸳鸯水上萍初合，鸣鹤园中花并新。空忆常时角枕处，无复前日画眉人。照骨金环谁用许，见胆明镜自生尘。荡子从来好留滞，况复关山远迢递。当学织女嫁牵牛，莫作姮娥叛夫婿。偏讶思君无限极，欲罢欲忘还复忆。愿作王母三青鸟，飞去飞来传消息。丰城双剑昔曾离，经年累月复相随。不畏将军成久别，只恐封侯心更移。

　　李白《豫章行》：

　　　　胡风吹代马，北拥鲁阳关。吴兵照海雪，西讨何时还？半渡上辽津，黄云惨无颜。老母与子别，呼天野草间。白马绕旌旗，悲鸣相追攀。白杨秋月苦，早落豫章山。本为休明人，斩虏素不闲。岂惜战斗死？为君扫凶顽。精感石没羽，岂云惮险艰？楼船若鲸飞，波荡落星湾。此曲不可奏，三军鬓成斑。

在主题上，薛道衡《豫章行》以思妇为叙述的主体，表达了思妇对征夫的思恋之情。诗以"江南地远接闽瓯，东山英妙屡经由"开始，点出征夫远游与思妇的离别，接着写思妇在明月楼上对征夫的思念，是一首典型的闺怨诗。但是在诗歌的开头和结尾交代了闺怨是缘于将军的征战和夫妇的离别。可见，该诗虽然突出了闺怨主题，但并没有完全与古辞伤离别的主题脱离，而且，还通过闺怨主题的表达关涉到边塞征战的内容。李白的这首《豫章行》是一首边塞诗，通过几个典型场面的描写，表现了男儿在战场"为君扫凶顽"而"不惜战斗死"的英雄气概。其间"老母与子别，呼天野草间"的场面，当是古辞"伤离别"主题在李白诗中的延续，"白杨秋月苦，早落豫章山"更是直接化用了古辞原有的"白杨"和"豫章山"意象，表明李诗与古辞的内在联系。

从以上梳理可知，历代文人的《豫章行》拟作，因时代主题和作者创作动机的不同，在具体主题上往往存在脱离古辞"伤别"的现象，如曹植作品的人生穷达之叹与兄弟骨肉亲情，傅玄作品对薄命女子一生"鄙陋"的社会地位的同情，陆机的同胞离别之苦，谢灵运的华颜难久之悲，乃至薛道衡的女子闺怨，李白的男儿征战等主题都是对人生不同生存状态的表现，在一定程度上脱离了古辞"伤别"而另立新意。但若从根本上说，这些拟作又与古辞"伤别"主题保持着内在的联系，以上拟作在对人生种种不同生存状态的表现中均保留了"离别"之悲，或"祸福旦夕"之叹，而这两种情感正是《豫章行》古辞所表达的基本情感。

三、历代《豫章行》拟作的形式流变

在形式上,《豫章行》拟作也因时代的变迁而变化。诗歌的抒情方式和语言技巧是诗歌的重要表现形式,《豫章行》拟作在形式上的流变,可以从诗歌抒情方式和语言形式两方面的变化获得认识。

1.《豫章行》拟作在抒情方式上的变化

在抒情方式上,《豫章行》古辞先通过第三人称的客观叙述,展示豫章山白杨树根株分离的过程,其后,又以白杨树与其根株离别时的对话,表达其"根株离别之苦"。这种寓言式的表达,带有普世性和隐喻性,表现的往往是人类社会普遍具有的情感,而不具体指涉何人何事。曹植的拟作则通篇发表议论,通过对与自己经历和遭际关系密切的问题的论述,表达了自己的矛盾与痛苦,情感指向是比较具体的。正如刘德玲所说,乐府歌辞"从曹植起,文人的个性流露出来了"①。傅玄拟作,虽然在抒情方式上保留了古辞的以叙事而抒情的模式,但其表达的是对广大薄命女子的同情,情感指向也比较具体。陆机拟作则将叙事与抒情相结合,并以抒情为主,先以叙事发端,为抒情主体设置了一个道途离别的情境,然后抒发离别之苦,并以人生短暂之悲进一步渲染亲朋离别之苦。谢灵运、谢惠连、沈约的拟作多受陆机影响,与陆诗

---

① 刘德玲:《乐府古辞之原型与流变——以汉至唐为断限》,花木兰文化出版社,2008 年,第 41 页。

的抒情方式基本一致。薛道衡拟作以闺中女子的口吻抒发离别之情，李白拟作则以征战男儿作为叙述主体，二诗叙事与抒情结合，场面生动、情感真实，指向具体明确。可见，《豫章行》的历代拟作在抒情方式上呈现出由以叙事为主向抒情为主的变迁；在情感指向上则呈现出由普世化情感向个体情感转化的特点。

　　2.《豫章行》拟作在语言形式上的变化

　　从语言形式上看，曹植的拟作多用典故，音韵和谐。前一首作者开篇提出"穷达祸福难于预图"的观点后，接着用尧与舜、姜太公与周文王的典故进行说明，再用孔丘困陈蔡与周公下白屋的历史故事表达其看法；后一首则以周公与管蔡、子臧与季札的故事说明骨肉盛于亲朋的道理，情感含蓄、曲折。用韵上一韵到底，自然和谐。傅玄的拟作，语言基本保持古辞本色，同时也体现了文人色彩，如"低头和颜色，素齿结朱唇"的神态描写，"情合同云汉，葵藿仰阳春"的比喻使用都有文人化色彩。陆机拟作，语言上用词讲究，形式整饬，有繁缛的特征。如"三荆欢同株，四鸟悲异林""乐会良自古，悼别岂独今""前路既已多，后涂随年侵""远节婴物浅，近情能不深"等四句都是工整的对偶句，占了整首诗歌近半的比例。谢灵运、谢惠连的拟作，在句式上与陆机基本相同，大量使用对偶、拟人手法，语言上刻意雕琢，甚至有"婉娩寡留晷，窈窕闭淹龙"等"不成语的句子"①。沈约的拟作大量使用了对偶、用典、拟人等手法，语言温文秀丽。薛道衡拟作也大量使用对偶、比兴等手法，语言流丽柔婉。

　　更值得注意的是，从谢灵运开始，《豫章行》拟作在语言上有

---

① 葛晓音：《八代诗史》，中华书局，2007 年，第 182 页。

律化的趋势。谢灵运、谢惠连、沈约的拟作中,律句、律联逐渐多了起来。据分析统计发现,傅玄拟作共 26 句,有"仄仄仄平平"律句 4 句,"仄仄平平仄"律句 1 句,无律联;陆机拟作只有"平平仄仄平"律句 1 句,无律联。可见,诗歌语言在西晋尚无"律"的观念。谢灵运拟作仅 6 句,有"平平仄仄平"律句 2 句,"平平仄平仄"律句 1 句;谢惠连拟作 20 句,有律联 3 联,即"轩帆溯遥路,薄送瞰遐江"(平平仄平仄,仄仄仄平平)、"缁发迫多素,憔悴谢华丰"(平平仄平仄,仄仄仄平平)、"如何阻行止,愤悒结心胸"(平平仄平仄,仄仄仄平平),另还有律句 4 句,共有律句 10 句,占整首诗歌一半;沈约拟作 20 句,有律联 2 联,即"双剑爱匣同,孤鸾悲影异"(仄仄仄平平,平平平仄仄)、"往欢坠壮心,来戚满衰志"(仄平仄仄平,平平仄平仄),另有律句 10 句,共有律句 14 句,占整诗的 70%;薛道衡拟作 28 句,有"前瞻叠障千重阻,却带惊湍万里流"(平平仄仄平平仄,仄仄平平仄仄平)、"枫叶朝飞向京洛,文鱼夜过历吴洲"(仄仄平平仄平仄,平平仄仄仄平平)等律联 7 联,另有律句 7 句,共有律句 21 句,占 75%;李白拟作 22 句,有律联 1 联,另有律句 6 句,共有律句 8 句,占整诗的 36%。李白拟作是唐代律诗定型以后的产物,作者有意识地使用歌行体创作,使诗歌的语言保持乐府古辞的质朴自然的本色。

从谢灵运到薛道衡的拟作,可见其语言在形式上明显的律化倾向。说明六朝追求声律与对偶的永明新诗体创作风气已波及乐府拟作的创作。

汉魏六朝的文人拟乐府是中国诗歌发展史上一种突出的文学创作现象。通过以上对《豫章行》拟作主题和形式的梳理、分析可见,历代《豫章行》拟作,在主题上往往脱离古辞"伤别",而表现现实人生境遇、抒发个人情感,即"借古题写时事"。但是,这些拟作所写的时事又总是与古辞"伤别"主题保持着若即若离的关系。如曹植拟作的人生穷达之叹与兄弟骨肉亲情,傅玄拟作对薄命女子的同情,陆机的同胞离别之苦,谢灵运的华颜难久之悲,乃至薛道衡的女子闺怨,李白的男儿征战,等等,在这些拟作的主题表达中均保留了"离别"之悲,或"祸福旦夕"之叹,这正是《豫章行》古辞所传达的基本情感。在语言形式上,《豫章行》拟作中典故、比喻、对偶等修辞手法的熟练使用,显示出明显的文人化倾向,而且受六朝永明体形式主义美学思潮的影响,诗歌语言呈现出逐渐律化的趋势。从乐府古题《豫章行》流变的这些轨迹,可以发现文人拟乐府的基本创作规律:其一,在主题上,文人拟乐府既受古题的制约,同时也注重对时代精神的表达。其二,在形式上,文人拟乐府既注重古辞的基本风格,又不时受到时代审美风尚的侵染。这些规律说明,文人拟乐府是介于音乐与文体二者之间的创作行为,在其文化功能上既有音乐文化因素,也有文体意义的性质。这就是拟乐府一方面总是保留着古辞的传统"母题",一方面又在曲调音乐环境消失的情况下兴盛不衰的原因。很多诗歌范式就是在这样的创作机制中形成的,从题材上说,初盛唐盛行的边塞、闺怨诗创作当是其中之一,从形式上看,唐代歌行体的流行也与之密切相关。

南朝文人歌辞用调及其特点

文人歌辞创作是一种比较复杂的文化现象。作为歌辞创作，其曲调的选用能在一定程度上反映文人的音乐文化趣尚和当时音乐文化整体面貌；作为诗歌创作，又在很大程度上受到诗文学审美观念和时代风尚的影响。以往研究者大多关注南朝歌辞的题材内容与艺术风格，很少有人对南朝文人歌辞用调及其特点进行分析。其实，通过对南朝文人歌辞用调的分析可以比较清晰地看到南朝文人歌辞创作的发展规律和基本特点。

一、南朝文人歌辞用调分析

《乐府诗集》收录宋、齐、梁、陈四朝 278 人的歌辞共 913 首，在曲调使用上涉及汉鼓吹曲、汉横吹曲、相和歌辞、清商曲辞、杂舞歌辞、琴曲歌辞、杂曲歌辞、杂歌谣辞等八大音乐类别。

1.汉鼓吹曲 68 首

南朝文人所拟写的鼓吹曲是来源于民歌中的汉鼓吹铙歌曲，不是魏晋以后的鼓吹曲系统，因此称"汉鼓吹曲"。

从南朝文人拟作情况看，主要集中在梁陈时期。宋无。齐有《巫山高》等 4 曲 10 首，作者有谢朓、王融等 4 人。梁有《朱路》《战城南》《将进酒》等 12 曲 31 首，作者有王僧孺、简文帝、吴均、沈约等 18 人。陈有《朱路》《战城南》《钓竿》等 11 曲，27 首，作者有陈后主、张正见、顾野王等 10 人。

　　蔡邕《礼乐志》所云"汉乐四品"第四品"短萧铙歌"属于军乐，而魏晋以来的鼓吹曲皆备叙功业，用之宴飨道路，是宫廷仪式活动的重要用乐，歌辞典雅庄重。可见，这些汉鼓吹曲在南朝早已不歌了，南朝文人仅是拟其歌辞而已，与音乐关系不大。又汉鼓吹曲辞大多"不可晓解"，因此，南朝文人的拟辞仅只依其曲调名称而已，内容上与原曲也无多大关联。如汉鼓吹曲《芳树》古辞是说"姤人之子愁杀人，君有他心，乐不可禁"，而齐王融、谢朓拟辞"但言时暮、众芳歇绝而已"；古辞《巫山高》言"江淮水深，无梁可度，临水远望，思归而已"，齐王融、梁范云的拟辞"杂以阳台神女之事，无复远望思归之意也"①。从形式上看，古辞以三、四、五等杂言句式为主，篇幅也长短不均，而梁陈拟辞则以五言八句作为所有古曲拟辞的主结构。可见，南朝文人所拟的汉鼓吹曲歌辞具有徒诗创作的性质。

　　2.汉横吹曲 101 首

　　《乐府诗集·横吹曲辞》解题引《晋书·乐志》：

　　　　横吹有双角，即胡乐也。汉博望侯张骞入西域，传其法于西京，唯得《摩诃兜勒》一曲。李延年因胡曲更造新声二十八解，乘舆以为武乐，后汉以给边将，和帝时万人将军得用之。魏、晋以来，二十八解不复具存，而世所用者有《黄鹄》等

---

① 郭茂倩：《乐府诗集》，中华书局，1979 年，第 228—230 页。

十曲。其辞后亡。又有《关山月》等八曲，后世之所加也。①

可见，《横吹曲》是李延年因胡曲更造新声而成的武乐，赐边将，属于军乐。魏晋仅存十曲，且在西晋时"其辞后亡"，《关山月》后八曲为后世所加。

《古今乐录》曰：

> 梁鼓角横吹曲有《企喻》《琅琊王》《钜鹿公主》《紫骝马》《黄淡思》《地驱乐》《雀劳利》《慕容垂》《陇头流水》等歌三十六曲。二十五曲有歌有声，十一曲有歌。是时乐府胡吹旧曲有《大白净皇太子》《小白净皇太子》《雍台》《揄台》《胡遵》《利薤女》《淳于王》《捉搦》《东平刘生》《单迪历》《鲁爽》《半和企喻》《比敦》《胡度来》十四曲。三曲有歌，十一曲亡。又有《隔谷》《地驱乐》《紫骝马》《折杨柳》《幽州马客吟》《慕容家自鲁企由谷》《陇头》《魏高阳王乐人》等歌二十七曲，合前三曲，凡三十曲，总六十六曲。②

值得注意的是，"梁鼓角横吹曲"中有《陇头流水》《紫骝马》《折杨柳》《陇头》四曲与李延年所造曲名相同，但音乐系统不同。梁为五言四句结构，当是齐梁时期南北交战、聘问等活动中北曲流入南方者。《古今乐录》在梁曲《紫骝马歌》中也注明"与前曲不同"。"前曲"即李延年因胡曲更造新声二十八解中的《紫骝马》。

① 郭茂倩：《乐府诗集》，中华书局，1979年，第309页。
② 郭茂倩：《乐府诗集》，中华书局，1979年，第362页。

李造为汉曲的是五言八句结构。可见,汉横吹曲音乐在南朝已经不存。

从南朝拟辞看,宋有鲍照《梅花落》1 曲。齐无。梁有《陇头流水》《出塞》《折杨柳》《梅花落》等 13 曲 27 首,作者有梁简文帝、梁元帝、刘孝威、吴均等 10 人。陈较梁少《入关》《出塞》《骢马》《雍台》,多《陇头》《雨雪》《雨雪曲》,共 12 曲,73 首,作者有陈后主、徐陵、张正见、江总等 19 人。主要是梁陈时期的拟辞。这些拟辞绝大多数是拟李延年因胡曲更造的二十八解新声,以五言八句为其主结构,对五言四句结构的梁鼓角横吹曲拟辞仅有 4 首。由此可见,南朝文人所作歌辞与鼓吹曲一样也具有徒诗创作性质,仅因原歌曲多为边将所有而写边战与闺怨之情。

3.相和三调歌曲 267 首

相和三调歌曲的拟辞情况比较复杂。在南朝,一方面相和三调歌曲还在演唱流传,同时又逐渐衰落,大量曲调逐渐失传,很多拟辞就是在没有音乐环境的情况下创作的。欲弄清其创作特点就有必要对这两种情况作具体分析。一是要弄清南朝相和三调拟辞的总体分布;二是弄清相和三调音乐衰落、曲调失传的大致情形。

宋有相和曲《蒿里》等 5 曲 5 首,吟叹曲《王昭君》等 2 曲 2 首,平调曲《长歌行》等 5 曲 7 首,清调曲《苦寒行》等 8 曲 20 首,瑟调曲《善哉行》等 13 曲 17 首,楚调曲《白头吟》等 4 曲 4 首,共 37 曲 53 首;作者有谢灵运、鲍照、谢惠连、颜延之等 13 人。

齐有平调曲《铜雀妓》1 曲 1 首,清调《三妇艳》等 3 曲 9 首,瑟调《青青河畔草》等 2 曲 2 首,楚调《玉阶怨》1 曲 2 首,共 7 曲 14 首;作者有谢朓、王融等 4 人。

梁有相和六引 5 曲 9 首,相和曲《罗敷行》等 13 曲 30 首,吟叹曲《昭君叹》等 8 曲 11 首,四弦曲《蜀国弦》1 曲 1 首,平调曲《长歌行》等 7 曲 25 首,清调曲《豫章行》等 8 曲 20 首,瑟调曲《善哉行》等 18 曲 36 首,楚调曲《梁甫吟》等 7 曲 16 首,共 66 曲 148 首;作者有沈约、简文帝、吴均、江淹、梁元帝等 45 人。

陈有相和六引《公无渡河》1 曲 1 首,相和曲《艳歌行》等 7 曲 14 首,吟叹曲《明君词》1 曲 1 首,平调曲《从军行》等 2 曲 4 首,清调曲《长安有狭斜行》等 3 曲 15 首,瑟调曲《饮马长城窟行》等 10 曲 12 首,楚调曲《白头吟》等 4 曲 6 首,共 28 曲 52 首;作者有陈后主、张正见、顾野王、江总等 15 人。

可见,南朝文人相和三调歌辞创作形成了刘宋和梁陈两个高峰。在相和三调诸音乐形式中又以相和歌与清商三调的歌辞创作为多。

《乐府诗集》是目前对六朝歌辞保留最完备的歌辞集。其“相和歌辞”解题中大量引用陈《古今乐录》的记载,而《古今乐录》又大量引用刘宋张永《元嘉正声技录》、王僧虔《大明三年宴乐技录》。《元嘉正声技录》《大明三年宴乐技录》有很多关于六朝歌辞演唱和流传情况的记载。因此,通过对这些文献记载的梳理可以了解部分相和三调歌曲在南朝演唱与流传情况。

（1）相和六引

据张永《技录》载,相和有箜篌、商、徵、羽四引。梁代有五引,有歌有辞。① 可见,南朝文人所作的相和引皆有音乐的背景。宋、齐奏《箜篌》《商引》《徵引》《羽引》四引;梁陈奏《相和五引》,用

---

① 　郭茂倩:《乐府诗集》,中华书局,1979 年,第 377 页。

于朝会宴飨等仪式场合。

（2）相和歌曲

《古今乐录》曰：

> 张永《元嘉技录》：相和有十五曲，一曰《气出唱（倡）》，二曰《精列》，三曰《江南》，四曰《度关山》，五曰《东光》，六曰《十五》，七曰《薤露》，八曰《蒿里》，九曰《觐歌》，十曰《对酒》，十一曰《鸡鸣》，十二曰《乌生》，十三曰《平陵东》，十四曰《东门》，十五曰《陌上桑》。①

张永《元嘉技录》说相和有十五曲，至少可以说明刘宋元嘉时期此十五曲还可以歌唱。王僧虔《大明三年宴乐技录》在"相和歌"中不见引用，也许"相和歌"在王《技录》中无载，大概已经不可歌了。

（3）吟叹曲

《古今乐录》曰：

> 张永《元嘉技录》有吟叹四曲：一曰《大雅吟》，二曰《王明君》，三曰《楚妃叹》，四曰《王子乔》。……《王明君》一曲，今有歌。《大雅吟》《楚妃叹》二曲，今无能歌者。②

又据《古今乐录》载，晋、宋以来，《明君》止以弦隶少许为上舞，梁天监中，斯宣达为乐府令，与诸乐工以清商两相间弦为《明君》上

---

① 　郭茂倩：《乐府诗集》，中华书局，1979年，第382页。

② 　郭茂倩：《乐府诗集》，中华书局，1979年，第424页。

舞,传之至今。并演变为"平调《明君》、胡笳《明君》、清调《明君》、间弦《明君》、蜀调《明君》、吴调《明君》、杜琼《明君》"等七种风格的《明君曲》。① 可见,吟叹曲在刘宋有《大雅吟》《王明君》《楚妃叹》《王子乔》四曲可歌,到梁陈则只有《王明君》可歌了。

（4）四弦曲

《古今乐录》曰：

> 张永《元嘉技录》有《四弦》一曲,《蜀国四弦》是也,居相和之末,三调之首。古有四曲,其《张女四弦》《李延年四弦》《严卯四弦》三曲。阙《蜀国四弦》,节家旧有六解,宋歌有五解,今亦阙。②

知宋元嘉中《蜀国四弦》尚能歌,有五解,至陈则皆不歌了。

（5）平调曲

《古今乐录》曰：

> 王僧虔《大明三年宴乐技录》,平调有七曲:一曰《长歌行》,二曰《短歌行》,三曰《猛虎行》,四曰《君子行》,五曰《燕歌行》,六曰《从军行》,七曰《鞠歌行》。荀氏录所载十二曲,传者五曲。武帝"周西""对酒",文帝"仰瞻",并《短歌行》,文帝"秋风""别日",并《燕歌行》是也,其七曲今不传,文帝"功名",明帝"青青",并《长歌行》,武帝"吾年",明帝"双

---

① 郭茂倩:《乐府诗集》,中华书局,1979 年,第 425—426 页。
② 郭茂倩:《乐府诗集》,中华书局,1979 年,第 440 页。

桐"，并《猛虎行》，"燕赵"《君子行》，左延年"苦哉"《从军行》，"雉朝飞"《短歌行》是也。①

"其七曲今不传"，是王僧虔语，即此七曲在刘宋大明三年时候已不传。涉及《长歌行》《猛虎行》《君子行》《从军行》《短歌行》等五个曲调。《古今乐录》又引王僧虔《技录》云："《短歌行》'仰瞻'一曲……声制最美，辞不可入宴乐。"②可见，王氏所说的不传是指七首歌辞不传，不是说曲调不传。《乐府诗集》在《猛虎行》《从军行》的解题中引王僧虔《技录》有"荀录所载，明帝《双桐》一篇，今不传"，"荀录所载左延年《苦哉》一篇，今不传"的文字可以证明。

又《古今乐录》曰："王僧虔《技录》，平调又有《鞠歌行》，今无歌者。"③"今无歌者"当是陈代智匠语。指《鞠歌行》到陈时无歌者了。

从以上文献可知，在刘宋时期平调曲至少有《短歌行》《燕歌行》《鞠歌行》三个曲调是可以歌唱的。

（6）清调曲

《古今乐录》曰：

> 王僧虔《技录》，清调有六曲：一《苦寒行》，二《豫章行》，三《董逃行》，四《相逢狭路间行》，五《塘上行》，六《秋胡行》。荀氏录所载九曲，传者五曲。晋、宋、齐所歌，今不歌。武帝

---

① 郭茂倩：《乐府诗集》，中华书局，1979年，第441页。
② 郭茂倩：《乐府诗集》，中华书局，1979年，第446—447页。
③ 郭茂倩：《乐府诗集》，中华书局，1979年，第494页。

"北上"《苦寒行》,"上谒"《董逃行》,"蒲生"《塘上行》,"晨上""愿登"并《秋胡行》是也。其四曲今不传。明帝"悠悠"《苦寒行》,古辞"白杨"《豫章行》,武帝"白日"《董逃行》,古辞《相逢狭路间行》是也。①

"今不歌""今不传"皆指陈代而言。由此可知,《苦寒行》《董逃行》《塘上行》《秋胡行》四曲在晋、宋、齐三代是可歌的。

又据《豫章行》解题《古今乐录》"《豫章行》,王僧虔云《荀录》所载《古白杨》一篇,今不传"的记载知《豫章行》在陈代已经不传了,王僧虔在《大明三年宴乐技录》中收录,说明刘宋大明年间应当尚流传。据此可推测《相逢狭路间行》可能于刘宋也当还流传。

(7)瑟调曲

据《古今乐录》载,王僧虔《技录》共载瑟调曲38曲,并云《荀氏录》所传九曲歌辞,涉及《善哉行》《罗敷艳歌行》二曲调。由此知,此二曲在刘宋时期当尚流传。"其六曲不传"者,涉及《善哉行》《却东西门行》《长安城西行》《艳歌行》《墙上难用趋行》五个曲调,但不知从何时起不传了。② 换言之,不知此言出于王氏还是出于陈氏,若出于王氏则知刘宋就不传了,若出于陈氏则至陈不传。故有待对照每首曲调的解题综合判断。

又据《古今乐录》引王僧虔《大明三年宴乐技录》的记载体例中有"王僧虔《技录》云歌某篇,今不歌或今不传"者;有"王僧虔《技录》有某篇,今不传或今不歌"者;有"王僧虔《技录》云某曲歌

① 郭茂倩:《乐府诗集》,中华书局,1979年,第495页。
② 郭茂倩:《乐府诗集》,中华书局,1979年,第535页。

某篇"者;有"王僧虔《技录》云某篇今不传"者。① 王僧虔《技录》
明确说"歌某篇"者当可说明在王僧虔作《大明三年宴乐技录》的
大明年间还在歌唱;"王《技录》有某篇"者当说明《古今乐录》的
作者已经不能确定王僧虔时代是否还可歌唱;王僧虔《技录》"云
某篇今不传"或"荀录所载某篇,今不传"者则说明王僧虔时代已
经不传了;凡王僧虔《技录》言有某篇,歌某篇,而后注有"今不
歌""今不传"字样的皆是陈代《古今乐录》作者智匠之语。根据
《古今乐录》的这种体例,我们可以对王僧虔《大明三年宴乐技
录》所载 38 曲瑟调曲的流传状态大致作出如下判断:

宋大明年间已不可歌者:《东西门行》《顺东西门行》《饮马
行》《艳歌福钟行》《艳歌双鸿行》《墙上难用趋行》等六曲;宋可歌
而到陈不可歌者:《折杨柳行》《东门行》《上留田行》《新成安乐宫
行》《大墙上蒿行》《雁门太守行》《艳歌何尝行》《日重光行》《棹
歌行》《蜀道难行》《蒲阪行》《白杨行》《胡无人行》等十三曲;宋可
歌而未明陈是否可歌者:《陇西行》《煌煌京洛行》《门有车马客
行》三曲;加上已经确定陈时可歌的《善哉行》《罗敷艳歌行》二
曲,共十八曲。即在刘宋时期,瑟调曲大致尚有十八曲是可歌的。

(8)楚调曲

据王僧虔《技录》记载,楚调曲有《白头吟行》《泰山吟行》《梁
甫吟行》《东武琵琶吟行》《怨诗行》五曲。又据《古今乐录》"王僧
虔《技录》曰:《白头吟行》歌古'皑如山上雪'篇""王僧虔《技录》
有《泰山吟行》,今不歌""王僧虔《技录》有《梁甫吟行》,今不歌"
"王僧虔《技录》有《东武吟行》,今不歌""《怨诗行》歌东阿王'明

---

① 　郭茂倩:《乐府诗集》,中华书局,1979 年,第 542—597 页。

月照高楼'一篇。王僧虔《技录》曰：荀录所载'古为君'一篇,今不传"①等记载可知,刘宋时期可歌者有《白头吟行》《怨诗行》二曲。其余三曲王僧虔《大明三年宴乐技录》有载,也许刘宋时期还能歌,从《古今乐录》"今不歌"的字样看,《泰山吟行》《梁甫吟行》《东武吟行》三曲,陈代已经不可歌了。《白头吟行》在陈代是否可歌不得知。从"《怨诗行》歌东阿王'明月照高楼'一篇"的记载看,《怨诗行》在陈代当还能歌唱。

从以上文献能基本确定刘宋时期还能歌唱的"相和三调"歌曲曲调大致有:相和六引 4 曲;吟叹曲 4 曲;四弦曲 1 曲;平调曲 3曲;清调 6 曲;瑟调 18 曲;楚调 2 曲;共 38 曲。加上有些不能明确判定是否可歌者,大概有近 40 曲相和歌曲在刘宋时期尚能歌唱。

结合文人创作相和三调歌辞的统计可知,南朝本不歌唱的相和歌曲,有文人拟歌辞 44 首,演唱失传一半以上的清商三调歌曲,有文人拟歌辞 196 首,二者占总作品的 90%。从历时性看,梁陈时代,在大多相和三调歌曲音乐失传的情况下,清商三调歌辞创作有 134 首,占该类作品的 70%。

在题材主题和形式上,南朝拟相和三调歌辞也对古辞有所改变。在题材上南朝文人歌辞对女性题材情趣大增,并凸显女情内容。如鲍照《采桑》来源于相和歌曲《陌上桑》。《乐府解题》曰:"古辞言罗敷采桑,为使君所邀,盛夸其夫为侍中郎以拒之。……陆机'扶桑升明晖'但歌美人好合,与古辞始同而末异。"②鲍照《采桑》则开始直接描写采桑女的美貌、服饰、心理。到梁刘邈《采

---

① 郭茂倩:《乐府诗集》,中华书局,1979 年,第 599—610 页。

② 郭茂倩:《乐府诗集》,中华书局,1979 年,第 410 页。

桑》则将描写对象变成了"倡妾不胜愁,结束下青楼"的青楼女子,并由此衍生出《罗敷行》《日出东南隅行》等专门描写女性的乐府题目。曹植《美女篇》以美女"以喻君子",而简文帝、萧子显的《美女篇》则是纯粹对风流佳丽的描绘。在结构形式上南朝拟歌辞则明显有缩短的趋势,并且逐渐形成"五言八句"的主结构,注重对仗与声韵的和谐。

可见,南朝相和三调文人拟歌辞创作呈现出如下特点:一方面,相和三调歌曲音乐对歌辞创作还有一定的制约和影响,有的歌辞可能就是为了音乐演唱而作的歌辞;另一方面,在音乐失传的情况下拟作歌辞,其音乐意义已经被淡化,而这些拟歌辞更多地关注了歌辞本身的诗性意义和诗体价值。

4.清商曲 118 首

清商曲是东晋南朝流行的新声,其主要部分是江南的吴声与荆楚的西曲。从文人拟辞看,宋有《吴歌三首》《丁督护歌》《采菱歌》《阳春歌》《萧史曲》5 曲 17 首,作者有宋武帝、鲍照、吴迈远 3 人。齐有《估客乐》《阳春歌》《萧史曲》3 曲 7 首,作者有齐武帝、释宝月、檀约、张融 4 人。梁有《子夜四时歌》《前溪歌》《阿子歌》《丁督护歌》《杨叛儿》《江南弄》《采莲曲》等 34 曲 80 首,作者有梁武帝、王金珠、简文帝、沈约、吴均等 19 人。陈有《玉树后庭花》《采莲曲》《阳春歌》等 8 曲 14 首,作者有陈后主、徐陵、江总、顾野王等 6 人。

以吴歌、西曲为主的清商曲作为南朝的主流音乐样式,其兴盛繁荣是与清商三调音乐的日趋衰退并行发展的。吴歌大多产生于东晋中后期至刘宋时期,进入宫廷的时间则多在齐梁时期;

西曲则多为宋齐时期产生，并很快进入宫廷。① 文人拟作吴歌、西曲歌辞虽然从刘宋就开始了，但是所拟曲调和歌辞数量皆不多。说明刘宋时期文人拟作吴歌、西曲歌辞尚未普及。梁代才是吴歌西曲发展的黄金时期：一方面，吴歌西曲大量进入宫廷娱乐音乐系统，成为有梁一代主要的娱乐音乐形式；另一方面，帝王、文人大量拟作吴歌、西曲歌辞对吴歌、西曲获得上层社会的认可、接受起了关键性作用。开此风气的人是"博学多通""笃好文章"的皇帝兼文人梁武帝萧衍。他不但对西曲进行改造，提升西曲的艺术水平和地位，而且亲自带头创作吴歌、西曲歌辞。其辞今存于《乐府诗集》的有《子夜四时歌》7 首，《团扇郎》1 首，《襄阳蹋铜蹄》3首，《杨叛儿》1 首，《江南弄》7 首，《上云乐》7 首，共 6 曲 26 首。在他的带动下，其王室成员、后宫内人及周围文人如王金珠、简文帝、沈约、吴均等 19 人开始积极创作吴歌、西曲歌辞，形成文人拟清商曲辞的高潮。

由此可见，南朝文人纷纷拟作当时流行的吴歌、西曲歌辞是迎合繁荣的音乐文化需要而兴起的，特定的音乐文化环境对文人歌辞创作有极大的促进作用。同时，文人积极参与流行歌辞的创作为进一步提升吴歌、西曲歌辞的文化品位和艺术水平有极大促进作用。二者的互动共同推动了吴歌、西曲的繁荣，也促进了歌辞文学的繁荣。齐梁宫体诗就是在这样的音乐文化背景中兴起的。

---

① 本人博士论文《魏晋南北朝音乐文化与歌辞研究》，第二章、第三章对吴歌、西曲主要曲调产生、流传和进入宫廷的时间有详细考证，此不赘述。

5.杂舞歌曲 58 首

杂舞歌曲是用于宴会场合的配合舞蹈演唱的歌曲。宋有《宋泰始歌舞》十二曲、《白纻舞辞》《淮南王》3 曲 22 首,作者有宋明帝、鲍照、刘铄、汤惠休等 5 人。齐有《齐白纻辞》《齐明王歌》2 曲 12 首,作者有王俭、王融 2 人。梁有《梁鞞舞歌》《梁铎舞曲》《拂舞曲》《梁白纻辞》《四时白纻歌》5 曲 24 首,作者有沈约、张率、梁武帝、刘孝威等 5 人。陈无。

杂舞歌辞大多数是应舞曲的需要奉敕而作的歌辞,所以自发拟歌辞者不多。

6.琴曲 42 首

用琴演奏的歌曲。宋有《雉朝飞操》《思归引》《幽兰》《别鹤操》《楚朝曲》《楚明妃曲》《胡笳曲》《秋风》等 8 曲 12 首,作者有鲍照、吴迈远、汤惠休 3 人。齐有《白雪歌》《雉朝飞操》《渌水曲》3 曲 3 首,作者有徐孝嗣、犊沐子、江奂 3 人。梁有《白雪歌》《湘夫人》《霹雳引》《雉朝飞操》《思归引》《双燕离》《别鹤》《贞女引》《走马引》《龙丘引》《楚明妃曲》《昭君怨》《渌水曲》《胡笳曲》《秋风》《绿竹》16 曲 25 首,作者有沈约、简文帝、吴均、江洪等 11 人。陈有《昭君怨》《宛转歌》2 曲 2 首,作者有陈后主、江总 2 人。

琴曲产生的历史很悠久,其流传也相对稳定。创作琴曲歌辞,刘宋、萧梁相对较多一些。

7.杂曲 243 首

杂曲是宋代郭茂倩编撰《乐府诗集》时对内容庞杂,而不知其音乐归属的歌辞所归的一类。

从南朝拟辞看,宋有《悲哉行》《白马篇》《长相思》《行路难》等 27 曲 51 首,作者有谢灵运、谢惠连、鲍照等 13 人。齐有《白马篇》《行路难》《阳翟新声》《永明乐》等 21 曲 44 首,作者有孔稚圭、王融、谢朓等 7 人。梁有《出自蓟北门行》《悲哉行》《美女篇》《白马篇》《轻薄篇》等 80 曲 109 首,作者有沈约、简文帝、梁武帝、梁元帝、吴均等 36 人。陈有《长安少年行》《轻薄篇》《舞媚娘》等 17 曲 39 首,作者有陈后主、徐陵、张正见、江总等 11 人。可见,杂曲歌辞是南朝文人歌辞的重要部分。

《乐府诗集·杂曲歌辞》解题云:

> 杂曲者,历代有之,或心志之所存,或情思之所感,或宴游欢乐之所发,或忧愁愤怨之所兴,或叙离别悲伤之怀,或言征战行役之苦,或缘於佛老,或出自夷虏。兼收备载,故总谓之杂曲。自秦、汉已来,数千百岁,文人才士,作者非一。干戈之后,丧乱之余,亡失既多,声辞不具,故有名存义亡,不见所起,而有古辞可考者。……复有不见古辞,而后人继有拟述,可以概见其义者。……或因意命题,或学古叙事,其辞具在,故不复备论。①

该解题至少说明三点:其一,所谓杂曲,大多为汉魏歌咏杂兴之类,其音乐多为民间俗曲新声;其二,已经失去音乐环境,不知其歌法者;其三,郭氏所列杂曲歌辞从创作上分两类,即有古辞可考者,不见古辞而有后人继拟,能见其义者。考《乐府诗集·杂曲歌辞》每首曲辞的解题均可明显看出以上两类。东晋谢尚《大道曲》以前的歌辞,则皆为西晋以前的范本,或拟古辞,或拟文人辞,或

---

① 郭茂倩:《乐府诗集》,中华书局,1979 年,第 884—885 页。

叙述古曲本事。谢尚《大道曲》以后,南朝文人自制曲开始多了,如东晋乐府中的《湖阳曲》,梁江从简《采荷调》、沈约制的《携手曲》《夜夜曲》等。

可见,杂曲大多是源于古曲,或是对古曲的拟作,与古曲有一定联系,但是又在题目、内容上有了很大的变化;同时又有部分杂曲可能是南朝的时曲新声,只是因为张永《元嘉正声技录》、王僧虔《大明三年宴乐技录》、智匠《古今乐录》皆无记载,郭氏编集时不知其归属,姑且另立杂曲类。但是,从南朝文人杂曲歌辞总量说,能歌者毕竟是极少数,大部分杂曲歌辞的创作跟音乐关系不大,当是比较典型的拟歌辞创作。

8.杂歌谣 16 首

《尔雅》曰:"徒歌谓之谣。"[1]可见,杂歌谣皆为徒歌,是自然清唱一类。宋有鲍照 2 首,齐有王融、张融共 7 首,梁有庾肩吾、梁武帝、简文帝等 6 人 7 首,陈无。

从以上对南朝文人歌辞创作曲调选择和歌曲演唱情况的统计、分析可知,在南朝文人歌辞创作所涉及的八大曲调类别中,主要集中在相和三调歌曲、清商曲、杂曲三类上,在这三类曲调的拟作中又以梁陈时期最为活跃。梁陈时期并没有因为相和三调歌曲的衰退而减少对相和三调歌曲的拟作,而对吴歌、西曲等清商曲的拟作则又与吴歌、西曲发展兴盛的趋势大体一致。说明南朝文人歌辞创作、传播环境中,出现了既与音乐结合,也与音乐分离的两种方式和状态,出现了文人歌辞创作的徒诗化倾向。

---

① 　郭璞注,邢昺疏:《尔雅》,《十三经注疏》本,上海古籍出版社,1997 年,第 2602 页。

二、南朝文人歌辞创作的基本特点

从南朝文人歌辞用调情况的分析可知,南朝文人歌辞创作在实质上是对魏晋歌辞创作自东晋中断近一百年后的延续,是曹魏西晋拟歌辞传统在南朝的发扬和继承。同时,南朝文人歌辞创作又是在南朝特定的音乐文化环境中进行的,与其生存的音乐文化环境关系相当密切。二者的相互作用与影响,导致南朝文人歌辞创作独具的特色,在诗歌史上凸显出重要意义和价值。

第一,南朝文人拟歌辞在用调上所呈现出的趋势大致为:宋、齐较多采用相和歌曲、杂曲歌,梁、陈所拟清商曲明显增多,此外,陈代对汉横吹曲兴趣大增。在南朝音乐文化建构中,宋、齐时期,作为汉魏正声的相和清商三调诸曲大多皆能歌唱,是宫廷和文人主要的娱乐音乐,但是开始呈现衰落的趋势;吴歌、西曲虽然盛行民间,但在宫廷和文人层则尚未完全获得认可。梁、陈时期,相和三调可歌者逐渐减少,吴歌、西曲则逐渐取代了相和三调的地位。可见,南朝文人歌辞创作用调上此消彼长的变化,归根结底是南朝音乐文化环境变化的结果。

第二,曹魏西晋的拟歌辞传统在南朝得到延续和继承,并逐渐形成拟作古典歌辞的传统和范式。在南朝文人歌辞创作中既有拟歌辞的徒诗创作,也有拟入乐歌辞的歌辞创作,二者相互交叉又相互影响,形成南朝歌辞创作兴盛繁荣而又十分复杂的局面。有的歌辞创作与当时音乐文化环境并无多大关系,如宋、齐的多数杂曲歌辞,梁、陈的汉鼓吹曲辞、横吹曲辞、部分相和歌辞等音乐曲调在南朝已经失传,文人们却对这些已经失传曲调的拟作兴趣大增。这些拟辞仅仅在内容、结构体制上与汉魏旧辞保持一定联系,其创作动机和过程均没有音乐曲调的制约,具有徒诗创作的性质。尤其是陈代横吹曲辞拟作的盛行,使这种歌辞创作模式渐渐地作为诗歌创作之一"体"被延续下来,在隋唐特殊的政治环境中演变成边塞题材的重要内容。

第三,在创作主题上南朝文人拟歌辞对汉魏女情歌辞的拟作兴趣明显增强。着力改变汉魏女情题材的结构模式,更加突出女情与闺怨;在歌辞句式结构上开始整齐划一,基本上以"五言八句"作为其主结构,并开始注重语言的声律,表现出歌辞创作在形式上主动接受诗歌创作"新变"思潮的要求。

南朝文人歌辞创作的上述特点说明,歌辞创作具有其自身的复杂性:作为入乐歌唱的歌辞,它要受当时音乐文化环境的影响,受其所依存的音乐风格和形式的制约;作为语言艺术的诗体,它又自然无法回避当时诗歌创作的时代精神和诗歌艺术发展思潮的影响和渗透。可见,南朝文人拟歌辞是间于音乐与文学二者之间的创作行为,在其文化功能的指向上既有乐文化的因素,也有文体意义的性质。是中国诗歌发展进程中逐渐脱离音乐的束缚又尚不能完全脱离音乐;开始关注歌辞的诗性意义又尚未完全明确诗歌独立的文化功能和审美价值的过渡性阶段的产物。

"诗与歌别"观念与汉魏六朝诗歌衍变

中国诗歌观念的发展大致经历了从"歌""诗"交织混一到"歌""诗"逐渐区别、分途演进,再到徒诗观念逐渐明晰、诗体意义确立的历史进程。在这一徒诗化进程中,刘勰"诗与歌别"的提出在诗歌史上具有深远的意义,标志着徒诗观念正式确立。

一、刘勰的"诗"与"歌"别

刘勰《文心雕龙·乐府》曰:"昔子政品文,诗与歌别,故略具乐篇,以标区界。"①对这句话的理解向来有分歧。

黄侃《文心雕龙札记》曰:

> 此据《艺文志》为言,然《七略》既以诗赋与六艺分略,故以歌诗与诗异类。如令二略不分,则歌诗之附诗,当如《战国策》《太史公书》之附入《春秋》家矣。此乃为部类所拘,非子政果欲别歌于诗也。②

范文澜《文心雕龙注》曰:

---

① 范文澜:《文心雕龙注》,人民文学出版社,1958年,第103页。
② 黄侃:《文心雕龙札记》,上海古籍出版社,2000年,第43页。

诗为乐心,声为乐体,诗与歌本不可分,故三百篇皆歌诗也。自汉代有《在邹》《讽谏》等不歌之诗,诗歌遂画然两途。凡后世可歌之辞,不论其形式如何变化,不得不谓为三百篇之嫡属,而摹拟形貌之作,既与声乐离绝,仅存空名,徒供目赏,久之亦遂陈熟可厌。《别录》诗歌有别,《班志》独录歌诗,具有精义,似非止为部居所拘也。①

黄侃理解的"诗"为《诗三百》,在他看来,"诗赋略"从"六艺略"中分离出来,才使"歌诗"与"六艺略"中的"诗"不在同一部类中,这是分类所需,并非刘向欲把歌诗从诗中分别出来。言外之意,刘向时代"歌""诗"是不分的。范文澜理解的"诗"乃非专指"诗经"的一切诗。范氏之语似有失察之处:一是《诗三百》虽皆歌,但在刘向时代已徒诗化、经学化,非《在邹》《讽谏》出现后,才"诗""歌"两途的;二是"《别录》诗、歌有别,《班志》独录歌诗"的断语并无根据。班固《汉志》虽从《别录》《七略》来,但对《七略》的删改均用"出""入""省"标示。通检《汉志》"六艺略","诗"类未有"出""入""省"字样;"诗赋略""赋"类"入扬雄八篇","歌诗"类无。

从《文心雕龙·乐府》篇上下文语境看,刘勰"诗与歌别"之"诗"当指包括《诗经》在内的一切诗。他认为,刘向整理文章时,就把"诗"与"歌"分开了,现在,我作《乐府》篇,也是想使"诗"与"歌"相区别(《文心雕龙》另有"明诗篇")。其实,目前所见班固

---

①　范文澜:《文心雕龙注》,人民文学出版社,1958年,第120—121页。

《汉志》的"诗与歌别"是刘向(子政)将"歌诗"与"六艺"中的"诗"分别为略的情形。此"诗"为《诗三百》,其中三家已入学馆,成为经典。看来,刘勰是"误读"了《汉书·艺文志》而导致对刘向《七略》的误解。刘勰的这种"误读"蕴涵着深刻的历史意味:说明刘勰生活的齐、梁时代,诗歌已经从对音乐的依附中独立出来,"诗与歌别"的观念已经深入人心,徒诗观已经确立了。

二、"歌""诗"观的历史演进及"诗与歌别"观念的确立

1.汉代的歌诗观与徒诗观

有专家认为,"歌"源于原始人类自由的言说,"诗"则起于西周集居住、行政、宗教祭祀于一体的宫廷政坛的限定言说时空,歌的本质是音乐,多用于个体抒情言志,而诗的原始本质是一种政治工具,其原始功能限定在政治的歌功颂德与讽谏。① 此论颇有见地。"歌""诗"在起源上确实存在一定区别,但在先秦以声为用的"诗""歌"传播活动中两者开始逐渐合流,如《诗三百》中十二次提到作诗,六次使用歌,三次使用诵,三次使用诗,并且"歌"在"风""雅"中均有使用。② 可见,汉代以前"诗"与"歌"在文体观念上尚无明确的区分,"歌"更多地从其传播形态着眼,而诗则从其文本内容着眼,所谓"诵其言谓之诗,咏其声谓之歌"③。汉代《诗三百》的经学化与徒诗化,"歌""诗"才开始分离,随着文人

① 赵辉:《歌与诗的起源及原始功能异同》,《武汉大学学报》2009年第6期。
② 朱自清:《诗言志辨》,上海古籍出版社,1998年,第9页。
③ 班固:《汉书》,中华书局,1962年,第1708页。

作诗的逐渐兴起,出现了文人歌辞与文人徒诗并存的局面。在作诗与用诗活动中,辞乐关系开始复杂化,这种复杂关系已经在称名上得到反映。

(1)汉代"乐府"称名与汉乐府内涵

《史记》《汉书》《后汉书》有关"乐府"的记载凡二十余处,其内涵非常明确:一指"音乐机构",二指"乐府职员"。兹略举数例:

《史记·乐记》:

> 高祖过沛诗《三侯之章》,令小儿歌之。高祖崩,令沛得以四时歌舞宗庙。孝惠、孝文、孝景无所增更,于乐府习常肄旧而已。①

《汉书·宣帝纪》:

> 四年春正月,诏曰:"其令太官损膳省宰,乐府减乐人,使归就农业。"②

《汉书·礼乐志》:

> 至武帝定郊祀之礼,祠太一于甘泉,就乾位也;祭后土于汾阴,泽中方丘也。乃立乐府,采诗夜诵,有赵、代、秦、楚

---

① 司马迁:《史记》,中华书局,1959年,第1177页。
② 班固:《汉书》,中华书局,1962年,第245页。

之讴。①

以上文献中的"乐府"均指"音乐机构"。

《汉书·礼乐志》：

> 房中祠乐，高祖唐山夫人所作也。……高祖乐楚声，故
> 房中乐楚声也。孝惠二年，使乐府令夏侯宽备其箫管，更名
> 曰安世乐。②

此处"乐府"指"乐府职员"。

《汉书·张汤传》载，丞相薛宣、御史大夫翟方进上奏，历数张
放之罪曰："知男子李游君欲献女，使乐府音监景武强求不得，使
奴康等之其家，贼伤三人。又以县官事怨乐府游徼莽，而使大奴
骏等四十余人群党盛兵弩，白昼入乐府攻射官寺。"③这里的三处
"乐府"，前两处指"乐府职员"，后一处指"音乐机构"。

《后汉书·马援传》载，马廖上疏长乐宫时提到"哀帝去乐
府"④，此处的"乐府"指乐府职员。又《续汉书·律历志》载："元
帝时，郎中京房知五声之音、六律之数。上使太子太傅玄成、谏议
大夫章，杂试问房于乐府。"⑤此处的"乐府"指"音乐机构"。

可见，在汉代，尚无称音乐歌辞为"乐府"的习惯。"乐府"就

---

① 班固：《汉书》，中华书局，1962 年，第 1045 页。
② 班固：《汉书》，中华书局，1962 年，第 1043 页。
③ 班固：《汉书》，中华书局，1962 年，第 2655 页。
④ 范晔：《后汉书》，中华书局，1965 年，第 853 页。
⑤ 范晔：《后汉书》，中华书局，1965 年，第 3000 页。

是"音乐专署"或"乐府职员"。

（2）汉代的"诗"与"歌诗"

汉代史籍大量出现"诗曰""诗云""诗不云乎"等句式，这是汉代频繁用诗现象的表现，凡此之"诗"，均指《诗三百》。在西汉，其它情境中所称之"诗"也多指《诗三百》。《诗三百》到汉代能唱者不过《鹿鸣》《邹虞》《伐檀》《文王》数篇。汉代儒术独尊，《诗三百》作为经典列于学馆，汉儒们对之进行了经学化阐释。其结果是，一方面使来源于民间乐歌的《诗三百》，从孔子的教学科目中进一步升华为整个社会群体自觉遵循的伦理道德规范；另一方面使《诗三百》从音乐的诗文学中分离出来。《汉书·艺文志》将《诗三百》列入"六艺略"，另立"诗赋略"的分类观念，比较真实地反映了汉代《诗三百》的性质及社会意义。《诗三百》的经典化、普泛化，使其本来具有的音乐意义被遮蔽了。在西汉人的观念中，《诗》是不歌的徒诗了，所以汉人往往用"诗"指称《诗三百》，而其他歌章谣辞则称"歌诗"。"歌诗"概念就是在这样的背景中蕴演而生的。《汉书·艺文志》"诗赋略"之"诗"就是具体对"歌诗"的指称。《艺文志》收录"歌诗二十八家，三百一十四篇"，并在序中称"自孝武立乐府而采歌谣，于是有代赵之讴，秦楚之风"，交代这些歌诗的来源，其意在于与《诗三百》相区别。①

东汉文人作诗逐渐增多，"诗"既指《诗三百》，也指文人诗。但是"诗"与"歌诗"尚未作音乐上的区分。

《后汉书》载：

---

① 李昌集：《文学史的主流、非主流与"文学史"建构——兼论"话语文学史"与"事实文学史"的对应》，《文学遗产》2005 年第 2 期。

　　永平中,益州刺史朱辅上疏曰:"臣闻《诗》云:'彼徂者岐,有夷之行。'……今白狼王唐菆等慕化归义,作诗三章。路经邛来大山零高坂,峭危峻险,百倍岐道。襁负老幼若归慈母。远夷之语,辞意难正。草木异种,鸟兽殊类。有犍为郡掾田恭与之习狎,颇晓其言,臣辄令讯其风俗,译其辞语。今遣从事史李陵与恭护送诣阙,并上其乐诗,昔在圣帝,舞四夷之乐,今之所上,庶备其一。"帝嘉之,事下史官,录其歌焉。①

对此,唐李贤等注曰:"《东观记》载其歌,并载夷人本语,并重译训诂为华言,今范史所载者是也。"②《东观记》即东汉安帝永初年间刘珍等所撰的《东观汉记》。《后汉书》所载白狼王歌诗取材于《东观汉记》。现所载《后汉书》的白狼王三首诗歌,其标题分别为《远夷乐德歌诗》《远夷慕德歌诗》《远夷怀德歌》,反映了东汉人的歌诗观。在朱辅的上疏中,《诗三百》称"诗",而白狼王唐菆所作三章既称"诗",也称"乐诗""歌诗""歌"。三章之"诗"与"歌诗"所指相同,并没有音乐上的区分。

　　又赵壹《刺世疾邪赋》云:

　　秦客者,乃为诗曰:河清不可俟,人命不可延。顺风激靡草,富贵者称贤。文籍虽满腹,不如一囊钱。伊优北堂上,抗

---

① 范晔:《后汉书》,中华书局,1965年,第2855页。
② 范晔:《后汉书》,中华书局,1965年,第2856页。

脏倚门边。

　　鲁生闻此辞,系而作歌曰:势家多所宜,咳唾自成珠。被褐怀金玉,兰蕙化为刍。贤者虽独悟,所困在群愚。且各守尔分,勿复空驰驱。哀哉复哀哉,此是命矣夫!①

其中的"诗""歌"均指文人诗,也没有可歌与否的区分。
(3)汉代文人作品著录与歌诗观
《汉书·艺文志》载:

　　至成帝时,以书颇散亡,使谒者陈农求遗书于天下。诏光禄大夫刘向校经传诸子诗赋,……每一书已,向辄条其篇目,撮其指意,录而奏之。会向卒,哀帝复使向子侍中奉车都尉歆卒父业。歆于是总群书而奏其《七略》,故有《辑略》,有《六艺略》,有《诸子略》,有《诗赋略》,有《兵书略》,有《术数略》,有《方技路》。②

　　可见,刘歆《七略》所录歌诗当皆有文本依据。很多歌诗见于本传而《艺文志》无著录者,当是没有文本的口传歌诗。
　　从《后汉书》人物传记著录作品看,其歌诗观念与西汉大体相同,但分类更为细致。
　　《光武十王传·东平王苍》:

①　范晔:《后汉书》,中华书局,1965年,第2631页。
②　班固:《汉书》,中华书局,1962年,第1701页。

　　（建初八年）正月薨，诏告中傅，封上苍自建武以来章奏及所作书、记、赋、颂、七言、别字、歌诗，并集览焉。①

《文苑传·傅毅》：

　　永平中，于平陵习章句，因作迪志诗。……著诗、赋、诔、颂、祝文、七激、连珠，凡二十八篇。②

　　东平王建初八年薨，为汉章帝时期人，其诗称"歌诗"。此后不久，傅毅作品开始诗、赋并称，这里的"诗"指文人诗，既包括歌诗，也包括徒诗，这一指称到汉末建安时期皆未有变化。

　　东汉文人作品著录称名上的细微变化暗示了当时歌诗观与徒诗观的渐变过程。诗、赋并称，指文人自主创作的具有抒情色彩的作品。虽然"歌""诗"尚未明确分开，但它已突出了文人创作。东汉将早期民间歌诗观念向文人作品的移植，在诗歌史上意义非常深远：一方面冲破了西汉文人不敢作诗的禁忌，极大地激发了文人作诗抒情、驰骋才华的欲望；一方面文人对歌辞创作的参与改变了原来歌辞的语言，丰富、拓展了歌辞的表现内容。汉末建安诗歌创作的高峰就是在这样的文化语境中展开的。

---

① 范晔：《后汉书》，中华书局，1965 年，第 1441 页。
② 范晔：《后汉书》，中华书局，1965 年，第 2610—2613 页。

2.魏晋乐府指义的多向性与"歌""诗"分离

（1）魏晋"乐府"称名

《晋书》直接提及"乐府"者凡十余处,不仅指称音乐机构、乐府职员,还指在音乐机构中表演的歌辞。

《晋书·王敦传》：

（王敦）每酒后辄咏魏武帝乐府歌曰："老骥伏枥,志在千里。烈士暮年,壮心不已。"①

《晋书·载记·刘聪传》：

聪引帝入燕,谓帝曰："……以卿所制乐府歌示朕,谓朕曰：'闻君善为辞赋,试为看之。'朕时与武子俱为《盛德颂》,卿称善者久之。"②

以上二例均指"乐府歌辞"。魏晋"乐府"内涵扩大的原因大略有二：其一,魏晋音乐机构以"清商署"替代汉"乐府"。曹魏的俗乐时曲均置于清商署,并设有"清商令""清商丞"等职官。③ 文人所作诗歌也多配清商乐演唱,如王僧虔所言："今之清商,实由铜雀,魏氏三祖,风流可怀。"晋代音乐机构基本沿袭曹魏,"清商署"属光禄勋,太乐、鼓吹并属太常。文献所见魏晋指称音乐机构的"乐

① 房玄龄等：《晋书》,中华书局,1974 年,第 2557 页。
② 房玄龄等：《晋书》,中华书局,1974 年,第 2660 页。
③ 陈寿：《三国志·魏书》,中华书局,1959 年,第 129 页。

府",实际是太乐、鼓吹、清商的泛称。既然"乐府"可以作为音乐机构的泛称,也可以用来指称在其中供职的乐人和表演的歌辞,于是逐渐地把文人模拟乐府所作的诗歌亦称为"乐府"或"拟乐府"。其二,魏晋音乐文化中的诗乐共存关系。文人创作歌辞的同时也创作徒诗,但在具体的诗歌传播中往往存在与创作初衷不一致的情形:有些专为配乐而作的歌辞,实际上未被配乐歌唱;有些不是为了配乐的徒诗反而在传播中被配乐歌唱。也就是说,魏晋时期,虽然诗乐共存的关系一直存在,但是在诗乐配合上并不存在一一的对应关系,同一首诗歌在具体传播中,两种传播方式都有可能出现。以"乐府"指称入乐的歌诗,正好反映了当时人们已经初步具有了歌诗与徒诗的观念。

(2)魏晋文体意识与"歌""诗"观

魏晋时期文体观念比汉代大大增强了。虽然"诗赋"分类仍沿袭刘歆《七略》、班固《汉志》,但对"诗"的分类更加细致。

建安文人非常重视文事活动,曹丕《典论·论文》提出"文章乃经国之大业,不朽之盛事",陆机《文赋》提出"诗缘情而绮靡,赋体物而浏亮",强调诗的抒情特征和文体风格,挚虞《文章流别论》更是细致地清理了各体文章之源流。陆云《与兄平原书》曰:"张公箴诔,自过五言诗耳。但云自不便五言诗耳。……诸碑箴辈,甚极不足与校,歌亦平平。"①在陆云的文体观念中,"诗"与"歌"显然是有分别的。

---

① 黄葵点校:《陆云集》,中华书局,1988年,第143页。

3.南朝"乐府"与"诗"的对举及"诗与歌别"观念的确立

(1)南朝"乐府"与"诗"对举现象

"诗"与"歌"在观念上的分途是从东晋末年开始逐渐明晰起来的,其显著标志是宋、齐文人作品著录中"乐府"与"诗"的分别。《宋书·自序·田子传》:

> (沈亮)所著诗、赋、颂、赞、三言、诔、哀辞、祭告请雨文、乐府、挽歌、连珠、教记、白事、笺、表、签、议一百八十九首。①

又:

> (林子)所著诗、赋、赞、三言、箴、祭文、乐府、表、笺、书记、白事、启事、论、老子一百二十一首。②

其实,《宋书》《南齐书》已经将"乐府"作为一种文体看待了。如《宋书·刘义庆传》载:"鲍照字明远,文辞赡逸,尝为古乐府,文甚遒丽。"③《南齐书·乐志》载:"魏世则事见陈思王乐府《宴乐篇》,晋世则见傅玄《元正篇》《朝会赋》。"④《宋书》完成于齐永明六年(488)⑤,《南齐书》完成于梁武帝普通元年(520)。沈约《宋书》将"诗"与"乐府"分开记录,并明确称鲍照"尝为古乐府";萧

---

① 沈约:《宋书》,中华书局,1974年,第2452页。
② 沈约:《宋书》,中华书局,1974年,第2459页。
③ 沈约:《宋书》,中华书局,1974年,第1477页。
④ 萧子显:《南齐书》,中华书局,1972年,第195页。
⑤ 赵翼撰,王树民校证:《廿二史札记》,中华书局,1984年,第179页。

子显《南齐书》也称曹植《宴乐篇》为"乐府"。可见,到齐梁时代,"乐府观"与"徒诗观"已经十分明确了。

(2)"诗与歌别"观念的确立

从文人论述文体、著录歌辞等情况也能看出南朝"歌"与"诗"的分离、徒诗观念的确立。任昉《文章缘起》将诗分为三言、四言、五言、六言、七言、九言、歌、乐府、歌诗等九大类,其中歌、乐府、歌诗从诗中独立出来。① 《隋书·经籍志》著录了很多"歌诗"集。如《乐府歌辞钞》一卷;《歌录》十卷;《古歌录钞》二卷;《晋歌章》八卷(梁十卷);《吴声歌辞曲》一卷(梁二卷)。② 其后接着著录陈隋三部歌诗集。从排列秩序上断定这些"歌诗"集主要结集于南朝宋、齐、梁三代是没有问题的。后来萧统《文选》、徐陵《玉台新咏》的诗文选本明确地将"乐府""古诗"分开,在诗类中又分出十多小类。

可见,在南朝,特别在齐梁时期,歌诗与徒诗已完全分途而行,各自形成独立的创作、传播、评价系统,此后中国诗歌就是按此两途并行发展演进的。尽管诗歌在具体传播、运行活动中还有诗与歌诗交叉、辞与乐的共存与分离等现象存在,但在观念上徒诗与歌诗是很清晰的。刘勰"诗与歌别"观念的提出不是偶然的,而是在中国诗歌发展史上"歌""诗"分途演进日趋明显、徒诗观念日益明确的历史语境中的真实告白。

---

① 任昉:《文章缘起》,《丛书集成初编》本,第1—19页。
② 魏征等:《隋书》,中华书局,1973年,第1085页。

三、"诗与歌别"观念确立的诗歌史意义

　　研究诗歌史的学人多认为南朝是中国诗歌史上诗运转变的关键时期。沈德潜《说诗晬语》云："诗至于宋,性情渐隐,声色大开,诗运一转关也。"①至于产生此转关的原因,学人各有说法。其实,诗乐分离带来的诗歌传播方式变革以及"诗与歌别"观念确立后人们对诗歌文化价值和审美价值所提出的新要求也是不可忽视的原因。歌诗是声音的艺术,徒诗是语言的艺术。诗乐分离后,诗歌的传播接受方式逐渐由歌诗的听觉接受转变为视觉接受,于是人们开始由对歌诗声的重视逐渐转化为对诗歌语言的重视。因此,徒诗观的确立,既是诗歌逐渐脱离音乐而独立存在的产物,也是诗歌独立的文化价值和审美价值得到认可的体现,它意味着诗歌在行为上已经从对音乐的依附中独立出来,在观念上其自身的文化价值和审美意义开始凸显。这一变化对诗歌创作实践的影响最突出地表现为三方面:

　　一是在内容上更加强调诗歌的言志和抒情。徒诗观念确立后对诗歌言志抒情功能的强调,可以从诗歌题材的拓展与深化方面得到说明。如东晋后期玄言诗和山水诗的兴起,极大地丰富了诗歌的表现领域。这固然与魏晋玄学及清谈之风的兴盛、东晋现实政治和特殊的士人心态有关,但若从诗乐配合的技术层面说,以乐传辞为主的汉魏时代,诗歌的音乐属性强于文学属性,人们首先关注的是音乐的悦耳动听,然后才是文辞的动情入理。东晋

---

① 丁福保:《清诗话》,上海古籍出版社,1999 年,第 532 页。

中后期,随着诗歌与音乐的逐渐分离,文本阅读大量出现,人们便有条件在反复阅读文本中琢磨、领悟玄言诗中深藏的玄理意趣和山水诗的深邃意境。也即说,诗歌文本传播的事实和徒诗观念的逐渐确立为玄言诗和山水诗的兴起提供了传播接受的现实语境。在传统的乐府题材创作上,开始表现出由普世性情感向个性化情感转变。汉魏的诗歌创作基本上是以安世房中歌、郊祀歌、鼓吹铙歌及相和歌音乐为基础而作的歌辞。其内容多为国家庆典的仪式性质,就是娱乐性较强的相和歌辞,也多为人类普世性情感的表达。① 建安时期的曹氏父子,尤其是曹植对乐府诗的改造,使乐府诗抒发个人情感、包含个人寄托的成分逐渐增强,这是曹植多数乐府诗在"事谢丝管"的情况下也能广为传播的原因所在。西晋陆机、陆云兄弟创作的拟乐府虽被时人视为"乖调",但却为后世拟乐府创作提供了范式:因歌辞创作逐渐脱离音乐环境,其语言因素和文本内容开始备受关注,而当歌辞的文本意义得到社会认可后,极大地刺激了文人的创作热情,歌辞文本抒情表意、娱情悦目的功能便得到强化,古乐府的曲调和辞式只作为歌辞创作的传统范式起作用了。因此,历代拟乐府在内容上既与原曲调有一定关联,又与时代风气紧密结合,其结构模式、抒情方式、题材内容、语言风格均体现出较强的时代特征,如梁代用古乐府写宫体,唐代用古乐府写边塞、闺情莫不如此。

二是在语言上更加追求诗歌的辞华和用典。徒诗观确立后,人们对诗歌语言美的追求更加自觉。诗人们十分注意诗歌语言

---

① 葛晓音:《鲍照"代"乐府体探析——兼论汉魏乐府创作传统的特征》,《上海大学学报》2009 年第 2 期。

在组构词语以表情达意中表现出的美感特质。如语言对自然界色彩、声音、动作等的描绘中透示出来的美感以及诗歌自身的文辞之美等。沈德潜说的"声色大开",就是看到了南朝诗歌创作在语言风格上努力追求声色的事实。鲍照对颜延之诗歌"铺锦列绣,雕缋满眼"①的评价就指出了颜诗注重语言辞华和多用典故的特点。刘宋大明、泰始以来,因诗中大量使用典故和堆砌辞藻而使"文章殆同书抄"②的创作风气,其实就是诗歌重视文辞的表现。这是徒诗观念确立后,人们对诗歌自身审美特质初步认识与挖掘的结果。

三是在声韵上更加讲究对仗和韵律。诗歌是胎生于音乐的一种艺术形式,音乐性是诗歌的重要属性。诗乐共生的时代,诗歌的音乐性是靠乐曲的旋律、节奏来体现的,而诗歌脱离音乐后,其音乐性如何体现?人们发现了汉字的四声规律,以及诗歌创作中巧妙运用汉字四声而产生的抑扬顿挫的节奏和旋律。这是诗歌脱离曲调后其音乐特质的重要体现方式。朱光潜曾说:"中国诗在齐梁时代走上律的道路,还另有一个更重要的原因,就是乐府衰亡以后,诗转入有词而无调的时期,在词调并立以前,诗的音乐在调上见出;词既离调以后,诗的音乐要在词的文字本身见出。音律的目的就是要在词的文字本身见出诗的音乐。"③罗宗强也认为:"诗乐分离后,文字自身节奏的重要性显示出来了。"④人们对汉语四声的认识又是在诗歌诵读的社会用诗活动与传播活动中

①　李延寿:《南史》,中华书局,1975 年,第 881 页。
②　曹旭:《诗品笺注》,人民文学出版社,2009 年,第 101 页。
③　朱光潜:《诗论》,北京出版社,2009 年,第 199 页。
④　罗宗强:《魏晋南北朝文学思想史》,中华书局,1996 年,第 229 页。

开始的。诵读在六朝已经成为人们表现才情的重要方式,是否便于诵读也已成为当时作文要考虑的主要问题。如沈约曾曰:"文章当从三易。易见事,一也;易识字,二也;易读诵,三也。"①诗歌诵读活动的盛行表明诗歌已经脱离音乐而独立流播于社会。可见,对诗歌语言美的探索是徒诗独立的审美价值得到认可和重视的具体表现。

　　从歌与诗的交织混一到歌与诗的逐渐区分、分途演进,再到徒诗观念的明晰、诗体意义的确立,中国诗歌观念经历了上千年的演进历程。诗歌观念演进历程也反映出中国诗歌社会形态和文化功能的演进历史:从共时性看,它反映了特定历史时期诗歌多种生存方式和多元文化功能;从历时性看,它又反映了中国诗歌从诗乐共生到诗乐分离的历史演进过程,以及在这一历史过程中诗歌文化功能的渐进与转移、诗体意义的逐渐强化。认识观念的演进,反过来又会促进认识对象的发展变化,正是在这一意义上凸显出徒诗观确立在诗歌史上的价值:一是进一步强化了诗歌的言志抒情功能;二是在语言上更加追求诗歌的辞华和用典;三是在声韵上更加讲究对仗和韵律。晋宋玄言、山水诗的兴起,齐梁永明新体诗的盛行都与中国徒诗化进程密切相关,它既是诗歌独立于音乐以后所必然面临的选择,也是宋、齐徒诗观确立后在诗歌领域产生的作用与结果。

---

① 　颜之推:《颜氏家训》,《诸子集成》本,上海书店,1986 年,第 21 页。

后　记

　　本书收录的是本人近十年来有关乐府学的研究成果。内容涉及汉魏六朝时期的音乐类别及文化活动、乐府诗传播方式及传播媒介、乐府诗的创作及体制特征等诸多问题，以《音乐·媒介·诗体——汉魏六朝乐府论稿》作为本书稿题目，能大致涵盖书稿的内容。这些成果大多已在学术期刊发表，兹作如下说明：

　　《从相和歌到清商三调——魏晋娱乐音乐的发展变迁》，原载《广西师范大学学报》2010 年第 1 期。

　　《论东晋民间俗乐的发展变迁》，原载《船山学刊》2009 年第 4 期。

　　《论"北狄乐"的发展与变迁》，原载《船山学刊》2008 年第 3 期。

　　《〈明君曲〉考述》，原载《贵州大学学报（艺术版）》，2005 年第 4 期。

　　《论东晋侨、土世族文化交流与音乐文化建构》，原载《社会科学家》2010 年第 3 期。

　　《梁武帝音乐文化活动与梁代宫体诗》，原载《江西师范大学学报》2007 年第 3 期。

　　《论汉魏六朝仪式歌辞的文化功能与传播特点》，原载《湖南工业大学学报》2016 年第 6 期。

《从〈长安有狭斜行〉到〈三妇艳〉歌辞的流变看清商三调在南朝的演进》，原载《中国诗歌研究》第六辑，2009 年出版。

《吴歌西曲传播与南朝诗风嬗变》，原载《中国文学研究》2016 年第 4 期。

《魏晋南北朝文人歌辞的演唱及其文化功能》，原载《船山学刊》2007 年第 3 期。

《魏晋南北朝文人歌辞传播与诗歌史意义》，原载《山东大学学报》2006 年第 1 期。

《汉魏诗歌交叉传播与"古诗十九首"性质及年代的争论》，原载《中国韵文学刊》2016 年第 4 期。

《汉魏六朝纸张发明与书写进程考论》，原载《图书馆理论与实践》2013 年第 1 期。

《论汉乐府的劝世精神》，原载《广西师范大学学报》2016 年第 4 期。

《论汉乐府的生成模式及其体制特征》，原载《中南民族大学学报》2017 年第 1 期。

《曹操拟乐府与建安风骨的发生》，原载《广西师范大学学报》2018 年第 2 期。

《曹植拟乐府的创作模式及其诗歌史意义》，原载《中南大学学报》2017 年第 5 期。

《论乐府古题〈豫章行〉及其流变》，原载《湖南人文科技学院学报》2011 年第 2 期。

《南朝文人歌辞用调及其特点》，原载《社会科学家》2008 年第 6 期。

《"诗与歌别"观念与汉魏六朝诗歌衍变》,原载《中南民族大学学报》2011 年第 2 期。

本次结集出版,得到"广西一流学科·中国语言文学"和"广西高校人文社科重点研究基地·桂学研究院"的经费资助,特表谢忱!

吴大顺

2019 年 11 月